Karl Heinzen

Gesammelte Schriften

Karl Heinzen

Gesammelte Schriften

ISBN/EAN: 9783337217174

Hergestellt in Europa, USA, Kanada, Australien, Japan

Cover: Foto ©Andreas Hilbeck / pixelio.de

Weitere Bücher finden Sie auf **www.hansebooks.com**

Erlebtes.

Erster Theil:

Vor meiner Exilirung.

Von

Karl Heinzen.

(Gesammelte Schriften dritter Band.)

Boston,
Selbstverlag des Verfassers.
1864.

Druck von H. Voßnack, 425 Washing[...]
Boston, Mass.

Inhalt.

Biographische Skizze.

(Erziehungsgeschichte.)

———

Wer öffentlich wirkt für die Zwecke der Menschheit, hat nicht bloß ein Recht, sondern muß auch ein Bedürfniß haben, wenigstens von Denen näher gekannt zu sein, die im Stande sind ihn zu verstehen und geneigt ihm gerecht zu werden. Zugleich ist es mit uns „Unsterblichen" so bestellt, daß wir nicht erst durch eigene Erfahrung über die Möglichkeit belehrt zu werden brauchen, jeden Augenblick für immer aus dem Rapport mit der übrigen Menschheit hinausgeworfen zu werden. Mir und den mir Nahestehenden für solchen Fall ein richtiges Bild meiner Vergangenheit zu sichern, drängt es mich, denjenigen Lesern, welche meine Schriften nicht als Feinde in die Hand nehmen, in einem kurzen Ueberblick die Hauptmomente meiner Lebens= und Entwicklungsgeschichte vor Augen zu führen. Hat doch so mancher erbärmliche Wicht auf dem Thron seine Biographie; warum sollte ein ehrlicher Republikaner sie weniger haben? Wer ein L e b e n hinter sich hat, kann auch eine Lebensb e s c h r e i b u n g haben. Und da ich mich vor der Gefahr gesichert habe, jemals einen

(3)

Schmeichler zum Biographen zu erhalten, ich mich aber auch nicht mit der Ehre begnügen kann, bloß Feinde als Richter meines Lebens fungiren zu sehen, so muß ich das Amt selbst übernehmen. Ich werde möglichst gerecht sein d. h nicht bloß über meine vielen Untugenden, sondern auch über meine wenigen Tugenden wahrheitgetreuen Bericht erstatten.

Der Gesichtspunkt von dem ich auf meine Vergangenheit zurückblicke, ist der eines Opponenten, der unter Umständen als s. g. Revolutionair gilt und auftrit. Ich bin der Meinung, daß man eine Lebensgeschichte eben so wie eine Weltgeschichte auffassen und behandeln müsse vom Standpunkt der Gegenwart d. h. als Unterlage, Vorschule und Mittel für denjenigen Charakter, denjenigen Grad der Entwickelung und diejenige Errungenschaft, welche die Gegenwart erreicht hat, und von ihr aus auch für die Zukunft sich abstrahiren läßt. Die Frucht entscheidet über die Natur des Baumes und der Herbst über die Frucht. Hiernach behandle ich meine Lebensgeschichte als die Entwicklungsgeschichte eines Opponenten oder Revolutionairs, von der einen Seite berichtend, wie Umgebung und Verhältnisse drückend auf meine Natur eingewirkt, und von der andren, in welcher Weise sie gegen dieselben reagirt hat.

Es ist keine Frage, daß ein Revolutionair muß geboren werden; die Verhältnisse können ihn bilden, nicht machen. Seine nothwendigen Eigenschaften sind eine, von der Natur verliehene, aus Geist und Gemüth hervorgehende, ideale Auffassung, welcher die unvollkommene Wirklichkeit nie genügt, ein kritischer Verstand, welcher die Verhältnisse mit dem prinzipiellen Maßstabe mißt, und ein kräftiger Wille; welcher die Hindernisse der Vervollkommnung mit Entschiedenheit und um jeden Preis zu überwinden sucht. Man

kann vom gewöhnlichen Standpunkt aus sagen, ein Revolutionair müsse ein Stück Poet und ein Stück Verbrecher sein,
Poet gegen die gemeine Prosa, Verbrecher gegen die legale
Berechtigung des Bestehenden. Die g e m a c h t e n Poeten
aber sind wie die gemachten Verbrecher ohne große Mühe
zurückzufuriren zum Prosaiker und zum „braven Mann";
d i e g e b o r e n e n Poeten und Verbrecher allein sind zuver-
läßig und unheilbar. Ja, die Unheilbarkeit — das ist das
spezifische Merkmal des wahren Revolutionairs. Er ist nie
zufrieden, er hat niemals Ruhe, er fügt sich in kein Beste-
hendes, er ist der treibende Teufel der Geschichte, „der stets
das Böse (nach gewöhnlichen Begriffen) will und stets das
Gute (den Fortschritt) schafft." Es ist, so viel ich weiß, noch
Keinem eingefallen, den Teufel als Revolutionair zu behandeln, obgleich derselbe schon in den ersten Zeiten des Him-
melreichs gegen die höchste Majestät revoltirt haben soll.
Und doch wäre dieß die würdigste Auffassung. Der Teufel
ist der Repräsentant der Revolution, aus welcher die Dummheit und die Autorität „das Böse" gemacht hat. Er ist die
ewige Rebellion der Vernunft gegen die herrschende Unver-
nunft, aber trotz der Verwandtschaft von Luzifer und Prome-
theus gilt der Teufel noch immer als Feind der Menschheit.

Der Revolutionair kann übrigens lange Zeit revolutioni-
ren ohne an Das zu denken, was man gewöhnlich Revolution nennt. So lang er nicht zu derjenigen Intelligenz
und sittlichen Ausbildung gelangt ist, welche ihn in die
Sphäre der allgemeinen Interessen und Bestrebungen ein-
führt, oder so lang er nicht mit den Verhältnissen der Allgemeinheit in Berührung zu kommen Gelegenheit erhält, revolutionirt er bloß für sich, als „Egoist", und man kann behaupten, daß jeder Revolutionair, ehe er in die Arena der

allgemeinen Freiheit und der allgemeinen Interessen trat, in der Vorschule des Kampfs gegen die Schranken seiner individuellen Freiheit und die Hindernisse seines individuellen Willens vorgebildet wurde. Der gewöhnliche Mensch fügt sich diesen Schranken und weicht diesen Hindernissen ohne Kampf; der Revolutionair kann nicht ruhen, bis er den Kampf zum Ausbruch und zur Entscheidung gebracht hat, und je mehr ihm der Sieg erschwert wird oder entgeht, um so weiter läßt er sich in den Kampf ein und um so umfassender wird sein ideeller wie taktischer Gesichtskreis, bis er zuletzt aus dem Kämpfer für eine individuelle Angelegenheit ein Kämpfer für die Angelegenheiten der Menschheit geworden. Und je mehr er bei dieser Entwickelung auf die innere Arbeit seiner natürlichen Anlage beschränkt war, je weniger ihm durch äußeren Anflug die Aneignung des Stoffes und durch äußere Führung die Wahl der Richtung erleichtert wurde, desto fester wird sich sein Charakter, desto fester werden sich seine Grundsätze ausbilden.

Mein Vater hat Notizen über die Jugendzeit seiner Kinder hinterlassen. Er stellt darin, außer Angaben über ihre Geburt, ihre Erscheinung u. s. w., Aeußerungen, Handlungen, Charakterzüge derselben zusammen und zwar von ihrem frühesten Alter an. Die Notizen über mich reichen etwa bis zu meinem vierten Jahr. Darin heißt es u. A.: „Karl Peter Heinzen wurde geboren zu Grevenbroich (ein Städtchen unterhalb Kölns) am 22. Februar 1809. Er wog 14 Pfund am Tage seiner Geburt, 22½ Pfund nach sechs Wochen u. s. w. Er liebt es, allein zu spielen und weiß sich ohne Gesellschaft zu unterhalten. Sieht oft lang auf einen Fleck. Verräth viel Anlage zum Zorn. Er zeigt die meiste Anhänglichkeit an seine Mutter."

Diese Notizen erinnern mich an meinen ersten revolutionairen Akt, auf den ich mich zu besinnen weiß. Meine Mutter (geborne Schmitz, die Tochter mäßig bemittelter Landleute, zu Nievenheim, einem Dorf fünf Stunden von Köln) verlor ich als Knabe von vier Jahren. Während ihrer Krankheit brachte man mich von Köln, wo sie damals wohnte, zu ihren Eltern auf das Land. Sie folgte als Leiche bald nach, da sie wünschte, in ihrem Heimathsort zu einem kurz vorher gestorbenen Kinde begraben zu werden. Bei ihrem Begräbniß war ein großes Gedränge um ihre Gruft. Mir, dem vierjährigen Knaben, verwehrte ein erwachsenes Fräulein aus Köln den Zutritt, so daß ich das Grab nicht sehen konnte. Als sie, die Unbetheiligte, mir, dem Nächstbetheiligten, nicht gutwillig Platz machen wollte und meine Schwäche kein andres Mittel hatte sie zu entfernen, biß ich ihr so heftig in den Arm, daß das Blut in das Grab herabrann. Um diesen Preis erkämpfte ich den ungestörten Anblick der Verscharrung meiner Mutter.

Diese Mutter war werth, daß ihr Sohn um ihrer willen eine Gewaltthat beging. Sie war ein Weib und eine Mutter im vollsten Sinne des Wortes. Von Körper schön und von Verstand bedeutend, wenn auch ohne alle höhere Bildung, besaß sie zugleich eine tiefe Innigkeit des Gemüths und das treueste, liebevollste Herz. Ihr Tod war die Folge ihrer Besorgniß für meinen Vater, den sie einst bei Nacht, als er verspätet aus seinem Amtsbezirk zurückkam, am offenen Fenster erwartete, wobei sie sich eine schwere Erkältung zuzog. Sie liegt vergessen auf dem Kirchhof ihres Dorfs und wäre auch keine geschichtliche Person geworden. Ich will daher keine künstliche Größe aus ihr machen, indem ich Andren die Vorstellung einer Bedeutung aufdränge, die sie nur für mich hat. Deshalb begnüge ich mich, sie durch einen einzigen sprechenden Zug zu charakterisiren. Während sie in Köln krank lag und ich nebst einer jüngeren Schwester bei ihren Eltern auf dem Lande war, pflegten diese ihr wöchentlich Waizenbrod zu schicken, das besser war als das städtische. Und auf dieses Waizenbrod mußten, ehe es gebacken wurde, ihrer Anordnung gemäß meine und meiner Schwester Hände und Füße eingedrückt werden. Sie aß dann die eingedrückten Spuren ihrer entfernten Kinder.

An diese Mutter, die mir nur noch vorschwebt wie eine mythische Person, habe ich in früheren Jahren oft zurückgedacht. Wenn Alles sich vereinigte, meinen unverstandenen oder verkannten oder unberücksichtigten Charakter zu mißhandeln oder zu beugen, wenn Niemand ein Verständniß für mich hatte und ich mit meiner ganzen Umgebung im Kriege war, sehnte ich mich im Stillen nach meiner verstorbenen Mutter und fühlte ich schmerzlich das Bedürfniß ihrer versöhnenden Einwirkung. Aber seit ihrem Tode begegnete meine ungefügige Individualität fast nur feindlicher Aufnahme. Vielleicht war das gut, vielleicht auch nicht. So viel steht fest: die Feindschaft und der Zwang hat nie etwas mit mir zu Stande gebracht; Liebe und Güte hätte alles Gute aus mir machen können, wozu ich überhaupt fähig war.

Beim Verlust des Vaters kann die Familie noch fortbestehen; ohne Mutter gibt es keine Familie mehr. Die Mutter ist die Zentripetal-, der Vater die Zentrifugalkraft der Familie.

Mein Vater stammt aus Mundorf, einem Dorfe, das eine Stunde unterhalb Bonn's auf dem rechten Rheinufer liegt. Mein Großvater, „Grundeigenthümer, Pächter und Schultheiß des Domkapitels zu Köln", ist mir stets als ein

Mann von riesenhafter Stärke und unbeugsamem Charakter beschrieben worden. Er warf einst mit einem schweren Gegner, der ihm in der Dunkelheit mit einem Hebebaum auflauerte, den er aber noch vor dem beabsichtigten Hiebe glücklich in die Finger bekam, auf fünfzehn Schritte Entfernung eine Hausthüre ein, so daß der Geworfene für leblos liegen blieb. Als einst fremde Truppen in seinem Dorfe haus'ten, trieb er allein eine ganze Schwadron, die ihm das Heu stahl, mit der Heugabel von seiner Wiese weg, worauf er aber auf längere Zeit über den Rhein flüchten mußte, um sein Leben zu retten. Er starb an einem Gallfieber, das er sich zuzog durch verhaltenen Zorn, indem er einen Friedensrichter, der gegen ihn ein ungerechtes Urtheil gefällt, aus dem Fenster werfen wollte, aber vor der amtlichen Autorität seiner Leidenschaft Einhalt gebot. Wie man mir erzählt hat, war sein Vater ein noch stärkerer Mann, der den Ehrgeiz besaß, jeden Kraftmenschen, von dem er hörte, auf Tagereisen Entfernung aufzusuchen um sich mit ihm zu messen.

Eine solche Vorfahrenschaft darf nicht von ihren Erben ignorirt werden, die ihr einen Theil ihrer Eigenschaften zuzuschreiben haben. Mein Vater hatte ebenfalls eine ansehnliche Größe und unter seinen Brüdern brachte es einer, der Pastor und Domherr Heinzen zu Düsseldorf, auf 6 Fuß 5 Zoll, so daß er mich noch um zwei Zoll überragte. Ich stamme also jeden Falls aus einer Familie „großer Männer".

Mein Vater studirte in Köln und Bonn außer Philosophie (namentlich der Kant'schen) die Rechts- und Forstwissenschaft und wurde im Jahr 1795 unter der französischen Republik als garde général des camps et forets angestellt, nachdem er vorher bei dem Oberforstamt als Sekretair fun-

girt hatte. Er war damals ein glühender Republikaner und
wirkte mit dem alten Venedey und Andern eifrig für die
westrheinische Republik. Ich finde in seinem Nachlaß eine
Anzahl Reden und Aufsätze, womit er unter seinen Lands=
leuten agitirt hat. Alle sind ein Gemisch von Begeisterung
für die politische Freiheit und von moralischem Eifer, welcher
stets an die Kantschen Lehren anknüpft und den Republika=
nern vorhält, daß ohne sittliches Leben und würdiges Beispiel
alle politische Freiheit keinen Werth und keine Dauer habe.
Er nahm es mit seinen Grundsätzen sehr ernst, wie nament=
lich aus Zuschriften an seine ehemaligen Lehrer, z. B. an die
Professoren Daniels und Fischenich hervorgeht, welche nach
teutscher Professoren=Art der Monarchie zugethan blieben.
In einem Schreiben an den Letztgenannten heißt es: „War=
um treten Sie nicht zu uns? Eine traurige Untersuchung
für Einen, der noch vor nicht langer Zeit Ihr Schüler war,
der noch die schönen Grundsätze der Moralität und des Na=
turrechts, die Sie in Ihrem Kollegium mit so großem In=
teresse aufstellten, wie eine elektrische Kraft in sich wirken
fühlt und gemäß denselben noch immer bereit ist, ein Opfer
zu werden wo der Zweck der Menschheit es fodert. Wenn
die demokratische Verfassung, gemäß Ihren naturrechtlichen
Grundsätzen, die beste und dem Zweck vernünftiger Wesen
angemessen ist, warum treten Sie nicht zu uns? War es
nur bon ton, wenn Sie uns eine Lobrede auf republikanische
Staaten hielten? Sollte es möglich, sollte es wahr sein, daß
Sie Ihre Grundsätze dem Interesse eines Hofes aufopferten
um dafür das Glück Ihres Volkes, Ihres Vaterlandes un=
ter die Füße zu treten? Soll es Dankbarkeit sein, die Sie
einem Fürsten zollen, der nur Diener des Staats sein durfte
und dessen Wohlthaten Sie nur als die Ihres Vaterlandes,

welches sie eigentlich gab, annehmen konnten? Sind es Fa=
milienverhältnisse und sonstige politische Rücksichten, welche
Sie zurückhalten? Nun, dann fort mit der Heuchelei, die
unter dem reizenden Gewande der Kantschen Philosophie zu
uns sprach, sie ist abscheulicher als das Laster selbst! Ohne
Rücksicht auf die Folgen, heißt es da, bloß aus Achtung vor
dem moralischen Gesetz muß gehandelt werden. Anbetungs=
würdiger Grundsatz, noch Wahrheit, wenn auch tausend
Heuchler sie schänden! Ihr werde ich nicht untreu, sollte auch
mein Lehrer Schurke genug sein sie zu verleugnen". (Mein
Vater war damals etwa 25 Jahre alt. Als Schriftsteller
(wozu er wenig Talent besaß) ist er übrigens nur in einem
Paar kleiner Schriftchen über Forstwesen aufgetreten.)

Nachdem er während der französischen Herrschaft in ver=
schiedenen Bezirken der Rheingegend als Forstmann gewirkt,
wurde er 1814 unter dem neuen teutschen Gouvernement
als Generalsekretair der Forstdirektion zu Aachen berufen
und später fungirte er bis zu seiner Pensionirung als Forst=
inspektor zu Kleve. In allen Stellungen, die er bekleidet,
zeichnete er sich als Mensch wie als Beamter rühmlich aus,
ein „Verfolger der Frevler und Vater der Dürftigen", wie
er in einem seiner Zeugnisse genannt wird.

Mein Vater war ein rechtschaffener, durchaus human ge=
sinnter Mann und von Allen geachtet, die ihn kannten. Bei
den preußischen Behörden aber hat er trotz seiner tabellosen
Amtsverwaltung kein Glück gehabt. Ob man ihm seinen
früheren Republikanismus nachtrug, oder ob er nicht servil
genug befunden wurde, weiß ich nicht. Genug, trotz allem
äußern Anschein von Zufriedenheit vernachläßigte man ihn
und zuletzt verdrängte man ihn durch gewaltsame, allem
Recht und Gesetz Hohn sprechende, unter den lügenhaftesten

Vorwänden eingeleitete Pensionirung, gegen die er vergebens bis zu seinem Ende durch alle Instanzen hindurch remonstrirt hat, von seinem Posten, um — Platz zu machen für einen Leibjäger des Prinzen von Düsseldorf.

Mein Vater hat mir von seinem früheren Republikanismus, den ich erst aus seinem Nachlaß kennen gelernt, nie gesprochen. Ich habe ihn stets für einen Royalisten gehalten und nur ein einziges Mal erinnere ich mich bei Tisch aus seinem Munde die Aeußerung gehört zu haben, daß es ein schrecklicher Zustand sei, wenn das Schicksal eines ganzen Volks in der Hand eines einzigen Menschen liege. Er war weltklug, für mich zu weltklug geworden und er hat nie politisch auf mich eingewirkt durch etwas Anderes, als durch die schändliche Behandlung, die er unter dem preußischen Regiment erfahren und die mich wie jeden Nahestehenden im Innersten empören mußte.

Aber trotz aller Theilnahme und Achtung habe ich meinen Vater nie lieben können. Bei mancher Uebereinstimmung hatte ich eine, von meiner Mutter geerbte, ihm fremde Natur, die er nicht verstand oder nicht zu behandeln wußte. Doch davon später.

Nach dem Tode meiner Mutter blieb ich bei deren Eltern auf dem Lande, in dem Dorfe Niedenheim, wo die Schwester der Verstorbenen meine Pflege übernahm. Sie war eine herzlich gut gesinnte Tante, deren Erziehungs-Methode aber ganz eigenthümliche Mittel anwandte. Einst hieb sie mich mit einem Stock zehn Minuten lang, weil ich kein Zeichen des Schmerzes von mir gab. Sie hieb bis sie nicht mehr konnte, aber ihren Zweck, mich zum Schreien zu bringen, erreichte sie nie. Neben dem Stock war ihr gewöhnliches Erziehungsmittel die Furcht vor Gespenstern und Ungeheuern, ein infames Mittel, das überhaupt bei Katholiken im Schwunge ist und das bei einem phantasievollen Kinde seine Wirkung nicht verfehlen konnte. Man füllte meine Vorstellung so mit Schreck- und Monster-Gestalten an, daß ich in jeder dunkeln Stube Todesangst ausstand und um keinen Preis Abends vor die Thüre gegangen wäre aus Furcht, einem Gespenst oder dem „Zubbelsthier" zu begegnen. So hieß das Hauptunthier, mit dessen Hilfe man mich zu bändigen suchte. Ich erinnere mich, daß ich einst am Abend des „St. Nikolaus" (auf Nievenheimisch: „Zinter Klohs"), den ein schrecklich vermummter Pferdeknecht mit rasselnden Ketten und sonstigen Zuthaten vorzustellen pflegte, mit meiner jüngern Schwester beordert wurde, in der Stube zu knieen und zu beten, in Erwartung des angekündigten Heiligen. Wir saßen dicht neben dem Ofen, der unterdessen ganz glühend wurde, so daß uns die Wangen fast zu braten begannen. Aber wir wagten weder uns einen Zoll breit zu entfernen, noch einen Laut von uns zu geben, bis der hohe Ankömmling uns zitternde Kreaturen examinirt und uns erlaubt hatte, die mitgebrachten Geschenke in Empfang zu nehmen.

Das Dorf Nievenheim war, wie die meisten rheinischen Dörfer, dick katholisch und ein grenzenloser Aberglaube war dort auch unter Erwachsenen eine herrschende Macht. Ich erinnere mich, daß vor besagtem „Zinter-Klohs" ein Knecht, dem derselbe sich drohend näherte, gleich einem Pfeil über einen großen Tisch fuhr und sich zitternd in einer Ecke verkroch. Auch wurden in den Schoppen und Ställen des Bauernguts meiner Großeltern bei jeder Gelegenheit Gespenster und sonstige Erscheinungen gesehen. Mein Großvater, darüber ärgerlich, veranstaltete eines Abends einen förmlichen Feldzug gegen eine weiße Erscheinung, die man über den Hof hinüber im Wagenschoppen gesehen hatte. Er bewaffnete seine muthigsten Knechte mit Mistgabeln und Dreschflegeln und als die Expedition sich dem gespenstischen Feinde näherte, fand man einen großen weißen Truthahn, der sich auf einem Ernte-Wagen seinen Schlafplatz ausge= sucht hatte.

Daß solche Umgebungen und Einwirkungen geeignet ge= wesen seien, mich zu einem Mann der Aufklärung vorzubil= ten, wird Niemand behaupten wollen. Aber bei dieser Er= ziehung blieb es nicht. Weiter herangewachsen, kam ich in die Schule und wurde auch in die Geheimnisse der Religion eingeweiht. Als vornehmster Knabe des Orts wurde ich sogar zu dem Ehrenamt auserkoren, an hohen Festtagen beim Herrn Pfarrer die Messe zu bedienen und bei Prozessionen das Kreuz voranzutragen. Bei einer solchen Gelegenheit blieb ich einst beim Ausmarsch aus der Kirche mit meinem Kreuz an einem der aufgehängten großen Leuchter hangen und riß ein halbes Dutzend jener armdicken Wachskerzen herunter, welche der Katholiken einziges Erleuchtungsmittel bilden. Es ist mir noch ganz genau der tiefe Respekt erin= nerlich, den ich vor dem dicken Dorfpfaffen hatte (obschon ich ihm gelegentlich die Aepfel stahl), die andächtige Verehrung, womit ich die Jungfrau Maria betrachtete (den Gekreuzigten habe ich selbst damals nicht ausstehen können), das schauer= liche Gefühl, womit ich den Ton der Abendglocke aus den schwarzen Schalllöchern des stumpfen Kirchthurms heraus= kommen hörte, und die beklemmende Angst, womit ich die Rappel= und Klapper=Geschichten vernahm, die sich bei Nacht in dem Beinhaus neben der Kirche zutragen sollten.

Doch der fromme Aberglaube, womit man meinen Kopf

vollstopfte, hätte mich eines Tags beinah zu einer That ver=
leitet, die durch mein ganzes Leben einen blutigen Strich zu
ziehen drohte. Von dem Unsinn, den mir der Pfaffe, der
Schulmeister und meine häusliche Umgebung einschwatzte,
beschäftigte nichts meine Phantasie so sehr, wie die Lehre vom
künftigen Leben, von dem engelgefüllten Himmel, von der
ewigen Seeligkeit u. s. w. Eines Tages unterhielt ich mich
über diese wichtigen Dinge mit meiner Schwester. Wir
wollten wissen, wie es im Himmel denn eigentlich aussehe,
und kamen ganz kaltblütig überein, daß ich ihr den Hals ab=
schneiden solle, damit sie eine Reise in den Himmel mache
und mir Bericht über die dortigen Angelegenheiten abstatte.
Wir machten vor der Hausthüre eine Grube, in die sich
meine Schwester reisefertig hineinlegte. Darauf ging ich
voll himmlischen Eifers in die Küche, um das große Brot=
messer zu holen. Meine Großmutter, die mir zufällig be=
gegnete, nahm es mir aus der Hand und fragte, was ich da=
mit wolle. Antwort: „Gretchen den Hals abschneiden.“

Hätte ich in aller Unschuld diese fromme That verübt, so
würde man gesagt haben: der Mensch ist ein geborenes Scheu=
sal und hat — keine Religion! Die Gefahr, welcher ich
damals nur durch einen Zufall entging, kommt mir stets in's
Gedächtniß zurück, wenn ich mich empört fühle über jene ver=
ruchte Lehre des Verstandes= und Menschen=Mordes, die
man Religion nennt. Mir erscheinen Diejenigen gradezu
als galgenwürdig, welche mit dem Wahn dieser Lehre die
Köpfe der Menschen, sogar unschuldiger Kinder erfüllen.

Eine bessere That beging ich in der Schule. Als sieben=
jähriger Knabe sollte ich vom Schulmeister geprügelt werden
und zwar nach meiner Ueberzeugung ungerechter Weise.
Nachdem er mich aus der Bank hervorgezogen, ergriff ich ihn,

warf ihn auf eine andre Bank und deckte ihn tüchtig mit
Püffen zu. Dieß sicherte mich vor fernerer Strafe: die
schülerische Revolution wurde fortan respektirt von der schul-
meisterlichen Autorität.

Was mir aus jener Zeit am Lebhaftesten vor der Erinnerung schwebt, ist das rege Spiel meines Phantasielebens,
das sich mit jedem Jahr mächtiger entfaltete und auch bis
in das reifere Mannesalter hinein wenig nachgelassen hat.
Als junger Mann habe ich mitunter, obschon meine kräftige
Natur eines gesunden Schlafs bedurfte, ohne alle besondre
Veranlassung ganze Nächte lang kein Auge geschlossen, bloß
wach erhalten durch den Flug meiner Phantasie, die mich
durch alle Regionen umherführte und mit allen erdenklichen
Vorstellungen, Bildern und Planen unterhielt. (Sie hat
mich sogar einmal zwei Jahre lang mit einer halb wahnsinnigen Leidenschaft für ein Weib erfüllt, das ich nie gesehen
und mit dem ich nur in brieflichem Verkehr gestanden habe.)
In meiner Kindheit war diese Phantasie so sehr Meisterinn
meiner Sinne, daß ich einst einen halben Tag lang schweißtriefend einen Schwarm Feldtauben verfolgt habe in der
festen Ueberzeugung, dieselben seien Papageien und sonstige
bunte Vögel aus dem fremden Lande, von dem ich hatte erzählen hören. Ich kannte Feldtauben so gut wie Spatzen;
dennoch sah ich auf hundert, auf fünfzig, auf zwanzig
Schritte ganz deutlich, daß sie Papageien waren, mit Gold-
und Silber-Federn, roth und blau, gelb und grün gezeichnet,
und ich schlich mich stets mit der geduldigsten Ausdauer an
den Schwarm hinan, in dem Glauben, ich müsse die schönen
Vögel mit der Hand fangen können, weil sie in diesem Lande
fremd seien. (In späteren Jahren ist mir ein Paar Mal
das Gegentheil passirt, daß ich nämlich bunte Papageien für

Tauben angesehen habe, ebenfalls durch Phantasietäuschung, und es wäre mir beinah übel bekommen.)

Leider war die flache, prosaische Gegend, in der ich meine erste Jugend zuzubringen hatte, wenig geeignet, der Phantasie viel schöne Eindrücke zu hinterlassen, und so bereicherte und vergrößerte sie das Vorhandene durch eigene Zuthat. Als ich einst an den Rhein geführt wurde, der eine Stunde von meinem Wohnort entfernt war, sah ich ihn für das Weltmeer an und konnte dessen Unendlichkeit gar nicht ausdenken. Ein, etwa dreißig Fuß hoher, mit Haidekraut bewachsener Sandhügel vor dem Dorf, an dessen Fuß der Schindanger lag, erschien mir als ein Berg mit schauerlichen Geheimnissen. Ein nah gelegenes, von einem Bach durchflossenes, mit Binsen, Schilf und Strauchwerk durchwachsenes Torf- und Moor-Bruch, worin Karpfen und Schleien mit der Hand gefangen wurden, beschäftigte mich wie ein endloses poetisches Labyrinth Tage lang, so oft ich es besucht hatte, und ein benachbarter Busch, in dem ich mit dem Sohn des Försters Vogelnester suchte und Schlüsselblumen pflückte, war mir eine romantische Wildniß mit unerschöpflichen Reizen. Mit dem schlechtesten Gedächtniß der Welt begabt, erinnere ich mich noch jetzt, nach 46 Jahren, genau der erhabenen Worte, in welche der poetische Förstersohn einst ausbrach, als ich mit ihm in den schattigen Wald eintrat. Er sprach:

> „Wir wollen in der Hochwald geh'n
> Und sehen dort der Bäume nach" —

und daher schritten die beiden Poeten in die Schatten des Waldes und sahen begeistert der Vogelnester nach.

Die Phantasie ist die mächtigste Gehülfinn der Leidenschaft für das andre Geschlecht,*) die mich schon als Knaben von

*) Die Frau, von der später die Rede ist (S. in meinen Gedichten: „Einer Todten." , sagte sehr bezeichnend: „Die Phantasie ist die offene Thüre des Herzens."

acht Jahren in Anspruch nahm und als wahrhaft begeisterte Verehrung auftrat. Ich hatte damals zwei Geliebten. Die eine war Christine, das Stubenmädchen meiner Großmutter, eine gutmüthige Bauerstochter mit frischrothen Wangen, die in der Nähe des Moor=Bruchs zu Hause war und mich mitunter Sonntags zu ihren Eltern mitnahm. Auf einem solchen Spaziergang rief ich einstens im leidenschaftlichen Drang der Begeisterung aus: „Ich wollte, daß jetzt 100,000 Türken kämen, um dir was zu thun, ich wollte sie alle verjagen." Parbleu! „Dat Sting" (Nievenheimsche Wendung für: die Christine) mit ihren rothen Wangen, blauen Augen und freundlichen Zügen war mir das Ideal weiblicher Schönheit. Meine zweite und zwar noch höher gestellte Geliebte war Thereschen, die Tochter einer armen Wittwe, ein blasses, zart gebautes Mädchen von sechszehn Jahren. Ich sprach selten mit ihr, strich mich aber immer in ihre Nähe um sie bewundernd anzublicken oder anzuphantasiren und brachte ihr Ostereier und sonstige Geschenke.

Als ich ein erziehungsfähigeres Alter erreichte — etwa 9 Jahre —, wurde ich von Nievenheim zu meinem Oheim, dem schon erwähnten Domherrn geschickt, der damals Pastor in Wittlar, einem Dorf am Rhein etwa drei Stunden unterhalb Düsseldorfs, war. Dieser Pastor hatte mich zum Geistlichen bestimmt und er richtete für diese Zukunft meine Erziehung ein. Er hat aber niemals einen tieferen Eindruck auf mich gemacht, als mit einem Glockenseil, womit ich mitunter eine christliche Mahnung erhielt, und mit einer Bohnenstange, womit der lange Mann mich einst von einem Aprikosenbaum herunterkitzelte. Trotz meiner abergläubigen Nievenheimer Vorbildung wirkte die unmittelbare geistliche Berührung sofort abstoßend auf meine Natur und ich habe mit meinem Oheim nie auf gutem Fuß gestanden. Ich verlangte, was ich vertrat, nämlich natürliche Menschlichkeit, und bei der gemessenen Würde meines Oheims, die grade das Gegentheil davon war, wurde mir unheimlich. Auch glaube ich, daß ich schon damals ein Mißtrauen in die geistliche Glaubwürdigkeit auffaßte. In meiner Schlafstube beunruhigte mich Abends das Rascheln und Nagen von Mäusen, die in meiner vielgeängstigten Phantasie allerlei gespenstische Vorstellungen erregten. Ich flüchtete aus dem Bette und klagte meinem Oheim meine Noth. Er erwiederte: „du bist nicht fromm genug und hast wahrscheinlich nicht gebetet. Bete und du wirst ruhig sein.“ Ich kniete darauf vor meinem Bette hin, faltete die Hände und betete inbrünstig zur Stubendecke hinauf. Dann legte ich mich beruhigt nieder. Aber in wenig Minuten waren die Mäuse wieder an der Arbeit. Ich betete abermals und betete jeden Abend auf den Knieen um Erlösung von den schrecklichen Mäusen. Aber die Bestien hatten keinen Respekt vor der Religion und ich glaube, sie steckten mich einiger Maßen an. Nach und nach schlief ich ruhig ohne Beten und trotz den Mäusen.

Auch in Wittlar hatte ich eine Geliebte, ohne die früheren zu vergessen. Da ich aber ihren Namen nicht mehr weiß, schließe ich daraus, daß sie keinen Platz in der Weltgeschichte verdient, und da ich nicht lang bei meinem Oheim blieb, entwickelte sich kein „ernstes Verhältniß“ mit ihr. Mein Oheim mußte wol erkannt haben, daß aus mir kein Diener des Herrn zu machen sei; auch zog um jene Zeit mein Vater nach Kleve, wo er seine vier Kinder wieder um sich zu vereinigen wünschte, und so kam auch ich wieder zu ihm.

Obschon mein Oheim ein Geistlicher war, bin ich ihm doch einen Tribut der Achtung schuldig. Ich habe nie einen

Geistlichen höher geachtet, als ihn, denn er war ein Mann von musterhaften Sitten und einer rastlosen Thätigkeit für das Wohl seiner Mitmenschen. Er hatte kein andres Bedürfniß, als diese Thätigkeit, die er namentlich zum Wohlthun für Bedürftige und zur Hebung des Schulwesens entwickelte. Dieß wurde auch von der Regierung anerkannt, die den Bescheidenen unter den größten Lobsprüchen wider seinen Willen aus seiner ländlichen Stille in einen bedeutenderen Wirkungskreis nach Düsseldorf versetzte, wo er ein Dutzend Aemter bekleidete und Tag und Nacht thätig war. Um so schändlicher war es, daß jene Regierung den verdienten Mann auf die gemeinste Weise um das ihm zugesicherte Gehalt gradezu betrog, so daß er, der hochgestellte, überall hochangesehene und mit einem hohen Orden ausgezeichnete Prälat trotz seiner frugalen Lebensweise kaum die Kosten für sein Begräbniß hinterließ, nachdem er sein kleines Vermögen hatte zusetzen müssen, um sein Amt repräsentiren zu können. Es gibt tyrannischere Regierungen, als die preußische, aber keine, welche mit ihrer Tyrannei so viel niedrige Kleinlichkeit und Gemeinheit verbindet.

In Kleve begann ein neues Leben für mich. Ich kam zum ersten Mal in eine Stadt und eine größere Gesellschaft. Auch hat Kleve eine sehr hübsche Umgebung, in welcher mein Sinn für Naturpoesie reiche Nahrung fand. Dieß war um so mehr der Fall, da mein Vater ein Domainengut, die so genannte Wasserburg, bezog, welche eine halbe Stunde von Kleve gelegen und mit Fischweihern und Gebüsch umgeben war. Dort bildeten Fischen und Streifereien durch die Umgegend fast ausschließlich meine Unterhaltung. Dort habe ich halbe Tage lang an und auf dem Wasser zugebracht und häufig ganze Stunden mit der zähesten Ausdauer auf einem und demselben Fleck gesessen, um angelnd die Geduld der Fische zu ermüden. Das Fischen hatte einen besondren Reiz für mich durch das Geheimniß, welches die Operationen der Bewohner der Tiefe umgab, mit denen ich durch meine Angelschnur in Verbindung trat. Ich schuf eine Art persönlichen Verhältnisses zwischen mir und ihnen und wenn ich an einem mir günstig scheinenden Platz die Angel auswarf, aber kein Hecht anbeißen wollte, so legte ich ihm die Absicht bei, mich zu äffen, und nahm mir dann vor, den Ort nicht zu verlassen, bis ich den Widerspännstigen dennoch erwischte. In der Regel gelang mir das auch und mitunter zog ich Exemplare von 10 — 20 Pfund aus dem Wasser hervor. Aehnliche Ausdauer entwickelte ich auch bei andren Liebhabereien. Ich erinnere mich, daß ich einst einem Eichhörnchen auf die höchsten Bäume so lang nachgeklettert bin, bis er vor Angst und Müdigkeit sich in ein Nest verkroch, woraus ich es herausholte, obschon es mir die ganze Hand zerbiß, und lebendig nach Hause brachte.

Unterricht erhielt ich damals auf dem Klever Gymnasium (dessen Schüler auch Moleschott gewesen ist). Ich besuchte es mit meinem ältern Bruder, indem wir bei jedem Wetter und in jeder Jahreszeit zwei Mal täglich nach der Stadt und wieder nach Hause marschirten.

War meine Erziehung bisher eine verkehrte bei Verwandten gewesen, so wurde sie noch verkehrter unter der Aufsicht meines Vaters. Der Liebling desselben war mein Bruder, vier Jahre älter als ich, der ihm zu schmeicheln wußte und durch ein geschmeidigeres, weniger unbändiges Wesen Das zu werden versprach, was mein Vater von seinen Söhnen außer Rechtschaffenheit vor Allem verlangte, nämlich ein Klugheitsmensch, der „durch die Welt“ zu kommen versteht.

Von meinen Anlagen hatte er eine hohe Meinung, aber um so mehr ärgerte es ihn, daß ich nicht auf den Alltags-Leisten paßte, den er von vorn herein für mich bereit hatte. Für meine eigentliche Natur, mein Phantasie- und Gemüths-Leben, meinen poetischen Sinn u. s. w. hatte er gar kein Verständniß und auf die Anlage meines Charakters, der sich nichts abzwingen ließ, nahm er nicht die mindeste Rücksicht. So wurde denn jede meiner angebornen Eigenthümlichkeiten, die bei Andern Interesse erregte, in seinen Augen zu einem angenommenen Fehler und da man mir fortwährend widerstrebende Zumuthungen machte, wurde stets außer Moral-Predigten der Zwang als Mittel der Folgsamkeit angewandt, ohne etwas Andres zu erzeugen als Trotz. Und so bildete sich nach und nach ein Verhältniß, aus dem nur eine von zwei Folgen entstehen konnte: entweder mußte der Trotz und damit der Charakter des Sohnes gebrochen werden, oder dieser Trotz mußte die väterliche Autorität entwaffnen. Und das Letzte geschah. Alle Predigten, alle Strafen, alle Prügel, wodurch mein Vater meine Natur nach seiner Schablone umwandeln wollte, bewirkten nur, daß ich immer entschiedener gegen ihn rebellirte und endlich seiner Autorität zu einer Zeit vollständig entwuchs, wo er mir bei andrer Behandlung als leitender Freund zur Seite hätte stehen können und als solcher willig wäre anerkannt worden. Wo mir aber mein Vater Vertrauen bewies oder ich ihn eine gute Lehre aussprechen hörte, die nicht in bevormundender und feindlicher Gestalt auftrat, konnte er eines guten Eindrucks stets gewiß sein. Einst hörte ich ihn bei einer passenden Gelegenheit ausrufen: „ein schlechter Kerl, der sein Wort nicht hält!“ Diesen Ausruf, der den tiefsten Eindruck auf mich machte, habe ich nie vergessen und es hat sich in meinem ganzen Leben Niemand vergebens auf mein Wort verlassen.

Zu dem Verhältniß zwischen mir und meinem Vater trug nicht wenig seine offene Parteilichkeit für meinen Bruder bei, der in moralischer wie in geistiger Beziehung weit unter mir stand. Aber als Liebling meines Vaters erlaubte er nicht bloß sich selbst straflos Alles, was bei mir verpönt war, sondern er maßte sich sogar einen Antheil der väterlichen Autorität an und so oft ich von Jenem Prügel erhalten, prügelte mich mein Bruder im Geheimen doppelt, weil ich meinen Vater geärgert habe. Prügel, wenigstens angedrohte oder versuchte Prügel, waren für mich als Strafe die Regel. Gab es aber ein Vergehen zu bestrafen, woran mein Bruder betheiligt war, so wurde ein gelinderes Mittel, z. B. Einsperrung, gewählt, die mir indeß nicht minder verhaßt war. Einst hatte mein Vater uns beide auf unsrer Schlafstube eingesperrt, die unter dem Dach des hohen Hauses gelegen war. Der Gefangenschaft überdrüßig, fand ich ein Mittel die Thüre zu öffnen, die ich von Innen durch meinen Bruder wieder zuschließen ließ. Dann schlich ich mich die Treppe hinab in den, unter den Fenstern der Wohnstube gelegenen Blumengarten, bohrte meine Beine bis an die Kniee in den lockern Grund, ließ mich zu Boden fallen und rief um Hilfe. Meine Schwestern öffneten erschreckt die Fenster und schrieen: „Herr Jesus, der ist oben hoch aus dem Fenster gesprungen". Als man mich aufhob, rief ich: „öffnet geschwind dem Joseph die Thüre, sonst springt der auch herunter!" Mein Vater hatte nichts Eiligeres zu thun, als seinen geliebten Joseph zu retten, und so wurden wir beide frei.

Die Tyrannei dieses Bruders hatte ich so lang zu tragen, bis ich dem Knabenalter zu entwachsen begann, wo ich plötzlich in einem einzigen Jahre einen ganzen Kopf in die Höhe schoß und bei einem Renkontre meinen vier Jahre älteren Peiniger zu seiner größten Bestürzung zu Boden warf und ihm den Meister zeigte. Aber trotz den erlittenen Mißhandlungen — er hieb mir einst mit einer Axt ein Loch in die Backe und prügelte mich mit Dornstöcken, daß mir das Blut durch die Hose rann — habe ich ihm keinen Groll nachgetragen. Als er einige Jahre später in Düsseldorf erkrankte, reis'te ich zu ihm und saß während meiner ganzen Ferienzeit, vier Wochen lang, an seinem Bette bis er starb. Als er ein Verlangen nach Aprikosen äußerte, die damals nicht mehr zu haben waren, machte ich einen Marsch von acht Stunden, um ihm bei Verwandten auf dem Lande, die einen schönen Obstgarten hatten, ein Paar Aprikosen zu holen. Diese Züge geben Winke genug, wie man mich hätte behandeln sollen. Aber mir begegnete nur rücksichtlose Voreingenommenheit, moralisirende Schulmeisterei und schlecht angebrachte Strenge, welcher überdieß die nöthige Kraft fehlte. Die Folge war, daß ich zuletzt alle fremde Einwirkung von mir abwies, daß ich endlich auch wohlgemeinten Versuchen zur Verständigung unzugänglich wurde, daß ich Denen, von denen ich abhing, nur Trotz entgegenkehrte und daß Alles, was an mir Erziehung heißen kann, bloß von mir selbst ausgegangen ist.

Ganz das nämliche Verhältniß, das sich meinem Vater gegenüber ausbildete, trat zwischen mir und meinen Lehrern ein. Das Gesetz der preußischen Unterrichtsanstalten ist dem uniformirenden Gamaschendienst entlehnt, es ist das bloße Kommando, der bloße Zwang, der nicht an das Ehrgefühl, sondern an die Furcht appellirt und nur darauf ausgeht, Individualitäten zu erdrücken statt sie zu entwickeln. Obschon ein schüchterner Knabe vom Lande, hatte ich das klevische Gymnasium noch nicht ein Jahr lang besucht, als ich mit diesem preußischen Gamaschendienst schon auf dem entschiedensten Kriegsfuß lebte. Jede jugendliche Rohheit wurde als ein gefährliches Verbrechen, jeder unschuldige lustige Streich — und ich war dazu stets aufgelegt — als eine unerhörte Schlechtigkeit behandelt. Rücksichtslose Züchtigungssucht von der einen rief auf der andren Seite sehr bald die Empörung des beleidigten Selbstgefühls hervor und so war das Mißverhältniß zwischen Lehrer und Schüler entschieden. Es verging in Kleve keine Woche, in der ich nicht wegen irgend eines unschuldigen Schelmenstreichs oder einer übermüthigen Auslassung jugendlicher Kraft mit Karzer und anderen Strafen belegt wurde. Einst hatte ich einen achttägigen Prozeß zu bestehen wegen eines Pasquills in Knittelversen, das ich auf einen dicken Mitschüler gemacht hatte und das wie ein wahres Kriminalverbrechen behandelt wurde, obschon es durchaus nichts Unziemliches enthielt. Die Folge solcher Erziehungsmethode war immer, daß ich mich wegen der erlittenen Strafe durch neue Streiche, und zwar gegen die Lehrer gerichtet, zu rächen hatte und so setzte sich der Krieg beständig fort. In der Regel wußte ich es sogar so einzurichten, daß ich meinen Zuchtmeistern in der Gefangenschaft (der ich mich nie in meinem Leben ruhig fügen konnte) noch mehr Noth machte, als in der Freiheit. Eines Tags z. B. hatten sie mich, um meiner ganz sicher zu sein, sogar in einen Keller eingesperrt. Derselbe war unter der Klasse, zu der ich gehörte. Als der Unterricht begonnen hatte, schnitt ich mit meinem Federmesser Löcher durch die Ritzen des Fußbodens und begann mit einem zugespitzten Faßreifen meine Mitschüler in die Beine zu stechen. Die Gestochenen hielten, wie vorausgesehen, ihre Nachbarn für die Thäter, fuhren sie an und beschwerten sich beim Lehrer.

Die Angeklagten waren natürlich über die Beschuldigung empört und es entstand eine lärmende Kontroverse. Während ein solcher Prozeß in der einen Bank verhandelt wurde, entstand ein neuer in einer andren, wo ebenfalls gestochen worden war, und so ein dritter und ein vierter, bis zuletzt die ganze Klasse in der größten Verwirrung war und der Lehrer nicht mehr aus und ein wußte. Endlich entdeckte man den wirklichen Thäter und man hatte keine andre Wahl, als ihn aus dem dunklen Keller herauszulassen, in welchem er die einzige Beschäftigung ergriffen zu haben behauptete, wozu er Gelegenheit gefunden.

Diesen Krieg gegen die offizielle preußische Schulzucht zu unterbrechen, schickte mein Vater mich nach Kempen (Heimath des bekannten Thomas a Kempis) in das dortige Kollegium, eine Privat=Anstalt, deren Direktor sein Freund und Studiengenosse war. Aber dort kam ich aus dem Regen in die Traufe. Ich war damals 13 Jahre alt. Was ich brauchte, war von der einen Seite theilnehmende Behandlung und von der andren freier Spielraum für meine, von Kraft und Uebermuth strotzende Natur. In Kempen fand ich grade das Gegentheil. Das Kollegium war ein ehemaliges Kloster, in welches über hundert Zöglinge einge= sperrt und dessen Lehrer noch theilweise Pfaffen waren. Je= den Morgen in aller Frühe mußten wir in die Kirche, an Sonn= und Feier=Tagen zwei Mal, und den ganzen Tag waren wir in die Schulzimmer oder unsre Stuben einge= sperrt. Selten kamen wir in's Freie. Natürlich mußte in solchem Zwangsleben jede kräftige, frische Natur sich „auf Abwegen" Luft zu machen suchen und so setzte es denn alle mögliche Schelmenstreiche ab. Bald hatten wir an einem hohen Feiertage die Klöppel der Glocken in der Klosterkirche mit Stroh und Lumpen umwunden, so daß der Küster vergebens an den Strängen zog um die Gläubigen zum „Gottesdienst" zu rufen; bald waren aus den Grabkellern die Gebeine der ehrwürdigen Mönche hervorgeholt und entweiht worden; bald ließ man einander an Stricken in den Klostergarten hinab, um Obst zu stehlen; bald wurde eine Schmuggelei von dem Städtchen aus in's Werk gesetzt; bald wurde den Lehrern, bald den Schülern ein Schabernack gespielt. Zum Mathematiker und Rechner von Natur durchaus verdorben, aber doch mit Gewalt dazu angehalten, rächte ich mich an dem Lehrer u. A. dadurch, daß ich eine Maschinerie erfand, welche, durch die Füße meiner Mitverschworenen in Bewegung gesetzt, während des Unterrichts einen fortwährenden betäubenden Lärm unter den Bänken machte, so daß der verzweifelte Lehrer zuletzt in helle Thränen ausbrach. Einen großen, ochsendummen Bauernlümmel von 25 Jahren — Ir hieß der Kerl —, der im Bewußtsein seines höheren Berufs vom Pflug desertirt war, um sich auf dem Kollegium für das theologische Studium vorzubereiten, ließ ich von meinen Kameraden festhalten und schor ihm zur Einweihung einen schönen Vollmond auf den Kopf. Einem andren Dito, der schon 34 Jahre alt war, legte ich ein Pechpflaster auf den Sitz, so daß er beim Nachhausegehen einen Theil seiner zehn Jahre alten, einst schwarz gewesenen Manchester-Hose zurückließ und einen Vollmond am Nadir davontrug, während bei seinem Kollegen Ir das Gestirn am Zenith aufgegangen war. Der ärgerlichste Streich aber wurde einem der Lehrer-Pfaffen gespielt, der wegen seines mürrischen, lieblos = pedantischen Wesens bei allen Schülern verhaßt war.*) Man erbrach seinen Weinkeller, leerte die Flaschen und füllte sie mit Jauche. Die Thäter waren völlig unbekannt. Aber kaum wurde die That entdeckt, so sperrte der Direktor ohne alle Untersuchung mich in den Karzer ein. Dieser Karzer, der früher zum Einsperren der Mönche gedient hatte, war geschlossen durch eine Eichenthüre von mindestens sechs Zoll Dicke, mit einem entsprechenden Schloß versehen, und hatte sonst keine Oeffnung als ein Fenster mit Eisengittern. Empört über das summarische Verfahren des Direktors suchte ich nach einem Mittel der Befreiung. Endlich fand ich in der Wand einen starken eisernen Bolzen, den es mir nach langer Bemühung gelang herauszuarbeiten. Mit dem Bolzen brach ich das massive Schloß entzwei und da grade Essenszeit war, ging ich direkt in das Speisezimmer und nahm meinen gewöhnlichen Platz in der Nähe des Direktors ein. Er gewahrte mich erst, als schon ein Paar Gerichte herumgereicht waren, und erstaunt und empört fuhr er mich an: „Wie kommst du aus dem Karzer?“ „Ich habe ihn erbrochen.“ „Das ist nicht möglich.“ „Sperren Sie mich nochmals ein und ich werde Ihnen beweisen, daß es möglich ist.“ „Wie kannst du dich unterstehen, eigenmächtig heraus zu kommen?“ „Sie haben mich eingesperrt auf bloßen Verdacht, ohne Untersuchung und Beweis. Das ist Ungerechtigkeit und ich lasse mir keine Ungerechtigkeit gefallen.“

Der Direktor ließ mich in Ruhe, schrieb aber sofort an meinen Vater, daß er einen solchen Rebellen nicht länger in

---

*) Einst trug uns der Mann die Naturgeschichte des heiligen Geistes vor; als plötzlich eine Schwalbe durch das offene Fenster in die Stube geflogen kam. „Da ist der heilige Geist, fangt ihn,“ rief ich aus. Diesen Scherz mußte ich als großes Verbrechen abbüßen.

seiner Anstalt dulden könne. Mein Vater bat ihn, einen weiteren Versuch zu machen. Der Direktor ging darauf ein und behandelte mich fortan mit Rücksicht und Aufmerksamkeit. Die Folge war, daß Niemand mehr über mich zu klagen hatte und ich mit einem sehr guten Zeugniß die Anstalt verließ, um wieder in das Gymnasium zu Kleve einzutreten.

Noch muß ich nachholen, daß ich mich in Kempen zuerst vom religiösen Glauben emanzipirte. Das Mittel dazu war die Beichte. Wir hatten dort alle Paar Wochen unsre Sünden zu beichten, auch wenn wir keine wußten. Sünden sind der Beichte wegen da, die Beichte braucht Sünden wie die Justiz Verbrechen und waren keine da, so mußten sie gemacht werden. Ich dachte über das Thema nach und nahm besonderen Anstoß daran, daß der allwissende Gott nöthig haben sollte, durch einen Pastor oder Kaplan sich Bericht über unser Thun und Treiben erstatten zu lassen; auch schloß ich, daß diese Herren, welche mit dem Allwissenden in so engem Verkehr stehen, etwas von seinen Eigenschaften müßten mitbekommen haben, um die Korrektheit der erhaltenen Berichte beurtheilen zu können. Entweder weiß Gott unsre Sünden schon und dann ist es damit genug; oder er weiß sie nicht und dann muß für ihn sein geistlicher Diener sie ermitteln. Läßt dieser Diener sich aber belügen, so fällt seine ganze Berechtigung zusammen und die Beichte ist nichts als ein Hokus-Pokus. In dieser Weise raisonnirend, beschloß ich meinen Beichtvater auf die Probe zu stellen. Ich log ihm als gethan oder als beabsichtigt die schwersten Sünden vor, die ich nur erdenken konnte, und er nahm Alles als baare Münze an, erstaunte über meine Verbrecher-Anlage und gab mir eine zentnerschwere Pönitenz von Rosenkranzbeterei u. s. w. auf. Von dem Moment an war ich trotz aller religiösen Erziehung vom Christenthum kurirt und haßte jeden Pfaffen als Betrüger. Den Glauben an „Gott" aber hielt ich fest.

In Kleve hatte sich bei meinem Wiedereintritt unterdessen der militairische und pedantische Schulmeistergeist nicht geändert und der alte Krieg brach wieder aus, wurde aber jetzt mit andren Waffen geführt. Meine vorgeschrittene Ausbildung befähigte mich jetzt, mehr geistige Waffen zu gebrauchen, indem ich meine Lehrer in Versen und sogar in den Schulaufsätzen meiner Kritik unterwarf. Diese Reibereien endeten damit, daß ich nach einjährigem Besuch der Prima das Gymnasium verließ, ehe ich den vorgeschriebenen Kursus vollständig beendigt hatte, um die Universität zu beziehen. In meinem Abgangszeugniß heißt es, daß ich in den alten Sprachen und in der Geschichte mich hervorgethan, aber in der Mathematik gradezu gar nichts geleistet habe; zugleich tadeln die Lehrer meinen „Styl", genau wie später die Steuerbehörden. Sie sagen: „Sein deutscher Styl trägt die Spuren einer gewissen Sucht originell zu erscheinen, welche sich auch in seinem ganzen Wesen ausspricht. Sein Betragen gegen Lehrer und Schüler ist oft höchst mißfällig gewesen, was eben diesem Umstande zugeschrieben werden muß; nichtsdestoweniger ist die sittliche Grundlage seines Charakters lobenswerth". Ich kann dem damaligen Gymnasiasten bezeugen, daß er der natürlichste Mensch der Welt war, der sprach wie ihm der Schnabel und drein hieb wie ihm die Faust gewachsen war. Aber wenn diese Schulmeister eine Natur vor sich haben, die nicht in ihre Form paßt, so entspricht das Nichtpassen einer „Sucht", sogar der Sucht originell zu erscheinen, und diese Sucht muß kurirt werden. So kuriren sie an der Natur herum, in der Meinung eine

Krankheit zu kuriren, und die Folge muß sein, daß entweder der Gesunde krank kurirt wird, oder daß er dem Arzt den Rücken kehrt und das that auch ich.

Von Jugend ab ist mir nichts mehr verhaßt gewesen, als etwas zu thun aus dem Grunde weil Andre es thaten, oder etwas mitzumachen aus dem Grunde weil es Mode war, oder etwas anzuerkennen aus dem Grunde weil es bestand. Mein natürliches Gefühl widerstrebte Allem, was mich in Anspruch nehmen sollte ohne meine eigne Initiative, Neigung und Ueberzeugung. Stehende Redensarten, hergebrachte Formen, konventionelle Rücksichten, stereotype Geselligkeits-Produktionen, kurz der ganze Kram von überlieferten Fesseln und angelernten Liebhabereien und stylgewordenen Geistlosigkeiten, der uns von Außen aufgenöthigt wird, hat mich stets in Opposition zu meiner Umgebung gebracht, die darin eine gesuchte Feindseeligkeit, oder, wo sich diese angeborne Verschiedenartigkeit im Styl aussprach, eine Sucht fand, originell zu erscheinen. Ueberdieß sagte ich meine Meinung stets offen heraus und war immer eher geneigt, eine freundliche, als eine unfreundliche Gesinnung zu verbergen. Das war das „mißfällige Betragen gegen Lehrer und Schüler".

Ein einziger meiner Lehrer hat den Versuch gemacht, mich als Individuum, als einen Menschen mit eigenthümlichen Eigenschaften, nicht als willen- und charakterlose Lern-Maschine zu behandeln. Es war der Direktor Nagel. Er unterrichtete bloß in der Prima und ich war daher nur kurze Zeit unter seiner unmittelbaren Aufsicht. Allein er hatte ein aufmerksames Auge auf mich und nahm sich die Mühe, mich kennen zu lernen. Da er bemerkt hatte, daß ich mit den andern Schülern zwar Späße genug aufführte und noch

öfter mit ihnen Streit hatte, aber mich nur an Wenige nä=
her anschloß, fragte er mich eines Tages, mit wem ich um=
gehe. „Mit mir selbst", war die Antwort. Ueberdieß war
es ihm aufgefallen, daß der unbändige Raufbold, den er
täglich auf dem Spielplatz des Gymnasiums umhertoben
sah, ihm auf abgelegenen Promenaden oft als einsamer
Träumer mit einem Buch in der Hand begegnete. So kam
er einst dazu, mich zu einem Spaziergang einzuladen, und
forschte auf eine theilnehmende Weise nach meinen Neigun=
gen, meinem Geschmack, meiner Lektüre, ersuchte mich um
Mittheilung einzelner Gedichte u. s. w., die ich gemacht
hatte, sprach sich ermunternd über meine Fähigkeiten aus
und ertheilte mir als Freund Rathschläge über meine Stu=
dien und Beschäftigungen. Von jenem Tage ab hatte es
der Direktor Nagel in seiner Gewalt, mich mit einem einzigen
Wort zu jeder Anstrengung und jeder Selbstverleugnung
zu bringen. Aber er starb bald nachher und ich hatte es
jetzt wieder bloß mit Denen zu thun, denen mein „Styl"
so wenig zusagte wie mir ihre Schulmeisterei.

Im Herbst 1827 ging ich nach Bonn um Medizin zu
studiren. Kaum war ich dort angelangt, so hatte ich schon
wieder Kämpfe mit meinem Vater zu bestehen. Er war
trotz aller Achtungswürdigkeit und allen schönen Grundsätzen
in einzelnen Dingen ein schwacher Mann und zu seinen
Schwächen gehörte eine unerträgliche moralisirende Aengstlich=
keit, die mich bevormundend auf jedem Schritt begleiten
wollte aus Furcht, ich werde Exzesse begehen. Während er
meinem Bruder ohne Weiteres Alles gestattete, wozu er Lust
hatte, Jagen, Reiten, Fahren u. s. w., suchte er mich in Al=
lem zu beengen und aufzuhalten, so daß ich bei jeder Bewe=
gung erst Schranken zu durchbrechen hatte. Wollte ich auf

die Jagd gehen, so sollte ich in Gefahr sein, Jemanden todt=
zuschießen, wollte ich ausreiten, so wurde behauptet, ich werde
den Hals brechen, und verlangte ich Geld, so wurde ich auf
das Knickerigste abgefertigt, weil ich mich sonst zum Ver=
schwender ausbilden werde. Mein Vater war früher ein
lustiger Student und kein Kostverächter am Tisch des Lebens
gewesen. Vielleicht zog er aus der Erinnerung an seine
Jugend den Schluß, daß ich im Verhältniß meiner kräftige=
ren Anlage eine stärkere Neigung zu Exzessen haben müsse,
und um denen zuvorzukommen wollte er meine Natur durch
fortwährende moralische Behandlung dahin bringen sich selbst
zu vergessen. Er that mir dabei großes Unrecht, denn trotz
meinem leidenschaftlichen Temperament und meiner Neigung
zum Extravagiren habe ich in meiner Jugend einen Stolz
darin gesucht, stets Herr meiner selbst zu sein und mir dieß,
wo ich es aus sittlichen Rücksichten der Mühe für werth hielt,
durch Enthaltsamkeitsproben zu beweisen, deren sich kein Tu=
gendheld in einem Roman hätte zu schämen gehabt. Mein
Vater war ein wohlhabender Mann, bezog dabei ein schönes
Gehalt und überdieß hatte er für mich einige tausend Thaler
zu verwalten, die ich von meiner Mutter geerbt. Ueber dieß
Geld wollte er mir aber niemals Auskunft geben, auch als
ich schon mündig war, bloß aus Furcht, ich werde es rekla=
miren und dann verthun. Selbst als ich später, gegen sei=
nen Willen, Versorger einer mittellosen Familie geworden
war (während er den Plan hatte, mich mit einem reichen
Mädchen zu verheirathen), weigerte er sich, ohne richterlichen
Zwang mein mütterliches Erbe herauszugeben. Alles das
entsprang aus guten Absichten, aber es konnte nicht zu guten
Resultaten führen. Trotz den Mitteln, die ihm zur Ver=
fügung standen, wollte er mich in Bonn auf eine jährliche

Ausgabe von 200 Thalern beschränken, während allein die Kollegien die ich zu hören und die Bücher die ich anzuschaffen hatte die Hälfte dieser Summe in Anspruch nahmen. Ich schrieb ihm schon in den ersten Wochen, daß ich die Universität verlassen werde, wenn er mein Büdget nicht erhöhe, und in dieser Weise hatte ich jede kleine Zulage zu erkämpfen, wozu er sich nach und nach nöthigen ließ. In einem meiner Briefe, die ich in seinem Nachlaß finde, wird meine Einrichtung also beschrieben: „Mein Zimmer ist ungefähr noch einmal so lang und noch einmal so breit wie ich lang bin. Auf diesem Raum stehen ein Bette, ein Schrank mit Schreibpult und Bücherbrettern, ein Nachttischchen, ein Ofen, drei Stühle, ein Tisch, ein Kanapee und mein großer Koffer und zwischen diese Scharteken bin ich eingepackt. Das ist auch meine Gesellschaft, denn Freunde habe ich hier noch nicht. An feindlicher Gesellschaft fehlt es nicht, nämlich an Wanzen. Unter mir in der Blechschmiede höre ich den ganzen Tag das Gehämmer der Zyklopen und das Geschrei der Kinder; neben mir stinkt ein krummer Schneider ein Stückchen zu seiner Arbeit; über mir hockt ein Pfaffologe und hinter mir wieder einer. Schöne Unterhaltung. Gehe ich aber aus, so ärgere ich mich wenn ich die Studenten mit ihren langen Mänteln und ihren dummtrotzigen Gesichtern umherschwenken sehe, und spaziere lieber auf das Feld hinaus. An Stubenmiethe zahle ich monatlich 3 Thaler, für Brand 2 Th. 10 Sgr., für Mittagessen 5 Sgr. Wer dazu die Auslagen für Kollegien, Bücher, Sezirinstrumente, Papier, Aufwartung, Kleider, Wäsche u. s. w. berechnet, der braucht keine Kopfanstrengung, um mein Büdget aufzustellen, ohne an Vergnügungen nur zu denken." Trotz dieser bescheidenen Einrichtung konnte ich die ökonomischen Ansprüche meines

Vaters nicht befriedigen und wo ich Geld erwartete, erhielt ich in der Regel moralische Vorlesungen. Natürlich war dieß Verhältniß wenig geeignet, mir eine freudige Stimmung zum Studiren beizubringen, und es fehlte wenig, so hätte ich schon damals die Universität wieder verlassen, um in die weite Welt zu gehen.

Ich ging indeß an meine Studien und zwar Anfangs mit dem besten Eifer. Die Medizin hatte ich gewählt, weil sie mir die unabhängigste Stellung und zugleich eine genauere Kenntniß des Menschen versprach, welcher stets der Hauptgegenstand meiner Beobachtungen und Spekulationen gewesen war. Eigentlich war mein Wunsch, „schöne Wissenschaften" zu studiren. Während meiner Gymnasial-Zeit war in meinen Freistunden Literaturgeschichte und die Lektüre der neueren Klassiker, namentlich der Poeten, meine Lieblingsbeschäftigung gewesen und diese Beschäftigung setzte ich auch in Bonn fort. Ich war dort eine Zeit lang der regelmäßige Besucher aller Bücherauktionen und kaufte mir eine ganze Bibliothek zusammen. Aber die „schönen Wissenschaften" schienen mir nicht genug Garantie für die künftige Existenz darzubieten und in diesem Punkt ließ ich mich durch die Rücksicht auf meinen Vater bestimmen. Wäre ich meinem Wunsch gefolgt, so würde ich besser gefahren sein, denn mein „Studium der Medizin" war rein weggeworfen. Es war damit vorbei, als ich bis zum Seziren vorgeschritten war. Unglücklicher Weise hatte ich meine erste Probe an einem ausgezeichnet ekelhaften „Subjekt," der mit Geschwüren bedeckten, theilweise schon verwes'ten Leiche einer alten Frau aus dem Irrenhause abzulegen. Der Ekel nahm mir sehr bald die Geduld und ich zerschnitt den Kadaver in einer Weise, daß der Professor erklärte, diese Arbeit scheine ein

Metzger, kein Student der Medizin verrichtet zu haben. Von diesem Augenblick ab widerte mich die Medizin an — eine Schwäche und Leichtfertigkeit, wegen welcher ich mir später genug Vorwürfe gemacht habe. Ich besuchte von nun an die medizinischen Kollegien unregelmäßig und hospitirte in ästhetischen und geschichtlichen, figurirte als Student der Medizin bloß noch pro forma oder aus Gewohnheit, mit unbestimmten Hoffnungen auf die Wirkung der Zeit, beschäftigte mich mit Poesie mehr als mit Anatomie und begann meinem doppelten Mißbehagen, über meine unnöthigen ökonomischen Beschränkungen wie über die unästhetische Seite meines Studiums, durch Betheiligung am „Studentenleben" Luft zu machen.

Bis dahin hatte ich kaum eine „Kneipe" besucht. Das Gebahren der Studenten mit ihren stereotypen Formen, sinnlosen Auszeichnungen und leeren Renommistereien stieß mich zurück und das Duelliren mit seinen Präliminarien von „dummen Jungen" und „infamen Hundsföttern" erschien mir so unsinnig und albern, daß ich mir und Andern gelobte, den Ersten den Besten, der mir mit solchen Geistreichigkeiten nahe komme, gründlich durchzuprügeln. Ich konnte nicht einsehen, warum dieß einfache und natürliche Mittel, einen Streit zu schlichten oder sich eines zudringlichen Gegners zu erwehren, auf der Universität nicht eben so passend sein sollte wie auf dem Gymnasium. „Aber dann kommst du in Verschiß," lautete die Warnung. Thut nichts, ich hätte eher mit meiner Faust und meinem Stock Krieg gegen sämmtliche „Verbindungen" und „Korps" angefangen, als mich dem eingeführten unsinnigen Zwange gefügt. Doch „Gelegenheit macht Diebe" und die Gelegenheit wurde theils durch den Zufall, theils durch die Berechnung anderer Stu-

tenten, der „Weſtphalen," herbeigeführt, welche in meiner
Körperſtärke eine gute Akquiſition für ihre Armee zu machen
glaubten. Den erſten Anlaß hatte ich einem „jungteutſchen"
Schriftſteller zu danken. Als ich eines Tags in einer
„Kneipe" ſaß, erhob ſich plötzlich am andern Ende der
Stube ein langer Menſch vom Tiſch und ſchlug einen gegen=
überſitzenden Kleinen, mit dem er in Disput gerathen war,
mit einer Flaſche auf den Schädel, daß der Geſchlagene blu=
tend vom Stuhl fiel. Alles ſprang von den Sitzen, aber
der Thäter hielt durch eine drohende Stellung die Nächſten
von ſich ab. Empört über die elende Heldenthat, drängte
ich mich zu ihm, ergriff ihn bei der Kehle, gab ihm einige
fühlbare Ermahnungen und warf ihn der Thüre zu, durch
die der künftige Schriftſteller Wienbarg ſich eilig entfernte.
Das entſchied meine Stellung zu den Studenten. Sie
drängten ſich auf das Freundlichſte zu mir und die Schranke
des Umgangs war gefallen, die mich bis dahin von ihnen
getrennt hatte. Nun aber waren ſie auch ſofort darauf bedacht,
mir eine Gelegenheit zur Auszeichnung auf demjenigen Felde
zu verſchaffen, auf welchem ihre Hauptlorbeern wuchſen.
Ich machte ſie mit meinen Grundſätzen in Bezug auf das
Duelliren bekannt; aber ſie ließen ſich dadurch nicht ent=
muthigen. Sie hatten von einer kleinen Differenz gehört,
die ich im Hörſaal mit einem langen Polen, der ſich zu den
„Preußen" hielt, wegen meines Platzes gehabt hatte, und
dieſe benutzten ſie ſofort als casus belli. Ohne mir etwas
zu ſagen, foderten ſie den Polen in meinem Namen „auf
zwölf Gänge" und luden mich dann ein, demſelben an einem
gewiſſen Tage auf der Inſel Nonnenwerth gegenüberzu=
treten. Um Mißdeutungen zu begegnen und da mir über=
dieß das hochmüthige Benehmen des „Preußen" durch meine

mündliche Zurechtweisung nicht hinlänglich bestraft erschien, ließ ich mich ausnahmsweise auf den Handel ein. Obschon ich bis dahin nie ein Rappier in der Hand gehabt und mich auch weigerte erst das alberne Fechten zu lernen, gelang es mir durch meine Kraft, meinen geübten Gegner „abzufertigen" und sogar auf den Hintern zu setzen. „Nur der erste Schritt kostet Ueberwindung" und so kam ich denn auch zu der Verirrung, an dem unsinnigen und rohen Duelliren eine Zeit lang Geschmack zu finden. Und da ich überhaupt Alles, was ich einmal mit Neigung angriff, mit „Eifer" und „Nachdruck" zu betreiben pflegte, gerieth ich bald in so viele Händel (natürlich auf die „dummste" und „infamste," roheste und leichtfertigste Weise gesucht), daß ich beim Abgang von der Universität noch mehrere Dutzend Duelle auszufechten hatte. „Haben Sie schon gespeis't?" So wurden ein halbes Dutzend Mitglieder einer andern „Verbindung" auf der Straße angeredet, mit denen man gern anbinden wollte. „Nein," war die Antwort. „Sicher haben Sie gespeis't; Sie müssen sich übersatt gegessen haben." „Warum denn?" „Weil Sie gar nicht mehr anbeißen zu wollen scheinen." Natürlich war das genug und ein halbes Dutzend „Skandäler" waren wieder fertig. Ich wünschte, ich könnte Denen, welche noch immer ähnlichen Liebhabereien huldigen, das Gefühl der Scham mittheilen, welche ich später über diese sinnlosen Rohheiten und Renommistereien empfunden habe. (Der Wortführer meiner Reue über dieselben ist der Bakkalaureus Fopper in dem Lustspiel Professor „Irrwisch".)

Daß neben dem Duelliren auch das „Kneipen" und „Randaliren" nicht vernachläßigt wurde, versteht sich von selbst, zumal da ich als Mitglied der „Westphalia" in eine Verbindung gerathen war, deren Haupt=Auszeichnung in

Manifestationen der Rohheit, überhaupt in physischen Leistungen bestand. Wenn ich aber dabei eine hervorragende Rolle spielte, so muß ich mich vor dem Verdacht verwahren, als habe ich mich deshalb auch vor Anderen durch i n n e r e Rohheit ausgezeichnet. Schon meine körperliche Beschaffenheit sicherte meinem Auftreten bei jeder Gelegenheit einen größern Eklat, als unansehnlicheren Theilnehmern. Das „Kneipen", wobei Andre sich mit ihren stereotypen Gesängen, Redensarten und Dummheiten begnügten, benutzte ich zur Produzirung barocker Einfälle, drastischen Humors und „cynischer Witze", wie der Poet Hutterus sagt, und deshalb kam auf meine Rechnung ein unverhältnißmäßiger Theil des Kneip-Renomme's; ebenso wußte ich dem „Randaliren" gewöhnlich eine Wendung in's Pikante oder Großartige zu geben und deshalb erschien ich schuldiger, als Andre, die im Grunde weit mehr Rohheit entwickelten. Einst wurde ich bei einem Kommers in Königswinter zu Hülfe gerufen, um einige betrunkene „Füchse" zu bändigen, welche sich Abends auf der Straße mit Fenster-Einschlagen amüsirten. Ich brachte sie sofort von ihrer Unterhaltung ab indem ich sie anwies, sich nicht mit solchen alltäglichen Kleinigkeiten zu befassen, sondern ihre Kräfte an größeren Objekten zu versuchen. Demnach wurden alle Fuhrwerke von den Straßen in den Rhein gefahren und die Kähne aus dem Rhein in die Straßen geschleppt. Und diese unschädliche Dummheit wurde mir als ein weit größerer Vandalismus angerechnet, als wenn ich sämmtliche Fenster und Thüren von Königswinter hätte einschlagen lassen.

Zu meinen westphälischen „Kommilitonen" gehörte damals auch der erwähnte Hutterus, ein großer Dichter und nicht bloß als solcher, sondern auch als Schafsnatur im All-

gemeinen das Objekt täglicher „Hänselei". Er hatte na=
mentlich von niemen „cynischen Witzen" zu leiden. Dieser
Hutterus hat es unterdessen zum preußischen Assessor oder
einer ähnlichen Belohnung seiner Unterthanen=Treue gebracht
und das gibt ihm natürlich ein Recht, an einem durch das
Exil vogelfrei gewordenen Revolutionair zum großen Mann
und Sittenrichter zu werden. In einem seiner langweiligen
Bücher hat er kürzlich neben andren Lügen eine Geschichte
meiner Relegation zum Besten gegeben, welche auf die Klage
eines katholischen Theologen erfolgt sei, den ich zur Schau=
stellung meiner Stärke vor ihm, Hutterus, unter dem Arm
über die Straße getragen habe. Die Affaire hat mit meiner
Relegation nichts zu schaffen, doch will ich sie zur Berichti=
gung erzählen wie sie passirt ist. Als ich eines Tages in
guter Laune über den Markt ging, begegnete mir, mit einer
schweren Mappe beladen, ein katholischer Theologe, der mich
mit einer Miene gewinnender Humanität anblickte und dessen
ganze Persönlichkeit überhaupt etwas Einladendes an sich
hatte. Meine alte Vorliebe für die Theologen brachte mich
auf den Einfall, den vorübergehenden Liebling auf den Arm
zu nehmen (wobei an eine Probe von Stärke gar nicht ge=
dacht wurde), und trotz allem Sträuben, Zappeln und Per=
oriren mußte der angehende Mann Gottes sich gefallen
lassen, daß ich ihn liebkosend zur Erbauung der Umstehenden
bis an's andre Ende des Marktes trug, wo ich ihn sanft
niedersetzte und freundlich verabschiedete. Doch der Jünger
des Herrn hatte unterdessen alle Humanität abgelegt und
eilte spornstreichs zum Universitätsrichter um mich wegen des
unverzeihlichen Verbrechens anzuklagen, das ich an seiner
künftigen Würde begangen hatte. Ich wurde vorgeladen
und hörte von dem zornentbrannten Ankläger die Beschuldi=

gung wiederholen und auf strengste Bestrafung antragen. Nachdem ich ihn eine Zeit lang ruhig hatte gewähren lassen, fuhr ich ihn endlich in einem feierlichen Pathos folgender Maßen an: „Sie wollen ein Seelsorger werden? Sie wollen ein Nachfolger Christi sein? Haben Sie die Lehre des Herrn vergessen, wonach Sie, wenn Sie einen Schlag auf die rechte Backe erhalten, auch die linke herhalten sollen? Mußten Sie hiernach, statt mich zu verklagen, mich nicht vielmehr bitten, Sie auch den Markt hinauf zu tragen, nachdem ich Sie den Markt hinab getragen hatte? Doch habe ich dadurch eine feindliche Handlung an Ihnen verübt? Stets habe ich mit Rührung die Geschichte Josephs von Arimathia gelesen, der dem Herrn das Kreuz abnahm, als er es den Berg Golgatha hinaufschleppen sollte, und von Jesus dafür gesegnet wurde. Als ich Sie mit Ihrer schweren Mappe sich über den Markt schleppen sah, kam der Geist Josephs von Arimathia über mich und ich belud mich nicht bloß mit Ihrem Kreuz, sondern auch mit Ihrer Person, um Sie Ihrem Ziel näher zu bringen. Sie aber, statt mich zu segnen wie der Heiland, wollen mir fluchen und meine Hülfe mit Strafe erwiedern? Ist das gerecht, ist das menschlich, ist das — christlich?" Der Universitätsrichter kam durch diese Anrede in eine so glückliche Stimmung, daß er das Lachen kaum halten konnte, und als er dem verdutzten Theologen rieth, lieber von der Klage abzustehen, war der bekehrte Nachfolger Christi sofort einverstanden und eilte davon, um einer überwältigenden Verlegenheit zu entgehen.

Damit war dieser Spaß abgethan. Allerdings erfolgte bald nachher meine Relegation, aber sie wurde durch ganz andre Veranlassungen herbeigeführt. So viel ich mich erinnere, figurirten dabei auch der erwähnte Kommers und

Duelle, namentlich aber eine aufrührerische Rede, wodurch ich mich an der Universitäts-Obrigkeit vergangen hatte. Wie all das bramarbasirende Studenten-Gelümmel, hatte ich damals über politische Freiheit noch niemals nachgedacht. Zwar hatte ich mich schon auf dem Gymnasium mit allerlei Phantasien und Sentimentalitäten über Beglückung der Menschheit getragen, aber ob ich in einem Despotenlande lebte oder in einer Republik, darüber war ich niemals zur Besinnung gekommen, wie sehr auch mein Instinkt mich der Freiheit zukehrte. Doch wo meine persönliche oder die Freiheit meiner Freunde in Frage kam — d. h. die Freiheit, Studenten-Unfug zu treiben —, da war ich sofort ein erklärter Freiheits-Mann. Grade diese Freiheit ist es, durch welche in Teutschland eine machiavellistische Regierungspolitik die Jugendkraft systematisch vergeuden läßt, und ich hatte wahrlich Gebrauch genug davon gemacht. Dennoch war damals von dem Regierungsbevollmächtigten Rehfues zu Bonn irgend eine Beschränkung jener „Freiheit" ausgegangen, die mir nicht zusagte. In solcher Stimmung begegnete ich eines Abends auf dem Markt einem der Pedelle und redete ihn in diesem Tone an: „Man nennt Sie einen Pudel. Das ist aber eine bloße Schmeichelei: Sie sind ein Fuchs. So trägt auch Ihr Oberhaupt den unschuldigen Namen Rehfues. Geierklaue wäre ein passenderer Name. Wie ein Geier sitzt der Mensch dort oben in seinem Nest, um auf unschuldige Studenten-Tauben zu lauern, die sich eine kleine Freiheit herausnehmen" u s. w. In diesem Ton ging es eine Viertelstunde lang weiter, während das erstaunte Publikum rings die Fenster öffnete und der Pedell wie eine Bildsäule vor mir stand um sich jedes Wörtchen zu merken. Am andern Tage wurde ich vorgeladen und mein Urtheil lautete auf Relegation, in perpetuum.

Doch bei der Relegation blieb es nicht. Es wurde gleich=
zeitig verordnet, daß ich so lang im Karzer sollte festgehalten
werden, bis eine Bestimmung meines Vaters über meinen
künftigen Aufenthalt eingetroffen sei. Ich hatte indeß kaum
einige Stunden im Karzer zugebracht, als diese willkürliche
Zugabe zu meiner eigentlichen Strafe mich zur Empörung
brachte. Ich foderte den Pedell auf, sofort den Universi=
tätsrichter zu rufen, dem ich eine wichtige Mittheilung zu
machen habe. Der alte Richter Bergmann kam wirklich in
den hohen Karzer heraufgekeucht und ich eröffnete ihm in
einem Zustande, der keinen Zweifel an meinem Ernst auf=
kommen ließ, daß ich, wenn man nicht noch den nämlichen
Tag mein Gefängniß öffne, mich um jeden Preis befreien
und daß es mir dabei selbst auf ein Menschenleben nicht an=
kommen werde. Ich werde mir Stadtarrest auf Ehrenwort
gefallen lassen, aber keine gemeine Einsperrung, die mich zur
Raserei bringe, und schiebe alle Verantwortlichkeit für mög=
liches Unglück auf die Universitäts=Behörde. Der Richter
Bergmann erkannte, was von mir zu erwarten war, er eilte
sofort zum Regierungsbevollmächtigten und in zwei Stun=
den war ich frei unter der Bedingung und mit dem Ver=
sprechen, den nächsten Tag nach Köln abzureisen und dort
die Bestimmung meines Vaters abzuwarten.

So endigte meine Studenten=Laufbahn. Doch stand auch
ohne die Relegation mein Entschluß, die Universität zu ver=
lassen, schon fest. Das wüste Studenten=Treiben konnte
mich eine Zeit lang beschäftigen, doch war es zu leer und
unwürdig, um mich irgend zu befriedigen, und die Zwecklosig=
keit meines Aufenthalts auf der Universität, nachdem ich
mein Studium innerlich aufgegeben, hatte mir schon lang
Unbehagen und Unruhe verursacht. Einen Ausweg für

meine Unruhe und meinen Thatendrang fand ich in dem Plan, eine Expedition in fremde Welttheile zu machen, von der ich schon seit Jahren geträumt hatte. So gerieth ich auf die Reise nach Batavia, die trotz allem Widerstand und allen Hindernissen ausgeführt werden mußte, nachdem der Plan dazu einmal entworfen war. Ich reis'te mit einem tollen Studiengenossen ab, im Herbst 1829.

Nach sechszehn Monaten, im Winter 1831, langte ich wieder in Rotterdam an, wo mich, da ich mich schämte nach Hause zurückzukehren, trotz meinem Heimweh nur das Einfrieren der Schiffe abhielt, sofort wieder eine Reise, vielleicht als Matrose, nach Amerika zu machen. Was wäre hier aus mir geworden? Ich kann es weder sagen noch denken.

Unterdessen war die Juli-Revolution erfolgt, die mich aber völlig unberührt gelassen, da ich auf meiner Reise nicht einmal etwas davon erfahren hatte.

Kaum hatte ich mich zu Hause von den Folgen meiner winterlichen Strapazen im batavischen Sommeranzug erholt, so wurden wieder neue Reisepläne geschmiedet. Ein Weib trat in den Weg, nahm meine ruhelose Phantasie vollständig in Beschlag und gab meinem Leben eine andre Richtung. Die Liebe zu ihr und die übernommene Pflicht machte mich zum Steuerbeamten. (S. „Acht Jahre Staatsdienst.")

Was ein Mann im Leben empfunden und erlitten hat, das soll er, wenigstens in Prosa, nur wiedererzählen, wenn er es in den Farben der Indignation, oder in denen des Humors darstellen kann. Genug, Diejenige, der zu lieb ich gethan, wozu mich keine Macht der Welt gebracht hätte, starb nach kurzer Zeit und ließ mich allein in einer Lage zurück, deren Druck ich jetzt hundertfach empfinden mußte. Wenn ich je in meinem Leben sittliche Kraft entwickelt, so geschah es während jener langen, langen acht Jahre, die ich im preußischen Steuerdienst, einer übernommenen Pflicht zu lieb, ausgehalten habe. In jener Zeit habe ich Alles reichlich abgebüßt, was ich durch das leichtfertige Aufgeben meiner Studien und überhaupt durch meine Jugend-Verirrungen verschuldet habe. Zugleich aber gaben jene acht Jahre mir Gelegenheit zu andren Studien, die ich ohne eine solche Schule nie hätte machen können. Sie verschafften mir einen Einblick in das Getriebe des preußischen Staats und gaben mir eine praktische Vorbildung für die politische Opposition. Mein mehr als siebenjähriger Krieg gegen die preußische Büreaukratie war die Vorübung zu einem dreißigjährigen Krieg gegen Alles, was Unfreiheit und Unterdrückung heißt.

Nachdem ich meinen Abschied genommen, ließ ich mich in Köln nieder, um durch Privatschreibereien und literarische Arbeiten meine Existenz zu begründen. Ich ließ einen Band Gedichte und die „Reise nach Batavia" (die später bei Bessermann in Mannheim in zweiter Auflage erschien) auf eigne Kosten drucken, doch da ich mich um den Absatz nicht bemühte und keinen geeigneten Buchhändler zum Vermittler hatte, wurden sie fast nur in befreundeten Kreisen bekannt. Außerdem korrespondirte ich in die freisinnigsten antipreußischen Blätter, namentlich in die „Leipziger Allgemeine" und die „Mannheimer Abend-Zeitung." Später betheiligte ich mich an der in Köln gegründeten „Rheinischen Zeitung". Ich stand mit den Junghegelianern, die dieses Blatt beherrschten, zwar nicht auf feindlichem Fuß, doch wich ich entschieden von ihnen ab und bekämpfte sie, als sie sich dem Kommunismus zuzuneigen begannen. Auch hatte ich ihnen vorzuwerfen, daß sie nicht den Muth besaßen, revolutionair aufzutreten.

Ich selbst war damals entschieden gegen die Revolution. Ich war, obgleich Republikaner von dem Moment ab, wo ich mich mit Politik zu befassen begann, noch befangen in dem Glauben, daß die politische Reaktion auf „gesetzlichem“ Wege gebrochen werden könne und daß es unsittlich und inkonsequent sei, im Namen der Freiheit Gewaltmittel anzuwenden, wegen welcher man ihre Gegner bekämpfe. Den Kommunisten aber, welche alles Bestehende mit einem Mal umwerfen und der Politik vollständig den Rücken kehren wollten, muthete ich auch die Konsequenz zu, das allein mögliche Mittel zu jenem Zweck anzuwenden, nämlich das Predigen offener Gewalt gegen die ganze Gesellschaft. In Bezug auf die „jenseitigen“ Dinge war ich damals noch ziemlich unklar. Ich war allerdings Atheist im religiösen Sinne, aber ich vertrat gegen die Junghegelianer eine Grundursache aller Dinge, ohne die ich mir die Welt nicht denken konnte. Ueber diesen Punkt kam ich erst einige Jahre später in’s Reine, namentlich durch den Umgang mit Ruge in Zürich.

Während meines „Staatsdienstes“ hatte ich das unterdessen ererbte kleine Vermögen beinah gänzlich zugesetzt und der Ertrag meiner literarischen Arbeiten reichte nicht zur Erhaltung meiner Familie aus. Ich mußte daher auf eine andre Einnahmequelle bedacht sein und nahm die Stelle eines Direktions-Sekretairs der Rheinischen Eisenbahn-Gesellschaft (mit einem einstweiligen Gehalt von 400 Thalern) an. In dieser Stellung lernte ich Herrn Hansemann kennen, der zu den Direktoren jener Gesellschaft gehörte. Eines Tages besuchte er mich in meiner Schreibstube, machte mir Elogen wegen meiner Talente, die eine bessere Anerkennung verdienten, drückte den Wunsch aus, mich nach

Aachen in seine Nähe zu ziehen, und bot mir die Stelle eines Sekretairs der Aachener Feuer-Versicherungs-Gesellschaft, deren Präsident er war, mit einem einstweiligen Gehalt von 700 Thalern und der Aussicht auf baldige Verbesserung an. „Aber, bemerkte er, ich setze dabei voraus, daß Sie Ihre Schrift über die preußische Büreaukratie (die ich damals angekündigt hatte) ungedruckt lassen. Können Sie mir nicht einmal eine Probe aus der Schrift zur Ansicht mittheilen?" Ich gab ihm das Kapitel, das von der Wortbrüchigkeit Friedrich Wilhelms III. handelt. Schrecken im Gesicht, brachte er es mir nach einigen Tagen zurück und versicherte, ich werde, wenn ich dergleichen drucken lasse, unfehlbar zum Tode verurtheilt werden. Ich lachte darüber und erklärte, daß ich die Probe machen werde. Er aber ging darüber mit seiner überlegenen, an Dominiren gewöhnten Zuversichtlichkeit hinweg, sprach die Ueberzeugung aus, daß ein Mensch von meinem Verstande nicht solche Thorheiten begehen könne, und kehrte nach Aachen zurück, um mir die versprochene Stelle zu verschaffen. In Aachen hatte ich mich in das neue Geschäft bald hineingearbeitet und da ich mir große Gewandtheit in Büreau-Arbeiten angeeignet, blieb mir während der Geschäftsstunden noch Zeit genug übrig, um die Schrift über die Büreaukratie in dem Lokal der Versicherungs-Gesellschaft selbst zu vollenden.

Eines Tags erhielt ich in meiner Wohnung einen Besuch von Herrn Hansemann, der mir verkündete, er habe zu seinem größten Erstaunen gehört, daß ich die Schrift dennoch herausgeben wolle. Ich erwiderte, es sei nicht meine Schuld, wenn er daran jemals gezweifelt habe. „Aber Sie werden doch einsehen, daß Sie dann Ihre Stelle nicht beibehalten können. Herr Heinzen, bedenken Sie Ihre Zukunft, Ihre

Familie" —. „Seien Sie ruhig, Herr Hansemann, ich werde bei Zeiten dafür sorgen, daß Ihre Loyalität nicht durch mich exponirt werde." Nachdem er vergebens alles Mögliche aufgeboten, mich durch Vorspiegelungen und Einschüchterungen von meinem Entschluß abzubringen und gleichzeitig über den Druckort, die Zeit des Erscheinens u. s. w. etwas zu erfahren, entfernte er sich, um nach einigen Tagen den Versuch nochmals zu wiederholen, natürlich mit dem nämlichen Erfolg. Als die Zeit des Erscheinens der Schrift herannahte, nahm ich in Aachen meinen Abschied und zog wieder nach Köln. Herr Hansemann, dadurch von seiner Angst befreit, erklärte, ich sei „ein edler Mann."

Was dieser schlaue Fuchs, dem schon damals ein Ministerposten in der Nase steckte, mit mir beabsichtigte, glaube ich schon errathen zu haben, als er mir in Köln die Aachener Stelle anbot. Als er sah, daß er sich in mir getäuscht hatte, fällte er das Urtheil: „ein talentvoller Mensch, aber zu wenig legirt".

Die Schrift über die Büreaukratie war schon ein Jahr lang verboten, ehe sie geschrieben war. Nachdem ich meinen Plan bekannt gemacht und zu thatsächlichen Beiträgen aufgefordert hatte, wurden sofort alle Polizeibehörden angewiesen, auf das Buch zu vigiliren und es in Beschlag zu nehmen. Da ich die preußischen Pfiffe kannte, traf ich geeignete Vorkehrungen. Den Verlagsort und Verleger Niemanden verrathend, instruirte ich diesen, C. W. Leske in Darmstadt, seinerseits ebenfalls das strengste Geheimniß zu wahren, das Buch so zu versenden, daß es möglichst um dieselbe Zeit in allen Städten der preußischen Monarchie eintreffe, und den Buchhändlern das sofortige Austragen desselben am Tage der Ankunft dringend zu empfehlen. Diese Instruktion wurde so pünktlich ausgeführt — und in Köln half ich selbst dazu mit —, daß die „preußische Büreaukratie" plötzlich in allen Gegenden Preußens gleichzeitig verbreitet war und es der Polizei nur gelang, einige wenige Exemplare in Beschlag zu nehmen.

Das Buch machte ein ungeheures Aufsehen und es wären davon sicher 10—20,000 Exemplare abzusetzen gewesen. Am Rhein bezahlte man mitunter 10 und 12 Thaler für ein einziges Exemplar. Obschon ich mich darin als Republikaner bekannte, waren namentlich die Koryphäen des „Konstitutionalismus" entzückt über die Schrift und der alte Welcker rief: „das ist nicht ein Buch, das ist eine That." Meine Haupt-Absicht bei dieser „That" war einfach diese: das Königthum in solcher Weise zwischen moralische Schrauben zu setzen, daß es entweder gänzlich diskreditirt, oder zur Bewilligung einer Konstitution genöthigt werde und hierdurch den Weg zur Republik anbahnen helfe, dem Volk aber eine Perspektive auf diesen Weg zu eröffnen. Dieß in einer Weise zu thun, daß der Verfasser sich nicht ohne Weiteres als Hochverräther unschädlich machte, war damals nicht ganz leicht. Ich glaubte es aber, ohne Hülfe eines Advokaten, so weit zu Stande gebracht zu haben, daß ich ohne Furcht vor ernsteren Folgen, als einer kurzen Gefängnißstrafe, meinen Prozeß in Köln ruhig abzuwarten beschloß in der Voraussetzung, man werde ein ehrliches d. i. öffentliches Gerichtsverfahren gegen mich anwenden. Kundigere und weniger vertrauenvolle Rathgeber überzeugten mich aber noch zur rechten Zeit, daß ich schon auf dem Wege der bloßen Untersuchungshaft werde unschädlich gemacht werden, und dieß bewog mich, im November 1844 über die belgische Grenze zu flüchten, statt der erhaltenen Vorladung des Untersuchungsgerichts Folge zu leisten. Daß meine Rathgeber richtig geurtheilt hatten, zeigte die Folge. Das Kölner Gericht nämlich mußte, um die Oeffentlichkeit ausschließen und mich hinter verschlossenen Thüren abthun zu können, ein ganz neues, in keinem „Gesetz" nur mit einer Andeutung vorge= sehenes, noch nie und nirgendwo aufgetauchtes „Verbrechen" gegen mich erfinden, nämlich: Beleidigung der lebenden Majestät durch Beleidigung der todten.

Empört über diesen Streich, der mich zugleich meiner Zu= sage, mich dem Gericht zu stellen, entband, ließ ich in Brüssel eine Flugschrift „Ein Steckbrief" (gegen die preußische Re= gierung) drucken als Antwort auf die Steckbriefe, womit man mich verfolgte. Diese Flugschrift, die ich zwischen Brüsseler Nachdrucksschriften nach Leipzig schmuggeln ließ, machte bei= nah noch mehr Aufsehen, als die „Büreaukratie", und sie enthält sicher ein so getreues „Signalement" der preußischen Politik, wie es auf so kleinem Raum nirgends geliefert wor= den ist. Die teutschen Unterthanen waren an eine solche Sprache und „Frechheit" damals noch nicht gewöhnt, gönn= ten aber der preußischen Regierung das Schlimmste. Auch der „Steckbrief", der die Reihen meiner ausländischen Propa= gandaschriften eröffnete, war noch nicht revolutionair. Erst in der Schweiz, wohin ich mit Freiligrath im Frühling 1845 von Brüssel abreis'te, legte ich alle Bedenken gegen die Re= volution ab und begann jenen revolutionairen Krieg in Flug= schriften, welche, wie viel sie auch in schriftstellerischer Hinsicht zu wünschen übrig lassen, an Kühnheit und Rücksichtlosigkeit schwerlich ihres Gleichen in irgend einer Literatur finden.

Außer jenen Flugschriften publizirte ich vom Auslande aus: „Mehr als zwanzig Bogen" (Leske, 1845), „Die Opposition", eine zwanzigbogige Vierteljahrsschrift (Leske,

— nominell H. Hoff —, 1846), und „Politische und un=
politische Fahrten und Abenteuer", zwei Bände (H. Hoff,
1846). Später machten Drohungen der Polizei gegen die
eingeschüchterten Buchhändler es mir unmöglich, noch eine
einzige Schrift in Teutschland zu publiziren.

Doch dieß bloß der Uebersicht wegen. Meine weiteren
Erlebnisse im Exil — der Aufenthalt und die erlittenen Ver=
folgungen in der Schweiz, in England u. s. w., meine zwei=
malige Reise nach Amerika, meine Erfahrungen während der
Revolution 1848 und mein Leben und Wirken in den Ver.
Staaten — liefern den Stoff für den nächsten Band. Ich
kann mich indeß nicht enthalten, gleich hier, die noch darzu=
stellende Periode meines Exils überspringend, ein kurzes
Resüme über Inhalt und Erfolg meines bisherigen Lebens
folgen zu lassen.

Daß es mein Schicksal unter allen Umständen sein mußte,
oppositionell, reformatorisch und revolutionair gegen die be=
stehenden Zustände, Einrichtungen und Gewalten aufzutre=
ten und die Folgen dieses Auftretens auf mich zu nehmen,
ist eine mit meiner individuellen Natur gegebene Nothwendig=
keit. Das wird mir durch einen Rückblick auf mein Leben
zur vollständigen Gewißheit, denn es hat mich, welche Lage
ich mir auch in's Gedächtniß zurückrufe, nie irgend eine
Macht meiner Natur untreu machen können und mir bloß
zu Zeiten eine Macht gefehlt, die mich meiner Natur ent=
sprechend hätte leiten sollen. Diese Natur hat von Außen
nur angenommen was ihr entsprach und Alles ausgestoßen
was ihr widerstrebte; im einen wie im andern Fall aber war
stets die entscheidende Macht: Ueberzeugung nach Vernunft=
gründen. Doch eine ganz andre Frage, als die, was ein
Mensch von Natur ist und werden mußte, ist die zweite, was

er gethan und geleistet hat. Und in dieser Beziehung hat mein Leben keine hervortretende Resultate aufzuweisen, welche der Kraft und Anstrengung entsprechen, mit der ich mich durch das Leben durchgekämpft habe. In dieser Beziehung theile ich das Schicksal so vieler Andern, deren Anstrengungen nur die Bestimmung zu haben scheinen, durch Zufall und Umstände vereitelt oder in den Hintergrund gedrängt zu werden. Denn diese, der bloße Zufall und die äußern Umstände, entscheiden mehr als die angeborene Kraft und der ausgebildete Wille, ob ein Mensch Gelegenheit erhält, zu leisten was er vermag und zu verwirklichen was er erstrebt. Durch zufällige Stellung und Geldbesitz kann der Unbedeutendste zu Dingen in Stand gesetzt werden, denen ein Anderer vergeblich die Anstrengungen eines ganzen Lebens zuwendet. Was hilft dir alle Kraft und aller Wille, wenn die Misere des Lebens dich zwingt, sie für die gemeinen Erfodernisse der Existenz aufzubieten, und was hilft dir alle gute Absicht, wenn du in einer abhängigen Lage deine Persönlichlichkeit nicht nach dem Geschmack Derer beugen und modeln kannst, deren Gunst dir zur Erreichung deiner Zwecke unentbehrlich ist?

Einem Menschen, den schon seine äußere Stellung über die Abhängigkeit von dem Geschmack und der Gunst seiner Umgebung erhebt und dem sie überdieß große Mittel in die Hand gibt, wie leicht muß es Dem werden, große Dinge auszuführen! Wie klein die meisten Fürsten sind, zeigt sich vor Allem dadurch, daß sie trotz aller Macht und allen Mitteln so wenig Drang und Fähigkeit zeigen, etwas Großes zu wirken und zu schaffen. Andre, die solche Macht und Mittel zur Umgestaltung der Welt benutzen würden, sind verurtheilt, ihr ganzes Leben an den Kampf mit der

Noth und Gemeinheit zu setzen und ihre Ideen unausge=
führt mit in's Grab zu nehmen. Die einzige Genugthuung,
wodurch sie diejenige ersetzen, ihre Ideen auszuführen zu
können, besteht in dem Bewußtsein, denselben trotz der Un=
möglichkeit dieser Ausführung treu geblieben zu sein, in sich
selbst eine Verkörperung derselben darzustellen und ihren
Werth als unabhängig von den Erfolgen zu zeigen, die
äußern Verhältnissen und fremder Hülfe zu verdanken
sind.

Von kleinen Menschen, die zur Beurtheilung Anderer nur
ihre eigene Sinnesart zum Maßstab nehmen können, ist mir
in Europa wie in Amerika bei jeder Gelegenheit vorgeworfen
worden, daß ich Opponent und Revolutionair aus bloßem
Ehrgeiz sei. Der Ehrgeiz ist eine Leidenschaft, die ich an
Menschen von einigem Verstande nie habe begreifen können,
denn er beruht im Grunde auf der Geringschätzung des
eigenen Werthes und sucht seine Befriedigung in der äußern
Auszeichnung durch Andre, die er ebenfalls geringschätzen
muß, indem er sie für sich benutzt. Der einzige Ehrgeiz, der
sich nicht bloß rechtfertigen sondern auch empfehlen läßt, be=
steht in dem Streben nach der Achtung Derjenigen, die wir
selbst achten. Einem solchen Ehrgeiz aber ist grade Das=
jenige, wonach der gewöhnliche strebt, nämlich die Gunst der
Masse und was ihr imponirt, also äußerer Glanz und
äußere Stellung, nicht bloß gleichgiltig, sondern sogar lästig
und widerwärtig. Er lacht über die Narren, deren höchstes
Glück darin besteht, General, Minister oder Präsident zu
werden. Für ihn kann eine äußere Stellung nur Werth
haben durch Macht und Mittel zur Ausführung edler Ideen
und zur Durchführung allgemeiner Prinzipien. Wo nicht
solche Rücksichten zeitweise in Frage kommen, gibt es in

meinen Augen keine edlere, reinere und höhere Stellung, als
die eines radikalen und unabhängigen Schriftstellers. Ich
kenne keine Stellung in der Welt, die ich erringen oder ein=
nehmen mögte mit Aufgebung von einem Jota meiner
Grundsätze und meines Charakters. Und wer die Welt und
namentlich die Revolutionaire kennt, weiß, daß dieß so viel
heißt, wie : ich verzichte auf jede Stellung, außer derjenigen,
die ich als Person einnehme, die ich also mir selbst zu ver=
danken habe. Grade weil ich ein wirklicher Revolutionair
bin, werde ich in der Revolution nie eine Stellung erlangen,
welche Gegenstand des Ehrgeizes sein könnte. Denn ein
wirklicher Revolutionair ist es auch, und ist es vorzugsweise,
gegen die eigene Partei. Sie bedarf der Wahrheit wo mög=
lich noch mehr, als die gegnerische, und sie erträgt sie wo
möglich noch weniger. Alle die unsauberen und unfähigen
Elemente, welche in einer Revolution, wie in der Politik
überhaupt, auftauchen und sich in der Regel zuerst in den
Vordergrund zu drängen wissen, wollen nicht bloß geschont,
sie wollen sogar bevorzugt sein, während grade sie das Ver=
derben der Revolution sind und noch eher unschädlich gemacht
werden sollten, als die erklärten Gegner derselben. Wer sich
aber gegen sie wendet — und ich habe dieß stets mit Ent=
schiedenheit gethan —, macht sich zur Zielscheibe aller erdenk=
lichen Bosheit, Haß und Verleumdung im Dienst des nied=
rigsten Demagogenthums heften sich an seine Ferfen und ehe
die Zeit kommt, welche sein Urtheil bestätigt und sein Recht
darthut, ist die Revolution ruinirt, oder er selbst ein Opfer
jener Bosheit geworden, welcher die bethörte Masse als
williges Werkzeug zu dienen pflegt. Ich habe das Alles im
kleinen Maßstabe durchgemacht und werde es auch in einem
größeren durchzumachen haben, wenn ich noch mit hinreichen=

der Kraft und geeigneter Disposition die Zeit erleben sollte, wo Teutschland wieder ein Feld für das revolutionaire Wirken darbieten wird.

Ich weiß, daß Keiner, der die Freiheit je mit Namen genannt, es aufrichtiger mit ihr gemeint hat und ihr uneigennütziger ergeben gewesen ist, als ich. Aber kein teutscher Verfechter der Freiheit ist jemals von der „eigenen Partei" so gemein verfolgt und so schändlich verleumdet worden wie ich. Doch das hat mich so wenig entmuthigt wie irre gemacht. Die Fähigkeit, die Feindschaft der Dummheit und Schlechtigkeit zu verdienen, gibt auch die Kraft, sie zu ertragen. Ich habe es sogar so weit gebracht, daß es mir mitunter unbehaglich zu Muth wurde, wenn man mich eine Zeit lang nicht exemplarisch herabsetzte oder verleumbete. Es war mir dann, als habe ich durch irgend Etwas die Dummheit und die Gemeinheit berechtigt mich zu schonen. Ich habe in einem vielgeprüften Leben jeden Schmerz, jede Noth, jede Enttäuschung, jede Verkennung, jede Verbitterung, jede Verfolgung erfahren und mein Wirken war ein fortwährender Kampf, dessen Zweck getheilt werden mußte zwischen der Behauptung meiner eigenen Persönlichkeit gegen die Ungerechtigkeit und der Verfechtung der allgemeinen Wahrheit gegen die Lüge. Dennoch bin ich geblieben was ich war und ich habe den Humor so wenig verloren wie den Willen. Das ist es, was in meinen Augen den würdigsten Gegenstand des Ehrgeizes bildet. Seine Existenz zu behaupten gegen Alles was sie untergraben, seine Stimmung zu behaupten gegen Alles was sie trüben, seinen Verstand zu behaupten gegen Alles was ihn verwirren, seine Ehre zu behaupten gegen Alles was sie beschmutzen, seinen Charakter zu behaupten gegen Alles was ihn beugen, seine Zwecke zu behaupten ge-

gen Alles was sie vereiteln kann, mit einem Wort, ein freier
Mann in jeder Richtung zu sein und zu bleiben, das ist in
meinen Augen ein würdigeres Ziel des Strebens, als alle
äußere Stellungen und alle Gunst der Welt. Lerne Alles
ertragen, nur keine Knechtschaft; lerne Alles entbehren, nur
nicht deine eigne Achtung; lerne Alles verlieren, nur nicht
dich selbst. Alles Andre im Leben ist werthlos, trügerisch
und wetterwendisch. Der einzig sichere Halt des Menschen
ist er selbst, ist seine Individualität, ruhend in ihrer eigenen
Kraft und Souverainetät. Und das Höchste, wozu es der
Mensch bringen kann, ist eben diese ausgebildete Individuali=
tät, aber als Trägerinn der allgemeinen Ideen:

> Willst du der Menschheit Zwecke vereinen
> Und doch dich selber nicht verleugnen,
> So mache die allgemeinen
> Zu deinen eig'nen.

Reise eines teutschen Romantikers nach Batavia.

I.

Vorschule in Holland.

Abreise.

Wer einen Fehler erkennt und ablegt, hat das Recht, sich
darüber lustig zu machen. Die Beschreibung meiner Reise
nach Batavia kann als ein Beitrag zur Geschichte der teut=
schen Natur, mit ihrer tragikomischen Seite, hingenommen
werden. Ich gestehe, daß ich mit dem fatalsten Erbtheil der
Teutschen, der vagen Romantik und der sentimentalen Phan=
tasterei, ursprünglich reichlicher bedacht worden bin, als tausend
Andere, und daß ich, die religiöse und politische Knecht=
schaft abgerechnet, in meiner Jugend für Alles geschwärmt
habe, was die Teutschen so oft zu Narren der Menschheit ge=
macht hat. Da ich aber zugleich derb und gesund organisirt
war und mit dem bloßen Schwärmen oder einem sitzenden
Bücherleben mich nicht begnügen konnte, so mußte sich meine

(59)

Natur, wo sie konnte, zu entfesseln suchen und auf das Han=
deln werfen. Die Teutschen gehören noch nicht zu den han=
delnden Nationen, welche der Thatkraft und der Wirkens=
lust in der Arena einer freien staatlichen, nationalen oder
menschheitlichen Entwickelung überall einen angemessenen
praktischen Kreis anzuweisen, welche ihre thätigen Elemente
zu verwenden wissen und sie zur Mitwirkung für die Zwecke
des Ganzen von Jugend auf erziehen und einüben. Es folgt
hieraus von selbst die Nothwendigkeit, daß Derjenige, der
sich nicht mit dem offiziellen Maß von Bewegungs= oder
Entwickelungs=Freiheit begnügen und sich nicht zum Werk=
zeug eines tödtenden Mechanismus machen lassen kann, mit
den bestehenden Verhältnissen in Kollision kommen, ihnen zu
entgehen suchen und sein Gelüste zum freien Handeln nach
andern Seiten hin richten muß. Ohne zu wissen, daß ich
nur einen Theil des Schicksals zu tragen hatte, welches dem
Einzelnen wie der Allgemeinheit unsre politischen und sozialen
Zustände bis in alle Verhältnisse und Lebensalter hinein auf=
legen, wurde ich in meiner Jugend von einem unbestimmten
Drang nach der Weite und nach Thatengelegenheit gequält,
der mir meine Lage fast überall als drückend und meinen
Entwickelungskreis stets als beengend erscheinen ließ. Lange
Zeit habe ich mich auf das Eifrigste damit gequält, daß es
keine Ritter mehr gibt, ohne zu wissen, daß das Rittergelüste
nur eine romantische Form der aus der Beengung und
Jämmerlichkeit unserer ganzen Zustände hervorgegangenen
Unbehaglichkeit war, einer Unbehaglichkeit, die das Mittel
ihrer Abhülfe nicht in der Vergangenheit, sondern einzig in
der Zukunft zu suchen hat. Ich brachte mein Ritterge=
lüste sogar in Verse und „sang", wie die Professoren sich
ausdrücken:

Laß das Träumen von den Tagen,
  Wo du wärst ein Ritter worden:
Wer will heut' dazu geschlagen
  Werden, kann's nicht ohne Orden,

Orden zwar mit thier'schen Zieren,
  Die nur feur'ge Kraft bedeuten,
Doch von diesen wilden Thieren
  Schenkt man nur den zahmen Leuten.

Ein Gesunder unter Kranken,
  Mußt du deine Kraft verzehren
In dem tödtenden Gedanken,
  Daß du sie nicht kannst bewähren 2c. 2c.

Ich litt an einem jener Uebel, deren Schuld in der Regel auf Rechnung des Einzelnen geschrieben wird, während sie nur auf die Rechnung der Allgemeinheit gehört. Glücklicher Weise kam in dieser Lage mein teutsch-romantisches Unbehagen nicht mit dem burschenschaftlich-politischen Zündstoff in Berührung, der so manches Opfer der Zeitzustände durch einen falsch verstandenen Patriotismus vergeblich einer vernichtenden Reaktion in die Hände lieferte; eine naturpoetische Disposition, welche ihr Genüge im Naturleben sucht, ehe sie sich auf die Theilnahme am Kulturleben wirft, zog mich vielmehr von näheren Umgebungen nach der Ferne, von der Politik gleichsam in die Geographie und führte mich auf dem Wege des Gefühls und der Phantasie in ein Gebiet, welches die Foderungen einer höheren Erkenntniß, wenn auch nach anderen Motiven, ebenfalls umfassen, nämlich in das große Leben der Menschheit, in die weite Welt. Natürlich war Das, was mich fortriß, nur ein romantischer Drang; das Rittergelüste machte sich nach moderner Modifikation geltend als Reisegelüste. Durch unsre Zustände nicht nach höheren Auffassungen und den Motiven einer Mitwirkung für allgemeine Interessen erzogen, hätte ich in meinem damaligen Alter die ganze Welt durchreisen können ohne andere Gesichtspunkte als die des romantisirenden Individuums, und was dabei für Allgemeineres abgefallen wäre, hätte nur der Zufall herbeigeführt. Was Wißbegier hätte sein können, war meistens bloße Neugier; was Thaten hätten sein sollen, waren bloße Abenteuer. Selbst die romantischen Schwärmereien für Ausbreitung der teutschen Nation, für teutsche Seemacht, teutsche Kolonien ꝛc., mit welchen mein individueller Trieb in die Weite versetzt war, konnten ihm seinen Charakter nicht nehmen, da sie ihm in der Praxis keine Richtung geben konnten, und ich mußte als teutscher Abenteurer eine Reise nach Batavia machen, weil ich als teutscher Bürger kein Bewußtsein der Existenz hatte. Das Einzige, was meinem später erwachten Bedürfniß eines würdigeren Strebens, als dem des individuellen Romantizismus, zu gut kam, war die Gelegenheit, durch mein Beispiel und meine Erfahrungen Andern eine Warnung geben zu können. Diese negative Befriedigung ist übrigens auch nicht ohne Werth und setze ich sie unseren nationalen Zuständen gegenüber auf die Rechnung meiner Jugend, so müßte ich die Strenge gegen mich selbst bis zur Affektation treiben, wenn ich mich beim Abschluß nicht beruhigen wollte.

Man denke sich nun einen, aus seiner Bahn getriebenen teutschen studiosus medicinae, dessen Romantik sich durch eine Reise in fremde Länder Luft zu machen sucht, Luft machen muß, denn die Sehnsucht nach der Ferne war bei mir und einem Universitätsfreund, mit welchem ich öfter solche Reiseprojekte besprochen, nach und nach zur förmlichen Leidenschaft geworden. Dieser Leidenschaft hätten wir Alles geopfert, von ihr hätte uns keine Macht der Erde zurück= bringen können. Was ein Freiligrath in Versen ausließ, das mußten wir in Reisen auslassen. Mit unserm Ver= langen aber, uns in der Welt umzusehen, standen unsere Mittel nicht im geringsten Verhältniß. Zu bloßen Ver= gnügungsreisen fehlte es uns an Geld, zu wissenschaftlichen Reisen fehlte es uns an Kenntnissen und zu unternehmenden Entdeckungsreisen an Beidem zugleich. Da es also nicht in unserer Macht stand, die Welt nach Willkür und wie ein Fürst Pückler zu durchkreuzen, oder wie ein Humboldt, Mungo Park, Le Vaillant als Entdecker vorzubringen, mußten wir uns nach einer zufälligen Gelegenheit umsehen und waren weder in Bezug auf die Art, noch in Bezug auf den Weg unserer Reise unabhängig. Die Nähe von Holland und das von dort herüberklingende Gerücht wandte unsern Blick zunächst nach den holländischen Kolonieen, besonders nach der Insel Java. Man hatte uns die Insel als ein wahres Paradies geschildert, auch kannten wir Einige, die nicht bloß voll Enthusiasmus, sondern zugleich mit Schätzen beladen von dort zurückgekommen waren. Mein Freund namentlich hatte in Frankfurt einen holländischen Kapitain kennen gelernt, durch dessen Beispiel, Schilderungen und Zureden er so sehr von dem Plan einer Expedition nach Batavia erfüllt worden war, daß er es als das Jerusalem unseres projektirten Kreuzzugs ansah. Es bedurfte nicht viel, um auch mich mit batavischen Phantasien zu erhitzen und bald war unsere Reise so fest beschlossen, daß uns nichts mehr davon zurückhalten konnte. Als Vehikel mußten wir uns indeß entschließen, die odiöseste aller Stellungen, näm= lich den Soldatenstand zu wählen und als Reisepaß sollte uns ein holländisches Militairpatent dienen. Man sieht,

daß wir Logik ſtudirt hatten und konſequent zu Werke gingen:
um der heimiſchen Beengung zu entgehen, wurden wir —
fremde Sklaven. Unſer Plan war, als ausgezeichnete
Krieger Java und die moluckiſchen Inſeln zu durchziehen,
was wir ganz in unſre Wahl gelegt glaubten, als Lohn für
unſere Thaten ein Paar Ordenskreuze und goldene Epaulet=
ten zu verdienen, darauf den Abſchied zu nehmen und mit
dem erſparten oder erbeuteten Gold von Java nach Suma=
tra, von Sumatra nach der Halbinſel Malacka überzuſetzen
und durch Hinterindien, Hindoſtan, Perſien und die Türkei
nach Konſtantinopel zu gehen. Von Konſtantinopel gedach=
ten wir alsdann nach Griechenland, von Griechenland nach
Sizilien überzuſetzen und von Sizilien aus durch Italien, die
Schweiz und Frankreich nach Hauſe zurückzureiſen. Dieſer
unüberlegte Plan, der uns bloß noch eine Kleinigkeit von der
Welt übrig ließ, lag in unſerer Phantaſie ſchon ſo ſicher aus=
geführt da wie die unfehlbaren Feldzugsplane Napoleons.
Wir dachten weder daran, daß uns die Umſtände, noch, daß
uns die Menſchen im Wege ſein könnten. Es ſchwebte uns
nur die Ausführung vor, nicht die Mittel; wir dachten nur
an den Erfolg, nicht an die Hinderniſſe. Wir erblickten uns
ſchon im Voraus in dem odyſſeiſchen Nimbus, der uns nach
einigen Jahren in unſerer Heimath umgeben würde; wir
hatten uns in Gedanken ſchon verheirathet und zwar um
weiter nichts, als um Abends auf dem Kanapee unſere
Frauen mit der Erzählung unſerer Fahrten zu unterhalten.
Ehe wir die Reiſe angetreten, berechneten wir in voreiliger
Beſorgniß ſchon, wie viel Federn und Papier wir mitzu=
nehmen hätten, um die Notizen zur Beſchreibung derſelben
gehörig aufzuzeichnen. Später läßt ſich die Zeit ſchwer be=
greifen, wo die Phantaſie noch im Staube iſt, uns kriechen=

den Schnecken anstatt der Fühlhörner solche Merkursflügel
an den Kopf zu heften, wo sie unser Schiff noch mit tausend
Wimpeln und Segeln behängt, um der mastenlosen Treck=
schuit des trägen Alltagslebens voranzueilen. Und doch
sehnen wir uns oft genug nach ihr zurück, wenn wir in der
Welt, wie sie wirklich ist, einen festen Platz einnehmen sollen
und dabei den Mächten in die Hände fallen, welche uns in
dem Prokrustesbette der „bestehenden Einrichtungen" das
rechte Maß zu geben haben. Es passirt uns dabei schwerlich,
daß wir zu klein befunden werden, und während der alte
Prokrustes seine Operation an den Beinen begann, versuchen
seine modernen Nachfolger, ohne Riesen zu sein, ihr Kunst=
stück gleich am Kopf.

Bei unseren Vorstellungen konnten wir übrigens der Ent=
täuschung nicht lang entgehen und unsere Enttäuschung mußte
um so bitterer sein, da die Täuschung so schön war, und um
so vollständiger, da wir grade den Meistern der Enttäuschung,
den Holländern, in die Hände fielen. Aber dennoch (wie
sehr ich auch Anderen abrathe, den von mir eingeschlagenen
Weg zu wählen) kann ich meinen Schritt auch jetzt nicht be=
reuen, und war ich doch einmal verurtheilt, durch unsere
kleinliche Zeit in ihre engen, eingefahrenen Geleise gebannt zu
werden, so mußte mir zum Einbiegen in ihre Straße der
Umweg über Batavia wenigstens lieber sein, als der grade
Weg unmittelbar in das platte Philisterleben. In dieser
Beziehung habe ich einen großen, freilich theuer genug er=
kauften Vorzug vor so vielen andern Schicksalsgenossen, die
von vorn herein in dieses Leben verwiesen sind und nie eine
Ahnung von einem andern hatten.

Während wir uns zur Reise anschickten, lernte ich in
meiner Vaterstadt einen Mann kennen, dem ich später meine

Befreiung aus der unausstehlichsten Lage und, ich kann wohl sagen, die Rettung meines Lebens sollte zu verdanken haben. Es war dieß ein Obrist aus Batavia, der eben auf einer Urlaubsreise begriffen war und in einigen Wochen sich wieder nach Ostindien einschiffen wollte. Als ich ihm meinen Entschluß mittheilte und ihn um seinen zukünftigen Beistand bat, sagte er: „rathen kann ich Ihnen zu dem Schritt nicht, ich rathe Ihnen dringend ab; sind Sie indessen durchaus entschlossen, Ihren Plan auszuführen, so werde ich in Batavia für Sie thun, was ich kann." Weit entfernt, die Warnungen des Obristen für begründet zu halten, oder zu berücksichtigen, nahm ich nur das Günstige aus seinen Worten heraus und sah ihn nur als einen Gewährsmann für das Gelingen meines Unternehmens an.

Im September 1829 begaben wir uns, mein Freund und ich, nach einem thränenreichen Abschied nach Harterwyck, einem Städtchen an der Südersee, wo das Depot für die holländischen Kolonialtruppen ist. Wir meldeten uns bei dem dortigen Obristen, einem alten und anscheinend gutmüthigen Manne. Mein Freund, ein Holsteiner von Geburt und durch besondere Protektion schon vor seiner Studienzeit gewesener Officier in dänischen Diensten, ward sogleich als Unterofficier angenommen. Mir dagegen erklärte der Obrist, daß er mich zurückweisen müsse, weil ich in meinem Vaterlande noch nicht „gedient" und Holland mit demselben einen Vertrag geschlossen habe, keine Dienstflüchtlinge anzunehmen. Ich bemerkte dagegen, daß ich nicht so lang in niederländischen Diensten zu bleiben gedenke, bis ich zu Hause als Refraktair betrachtet würde, ich habe bis dahin noch Zeit genug, die Reise nach Batavia sechsmal zu machen und es könne mir von Niemanden verwehrt werden, bis zum

Tage meiner Militairpflichtigkeit auf beliebige Art über mich zu disponiren. Der Obrist indeß blieb gegen alle Vorstellungen taub, denn die Leute, mit denen ich zu thun hatte, halten, wie wir sogleich sehen werden, gewissenhaft ihre Verträge. Da stand ich nun nach wenig Schritten schon am Ziel meiner langen Bahn, ich hatte das Ende schon erreicht, ehe ich den Anfang gemacht. Nach wenig Tagen sollte ich die Meinigen wiedersehen mit Augen, in denen noch die Thränen eines vielleicht für ewig genommenen Abschieds nicht getrocknet waren. Mein beneidenswerther Freund schien mir schon auf ostindischem Boden zu stehen und mir Unglücklichen vergebens zuzuwinken. Auf die herrliche Reise, auf alle die Wunder der Natur, auf alle die fremden Völker, auf alle die Schönheiten des Orients, auf alle die interessanten Abenteuer, die uns bevorstanden, hatte ich mich umsonst gefreut. Ich war in der trostlosesten Lage von der Welt und auch meinem Freunde, der nicht allein abreisen wollte, blieb zuletzt nichts übrig, als ebenfalls auf Alles zu verzichten. Da auf einmal erschien uns ein rettender Engel. Der Sekretair des Obristen, ein Sergeant, machte sich vor der Thüre an uns heran und drückte uns mit der wärmsten, menschenfreundlichsten Theilnahme sein Bedauern darüber aus, daß ein so mißlicher Umstand uns hindern müsse, „unser Glück zu machen". Nach einer Weile angestrengten Nachdenkens, ob denn gar kein Ausweg für uns unglückliche junge Leute zu finden sei, ward es endlich Licht in seinem Haupt. „Ich nehme wirklich zu viel Antheil an Ihrem Schicksal, als daß ich nicht Alles für Sie zu thun bereit sein sollte; direkt kann ich übrigens nicht für Sie wirken, ich entsinne mich aber, daß ich in Amsterdam einen Freund habe, der vielleicht Rath zu schaffen weiß, und an diesen Freund will ich Ihnen ein

Briefchen mitgeben." Wir fielen dem edlen Mann beinah um den Hals bei diesen Worten, wir gaben ihm in dankbarer Freude die Hand und daß wir ihm noch mehr gaben, als die Hand, versteht sich von selbst. Das Uriasbriefchen, womit wir nach Amsterdam reis'ten (man wird in solchen Fällen, wenn man es nicht verschmäht, unentgeltlich über die Südersee geschafft), hatte folgende omineuse Adresse: „An den Sergeanten N. N. im Gefangenenthurm an dem Zingel zu Amsterdam".

Der Sergeant N. N., der uns in seinem Seelenverkäuferkomptoir (denn anders war es nicht zu nennen) im Gefangenenthurm mit den ausgesuchtesten Komplimenten empfing, war ein Meister im Handwerk. Er verkaufte mich mit so verführerischer Gewandtheit und mit einer solchen Klapperschlangenbezauberung, daß ich auch ohne die Absicht, mich von ihm in meine neue Bahn einführen zu lassen, ihm schwerlich entgangen sein würde. Die Art, wie die Seelen im Gefangenenthurm zu Amsterdam verkauft werden, ist folgende. Zuerst ward ich höflichst und freundlichst ersucht, durch Eintragung meines Namens ꝛc. in eine Liste den ersten Riegel hinter mir zuzuschieben. Darauf bat mich der Sergeant N. N., ihm zu folgen. Er führte mich, während mein Freund in einer benachbarten Restauration wartete, durch viele Straßen hindurch in ein Haus, worin er mich ersuchte, an der Treppe einen Augenblick stehen zu bleiben, während er selbst hinaufging. Nach kurzer Zeit kam er zurück und führte mich in ein Büreau, das ich für ein Polizeibüreau ansah. Bevor wir jedoch eintraten, instruirte er mich, wie ich mich zu verhalten habe; ich sollte nämlich sagen, daß ich ein geborener Hamburger sei und meinen Paß verloren habe. Auch möge ich einen falschen Namen angeben.

Er sagte, man müsse die Sache pfiffig überlegen und den Herrn in dem Büreau ein wenig hinter's Licht führen, damit er keine Schwierigkeiten in den Weg nach Batavia lege. Als ich in das Büreau hineintrat, besah mich der Kommandant desselben sehr scharf und that Fragen an mich, woraus erhellte, daß er mich für einen gewissen Menschen zu halten geneigt sei, gegen den er einen Steckbrief in Händen habe. Es schien ihm sehr schwer zu werden, seine Zweifel in dieser Beziehung zu überwinden. Sein barsches Benehmen, das ich mir später als ein Maskenspiel erklärte, wodurch er seine polizeiliche Gewissenhaftigkeit an den Tag legen und seine Theilnahme an der Seelenverkäuferei verdecken wollte, erleichterte mir die verdächtige Aufgabe, seine Fragen nach der Instruktion des Sergeanten und zwar mit einiger Impertinenz zu beantworten. Im Hinblick auf die teutsche Einheit ließ ich mich ohne Weiteres zum Bürger eines teutschen „Freistaats" machen. (Man sieht, in Holland hat man fremde Bürgerrechte stets zur Disposition; man rechnet darauf, daß die Beschenkten in „dieser Welt" nicht mehr in den Fall kommen werden, sie geltend zu machen.) Auf einen falschen Namen ließ ich mich übrigens nicht ein. Als ich mich für einen Hamburger und meinen Paß für verloren ausgegeben, ward, wie es mir schien, ein neuer Paß ausgefertigt und dem Sergeanten übergeben, durch dessen freundliche Verwendung er ausgewirkt worden war und der dadurch in Stand gesetzt wurde, mich ohne Weiteres als einen angeworbenen Hamburger nach Harderwyck zu empfehlen. Darauf verließen wir das Polizeibüreau und gingen in ein anderes Haus, worin, wie es mir vorkam, ein Kassebüreau war. Der Sergeant ging in das Büreau hinein und ich blieb in dem Hausflur stehen. Wahrscheinlich wurden an dieser Kasse die Judassilberlinge ausbezahlt, die ich selbst noch durch eine ansehnliche Prämie vermehrte. Als wir wieder in dem Gefangenenthurm angelangt waren, hatte ich in Hamburg zuerst das Licht der Welt erblickt und meine redlichen Eltern hatten sich der neuen Taufe mit unterwerfen müssen. Daß ein Stück, worin solche hamburger Rollen gespielt werden, eine tragische Entwicklung haben müsse, würde ich mit Händen haben greifen können, wenn ich nicht zu wenig Weltkenntniß und zu viel Vorliebe für meinen Reiseplan gehabt hätte. Ich entnahm zwar, als ich mit dem Sergeanten über die Straße ging, aus den Redensarten der vorübergehenden Leute, daß sie in der großen Stadt Amsterdam, wo so oft ein Nachbar den andern nicht kennt, sogleich aus meiner Begleitung meine Bestimmung erriethen; auch hatte ich wohl Menschenkenntniß genug, um unter der Heuchlerphysiognomie des Sergeanten nach und nach den abgefeimtesten Seelenlieferanten zu erkennen. Allein meine für die interessante Reise zu sehr bestochene Phantasie sophistisirte leicht die Bedenklichkeiten hinweg, welche die Vernunft ihr entgegenstellte. Ich lachte sogar den Sergeanten und Kompagnie heimlich in's Fäustchen aus, indem ich Die, welche mich zu verkaufen glaubten, bloß als Mittel zu meinem Zweck zu gebrauchen vermeinte.

Als ich nach Harderwyck zurückkam, hatte man mich dort niemals gesehen, so wenig wie die übrigen Hamburger, deren ich eine Menge dort antraf und die alle in Amsterdam waren umgetauft worden. Die falschen Namen, die man ihnen gegeben, sprachen meistens noch Hohn über die Unglücklichen aus, man schien sich einen Spaß daraus zu machen, sie in's Verderben zu bringen, und spedirte sie mit der geübtesten Fühllosigkeit einer geschäftlichen Ge=

wohnheit wie Waaren oder Vieh nach ihrem Bestimmungs=
ort.

In Harderwyk wurde ich als Rekrute eingeschrieben mit
der Bedingung und dem Versprechen, daß ich, nachdem ich
das Exerzitium durchgemacht, als Sergeant nach Batavia
abreisen solle. Neben dieser Zusicherung erhielt ich und
mein Freund von dem Obristen die seltene Erlaubniß, außer=
halb der Kaserne auf einer gemietheten Stube wohnen zu
dürfen. Diese Erlaubniß verschaffte uns nicht bloß eine
große Erleichterung, weil wir dadurch der in der Kaserne ein=
quartirten, rohen, wahrhaft galeerenartigen Gesellschaft und
Kameradschaft entgingen, sondern sie war auch ein Beweis
von Zutrauen, indem sie uns außer die Kontrole der viel=
fachen Wachen stellte, wodurch die übrige Mannschaft vom
Desertiren abgehalten wurde. Eine Vorsichtsmaßregel, die
sich auf Alle ohne Unterschied erstreckte, war die, daß kein
Soldat vor die Stadt gehen durfte ohne besondere Erlaub=
nißkarte. (Uebrigens erhielt ich und mein Freund zwei Mal
Urlaub nach Amsterdam, wobei wir beliebig desertiren konn=
ten, wenn wir gewollt hätten.) Damit Niemand so leicht
im Stande sei, jenes Verbot verkleidet zu übertreten, mußte
Jeder, wenn er militairisch eingekleidet wurde, die mitge=
brachte Zivilkleidung abgeben. Später wurde diese verkauft
und der Erlös dem Eigenthümer eingehändigt, der übrigens
nicht bei dem Verkauf zugegen sein durfte, wenigstens nicht
davon in Kenntniß gesetzt wurde. Meinem Freund und mir
konnte es keineswegs angenehm sein, unsere Kleider in Ge=
sellschaft so mancher vom Galgen gefallener Hosen und Röcke
verkaufen zu sehen. Besorgter für unsere Kleider als für
uns selbst, wollten wir diesen ersparen, was mit unserer Per=
son bereits geschehen war. An dem Tage, wo wir eingekleidet

werden sollten, erschienen wir daher in einem schlechten An=
zug, den es sich ohnehin nicht der Mühe verlohnt hätte nach
Indien mitzunehmen. Unglücklicher Weise begegnete uns
auf dem Wege nach dem Kleidermagazin der Adjutant des
Obristen, ein barscher, hetzhündischer Mensch mit sehr rothem
Gesichte. Sobald er unsern veränderten Anzug gewahrte,
befahl er, ohne irgend einen Grund weiter anzugeben, dem
uns begleitenden Korporal, uns sofort in Arrest zu bringen.
Da wir uns die Ursache dieser Bewillkommnung nicht sogleich
denken konnten, wollten wir ihn darum befragen, allein hierzu
ließ er uns nicht Zeit und war verschwunden, ehe wir uns
von unserm Erstaunen erholt hatten. Wahrscheinlich hatten
dem Schelm unsere hübschen Röcke gefallen und er wollte die
Gelegenheit benutzen, sich für wenig Geld eine Zivilkleidung
anzuschaffen. Nachdem wir unsere besten Kleider wieder an=
gezogen, war von keinem Arrest mehr die Rede. Für meinen
ganzen Anzug erhielt ich 18 Gulden. Dieß war übrigens
ein unerhörter Preis, denn es gab in Harderwyk Kleider zu
verkaufen, worin jeder Bettler Fortüne gemacht hätte. Als
die Kaufpreise später ausgetheilt wurden, rief man die In=
teressenten auf dem Kasernenplatz zusammen und las die
Liste ab. Zwei bis zehn Stüber waren der gewöhnliche Preis.
Beim dritten oder vierten Mann hieß es immer: „voll Un=
geziefer auf den Mist geworfen.“ Dann wieder: „die Hose
weggeworfen, für den Rock zwei Stüber.“ Für diese zwei
Stüber tranken dann die Bedauernswerthen auf den Abschied
von Europa, wovon sie so wenig wiedersehen sollten wie von
ihren Röcken und Hosen.

Ihr Fielding, Lichtenberg, Hogarth, Lavater, Gall und
wie ihr Menschenkenner und Beobachter noch sonst heißen
mögt, welche unschätzbare Bereicherung wäre der Literatur

und Kunst geworden, wenn das Schicksal euch auf einige Zeit nach Harderwyk geführt hätte! Was hättet ihr für Beobachtungen machen, was für Menschenkenntniß und Menschenschicksale sammeln können, wenn ihr euch an jene Kloakenmündung von Europa gestellt, durch die sich der Abfall und Kehricht von allen Enden unseres Kontinents hindurchdrängt, um über die See nach Batavia zu schwimmen und den javanischen Boden zu düngen! Neben euch sollte sich aber zugleich ein reicher Howard stellen, um mit rettender Hand die nicht zum Kehricht gehörenden Unglücklichen aufzugreifen, die, durch widrige Zufälle oder durch Unbesonnenheit in jenen Kothstrom hineingerissen, nicht verdienen, für eine auf Ostindien gebaute Hoffnung verzweifelnd in einem javanischen Lazareth oder unter der Knute eines branntweinduftenden holländischen Militairtyrannen zu büßen. Als Beispiele solcher Unglücklichen will ich bei dieser Gelegenheit nur zwei anführen. In der harderwykschen Kirche, die ich auf einem Spaziergang durchmusterte, fand ich auf ein Blatt eines alten Kirchengesangbuchs mit Bleistift auf Französisch folgende Worte geschrieben: „Du, der du niemals unglücklich warst, besinne dich, daß vielleicht ein Tag kommen wird, der dich vernichtet. Du wirst dein Vaterland nicht wiedersehn, deine Freunde sind todt für dich, du bist ganz allein und mitunter ganz verlassen in dieser Welt und du wirst sterben vor Gram." Auf der Kehrseite des Blattes standen, als habe der Schreiber dieser Zeilen sich von seinen traurigen Betrachtungen und Ahnungen wieder erholt und ermuthigt, auf Griechisch die Worte: „Prüfet Alles und das Beste behaltet." Ich habe das Blatt herausgerissen und bewahre es als Andenken an einen unbekannten interessanten Unglücklichen, der gewiß verdient hätte, seinen Retter zu finden.

Er hat ihn wahrscheinlich nicht gefunden und wird verschwunden sein unter den vielen Tausenden, die auf der Insel Java nichts erwartet, als getäuschte Hoffnungen und ein unbezeichentes Grab, worauf sich der fühllose Egoismus herumtreibt, der es zubereitet. Ich glaube von jenem Unglücklichen in Batavia eine Spur wiedergefunden zu haben. Es wurden mir nämlich dort am Tage vor dem Antritt meiner Rückreise nach Europa in einem Kleidermagazin von dem Korporal, der darin die Aufsicht führte, einige schön emaillirte, mit Gold eingefaßte Knöpfe gezeigt und dieselben als Nachlaß eines französischen Grafen bezeichnet, der sie früher auf seinem Rock getragen, später aber unglücklich geworden, als gemeiner Soldat nach Batavia gekommen und als solcher dort vor einem halben Jahre im Lazareth gestorben sei. Der Graf hatte, wie man mir erzählte, viele Reisen gemacht und war als Schriftsteller, namentlich durch die Beschreibung seiner Reisen, sehr bekannt. Seinen Namen konnte man mir nicht mehr nennen und ich hatte nicht Zeit mehr, mich näher danach zu erkundigen. Der Korporal, ein nicht ungebildeter Teutscher, gab mir aber ein aus kleinen aufgelesenen Papierstücken zusammengeheftetes Manuskript und versicherte, daß der Graf eine Menge dergleichen, namentlich Gedichte, hinterlassen habe, die aber sämmtlich verloren gegangen seien. Was mir das Heftchen am Meisten interessant machte, war die Aehnlichkeit, die ich zwischen der Handschrift desselben und zwischen derjenigen jenes Blattes zu finden glaubte, welches ich aus dem Gesangbuch in Harderwyck herausgerissen. Den Inhalt bilden meistens Exzerpte schöngeistiger Art aus der Geschichte und Autoren, die wahrscheinlich als adminicula memoriae gelegentlich beim Schriftstellern dienen sollten. Außerdem befinden sich auch eigene Aphorismen und Sätze darin, unter diesen jedoch nur zwei, die auf den Charakter und die frühere Stellung des Verfassers schließen lassen. Der eine lautet so: „ich habe eine zu lebhafte Empfindlichkeit für den Schmerz, sowohl physischen wie moralischen, und ein einziger Dorn verursacht mir mehr Pein, als mir der Geruch von hundert Rosen Vergnügen macht." Der andere Satz heißt: „ich habe an mir selbst die Wahrheit erprobt, daß sich die öffentliche Beachtung nur erlangen läßt auf Kosten des häuslichen Glücks." Ich muß bedauern, nicht genug Kenntniß der französischen Literatur und Literatoren zu besitzen, um den Namen des interessanten Grafen er= rathen zu können, der, vielleicht von vielen Freunden und Angehörigen vermißt, in einem fernen Erdwinkel unter frem= den und herzlosen Menschen ein so trostloses Ende gefun= den.

Einen anderen interessanten Unglücklichen, einen Herrn von M—l, lernte ich persönlich kennen. Er besuchte mich in Harderwyk auf meiner Stube, weil er gehört hatte, daß ich teutscher Student gewesen. Seiner Haltung und seinen Zügen sah man gleich an, daß er nicht geschaffen war, das Wammis zu tragen, welches ihn bekleidete. Er war aus einer sehr angesehenen Familie Sachsens, hatte in Leipzig die Rechte studirt, sein Examen schon gemacht und war als Re= ferendar einer Anstellung gewärtig, als er zufällig unter Spieler gerieth und neben dem Verlust seiner disponiblen Habe in kurzer Zeit so in Schulden versank, daß er zur Ret= tung seiner Ehre und vielleicht seiner Person kein Mittel mehr übrig sah, als auf gutes Glück landesflüchtig zu wer= den. Er kam an die Elbe und faßte in der Verzweiflung den Entschluß, sich hineinzustürzen. Weil er nach seinem Tode wo möglich nicht wieder erkannt sein wollte, hatte er seinen

Siegelring schon vom Finger gezogen und vergraben. Allein eine wiederwachende Hoffnung und die Scheu vor einem Schritt, den Keiner zurückthun kann, bewegen ihn, den beschlossenen Selbstmord wenigstens aufzuschieben. Zu Fuß langte er endlich in Hamburg an und beim Suchen eines Weges nach einem fremden Welttheil gerieth er holländischen Werbern in die Hände, die den Unerfahrenen unter Verheißung alles möglichen Glücks für den holländischen Dienst anwarben und nach Harderwyck beförderten. Hier nun saß er in der Kleidung, die eher einem Baugefangenen anzugehören, als eine Militairuniform zu sein schien, als gemeiner Soldat neben mir und zog bei der Schilderung seiner Lage einen zinnernen Löffel aus der Hosentasche, den er da aufbewahren mußte, weil selbst dieß Geräth unter seiner Kamerabschaft in der Kaserne nicht sicher war. Mit diesem Löffel aß er aus der hölzernen Schüssel, an die er binnen wenig Wochen aus den ersten Gesellschaften Dresdens versetzt worden war, seine Sklavenkost mit den Kameraden, unter denen jedesmal um das Stück Fleisch geloos't werden mußte, das man ihnen in die Suppe gegeben. Er hatte seiner Familie, die er aus Schonung nicht mehr an seinem Schicksal betheiligen zu wollen schien, nichts von seiner Lage mitgetheilt und war auch trotz allem Zureden nicht zu bewegen, dieß verkehrte Mittel aufzugeben. Als er von den Seinigen sprach, liefen ihm die Thränen über die Wangen und er schalt sich eine Memme, daß er noch weinen könne. Sein offener, edler Charakter und sein gesittetes Wesen haben ihm auf der Insel Java schwerlich das Loos verschafft, das er verdiente. Er wurde ein Paar Wochen vor mir eingeschifft und in Batavia sah ich ihn nur flüchtig wieder, indem er von dort gleich nach meiner Ankunft mit einem Detachement in das Innere der

Insel geschickt wurde. Später habe ich nichts mehr von ihm gehört, so daß ich ihn ebenfalls zu den Opfern des holländischen Kolonialdienstes rechnen muß.

Das Exerzitium, das ich in Harderwyck lernte, nahm unter Schimpfen und Fluchen einen guten Fortgang. Anfangs hatte ich viel vom holländischen Sprachgebrauch zu leiden; so sagte mir unter Anderm ein Unterofficier, der mich für einen schon Einexerzirten angesehn und über meine Neulingsunbeholfenheit aufgebracht wurde, daß ich so dumm wie lang sei 2c. Solche Stürme legten sich aber bald, nachdem der Unterofficier in Erfahrung gebracht, daß für mein Geld so guter Genever zu kaufen war, wie für das seinige. Nach vierzehn Tagen avancirte ich schon zum Korporal und erhielt einen gelben Streifen auf den Arm. Man griff jetzt schon vor mir an die Mütze — welcher Vorschritt in meinem Reiseplan! Wenn ich in Sturm und Regen an der Südersee Posten stand — in Harderwyck die Aufgabe der Korporale — und meine Zukunft mit meiner Vergangenheit zusammenstellte, wurde es mir allerdings bisweilen übel zu Muth. Das Leben in Harderwyck, wo Alles auf Betrug und die roheste Liederlichkeit in jeder Beziehung hinauszulaufen scheint und welches man in Holland selbst ein zweites Gomorrha nennt, trug auch das Seinige bei, üble Stimmungen, die meine ungewöhnte Lage mit sich bringen mußte, zu vermehren. Allein das Alles war nicht im Stande, mich bei meinem Unternehmen irre zu machen, meine Romantik blieb vielmehr frisch und gesund und als nach vier Wochen endlich der Tag der Abreise herannahte, waren alle Nebel von der schon herüberscheinenden ostindischen Sonne bald zerstreut. Ich erhielt einen vergoldeten Unterofficiersstreifen auf den Arm und wurde dem reisefertigen Detachement als Fourier zugetheilt.

Am 30. Oktober gegen Abend reis'ten wir ab. Die Soldaten, meistens Teutsche, zogen unter dem Singen des Liedes: „Auf, Matrosen, die Anker gelichtet ꝛc." — aus der Stadt. Trotz allem guten Muth konnte ich in diesem entscheidenden Augenblick doch nicht umhin, unwillkürlich an die Worte in dem Kirchengesangbuch: „Toi, qui a été jamais malheureux etc." zurückzudenken. Wir wurden, 130 Mann stark, in zwei kleine Schiffe verladen, die uns nach Amsterdam bringen sollten. Es wehte ein scharfer Wind, der die Wellen der grauen Südersee brausend vor sich hertrieb und uns bald in die Ferne brachte. Das holländische Gomorrha, von einem fliegenden Nebel eingehüllt, lag hinter uns in ruinenartigen Umrissen und versetzte das Gemüth in eine unangenehme Stimmung. Die wachsenden Wellen leisteten den Dienst, uns daraus aufzurütteln. Am andern Morgen nach einer schlaflos zugebrachten Nacht sahen wir Amsterdam vor uns, langten aber erst Nachmittags dort an, weil uns durch forcirtes Segeln bei dem heftigen Winde der Mast abbrach. Ueberdieß wären wir durch Unvorsichtigkeit des betrunkenen Steuermanns beim Laviren beinah von einer Brigg übersegelt worden, die nicht zwei Schritte weit an uns vorüberbraus'te. In Amsterdam wurden wir in ein anderes Schiff übergeladen und kamen durch die Amstel und andere kleine Flüßchen nach einer elftägigen Fahrt bei unserm Ostindienfahrer an, der zwischen Dortrecht und Helvoetsluis auf dem sogenannten Klönder lag. Das Schiff war nicht groß, nur etwa 100 Fuß lang, ganz neu und sollte seine erste Reise machen. Der Raum, der uns zum Aufenthalt angewiesen wurde, war dunkel, sehr niedrig und für 130 Mann zu beschränkt. Die Hängematten hingen dicht neben einander, ein Umstand, der bei eintretender Hitze unerträgliche

Folgen haben mußte. Die Unterofficiere erhielten eine be=
sondere Ecke im Schiffsraum, die jedoch von dem Aufent=
haltsort der Soldaten nicht abgetrennt war. Mir als
Fourier war als Vertrauensamt die Beaufsichtigung und
Vertheilung der Lebensmittel zugewiesen, in so fern ein ange=
nehmes Geschäft, als ich dadurch von der Beaufsichtigung
der Soldaten entbunden war und keine Wachen zu thun
brauchte. Auch gelangte ich bei der Mannschaft zu einer ge=
wissen Beliebtheit dadurch, daß ich bestimmt war, ihr auf der
langweiligen Fahrt behülflich zu sein zu ihrem besten Zeit=
vertreib, nämlich zum Essen und Trinken.

* * *

An meinen Freund.

Sieh nicht den Kirchhof, trautester Ferdinand,[*)]
So traurig an, als ließest du einen Freund
An ihm zurück. Bist du entschlossen,
 Weiter zu gehn, so vergiß den Kirchhof.

Ist's denn nicht gleich, wohin du das Haupt gelegt,
Wenn ewig sich das Herz und das Auge schloß?
Was ihm der Tod bringt, kümm're Keinen,
 Sei ihm das Leben die einz'ge Sorge!

Mag dein Gebein des stürmenden Ozeans
Rastlose Salzflut waschend im Sande dreh'n,
Es mag in Asiens grauser Wüste
 Sengende Glut dein Gerippe dörren!

---

*) Name meines Freundes und Reisegefährten. Er wurde vor der Ab=
reise durch allerlei traurige Ahnungen beunruhigt, die, wie sich später zeigen
wird, sich nur zu sehr bestätigten.

Ob hier dein Leib, ob dort er begraben wird,
Soll das des Geistes lenkender Kompaß sein?
Was du hier strebest, was du bauest,
    Ist es denn bloß, um ein Grab zu bauen?

Die Kraft ist frisch und jung ist das Leben noch,
Der schlaffen Ruh' alltägliches Lager dampft.
Du sollst das Buch des Lebens lesen,
    Nicht sei der Titel des Forschens Ende.

Schwächlingen laß den Stuhl und das Kanapee,
Der Kräft'ge muß sich rühren und muthig sein.
Was Sitzkatheberweisheit ist, das
    Sahest du ja an den Professoren.

Des Lebens Schule ist nur das Leben selbst
Und aller Wahrheit Lehrerinn die Natur:
Sie öffnet ihre große Aula,
    Wenn sich die kleine gelehrte schließet.

Weit in der Welt unendliches Nebelmeer
Drang mancher kühne, spähende Forscherblick
Und Millionen Sonneninseln
    Liegen wie Lettern des Buches vor ihm;

Doch, den ein Glas hin über die Sonnen trägt,
Ihn trug sein Fuß noch kaum aus dem engen Kreis,
Wo er der Mutter Milch gesogen,
    Wo er als Knabe den Kreisel peitschte.

Die Sonnen maß er, maß die Unendlichkeit,
Der Erde Sandkorn kennt er dem Namen nach
Und wählt genügsam sich dieselbe
    Scholl', ihn zu tragen und zu bedecken.

Drum ohne Zagen, trautester Ferdinand,
Und laß den Kirchhof bei der Gelehrsamkeit!
Auch auf der andern Hemisphäre
    Setzt uns der Nachen des Charon über.

II.

Ein Seesturm.

—

Am 13. November gingen wir unter Segel und nahmen
Abschied von Europa. Den andern Morgen erblickten wir
schon die Kreideberge von England und die Küste von Frankreich. Den Kanal ließen wir glücklich hinter uns und steu-
erten mit günstigem Wind in die offene See. Die Lootsen-
boote und Küstenschiffe verloren sich allmälig um uns herum und das Meer trug uns allein auf seinem unermeßlichen
Rücken davon. Wenn wir als Knaben zum ersten Mal von
unsern ländlichen Mistpfützen, Pferdeschwemmen und Bächen
an die Ufer eines großen Stromes versetzt werden, verlieren
wir uns in Staunen und stummer Betrachtung bei der dem
kindlichen Blick unermeßlichen Wasserfläche und die Phantasie erfüllt ihre Tiefe mit tausend Wundern. In dieselbe,
ich mögte sagen, heilige Stimmung versetzt die See das
Gemüth des Jünglings, wenn er zum ersten Mal über ihre
grausige Tiefe dahinschwebt; er wird wieder zum Kinde vor
dieser unergründlichen, geheimnißvollen Wasserunendlichkeit.
Wie er sich aber klein und überwältigt fühlt bei dem großartigen Schauspiel, so erhebt es ihn wieder zu kühner Vorstellung, wenn er seinen Kiel mit überlegener Leichtigkeit über
die gefahrvolle Bahn dahinbrausen hört, wenn er die Straßen durchschneidet, die einen Columbus, einen Anson, einen

Cook getragen, wenn er mit aufgeblähten Segeln über die Grade und Meere dahinfliegt, die er als Knabe zählend mit dem Finger oder Bleistift überstrichen hat. Doch die See, unwillig über die ungestörte Betrachtung ihrer Größe, will ihre neuen Beschiffer auf die Probe stellen, sie will sich in ihren Schrecken zeigen und die voreilige Kühnheit zur Demuth zurückbringen. Es wird Abend, der Himmel verhüllt sich in Wolken, die dunkeln Wellen kräuseln sich, die Segel fliegen hinauf, es wird Sturm. Wer da sagt, daß ihm beim ersten Seesturm, den er erlebt, das Herz nicht geklopft, der prahlt gewiß noch mehr, als Der, welcher furchtlos in die erste Schlacht gegangen sein will. Mir deucht, eine Schlacht, wenn auch an sich bei Weitem gefährlicher, kann nicht so schreckenerregend sein wie ein ernstlicher Seesturm. Jene stellt nur einen Kampf gegen gleichartige schwache Menschen, dieser einen Kampf gegen das mächtigste aller Elemente dar. Bei einer Schlacht hat auch der Besiegte noch Aussicht auf künftigen Sieg oder wenigstens auf Rettung des Lebens; allein die See, wen sie besiegt, den besiegt sie meistens gänzlich und sie kennt, wie die Bewohner ihrer wilden Inseln, weder Pardon noch Kriegsgefangene. Im Sturm einer Schlacht herrscht zusammenwirkende Thätigkeit, wodurch der Eine den Andern beseelt und fortreißt; in einem Seesturm herrscht zusammenleidende Ohnmacht, wodurch der Eine den Andern entmuthigt und lähmt. Dort gibt es erhebende Offensive, hier nur niederschlagende Defensive und wenn dort das point d'honneur die Gefahr verachten lehrt, so hilft hier das point d'horreur sie vergrößern.

Ein Vorgeschmack der Beängstigungen einer Seefahrt war uns gleich in den ersten Tagen zugedacht. Am 16. fiel uns ein heftiger Wind so plötzlich in die Segel, daß man nicht

Zeit hatte, sie schnell genug einzuziehen und das Schiff Ge=
fahr lief, umzuschlagen. Einige wollten gesehen haben, daß
die Raen in's Wasser tauchten. Es war eine bestürzende
Ueberraschung, die Alles ohne Unterschied aus der Fassung
brachte. Ich sah auf der Brust des Kapitains unseres De=
tachements das croix d'honneur hüpfen von dem Klopfen
des alten Soldatenherzens, das darunter hing und das in
der Schlacht nicht so unruhig gewesen wäre. Selbst der
Schiffskapitain, ein sehr tüchtiger und erfahrener Seemann,
veränderte auffallend sein zuverlässiges Gesicht und entschul=
tigte dadurch die Angst der neuen Seefahrer, wie er sie da=
durch vergrößerte. Am 17. legte sich der Wind, jedoch nur,
um sich zu neuen Anstrengungen zu erholen. In der Nacht
vom 18. auf den 19., als wir uns ungefähr auf der Höhe
von Lissabon befanden, verwandelte er sich in einen heftigen
Sturm. Von den 300 Augen, die auf dem Schiff waren,
schloß sich die ganze Nacht kein einziges zu. Ein Schauspiel
neuer und schrecklicher Art hielt unsere Seele und Sinne be=
schäftigt auf eine in der Erinnerung angenehme, aber in der
Wirklichkeit entsetzende Weise. Die See hatte sich in Tau=
sende von brausenden Wasserbergen verwandelt, die sich wie
mit absichtlicher Gewalt über das dröhnende Schiff hinweg=
stürzten und es bisweilen dermaßen auf die Seite warfen,
daß das Verdeck beinah senkrecht in's Wasser zu stehen kam.
Die Hängematten schlugen gegen die Decke. Wohin man
sich durchwand, war Tumult und Schrecken. Das Toben
und Gebrause der Wogen, das Sausen und Schnauben des
Windes durch die Taue und Stengen, untermischt von dem
fischweiberartigen Geschrei der Matrosen und dem brandge=
schreiähnlichen Kommandiren der Schiffsofficiere, der feurige
Schaum, der kochend um das Schiff herumwogte, das Kra=

chen und Aechzen des neuen Holzwerks an den Schiffswän=
den, das Schlagen und Flattern der losgerissenen Segel von
der Höhe des Mastes herab — dieß Alles zusammen, durch
die Dunkelheit der Nacht noch beängstigender gemacht, bildete
eine Szene, die einen Napoleon hätte frappiren müssen, wie
viel mehr einen holländischen Sergeanten. Dabei flog Alles,
was nicht festgebunden war, in der wildesten Verwirrung
und mit donnerndem Getöse durch einander. Die Todesangst
zeigte bei unserer nobeln Reisegesellschaft ihre ganze Gewalt.
Selbst die wüsteste Rohheit verschwand unter den bleichen
Gesichtern. Die Wölfe wurden zu zahmen Lämmern und
die Bären zu anschmiegenden Schoßhündchen. Die sonst so
geläufigen Verwünschungen und Flüche verwandelten sich in
fromme Ermahnungen und kindische Ausbrücke des Ent=
setzens. Ruhig blieb fast Niemand als die Seekranken, die
in dumpfer Gleichgültigkeit Alles über sich ergehen und sich
in ihren Hängematten in den Schlaf der Vergessenheit aller
irdischen Dinge einwiegen ließen.

Bei dieser wie bei späteren Gelegenheiten gewährte es
mir ein besonderes Interesse zu beobachten, wie verschieden
sich bei verschiedenen Menschen die Angst kund gab. Einige
betranken sich in aller Eile und legten sich dann in die Hänge=
matten, Andere verkrochen sich in den Schiffsraum, um nur
nichts von Dem zu sehen, was auf dem Verdeck vorging,
Andere dagegen drängten sich vor Angst auf das Verdeck
hinauf, als hätten sie sich bereit halten wollen, um im Fall
eines Untergangs irgend einen schwimmenden Gegenstand
zu ergreifen. Sie ließen sich weder durch See= noch durch
Regenwasser in den Schiffsraum zurücktreiben. Noch An=
dere halfen mit aller Anstrengung den Matrosen an den
Tauen ziehen, um die Ausführung der unglückverhütenden

Maßregeln zu beschleunigen. Am Besten von allen Passagieren nahm sich der Premierlieutenant unseres Detachements aus, der eine in dem Gemälde unersetzliche Staffage bildete. Diese winzige, versoffene Figur von $4\frac{1}{2}$ Fuß Höhe, mit dickem, halbkahlem Kopf, vorstehenden, stets halbgeschlossenen Augen und einem gewaltig langen Schnurrbart hatte die frappanteste Aehnlichkeit mit einem Seehund. Auch schien die See sein Element zu sein: ihn genirte nichts, als das Schwanken des Schiffs, wodurch er stets genöthigt war, sich festzuklammern. Wenn Alles unruhig wurde, blieb dieser Ritter sans peur et sans courage, wie man ihn hätte nennen können, stets gleichgiltig und sah mit seinen schnappsschläfrigen Augen in den Tumult hinein, wie in einen Tanzsaal.

Einen andern sehr komischen Anblick gewährten die Seekranken. Bisweilen sah man ein Paar Dutzend zugleich die Köpfe über Bord strecken und in den lächerlichsten Atitüden sich würgend gegen die See expektoriren, die ihnen so viel zu schaffen machte. Einer derselben wurde nach dem Sturm für todt aus einer schmutzigen Ecke im Schiffsraum hervorgezogen, kam aber wieder zu sich.

Der Sturm hatte ganz plötzlich nachgelassen und es trat eine völlige Windstille ein. Ein solcher Zustand ist für die Seefahrer einer der unangenehmsten, weil die zurückbleibende Wallung jetzt das Schiff ganz in ihrer Gewalt hat und nach Belieben umherwirft, so daß nicht selten die Masten über Bord fliegen, oder durch das heftige Arbeiten ein Leck entsteht. So lang dagegen der Sturm weht, schwankt das Schiff nur heftig nach der Seite hin, wohin der Wind geht, während nach der andern Seite hin die unten an den Masten befindlichen Sturmsegel so viel Widerstand finden, daß das

Schiff eher nach der einen Seite weggleitet, als gegen den Wind hin sich auf die andere legt. Weil nur Wenige sich von dem Segeln eines Schiffs bei Sturmwetter einen Begriff zu bilden suchen, folge hier eine kurze Andeutung über Dasjenige, was ich in dieser Beziehung bei den zahlreichen, auf meiner Reise erlebten Stürmen habe beobachten können. Man segelt entweder v o r dem Wind, wenn er von hinten in die Segel weht, oder mit h a l b e m Wind, wenn er mehr von der Seite, oder b e i dem Wind, wenn er mehr von vorn weht. Entsteht beim Segeln v o r dem Wind Sturm, so läßt man einstweilen im Verhältniß zur Stärke desselben einige Segel aufgezogen und man kann denken, mit welcher Vogelschnelle alsdann das Schiff durch das Wasser brauf't. In kurzer Zeit aber werden die Wellen so hoch, daß das Schiff, wenn sie sich vor demselben erheben, nicht Zeit hat, sie zu übersteigen, sondern durch die reißende Schnelligkeit in Gefahr kommt, in den Wasserberg hineinzusegeln oder, wenn es ihn an der Seite durchschneidet, in der schnellen Schwankung umzustürzen Um nun diesen Gefahren auszuweichen, muß bei Zeiten b e i g e l e g t werden. Das Nämliche wird nöthig, wenn im Segeln b e i dem Wind, oder mit h a l b e m Wind die Wellen so groß und so heftig werden, daß das Schiff ihre Stöße am Bug oder an der Seitenwand nicht aushalten kann. Das B e i l e g e n geschieht, indem man die gewöhnlichen Fahrsegel aufzieht, anstatt ihrer die Sturmsegel herabläßt und das Schiff so viel wie möglich in den Wind dreht, so daß die schräg gestellten Sturmsegel nicht mehr Wind fassen, als nöthig ist, das Schiff um ein Weniges voranzutreiben, damit man es mit dem Steuer in der Gewalt behält. Indem aber das Schiff durch den schräg einfallenden Wind beinah eben so viel nach der Seite wie nach vorn fortgleitet, weicht es den Wellen aus, oder lähmt ihre Kraft. Das ist das einzige Vertheidigungsmittel, welches sich auf offener See gegen den Sturm anwenden läßt. Dabei arbeitet das Schiff aber immer noch heftig genug und hält der Sturm lang an, so daß die Wellen immer höher werden, oder ist er gar so heftig, daß selbst keine Sturmsegel mehr halten, dann bleibt nichts übrig, als der Stärke des Schiffes oder dem Glück zu vertrauen. Man pflegt dann die oberen Theile der Masten herabzunehmen, damit diese weniger Schwung haben, und alle Oeffnungen auf dem Verdeck zu verschließen, so daß die Wellen bloß darüber wegspülen, aber nicht eindringen können.

Bei dieser Gelegenheit, wo von der Einrichtung und dem Verhalten eines Seeschiffs die Rede ist, mögen die Seeromanschreiber auf eine Gewohnheit aufmerksam gemacht werden, deren gelegentliche Erwähnung ihnen bei ihren sorgfältigen Beschreibungen aller Einzelnheiten den Anstrich der genauesten Beobachtung geben müßte. Die Schiffstaue nämlich werden alle, so weit sie nicht im Gebrauch sind, auf dem Verdeck gleich einer Bratwurst in Kreisen zusammengelegt und zwar von der linken nach der rechten Seite herum, also für uns dem Lauf der Sonne nach. Bloß ein einziges unter jenen mehr als hundert Tauen pflegt man von der rechten nach der linken herumzulegen. Dieß Tau ist dasjenige, woran die sogenannten Baken (boeien, sprich Buien) befestigt werden, die über dem hinausgeworfenen Anker auf dem Wasser schwimmen, damit man diesen, wenn das Ankertau brechen sollte, wieder auffinden kann. Jenes vor allen andern ausgezeichnete Tau nennen die Holländer Boeireep (sprich Buireep). Es könnte nun in einem Seeroman gelegentlich etwa also heißen:

Es war ein schöner Sonntagsmorgen. Der Himmel spiegelte mit Wohlgefallen sein reingewaschenes Gesicht in dem blauen Spiegel der See, auf dem das Schiff wie eine Fliege daherkroch, und sein großes Sonnenauge glänzte aus dem Spiegel beinah noch feuriger heraus, als es hinein=stralte. Kein trübes Wölkchen verdüsterte die klare Him=melsmiene, um die nur einzelne Locken herumwehten, weiß wie die Segel des Schiffs und wie der Schaum, womit die See dessen kupferbeschlagenes Kinn einrieb, gleich dem roth=bewachsenen Kinn des Untersteuermanns, der, an den Fock=mast gelehnt, im Schatten der Segel sich rasirte. Neben ihm stand, bereits sonntäglich aufgeputzt, der Bootsmann und hielt, in ausruhendes Nachdenken verloren, den Blick auf die zusammengerollten Taue geheftet, die vor ihm auf dem Verdeck lagen, oder neben ihm an der Verschanzung hingen. Sie erinnerten ihn lebhaft an seine lang entbehrte Lieblingskost, an Bratwürste, und an ihren, d e m L a u f d e r S o n n e n a c h g e l e g t e n R i n g e n schien er zu zählen, wie oft die Sonne ihren Lauf noch zu vollenden habe, bis er bei „Mutter Scheppop“ zu Amsterdam und ihrer dick=backigen Tochter sich wieder an seinem Lieblingsgericht, an Bratwürsten, ergötzen könnte. Schon glaubte er im hei=mathlichen Hafen den Anker fallen zu hören, indem sein Blick auf die B u i r e e p fiel und ihre g e g e n den Lauf der Sonne gelegten Ringe (nur bei diesem einzigen Tau ist dieß Gebrauch) mahnten ihn in seiner freudigen Vorstellung nicht daran, daß er nach wenig Wochen schon wieder die Anker lichten und die Rückfahrt nach dem glühenden Süden antre=ten sollte. Ha! rief er unwillkürlich aus :c. :c.

III.

Weitere Reise nach Batavia.

Nachdem wir durch einen Sturm als Seefahrer eingeweiht waren und unsere erste Neugier gestillt hatten, fingen
wir schon an, einen Begriff von der Langeweile zu bekommen, welche ohne ganz besondere Gegenmittel eine nicht zu
entfernende Begleiterinn des gewöhnlichen Seelebens ist.
Man fühlt sich sehr bald eingeschlossen in das hölzerne Gefängniß, man sieht nichts als Wasser und Luft, man ist außer Stande sich körperliche Bewegung zu machen, die Befriedigung der unschuldigsten Bedürfnisse des Herzens wie des
Geistes ist versagt, man führt ein halbes Kerkerleben.   In
unserer Lage machten sich diese Uebelstände doppelt bemerk-
bar, da wir bei unserer untergeordneten Stellung keine Ansprüche auf Bequemlichkeiten oder Aufmerksamkeiten machen
konnten und da auf der andern Seite unsere Reisegesellschaft
keine Unterhaltung zu gewähren im Stande war, sondern
nur dazu beitrug, das Leben recht unerträglich zu machen.
Man kann sich denken, welchen Reiz auf die Dauer eine Gesellschaft gewähren konnte, die aus Vagabunden, Deserteurs*), entlaufenen Dieben, Falschmünzern, vielleicht Mör-

---

*) Einer der Soldaten rühmte sich, 39 Mal desertirt zu sein und zwar
meistens mit dem Pferde. Ein Anderer prahlte, daß er „mit einem Paar
Schuhe sechs Monarchen gedient habe".

dern, oder auch aus einzelnen schuldlosen Unglücklichen be=
stand, die man aber nicht kannte und die nicht Bildung genug
hatten, ihre Bekanntschaft wünschenswerth zu machen. Die
Officiere zeigten ebenfalls keine Bildung, sie schrieen bei jeder
Gelegenheit Hurrah und tranken mehr Branntwein als wir
Wasser. Der Kapitain des Detachements war ein eigensin=
niger, mürrischer, fühlloser Franzose, der zwar das Ehren=
kreuz trug, aber dadurch nichts von seiner Widerwärtigkeit
verlor. Sein Hauptzeitvertreib bestand darin, mit einem
Stock in die auf dem Verdeck befestigten Hühnerkäsige hin=
einzustechen und die armen Thiere zu beunruhigen. Seine
Neigung zum Stechen hatte übrigens üble Folgen für ihn,
er gerieth kurze Zeit nach unserer Ankunft in Batavia mit
einem kleinen Premierlieutenant, einem wackern Teutschen,
in ein Duell und wurde von seinem Gegner vollständig
durchbohrt, so daß er todt auf dem Fleck blieb. Den Sol=
daten hatte man Damenspiele, Schachspiele und Taback mit=
gegeben, um sie so gut wie möglich zu unterhalten und viel=
leicht vor rebellischen Gedanken zu bewahren, die indeß doch
nicht ganz entfernt blieben, so daß die Eisen mehre Male in
Gebrauch kamen. (Einmal war sogar eine ernstliche Ver=
schwörung im Werk und man ließ es auf meine Entscheidung
ankommen, ob der Kapitain über Bord geworfen werden
sollte oder nicht. Natürlich legte ich gegen den tollen Plan
mein Veto ein.) Außerdem suchten die Soldaten aus eige=
nen Mitteln sich die Zeit zu vertreiben, es gab Spaßvögel
unter ihnen, die Komödien aufführten u. s. w. Allein das
Alles reichte nicht hin, eine regelmäßige Beschäftigung zu er=
setzen und den ganzen langen Tag auszufüllen. Die meiste
Zeit sah man die Mannschaft gähnend und schlafend umher=
liegen.

In der Voraussetzung, daß die Reise an sich immer Un=
terhaltung genug gewähren werde, hatte mein Freund und
ich nur einige wenige Bücher mitgenommen, die wir sehr
bald beinah auswendig gelernt hatten. Zum Schreiben war
man in der widerwärtigen Umgebung selten aufgelegt, es
gab für uns nicht einmal einen passenden Platz dazu. Auch
war die nicht ganz zu verhütende Unreinlichkeit der rohen
Bande so groß, daß Einem nicht selten eins von den Thier=
chen unter die Feder lief, die den Herodes sollen aufgefressen
haben. Ein Hauptvergnügen gewährte uns das Schießen
auf Vögel oder Fische, aber auch zu diesem Vergnügen fand
sich nur selten Gelegenheit.

Unter solchen Umständen machte das Essen keinen gerin=
gen Theil unserer Unterhaltung und Beschäftigung aus,
wenn wir auch keine Leckermäuler dabei wurden. Morgens
gab es regelmäßig Grütze, Mittags (d. h. gegen 2—3 Uhr)
abwechselnd Speck und Erbsensuppe (Snert), oder Speck mit
Sauerkraut, oder Pökelfleisch mit Erbsen, oder Stockfisch mit
Erbsen. Erbsen waren unvermeidlich. Des Abends blieb
Jedem überlassen, seinen aus Wasser und Kleien gebackenen
Schiffszwieback zu kauen, an dem man gemeinlich einige
Minuten seine Zähne versuchen mußte, um nur den ersten
Anbruch zu machen. Als Zugabe zu dem Zwieback erhielt
man Butter und bisweilen etwas Käse. An Getränken gab
es täglich zwei Mal ein Gläschen Branntwein und zwei kleine
Feldflaschen voll Wasser. Die ewige Wiederholung der ge=
nannten Speisen machte sie uns gänzlich zuwider, zumal da
sie auf nicht sehr delikate Art von einem alten, schmierigen
Koch zubereitet waren. Eine Menge gieriger Blicke folgten
jeden Mittag den Schüsseln, die aus der Küche von dem
reinlichen Kajütenkoch nach der Officierstafel getragen wur=

ben. Das Verlangen nach der gewöhnlichen Landkost war
so groß bei uns, daß wir gern eine einzige Kartoffel mit ei=
nem holländischen Stüber bezahlten. Was das Getränk
betrifft, so waren zwei Flaschen Wasser, das noch dazu bald
stinkig und faul wurde, zu wenig für einen Menschen, der in
der fürchterlichen Hitze beinah eben so viel Schweiß vergoß.
Die Soldaten versuchten sogar bisweilen ihren Durst durch
Seewasser zu stillen, das ihnen indeß sehr übel bekam.

Das erste Land, das wir wieder erblickten, waren einige
der kanarischen und später die kapverdischen Inseln. Die
Inseln hatten sämmtlich eine düstere Physiognomie, gewähr=
ten aber doch dem Neuling einen besondern Reiz, indem sie
der romantischen Phantasie zu thun gaben, für welche die er=
habene Oede und traurige Majestät eines Meeresfelsens oft
mehr Interesse hat, als ein blühendes Eiland. Man sah
auf den genannten Inseln nichts, als schroffe Felsenküsten,
ausgebrannte Vulkane, einige zerstreute Häuser und ein Paar
Kokospalmen. Den Pik von Teneriffa haben wir, da das
Wetter etwas trüb war, nicht gesehen, obschon wir nah ge=
nug an ihm vorbeisegelten. Bei den kapverdischen Inseln
sahen wir in einiger Entfernung ein spanisches Sklavenschiff,
das eine Ladung von Unglücklichen nach Amerika brachte.
Ich bedauerte, daß unsere 130 Soldatenköpfe, die gähnend
auf dem Verdeck umherlagen, nicht auf den Sklavenhändler
losgehetzt werden konnten, und bedachte dabei nicht, daß un=
ser Schiff mit dem spanischen beinah gleichen Namen hätte
führen können.

Die Linie passirten wir ohne die gewöhnlichen Possen,
weil dieselben bei der Menge von Soldaten zu Uebertreibun=
gen und Unfug Anlaß gegeben hätten. Die Hitze war in
der Gegend, wo man seinen Schatten verliert, in der That

fürchterlich), so daß auf dem Verdeck das Harz flüssig aus den
Fugen herausquoll. Bei einer der unter der Linie häufig
eintretenden Windstillen gelang es der Schiffsmannschaft,
einen Haifisch zu fangen. Ein Unterofficier wünschte sich zu
baden. Zur Vorsicht band ihm der Schiffskapitain ein Tau
um den Leib, an welchem er ihn herumschwimmen ließ.
Kaum hatte er einige Schritte weit gerudert, als man von
der entgegengesetzten Seite rief, daß ein Haifisch in der Nähe
sei. Sogleich wurde der Unterofficier in aller Eile, wobei
seine Rippen genug zu leiden hatten, heraufgehißt. An das
Tau wurde schnell eine große Angel mit einem Stück Speck
gebunden und da in's Meer geworfen, wo der Fisch sich gezeigt hatte. Man sah in einer großen Tiefe seine Flossen,
die aus dem hellen, blauen Wasser wie goldgrüne Blätter
heraufschimmerten. Er hielt sich lange Zeit in seiner Tiefe
und schien von dem Speck gar keine Notiz nehmen zu wollen. Allmälig kam er ein wenig höher herauf, so daß man
schon etwas von seiner Gestalt sehen konnte, jedoch verrieth
er noch immer keinen Appetit und schwamm ganz träg in
einem Kreise unter dem Speck herum. Endlich aber gewann
sein Heißhunger, den er bisher aus Vorsicht bekämpft zu haben schien, die Oberhand, er legte sich plötzlich unter dem
Speck auf den Rücken, verschlang ihn mit seinem unter dem
Kopf befindlichen Rachen und schoß damit in die Tiefe hinab.
Als der Hai sich unter den Speck legte, dachte ich unwillkürlich an den Sergeanten, durch den ich mich in Amsterdam
hatte verkaufen lassen, so wie mir das Unthier überhaupt als
ein passendes Bild für jene schönflossigen Judasseelen erschien, die sich unterthänig unter ihre Beute legen, um sie zu
— verschlingen. Mögte es nur auch ihnen allen so ergehen,
wie es ihrem Herrn Vetter bei unserm Schiff erging! Kaum

mogte er sich mit seinem Fraß in Sicherheit glauben, als der Steuermann, der den Fang leitete, das Tau anzog, um die Angel einzuhaken, wobei ihm jedoch der Strick mit solcher Gewalt durch die Hände gerissen wurde, daß seine Finger in Gefahr waren. Als die Angel gefaßt hatte, begannen die Matrosen, welche die Leine festhielten, das Ungeheuer aus der Tiefe heraufzuziehen. Sämmtliche Matrosen waren kaum im Stande, ihn herauszubringen. Als er über dem Wasser war, that er so heftige Schläge gegen die Schiffswand, daß das ganze Schiff erdröhnte, und als er auf das Verdeck kam, arbeitete er so gewaltig darauf herum, daß alle Beine aus seiner Nähe eilten, um nicht zerschlagen zu werden. Sobald er sich müde geschlagen und gezappelt hatte, schlich sich ein Matrose heran und kappte ihm mit einem Beil den Schwanz ab, worauf er sich bald verblutete. In seinem Magen fand man allerlei Gegenstände, die seit einigen Tagen über Bord geworfen waren, unter andern ein krepirtes Huhn. Trotz dem Lärm, den er gemacht hatte, war er nicht sehr groß, seine Länge betrug etwa zehn Fuß. Die ganzen zehn Fuß wurden von den Matrosen aufgefressen, sie gaben den Soldaten nicht einmal eine Probe davon.

Die gewöhnlichsten Fische, welche man auf der See (d. h. im atlantischen Meer) zu Gesicht bekommt, sind die Meerschweine. Sie schwimmen immer schaarenweise und eine solche Schaar nennen die Holländer den Bauer mit seinen Schweinen. Ich habe sie fast nicht anders schwimmen sehen, als je zwei neben einander und auf diese Art bilden sie eine ganze Prozession, deren Glieder, ohne ihre Ordnung lang zu verlieren, beständig mit großer Schnelligkeit aus dem Wasser springen und in der Richtung ihres Laufes etliche Schritte weit durch die Luft fortschießen. Einen nicht weniger hübschen Anblick gewähren die fliegenden Fische, die sich bei der Annäherung eines Raubfisches wie ein Schwarm silberweißer Vögel aus dem Wasser erheben und sich gemeinlich etliche hundert Schritte weiter wieder niederlassen. Unter den Schwärmen her, die nah bei unserm Schiff vorbeiflogen, sah ich immer einen braunen Raubfisch, etwa zwei Fuß lang, mit Vogelschnelle nachschwimmen und einen aus dem Schwarm ergreifen, sobald er sich niederließ. Auf diese Art that den armen Thieren ihre seltene Kunst wenig Dienste. Wallfische sahen wir zwar viele, aber sie blieben so weit vom Schiffe entfernt, daß wir nichts Näheres von ihnen unterscheiden konnten. Die Wassersäulen, die sie ausspieen, täuschten uns bei Abend mehrere Male, indem sie gegen den Horizont hin für Segel von Schiffen angesehen wurden. Einen Fisch haben wir gesehen, der mir aus der Naturgeschichte nicht bekannt ist, wenn er nicht etwa zu der größten Art der Delphine gehörte. Er schwamm in einer Entfernung von etwa fünfzig Schritten lange Zeit mit dem Schiff parallel, indem er wie die Meerschweine abwechselnd aus der See hervorschoß und seine ganze Länge, die wenigstens vierzig Fuß betrug, über dem Wasser nachzog. So oft er hervorkam, stieß er aus einem einzigen, auf dem Kopf befindlichen Loch das Wasser mit einem knallähnlichen Getöse und mit solcher Gewalt heraus, daß es als Dunst in der Luft verschwand. Er schien ein Raubfisch zu sein und wir glaubten in seinen kleinen Augen die Gier zu lesen, womit er gern Einen von uns in seinen langgespaltenen, an den Lefzen, wie es schien, jagdhundartig gezackten Rachen hineingeschlungen hätte.

Unter den Seevögeln, die uns zu Gesicht kamen, waren die auffallendsten die großen Albatrosse. Sie pflegten sich in der Straße aufzuhalten, die das Schiff hinter sich ließ, um darin den Abfall aufzufressen. Es wurden mehrere gefangen, indem man ein Stück Speck, das an einer Angel und an einer langen Schnur befestigt war, hinter dem Schiff in's Wasser warf. Sobald es an sie herankam, fielen sie gierig darüber her und wurden dann schreiend an Bord gezogen. Einer maß gegen vierzehn Fuß in den ausgebreiteten Flügeln.

Einer der interessantesten Tage unserer Reise war uns der 8. Januar. Nach Tagesanbruch erblickten wir um uns herum drei Felseninseln, deren größte, die sogenannte Nachtigalleninsel, etwa 800 Fuß steil aus dem Meer hervorragte und einen pompösen Anblick gewährte. Unser Schiffskapitain bekam einen Anflug von romantischer Neugier und überwand sich, seine ängstliche Diligencenfahrt durch eine kleine Expedition nach der Insel zu unterbrechen. Mit einem Officier und sechs Matrosen bestieg er ein Boot und segelte ab, während das Schiff beilegte. Ich hatte mir alle Mühe gegeben, die Fahrt mitmachen zu dürfen, da ich aber bloß Unterofficier war, konnte meine Bitte nicht berücksichtigt werden. Bis zur Rückkehr der Expedition belustigten wir uns mit Fangen und Schießen der Seevögel, die zu Tausenden das Schiff umschwärmten. Gegen Mittag kam das Boot zurück. Der Kapitain hatte Anfangs unverrichteter Sache umkehren wollen, weil ihn die heftige Brandung an der Insel zurückschreckte. Durch die Vorstellungen seiner Matrosen, welche ausgelacht zu werden fürchteten, ließ er sich indeß bewegen, einen Versuch zu machen, und mit Hülfe einiger kühner Schwimmer, die sich mit Lebensgefahr durch die Brandung durcharbeiteten, gelang es, die Landung zu bewerkstelligen. Sobald das Boot an's Land gezogen war, fielen die Matrosen mit ihren Rudern und Knitteln sogleich über die Seehunde her, welche in Menge auf der Küste umherlagen. Sechs schlugen sie todt, obschon sie nur einen mitnehmen konnten. Einer von ungeheurer Größe, dem sie die Hirnschale gespalten, schleppte sich dennoch, als man sich von ihm wegwandte, in die See. Außer dem Seehund, der die Größe eines Bären hatte, brachte der Kapitain zwei Pinguine mit, welche auf dem Verdeck die putzigsten Sprünge machten, dann eine Menge Vogeleier, ein Bündel Sellerie und Kartoffeln, welche auf der Insel wild wuchsen. Letztere waren jedoch ungenießbar. Ferner hatte er am Strande einen Spaten, einen eisernen Kessel und achtzehn Fässer mit Thran gefunden, von denen er aber nur zwei mitbringen konnte. Die Geräthschaften und Fässer schienen einem Schiff angehört zu haben, dessen Trümmer rings herum den Strand bedeckten. Aus dem Holzwerk schloß der Kapitain, daß es ein amerikanisches gewesen. Es hatte wahrscheinlich die Insel des Seehundsfangs wegen besucht und war durch einen Sturm an der Küste zerschellt. Von Menschen wurde weiter keine Spur wahrgenommen. Es wäre jedenfalls der Mühe werth gewesen, in das Innere der Insel vorzudringen, allein der Kapitain, der die zu seiner Expedition verwandte Zeit ohnehin schon in dem Schiffstagebuche nicht verantworten zu können glaubte, befahl die Rückkehr. Als die Matrosen das Boot wieder bestiegen, geriethen sie mit zwei Haifischen in einen Kampf. Der eine derselben, von der Größe eines kleinen Kahns, ergriff den Seehund, als man ihn durch das Wasser in's Boot zog, riß ihm ein großes Stück aus dem Leibe und verwundete ihn bei wiederholtem Angriff noch an mehreren Stellen. Er versuchte den Seehund noch zu ergreifen, als man ihn bereits aus dem Wasser

gezogen hatte, und konnte nur durch einige kräftige Hiebe auf
den Kopf entfernt werden. Eine solche Kühnheit und Gier
der Haifische würde mir trotz den Versicherungen des glaubwürdigen Kapitains unglaublich vorgekommen sein, wenn ich
nicht in Krusensterns Reise um die Welt gelesen, daß derselbe einst einen Haifisch zwei Mal hinter einander an derselben Angel gefangen, nachdem das Thier sich beim ersten
Mal mit solcher Gewalt losgerissen hatte, daß ihm der halbe
Kopf aufgeschlitzt war. Wir betrachteten mit Erstaunen die
aufgerissenen Stellen an dem Seehund und dachten uns das
Loos, welches die Matrosen erlitten hätten, wenn sie einige
Zeit später durch die Brandung geschwommen wären.

Die nächste Abwechselung, welche unsere von nun an wieder sehr langweilige Fahrt unterbrach, brachten einige sehr
heftige Stürme in der Nähe des Kaps der guten Hoffnung,
unter welchem wir in einer Entfernung von etwa vier Graden vorbei segelten. Bei den Stürmen gab es auch dieses
Mal wieder blasse Gesichter und große Augen, allein die
Meisten zeigten sich schon ruhiger bei dem gefahrdrohenden
Schauspiel, sie amüsirten sich an dem Umherfliegen der Kisten und an den Purzelbäumen ihrer Kameraden, wodurch
bisweilen die lächerlichsten Szenen herbeigeführt wurden.
Unter andern erinnere ich mich einer Scene, die selbst einen
Heraklit hätte zum Lachen bringen müssen. Eine Eßgesell-
schaft von etwa zwölf Mann, unter denen zwei alte Solda-
tenweiber, hatte sich, um bei dem Schwanken des Schiffs
eine festere Haltung behaupten zu können, rings um einen
großen hölzernen Napf voll Erbsensuppe platt auf den Boden gelegt, mit der einen Hand je nach den Bewegungen des
Schiffs den Napf balancirend, um das Ueberschütten zu verhüten. Plötzlich legte sich, bei einem heftigen Wellenstoß,

das Schiff der Art auf die Seite, daß selbst das platte Lie=
gen auf dem Boden keinen Halt mehr gab und die Gesell=
schaft sammt dem Erbsennapf mit reißender Schnelligkeit
nach dem entgegengesetzten Bord in eine dunkle Ecke glitt.
Unmittelbar darauf, als das Schiff wieder herüber schwankte,
sah man die ganze Familie aus der Ecke wie von einem Berg
und wie mit absichtlicher, wettrennender Vehemenz zurück=
rutschen. Dabei gab es allerlei ängstliches Geschrei und
hyperkomische Situationen und Gruppen. Sie hielten sich
einander fest, sie griffen sich in die — „Gesichter", sie überku=
gelten sich und zwar der Eine das Gesicht, der Andere den
Leib mit Erbsenbrei überkleistert. Und mitten in der Gruppe
hüpfte der leere Erbsennapf wie ein muthwilliger Bube über
Leiber und Köpfe hinweg und theilte Püffe aus nach allen
Seiten. Diese Rutschpartie auf der von Erbsensuppe ge=
glätteten Bahn wurde mehrere Male unter betäubendem
Gelächter der Zuschauer hin und her gemacht, bis eine au=
genblickliche Ruhe des Schiffs den Geängstigten Zeit ließ,
zur Besinnung und auf die Beine zu kommen, was nament=
lich den beiden Damen sehr schwer wurde.

Am 7. Februar, in der Nähe der Inseln St. Paul und
Amsterdam, stürzte sich bei Nacht ein Korporal über Bord.
Wegen der Dunkelheit, der schnellen Fahrt und der hohen
See war an keine Rettung zu denken. Der Mann gehörte
zu den Gesitteteren und Gebildeteren des Detachements und
suchte den Tod, weil er an einer seit einiger Zeit unter der
Mannschaft eingerissenen Augenkrankheit völlig zu erblinden
fürchtete. Vielleicht hatten sich diesem körperlichen Uebel
auch sonstige traurige Ahnungen hinsichtlich seines Schicksals
in Batavia, worauf die Behandlung auf dem Schiff bereits
vorbereitete, zugesellt und ihn zu dem verzweifelten Entschluß
gebracht.

7*

Am 10. kam ein englisches, nach Padang, auf der Insel Sumatra, bestimmtes Schiff auf etwa 100 Schritte an uns heran, um mit dem unsrigen die übliche Bekanntschaft anzuknüpfen und Erkundigungen einzuziehen, wofür die Holländer den Ausdruck praayen gebrauchen. Die beiden Kapitains besprachen sich durch das Sprachrohr und belogen einander um die Wette. Die Schiffskapitains sind nämlich eifersüchtig darauf, die schnellste Fahrt gemacht zu haben. Sprechen nun zwei auf der See mit einander und der eine fragt, wie lang der andere unterwegs sei, so gibt dieser gemeinlich, im Fall die Zeit seiner Abfahrt Jenem nicht bekannt sein kann, eine viel kürzere Frist an, als er wirklich gebraucht, und, um nicht für besiegt zu gelten, ist dann der Andere natürlich noch viel später abgefahren. Sie gebrauchen auch wol, wenn sie schnell gefahren sind, die List, eine längere Zeit anzugeben, als sie wirklich unterwegs waren, und läßt sich dadurch der Andere bewegen, seinerseits die Wahrheit zu sagen, so kann der Erste danach einen sichern Vergleich anstellen.

Wir rückten unserm Ziel jetzt allmälig auf merkbarere Art näher. Täglich wurden die Fortschritte, die wir gemacht, auf der Karte bezeichnet und danach berechnete man, wie viel Tage wir noch auf der See zubringen würden. Wie früher von Harderwyk nach der See, so sehnten wir uns jetzt von der See nach Batavia. Dort hofften wir Ersatz zu finden für die ausgestandenen Unannehmlichkeiten und dort konnte von der Langeweile, die uns auf dem Schiffe so sehr geplagt, nach unserer Vorstellung keine Rede sein. Namentlich für meinen Freund und mich war es ein erhebender Gedanke, nun bald an der ersten großen Hauptstation unserer Reise angelangt zu sein. Die seit unserer Ankunft in Harderwyk bereits gemachten Erfahrungen hatten uns zwar etwas zum Nachdenken gebracht, allein die Stützen, welche die Erfahrung mit ihrem unbarmherzigen Fuß unter unsern Plänen hinweggestoßen, waren durch unsere reproduktive Phantasie bald wieder ersetzt. Nur den javanischen Boden unter den Sohlen — weiter verlangten wir einstweilen nichts, um unserer Zukunft gewiß zu sein.

Am 6. März erschien uns ein Zeichen, daß wir diesem Boden nicht mehr fern waren. Bei Regen und trübem Wetter sahen wir in einiger Entfernung zur Seite des Schiffes einen schwärzlichen Gegenstand von der Größe eines Bootes auf den Wellen schwimmen. Einige hielten ihn für den Wrack eines Schiffes, Andere für ein Boot und glaubten sogar einen Menschen darin zu erkennen, der die Hände hülfeflehend ausstreckte. Andern schien es ein todter Büffel, ein Rhinozeros, Elephant oder ein Fisch zu sein. Der Schiffskapitain hielt es der Mühe für werth, das Räthsel zu lösen. Er ließ sich in einem Boote hinanrudern und kaum hatte er den Gegenstand erreicht, als wir ihn aussteigen und sich darauf setzen sahen, wodurch er zu den sonderbarsten Vermuthungen Anlaß gab. Nach einiger Zeit kehrte er zurück und wir erfuhren, daß der Gegenstand unserer Neugier ein ungeheurer alter Baumstamm war, der vielleicht schon ein halbes Jahrhundert auf der See umherschwamm. Der Kapitain hatte, an die heraufstehenden Aeste sich festhaltend, sich auf den Stamm gesetzt, um mit den Zehen und Fingern junge Haie und andere Fische anzulocken, die in Menge um den Baum herumschwammen — ein origineller Einfall, wodurch sich indeß kein Fisch verlocken ließ. Nachmittags wurde ein langes, halbverfaultes Bambusrohr aufgefischt, in dessen Höhlungen sich allerlei Krabben aufhielten.

Solche unbedeutende Gegenstände, die auf dem Papier nicht der Rede werth scheinen, gewähren auf der See für Neulinge ein unbeschreibliches Interesse und liefern einen ganzen Tag Stoff zur Unterhaltung.

Am 8. erblickten wir bei Tagesanbruch nordöstlich einige hohe Berge. Im Nu eilte Alles aus den Hängematten auf's Verdeck. Nach dem Aufgang der Sonne sahen wir schon Java zur Rechten, Sumatra zur Linken und segelten mit günstigem Wind in die Straße Sunda hinein. Entspräche auf Java Alles dem Eindruck, den sein Anblick namentlich bei der Einfahrt in die Sundastraße macht, so müßte die Insel ein wirkliches Paradies sein. Eine üppigere Vegetation, schönere Berge und Thäler lassen sich gar nicht denken. Schon von der See aus glaubten wir die Schatten der frischgrünen, dichtbelaubten Bäume zu empfinden, unter Pisangs, Kokospalmen, Apfelsinen, Mangistan's, Prambutangs, und wie alle diese herrlichen Bäume heißen, auszuruhen und ihre köstlichen Früchte zu schmecken. So weit man sah, schien das Land ein einziger Garten zu sein. Der Eindruck, den die Physiognomie und Schönheit einer solchen Natur macht, ist bei Dem, welcher zum ersten Mal ein tropisches Land sieht, doppelt groß. Gegen neun Uhr befanden wir uns dem Fort Anjer gegenüber, wo die Schiffe Halt machen müssen. Die beiden Kapitains gingen an's Land um ihre Papiere abzugeben. Kaum lag das Schiff vor Anker, als schon eine Menge Malaien auf ihren Booten heranruderten und Hühner, Papageien, Affen, allerlei Früchte 2c. zum Verkauf anboten. Einige Boote waren sicher keinen Fuß länger und keinen halben Fuß breiter, als der Mann welcher darin saß. Er führte ein einziges Ruder, das an beiden Seiten eine Schaufel hatte, so daß das Boot ohne

Leibesbewegungen und Schwankungen damit fortgetrieben werden konnte. Die Menschen waren gut gebaut und sehr gewandt, aber nicht hübsch von Gesicht und hatten alle kohlschwarze Zähne. Das schwarze Haar trugen Einige lang herab, wie Weiber bei der Toilette. Ihre Zungen waren äußerst geläufig, sie plapperten schneller, als der plauderhafteste Franzose. Auffallend war das Mißtrauen, das sie durch Blicke und Handlungen zu erkennen gaben; sie ließen nicht das Geringste aus den Händen, bevor sie das Geld dafür erhalten hatten, und foderten dazu noch ganz unverschämt. Das Geld besahen sie sehr sorgfältig, und war es im Mindesten abgeschlissen, wie dieß bei dem holländischen Geld in der Regel der Fall ist, so nahmen sie es gar nicht an. Man kann sich, wenigstens ich konnte mich nicht enthalten, beim ersten Zusammentreffen mit so fremdartigen, halbwilden Menschen sie in ein gewisses Verhältniß zur Thierwelt zu setzen. Dieß hat zur Folge, daß man Alles, was man Menschliches an ihnen beobachtet, ihnen doppelt anrechnet und mit doppeltem Interesse ansieht. Es ist nicht anders, wie das wohlgefällige Staunen, womit man die menschlichen Mienen und Manieren eines Affen betrachtet.

Wir segelten bei meist schwachem und veränderlichem Wind drei Tage lang durch die Straße Sunda, links die unzähligen kleinen Sundainseln, nur von Fischern und Seeräubern bisweilen besucht, rechts die herrliche javanische Küste mit ihren großartigen Einbuchten und Bergen. Ein feuerspeiender Berg, als welcher er uns bezeichnet wurde, schien die anderen um mehrere tausend Fuß zu überragen. Am 12. März ließen wir auf der Rhede von Batavia zwischen einer Menge von Schiffen der verschiedensten, auch chinesischer Flagge, die Anker fallen. Nur teutsche Schiffe waren nicht zu sehen und es kam diesem Mangel damals auch noch kein Bewußtsein von der Existenz einer preußischen „Amazone" zu Hülfe. Von Batavia sieht man auf der Rhede fast gar nichts, auch hat dort die Küste ein flaches, reizloses Ansehen. Wir sehnten uns daher um so mehr, die berühmte Stadt zu betreten (welche einst die Königinn des Orients hieß, jetzt aber höchstens seine Königinn Mutter heißen könnte), mußten aber noch zwei Tage auf dem Schiff bleiben, bis der Kapitain uns angemeldet hatte und Alles zu unserm Empfang bereit war. Der Aufenthalt auf der ungesunden Rhede war namentlich für die Augenkranken sehr schädlich, deren ich Einige drei Monate später im Hospital wiedersah, ohne daß sie sich im Mindesten gebessert hatten.

Die erste Nachricht, die wir vernahmen und die der Stadt durch 100 Kanonenschüsse verkündet wurde, war die Gefangennehmung Diepo Negro's, des kühnen Malaienhäuptlings, der den Holländern so viel zu schaffen gemacht hatte. Diese Nachricht wirkte auf uns sehr niederschlagend, denn sie bedeutete die Beendigung des Kriegs, der uns die Mittel zur Ausführung unseres großen Reiseplans liefern sollte.

<hr>

IV.

Ankunft in Batavia.

Viermonatlicher Aufenthalt daselbst.

<hr>

Am 14. März, nach viermonatlicher Reise, bestiegen wir einige große, von Chinesen und Malaien geführte Boote,

um an's Land gesetzt zu werden. Als wir noch etliche hundert Schritte von der Küste entfernt waren, sprangen die Malaien in das hier seichte Wasser, um die Boote weiterzuziehen. Mir schien das ein Beweis zu sein, daß auf der Rhede von Batavia die Gefahr vor Krokodillen (Kaimans), deren wir nicht ein einziges gesehen, nicht so groß ist, wie man sie gemeinlich zu machen sucht. Das Erste, worauf am Land unser Auge fiel, war eine große Menge malaiischer Sträflinge, die, mit Ketten beladen, unter gewaltigem Lärm an einem Pfalwerk arbeiteten. Wenn man eine Reise nach einer sechs tausend Stunden entfernten schönen Insel macht, sind kettenbeladene Eingeborne gewiß das Letzte, woran man denken würde. Bei uns waren sie das Erste, das wir erblickten, und der Eindruck, den sie machten, war allerdings nicht der angenehmste. Sie präsentirten sich als die T r ä = g e r der holländisch=ostindischen Kultur und Humanität. Wir fuhren an ihnen vorbei in die Mündung des Flüßchens Jakatra, welches sich als ein Kanal in die Rhede mündet. Am Ende dieses etwa eine Viertelstunde langen Kanals, wo die ersten Häuser von Batavia liegen, stiegen wir aus. Unser Gepäck wurde in zwei Boote zusammengepackt und über den Jakatra, der sich in mehreren Krümmungen bis nach Weltevreden hinaufwindet, weitergeschafft. Als wir wieder festen Boden unter uns fühlten, glaubten wir ihn förmlich erobert zu haben, fühlten uns aber auch versucht, mit den Füßen darauf zu stampfen, um zu erproben, ob wir ihm wol trauen dürften. Das Gefühl der Unsicherheit setzt sich bei einer langen Seereise so fest, daß man noch längere Zeit nachher, wenn man auf dem Lande z. B. zu Tisch sitzt, ihn plötzlich ergreifen und festhalten zu müssen glaubt, damit durch das Schwanken des Schiffs die Schüsseln nicht herabgeworfen werden. Unser Empfang war ziemlich gut, wir erhielten zur Stärkung ein Glas vortrefflichen Branntweins und frische Semmeln, die uns nach der langen Entbehrung wahrhaft wie Nektar und Ambrosia schmeckten. Als wir uns gestärkt hatten, setzten wir uns, einige Hornisten an der Spitze, in unsern fingerdicken, harbewyckschen Jacken und Hosen schweißtriefend in Marsch. Alles, was uns nun unter die Augen kam, war etwas nie Gesehenes. Die schönen Bäume, die in dem verschiedenartigsten Laub umherstanden, die Vögel, die über uns hinflogen und unter denen nur die Sperlinge Europäisch pfiffen, die Chinesen und die Malaien, die in ihren Geschäften fast ganz nackt durch die Straßen umherliefen, oder aus ihren barocken, mit allerlei seltsamen Handelsartikeln und Geräthschaften gefüllten Wohnungen hervorguckten, kurz, alle unsere neuen Umgebungen bestürmten unsere entwöhnten Sinne der Art, daß wir im eigentlichsten Sinne des Worts außer uns selbst waren und wie im Traum forttaumelten. Die mit der Musik Schritt halten konnten, waren die völlig Indolenten.

Das eigentliche alte Batavia, welches wir zuerst durchschritten, ist nicht sehr groß und im Ganzen schlecht gebaut, es ist gleichsam nur die unansehnliche Wurzel, aus welcher die schönen, in das Land hineingebauten Vorstädte wie lange Blumenranken hervorsprießen. Wegen seiner sumpfigen, ungesunden Umgebung und Lage wird es fast nur von Chinesen und Malaien bewohnt, während die Europäer, welche bloß Packhäuser und Komptoire daselbst besitzen, sich in den gesunder liegenden Vorstädten Molenvliet, Riswyk, Weltevreden rc. rc. angebaut und eingewohnt haben. Diese Stadttheile bestehen aus den schönsten, mit schattigen Säulengängen umbauten Häusern, deren jedes einzelne, mit Garten

und Park umgeben, wie ein Landhaus für sich dasteht. Wir
marschirten über eine Stunde an diesen schönen Häusern
vorbei, bis wir am Abend zu Weltevreden (Wohlzufrieden)
bei den Kasernen ankamen. Sobald uns unsere Quartiere
angewiesen waren, erhielt ich, als Fourier, den Befehl, mit
20 bis 30 Mann das Gepäck, wozu auch das der Officiere
gehörte, heran schaffen zu lassen. Die Malaien, die es
transportirt hatten, warteten damit 10 Minuten von der
Kaserne auf dem Jakatra. Für alles Fehlende wurde ich
verantwortlich gemacht und ließ es daher an sorgfältiger
Recherche nicht mangeln. Als Alles ausgepackt war, ver=
mißte ich einen Soldatenmantel. Ich untersuchte die Boote
und fand den Mantel unter Brettern versteckt. Sogleich er=
griff ich den Malaien, der das Boot führte, beim Arm, um
ihm eine kleine Lektion für den beabsichtigten Diebstahl zu
geben und für die grenzenlose Unverschämtheit, womit er
seine Unschuld darzuthun suchte. Er benutzte aber ei=
nen günstigen Augenblick und sprang mit solcher Heftigkeit
über Bord, daß er mich beinah mit in den Fluß gerissen
hätte. In Eifer gerathen, schiffte ich ihm nach, während
auf dem Ufer einige hundert Malaien unter gewaltigem Ge=
schrei aus den benachbarten Hütten zusammenliefen, um ihn
zu retten, konnte aber glücklicher Weise den gewandten
Schwimmer nicht erwischen, da er, so oft ich ihn eingeholt
hatte, untertauchte wie eine Ente und dann an einer fernen
Stelle wieder hervorkam. Glücklicher Weise, sage ich, denn,
wie ich später hörte, wäre er, wenn er bekannt geworden,
entweder sofort gehängt, oder wenigstens unter die Ketten=
männer gesteckt worden, die wir an der Rhede gesehen. Die
holländische Justiz ist in Ostindien ziemlich einfach und er=
schwert ihren Gang nicht durch zu viel Abstufungen in den

Strafen. Diese Jagd auf einen armen Malaien hatte übrigens für mich die Bedeutung, daß ich durch die Strafe, welcher ich ihn auszusetzen drohte, zum Nachdenken kam über die Ehre, um Nichts und wieder Nichts diese unschuldigen Menschen schlachten zu helfen.

Den anderen Tag wurden wir in eine andere Kaserne einquartiert. Auf dem Vorplatz derselben ließ ein Lieutenant, dem einstweilen das Kommando über uns übertragen war, die Mannschaft einen Kreis formiren und hielt folgende erbauliche Anrede an uns: „Jungen, ihr seid hier in das schönste Land der Welt gekommen. Hier wächst Alles im Ueberfluß: die leckersten Früchte, die besten Dirnen, Reiß in Menge, woraus man den vortrefflichsten Arack macht, zugleich aber, Gott verdamm' mich, das beste Rohr, woraus man die vortrefflichsten Stöcke schneidet. Hier zu Lande kann man thun, was man will, ihr könnt saufen, ihr könnt stehlen, ihr könnt todtschlagen, so viel ihr wollt, nur ist eine Bedingung dabei: wir dürfen es nicht gewahr werden. Sobald wir erfahren, daß ihr dummes Zeug macht, legt man euch auf die Bank, vier Mann halten fest, zwei hauen mit Rohrstöcken hinten drauf und dann in's Loch damit. Ist es ein Unterofficier oder Korporal, so nimt man ihm die Streifen vom Arm, legt sie unter die Bank und haut ihm ein Dutzend andere dafür auf den Hintern. In zwei Tagen setzt Keiner einen Fuß vor die Kaserne. Denkt an die Bank! Kehrt — Marsch!“ Mein Freund fragte mich nach dieser Rede, was ich von unsern romantischen Aspekten dächte? Zwei Tage waren wir, wahrscheinlich der Afklimatisirung wegen, schweißtriefend in die Kaserne eingesperrt, auf den Handel mit chinesischen und malaiischen Hausirern beschränkt, welche allerlei Früchte ꝛc. zum Verkauf brachten. Dennoch

fehlten bei den Appells, die drei Mal des Tags gehalten wur=
den, gewöhnlich ein bis zwei Dutzend. Diese kamen zwar
nicht gleich auf die Bank, aber meistens in's Hospital, woraus
nur Wenige zurückkehrten — eine Folge der Unmäßigkeit,
womit sie über die Früchte und den Arack hergefallen waren.
Die Löhnung, die sie während der Seereise verdient, wurde
ihnen in Batavia auf ein Mal ausbezahlt und man kann sich
denken, welchen Gebrauch die rohen Menschen davon mach=
ten, nachdem sie so lange Zeit eine nothgedrungene Mäßigkeit
geübt hatten. Die Folge war die Cholera, welche in ein
Paar Stunden ihrer Existenz ein Ende zu machen pflegte.

Am dritten Tage wurden wir zu einer ostindischen Parade
mit Sack und Pack vor den Obristlieutenant beordert, der
unsere Abtheilung kommandirte. Als wir etwa eine Stunde
gestanden und geschwitzt, kam anstatt des Obristlieutenants,
der seiner Gewohnheit nach zu tief in's Glas gesehen hatte
d. h. viehisch betrunken war, ein von ihm abgesandter Offi=
cier, um für ihn die Revue abzuhalten. Dieser Officier war
für mich einer der liebenswürdigsten Holländer, die ich je ge=
sehen. Um zu zeigen, worin seine Liebenswürdigkeit bestand,
muß ich von dem geschichtlichen Mann einen flüchtigen Riß
entwerfen. Er war von mittlerer Statur, gesetzt, wohl=
habender Bauch, etwa vierzigjährige Taille, horizontale
Schultern, Kopf mehr Tiefe als Front, das Gesicht ein grob=
linigter Holzschnitt, Mund unergründlich unter der üppigen,
überhangenden Fülle eines gelbgrünlichen Schnurrbarts, Nase
mit röthlicher Spitze und erhabenem, aber schmalem Rücken
und unbedeutender Wurzel, Augen groß und blau, das rechte
etwas nordwestlich schielend, Stirne kriegerisch senkrecht und
wegen des dünn gewordenen Haarwuchses von unberechen=
barer Höhe, obschon die goldgebordete Mütze mit dem hol=

läudisch-horizontalen Schirm bedeutend nach hinten stand; Backenbart röthlich; Ausdruck des Gesichts verfehlte Martialität und hinter derselben durchscheinend ein schlauköpfiges, selbstgefälliges Lächeln, das gar nicht zu beschreiben ist. Dieß Lächeln, verbunden mit den gekreuzten Armen und einem forschenden Blick, war mir der Schlüssel zu der Liebenswürdigkeit des Mannes. Ich merkte ihm nämlich an, daß er glaubte, Aehnlichkeit mit Napoleon zu besitzen. Wie kam der Mann dazu? In seinem Gesicht lag die Aehnlichkeit nicht, in seinem Verstand, daß sich „Gott" erbarme, auch nicht. Sie lag in seinem — Bauch. Ich bemerkte, daß er von Zeit zu Zeit nach seinem Bauche sah und wenn er ihn über die gekreuzten Arme hinweg, ohne den Kopf viel zu bücken, hatte sehen können, so richtete er sich jedes Mal mit der Freude über die erneuerte Bestätigung, daß er ein Napoleon sei, wieder empor. Alsdann heftete sich sein Auge auf Den, welchem er den Beobachter anzusehen glaubte, fixirte ihn mit jenem Blick, womit er durch die Herzen und die Tornister hindurchsah, und ließ dann hinter diesem physiognomischen Gewitterdrohen die Sonne seines Lächelns aufgehen, welches triumphirend den Fixirten fragte: „Nicht wahr, du wunderst dich, hier einen Napoleon zu finden? Dich beunruhigt mein Blick? Sei nur ruhig, mein Sohn, ich könnte Euch alle vernichten, aber ich bin zufrieden, wenn ich Euch bewiesen habe wer ich bin."

Er begnügte sich übrigens nicht, den Beweis bloß mimisch und physiognomisch zu führen, er führte ihn auch oratorisch. „Unterofficiere vor!" ertönte seine Stimme, die so rauh war wie der Bart in dem sie sich brach. „Wer hat Sie zum Sergeanten gemacht?" fragte er den ersten Unterofficier. Der Prinz Friedrich, war die Antwort. „Verwandt mit ihm?“ Nein. „Schon gedient?“ Nein. „Was für ein Landsmann?“ Ein Teutscher. „Der Prinz Friedrich ist ein guter Mann.“ Nr. 2. „Wer hat Sie zum Sergeanten gemacht?“ Der Prinz Friedrich. „Hm! Was für ein Landsmann?“ Ein Teutscher. „Sprechen Sie Holländisch?“ Nein. „Können Sie exerzieren?“ Nicht viel. „Warum bleiben Sie nicht in Ihrem Schelmenland? Wir haben, Gott verdamm’ mich, holländische Jungen genug, sind andere Kerls.“ Nr. 3 (ich). „Wer hat Sie zum Sergeanten gemacht?“ Ich (auf Holländisch): der Obrist in Harderwyck. „Was für ein Landsmann?“ Ein Teutscher. „Und sprechen Holländisch? Wo gelernt?“ Die Schönheit der Sprache hat mich angezogen, ich habe Unterricht genommen. „Ein tüchtiger Unterofficier! Hier, ihr Mossen, nehmt ein Exempel. Der Unterofficier wird sein Glück machen.“ Nr. 4. „Was für ein Landsmann?“ Ein Schwede. „Sind keine Türken hier? Wer hat Sie zum Sergeanten gemacht?“ Der Prinz Friedrich. „Ich wollte, daß der Prinz Friedrich zum Henker (na de bliksem) wäre mit allen seinen Mossen und Schweden.“ In dieser Art examinirte er die ganze Reihe herunter. Man glaube aber nicht, daß es ihm mit seinen harten Worten Ernst gewesen, sie sollten ihn bloß als Napoleon legitimiren. Darin eben bestand seine Liebenswürdigkeit. Hätte er sich, wie so viele Andere, bloß etwas darauf eingebildet, daß er ein Holländer war, so wäre er unausstehlich gewesen; daß er sich aber für einen holländischen Napoleon hielt, darin bestand sein Triumph über die Herzen. Der Schelm! Man konnte ihm durchaus nicht böse werden, selbst bei den härtesten Worten nicht. Ich hätte so gern aus voller Brust gerufen: vive l’empereur! und ich bin überzeugt, er würde es sogleich auf sich bezogen und gedankt haben. Als er die Unterofficiere gemustert, durchflog er mit seinem Napoleonsblick die Reihen der Gemeinen und bemeisterte sich rasch ihrer Seelen. Darauf befahl er dem Feldwebel, uns in die Kaserne zurückzuführen, und sah uns mit gekreuzten Armen unter dem Rauschen der hohen Tamarinden=Allee, worin wir gestanden, noch eine Weile bedeutungsvoll nach.

Am vierten Tag endlich wurden uns die europäischen Winterkleider abgenommen. Wir erhielten an die Stelle zwei schneeweiße Jacken und Hosen von einem schlechten baumwollenen Zeug. Sie sollten vier Monate aushalten, aber schon nach etlichen Wochen hingen die Fetzen davon. Dieß rührte theils von der Unhaltbarkeit des Stoffs, theils von der Waschart der malaiischen Wäscherinnen her, welche das Waschen nicht durch Reiben mit den Fingern, sondern durch Schlagen auf eine schräg in's Wasser gestellte Bank bewerkstelligen.

Sobald wir die neuen Kleider am Leibe hatten, bezogen wir zum dritten Mal eine andere Kaserne, worin wir für längere Zeit bleiben sollten. An den Kasernen zu Weltevreden ist wenig auszusetzen, sie sind recht hübsch und luftig gelegen und unten wie oben mit Korridors umgeben, welche Schatten und Raum zur Abhaltung von Appells 2c. 2c. gewähren. Der Aufenthalt der Soldaten ist gemeinlich eine einzige, durch die ganze Länge der Kaserne durchlaufende luftige Stube; die Unterofficiere haben besondere Stuben. Die Fenster bestehen bloß aus Oeffnungen, mit hölzernen Gittern versehen. Dadurch haben zwar die Winde, aber auch die Mücken, diese unausstehlichen Schlafstörer, freien Eingang, eben so eine Art Eidechsen, welche zu Batavia in unverschlossenen Häusern wie die Fliegen an den Wänden umherlaufen und dabei piepen wie Vögel. Man läßt sie ungestört, weil sie ganz unschuldige Thiere sind und das Ungeziefer wegfangen. Unsere Betten bestanden in hölzernen Gestellen, über welche eine starke Leinewand gespannt war. Als Unterlage auf dieser elastischen Bettstelle diente bloß eine Schilfmatte, welche Kühlung gewährte, und man schlief sehr gut darauf.

Sobald ich eingekleidet war, machte ich dem Obristen, der mir in meiner Vaterstadt seine Protektion versprochen, meine Aufwartung. Er empfing mich, wie ich erwartet hatte, recht artig. Ich benutzte die Unterredung, um ihm anzudeuten, daß ein Freund mit mir gekommen sei, der ebenfalls bemüht sein werde, seinen Beistand zu verdienen. Mit einer auffallenden Gereiztheit verwahrte sich der Obrist vor meiner Zumuthung und wollte von keinem Andern wissen, als von mir. Er sagte, mich kenne er, er könne meine Familie, meine Verhältnisse beurtheilen, in Bezug auf meinen Freund sei das Alles nicht der Fall und er müsse ihn seinem Glück überlassen. Das Versprechen, das er mir gegeben, werde er halten, er habe aber schon zu viel Erfahrungen gemacht, als daß er sich in Batavia noch mit Menschen einlassen sollte, die er nicht kenne, ich möge ihn daher mit keinen weitern Vorstellungen über die Sache behelligen. Trotz dieser für meinen Freund unerwartet ungünstigen Stimmung bewog ich diesen dennoch, dem Obristen einen Besuch abzustatten und ein mitgebrachtes Empfehlungschreiben abzugeben. Er kam aber sehr niedergeschlagen zurück. Man beurtheile hiernach, wie mißtrauisch und gleichgültig in Batavia selbst die besten Menschen gegen Fremde sind und man verlasse sich weder auf persönliche Insinuation, noch auf Empfehlungschreiben. Ich lernte eine Menge Freiherrn aus allen Gegenden Teutschlands kennen, die eine ganze Tasche voll Empfehlungschreiben nach Batavia mitgebracht hatten. Der Eine war Gemeiner, der Andere Korporal, der Dritte Bize-, der Vierte wirklicher Unterofficier. Sie blieben Alle, was sie waren (d. h. wenn sie nicht etwa einen Grad herunter gesetzt wurden) und man schickte sie in das Innere von Java, oder nach den Molucken, nach Borneo ꝛc. ꝛc., ohne daß sich ein Mensch weiter um sie bekümmert hätte. Auch einen Grafen B—l aus Plauen sah ich als Bizeunterofficier mitmarschiren, sein Grafentitel hatte ihm so wenig genützt wie seine Empfehlungschreiben.

Mit der Kaserne hatten wir auch den Kompagnie-Chef gewechselt. Wir erhielten einen ausgesuchten Kasernenhelden, einen durch und durch rohen Menschen mit einem widrigen Gendarmengesicht, auf welchem Flüche, Schimpfwörter, Arrest, Stockhiebe, kurz der ganze Inbegriff der holländisch-ostindischen Disziplinirmethode zu lesen war. Er hielt auch redlich, was sein Gesicht versprach, besonders schien die Bank der Stockhiebe eine wahre Theaterbühne für ihn zu sein. Fast täglich wurde ein Stück darauf aufgeführt, dem er als Regisseur mit wahrem Behagen zuzusehen schien. Die Leute wurden geschlagen, daß ihnen das Blut durch die Hose drang, und dann in's Kachot geführt oder vielmehr geschleppt, weil sie gemeinlich kaum noch gehen konnten.

Der Gang unserer täglichen Beschäftigungen war folgender. Morgens beim Anbruch des Tages, welcher in Batavia nach sehr kurzer Dämmerung um 6 Uhr beginnt, so wie er Abends um 6 Uhr regelmäßig aufhört, wurde Appell gehalten und Jedem eine Semmel und ein Glas Arack ausgetheilt. Wem dieß Frühstück nicht genügte, dem stand eine mit Syrup versüßte Tasse Kaffee mit „Olikuhk" (Oelkuchen

— aus Mehl und Pisang in Oel gebacken) zu Gebot, wo=
mit vor der Kaserne stets bei Tagesanbruch einige malaiische
Männer und Weiber aufwarteten. Nach dem Frühstück
wurde exerziert, bis die Hitze es nicht mehr zuließ, nämlich
bis 9 oder 10 Uhr. Auf das Exerzieren folgte das Essen,
welches hauptsächlich aus Reiß, dem Hauptnahrungsmittel
auf der Insel Java, bestand, der mit einer gepfefferten, der
sogenannten Kerry=Sauce übergossen wird, worin man zer=
stückeltes Fleisch kocht*). Nachmittags gegen 4 Uhr wurde
wieder exerziert. Während der Zwischenzeit war es nicht
erlaubt auszugehn, weil die Hitze der Gesundheit zu nach=
theilig war, namentlich der Sonnenstich war sehr gewöhn=
lich. Die Zeit wurde meistens durch Schlaf ausgefüllt,
dessen man sich gar nicht erwehren konnte. Wenn der Abend
kam, zerstreute sich Alles umher in die Promenaden oder in
die Kneipen und chinesischen Speisehäuser, wo man für we=
nig Geld gebratene Hühner, Kuchen, Fische, Krebse, Reiß
2c. kaufen konnte. Eine Flasche Kapwein (dort Madera ge=
nannt) kostete nur einen Gulden, dagegen eine Flasche Bier
eben so viel. Ueberhaupt, was aus Europa kommt, was
beim Transport schwer zu konserviren ist und was zum Luxus
gehört, hat dort enorme Preise, wogegen die Landesprodukte
2c., woran in der Regel Ueberfluß ist, meist für ein Spott=
geld zu haben sind. Um 9 Uhr wurde wieder Appell abge=
halten und dann, nachdem man noch ein Glas Arack getrun=
ken, mußte sich Alles zu Bette verfügen. So verlebte man
einen Tag wie den andern, exerzierend, schlafend, essend und

---

*) Zum gewöhnlichen Getränk eignet sich dort nicht das frische Wasser
wie bei uns, sondern kalter Thee, der in den dortigen Kasernen in Kufen zur
Disposition steht. Das frische Wasser verursacht Bauchgrimmen und Diar=
rhoe.

wieder schlafend. Es war stets besondere, von der Laune der Officiere abhangende Erlaubniß nöthig, um aus dieser engen Bahn einen Schritt herauszuthun, und es erfoderte besondere Bemühungen, um bei dieser Beschränkung und Abgeschnittenheit einige Kenntniß von den Merkwürdigkeiten des Landes zu erhalten. Sogar zu einem Gang nach der Stadt Batavia war besonderer Urlaub nöthig. Nur Sonntags konnte man sich einige Stunden umsehen. Alsdann hatte man auch die beste Gelegenheit, sich durch den seltenen Anblick der europäisch-batavischen oder batavisch-europäischen Zivil-Elite zu erquicken. In eleganten Equipagen versammelten sich Sonntags Nachmittags eine Menge derselben auf einem großen Platz, der in der Nähe eines pompösen Verwaltungsgebäudes liegt, um der Musik zuzuhören, die dort von dem Militair-Musikkorps vorgetragen wurde. Dort sah man den glänzendsten Kleiderluxus, die widerwärtigste Nabobsgrandezza, die bleichsten, fadesten Limonadegesichter, kurz die Musterkarte der batavischen feinen Welt. An Wochentagen fliegen diese seltenen Vögel fast nur bei Abend aus. Fünf, sechs bis sieben Uhr ist die Zeit, wo in Batavia die Europäer- und die Thier-Welt lebendig wird. Eine Unzahl Equipagen fliegt durch die schönen Alleen und Promenaden umher, jede Equipage hinten und vorn mit malaiischen Dienern besetzt, welche große brennende Fackeln in den Händen halten. Die Schwärme dieser riesenhaften Johanniswürmer verschönern die Abende durch einen wahrhaft magischen Reiz. Daneben beginnen die Thiere ihr vielstimmiges Konzert: hier schwirrt eine Fledermaus oder vielmehr hundert, dort schreit ein Vogel, dort zischt eine Schlange, dort brüllt ein riesenhafter Frosch, dort läßt ein Gecko seinen widrigen Namensruf erschallen. Welch ein Lärm muß es erst in den großen javanischen Wäldern sein, wo das Konzert durch Tiger, Büffel, Rhinozeros 2c. 2c. vollständig gemacht wird! Diesen geräuschvollen Abenden folgen die herrlichsten Nächte, ganz geeignet, einen Dichter zu begeistern, eine Liebe zu beglücken, oder einen Fremdling in die ferne Heimath zu versetzen, die unter den niegesehenen Umgebungen bei Tage nichts ihm vorspiegelt.

Das Leben der europäischen Noblesse in Batavia charakterisirt sich im Allgemeinen durch Weichlichkeit und Luxus. Der Tag wird, außer einer kurzen Berufsbeschäftigung, ausgefüllt durch Schlafen, Baden, Essen, Trinken, Spazierenfahren u. s. w. Keine dieser Verrichtungen geschieht ohne Beihülfe von gekauften oder ungekauften Sklaven oder Sklavinnen. Dieß geht so weit, daß die Herrn sich durch Sklaven sogar die brennende Zigarre in den Mund stecken und diejenigen, denen keine Ehehälfte im Wege steht, sich durch Sklavinnen aus- und anziehen lassen wie die Sultane. Solch weichliches Leben führt natürlich auch zu allerlei raffinirten Kunststücken der Sinnlichkeit. Es lassen sich z. B. Diejenigen, die so weit ausgemergelt sind, daß sie weder zum rechten Schlafen, noch zum rechten Wachen die gehörige Kraft mehr haben, zu Beidem durch ihre Sklavinnen förmlich zurecht machen: sie lassen durch Streichen, Stoßen, Kneipen, Kneten u. s. w. (wofür es besondere Kunstausdrücke gibt) entweder den Körper so lang bearbeiten, bis er in den gewünschten Schlaf fällt, oder durch veränderte Anwendung dieser Mittel ihn so lang reizen, bis der halbtodte Lebensgeist in seinem Grab sich wieder zu regen beginnt. Bei dem Gedanken an derartige Szenen empfindet man doppelten Ekel, wenn man sich dabei die breitmäulige Liebes-Gourmandise eines holländischen Nabobs vorstellt.

Was, neben den erwähnten Privatvergnügungen, die öf=
fentlichen betrifft, so beschränken sie sich so ziemlich auf Aus=
flüge nach dem nahgelegenen Fort „Meester Corneelis,"
nach dem etwa zehn Stunden entfernten Buitenjorg, das der
gewöhnliche Aufenthaltsort des Gouverneurs ist, auf die
Gesellschaft in den enorm theuren Gasthöfen und auf das
Liebhabertheater. Letzteres befindet sich in einem recht hüb=
schen Lokal, das eigens zu diesem Zweck erbaut ist. Ueber
dem Eingang steht der Vers: ut desint vires, tamen est
laudanda voluntas! Ich behaupte: nein. Für's Erste
bin ich der Meinung, daß die Holländer gar kein Theater
haben sollten, so lang sie es durch ihre durchaus unpoetische
und hanswurstliche Sprache verunstalten und lächerlich
machen, und zweitens ist es keine laudanda voluntas, wenn
man in Ermangelung von weiblichen vires die Weiberrollen
durch männliche Subjekte besetzt. So geschieht es in dem
Theater zu Weltevreden. Ich war einst als Kommandeur
von 20 Mann in das Theater beordert, um die militairische
Staffage zu bilden und eine Festung anzugreifen, die in dem
zu gebenden Stück erobert werden mußte. Einstweilen war
bloß Probe, aber sie war hinreichend, sowohl um mir einen
Begriff von diesem Theaterwesen zu geben, wie auch, um
mich von der Vorstellung selbst zurückzuschrecken. Letzteres
namentlich deshalb, weil ich, was ich früher nicht gewußt,
für meine Hülfe ein Trinkgeld und demgemäß meine Unter=
ordnung zu erwarten hatte. Ich trat daher meinen Ehren=
posten einem Andern ab. In jener Probe wurde, um von
Anderem zu schweigen, ein hochtragisch=sentimentales Weib
durch einen hochaufgeschossenen Komptoiristen mit mächtiger
Nase und einer, die erlangte Pubertät noch halb im Zweifel
lassenden, rabenartig gebrochenen Stimme dargestellt. Auf

solche Einfälle kann nur ein holländischer Geschmack gerathen und nur einer holländischen Phantasie mag bei derartigen Darstellungen die Illusion möglich sein. Es wurde mir erzählt, daß einst bei einer ähnlichen Vorstellung die zur Mitwirkung unter dem Befehl eines verhaßten Feldwebels kommandirten Soldaten den fingirten Krieg auf der Bühne zu einem wirklichen gemacht und in dem Tumult den Feldwebel der Art zugerichtet, daß er aus dem Theater mußte getragen werden. Dieß muß allerdings, um auch einen Gegensatz gegen das Spiel des Komptoiristen mitzutheilen, die Illusion sehr erleichtert haben.

Nach einem etwa dreiwöchentlichen Aufenthalt in Weltevreden erhielt unser Detachement, als es hinlänglich einexerziert war, seine Bestimmung nach Salatiga im Innern der Insel Java. Auf Befehl meines Obristen, welcher mich nicht schutzlos dem Schicksal der Uebrigen überlassen wollte, blieb ich allein zurück. Alle Anderen, selbst mein Freund, wurden ohne Rücksicht fortgeschickt. Ich trennte mich von ihm ohne zu wissen, ob wir uns jemals wiedersehen würden, jedoch überließen wir uns der Hoffnung, daß ich es durch den Beistand des Obristen bald zum Officier bringen und alsdann auch meinem Freund behülflich sein könnte. Es war überaus schmerzlich, daß wir, die wir uns zur Ausführung eines eben so großen wie freilich abenteuerlichen Planes vereint hatten, in einem fernen, fremden Lande schon so bald getrennt wurden; allein die Trennung war, wie wir wohl erkannten, ein Theil der Folgen, welche eben ein so schlecht berechneter Plan nothwendig haben mußte. Wir klagten weniger, weil wir uns selbst anzuklagen hatten. Uebrigens war es, wie schon erwähnt, ein unglücklicher Umstand für uns, daß schon vor unserer Ankunft der Krieg auf Java auf-

gehört hatte und uns dadurch die sonst nicht ungewisse Aus=
sicht versperrt war, das Land näher kennen zu lernen und den
in unserm Plan vorgezeichneten Weg zu forciren. All unser
guter Muth und unsre romantische Kriegslust war für unsre
Neugier wie für unser Avancement gleich unnütz. Das
Einzige, wogegen wir Muth zu Hülfe nehmen konnten, war
die Langweiligkeit und Unerträglichkeit unsrer beengten und
traurigen Lage.

Nach einigen Wochen erhielt ich von meinem Freunde
Nachricht. Er hatte bis zu dem neuen Kantonnement eine
nichts weniger als angenehme Reise gehabt und zwar an
einem der gewöhnlichsten, aber auch gefährlichsten Uebel, der
Blutdiarrhoe leidend, die ihn für einige Zeit in's Hospital
brachte. Fast die einzige Unterhaltung in seiner neuen Lage
bot ein in der Nähe liegender feuerspeiender Berg, der bis=
weilen ein schönes Schauspiel gewährte. Von dem De=
tachement war nach so kurzer Zeit schon mehr als die Hälfte
begraben und zwar meistens die stärksten Leute. Man kann
sich danach einen Begriff von der Sterblichkeit unter dem
javanisch=holländischen Militair machen.*) Ich erhielt davon

**) Würde den Holländern die Zufuhr an fremden Soldaten abgeschnitten,
so wären sie nicht mehr im Stande, ihre menschenfressenden Kolonieen zu be=
haupten. Durch die von mir veröffentlichten Warnungen beunruhigt,
schickte in den Vierziger Jahren die holländische Regierung mehrere Emissaire
nach Köln, um mich zu sondiren, meine Verhältnisse zu erforschen und mich
zum Schweigen zu bringen, oder mir nöthigen Falls entgegenzutreten. Einer
dieser Emissaire war selbst elf Jahre in Ostindien gewesen und bestritt
namentlich meine, in der „Kölnischen Zeitung" aufgestellte Behauptung, daß
von 100 Angeworbenen vielleicht nicht Einer von Batavia zurückkehre. Da
ich meine Leute kannte, setzte ich dem Emissair eine tüchtige Flasche Rhein=
wein vor und als er dadurch offenherzig geworden war, machte er mir über
seinen Auftrag unumwunden Mittheilungen. „Glauben Sie, fragte ich ihn
dann, daß von hundert Soldaten Einer nach Europa zurückkehrt?" „Von
t a u s e n d n i c h t E i n e r", war die Antwort.*

ein lebendiges Bild, als mir eines Tags die Aufsicht in dem Hospital zu Weltevreden übertragen wurde. Dasselbe besteht aus mehreren, recht hübschen und luftigen Gebäuden, in welchen die Kranken nach dem Grade oder der Art ihrer Krankheit vertheilt zu sein schienen. Aus der Kaserne hatte ich so Viele, den Einen von der Cholera ergriffen, den Andern an der Blutdiarrhoe leidend, dorthin bringen sehen, aber sehr Wenige sah ich zurückkommen und war daher neugierig, zu erfahren, welche noch am Leben wären. Zwischen zwei langen Reihen von Betten ging man hindurch und sah rechts und links die armen Menschen in ihrem schrecklichen Zustande, blaß wie die Wand des Hospitals, hohläugig, ausgedörrt und nur durch hohles Röcheln verrathend, daß sie noch nicht auf den Kirchhof gehörten. Andere sahen schwärzlich aus und schrieen vor Schmerz; wieder andere wurden von riesenhaften Blutigeln ausgesogen, welche, dicker als ein Daumen, ihnen wie schwarze Schlangen auf dem Bauche lagen. Einen der Unterofficiere unseres Detachements, einen Herrn von Flotow, welcher Page bei einer preußischen Prinzessinn gewesen und ein talentvoller Kopf, wenn auch kein sehr ehrenhafter Charakter war, sah ich wie ein Gespenst auf seinem Bette liegen. Er hatte ein unbedeutendes Unwohlsein benutzt, um in's Hospital zu gelangen und dadurch dem unangenehmen Leben und der schlechten Behandlung in der Kaserne zu entgehen. Dabei äußerte er den Entschluß, lieber auf seinem Krankenbette zu vertrocknen, als wieder in die Kaserne zurückzukehren. Er hielt vollkommen Wort und ist wirklich im Hospital, zur Mumie ausgetrocknet, gestorben, nachdem er zuvor zur katholischen Religion übergegangen war, um mittelst des Proselytenlohnes, den er vom Geistlichen erhielt, sich zu guter Letzt reichlich mit seiner Lieblingsspeise, mit Apfelsinen, versehen zu können.

Um das batavische Lazarethleben noch mehr zu charakteri=
siren, diene folgender kleine Vorfall, von dem ich ebenfalls
Augenzeuge war. Ein Unterofficier lag in den letzten
Zügen; sein Todeskampf zeigte, daß er nicht fünf Minuten
mehr zu leben hatte. Da man wußte, daß er noch einiges
Geld in seiner Uniform hatte, schleppten sich zwei Kranke aus
ihren benachbarten Betten zu ihm und begannen seine
Taschen zu untersuchen. Ich zeigte das einem der Wärter
und machte ihn auf seine Pflicht aufmerksam. Als er die
Diebe (wie es schien, in nicht sehr uneigennütziger Absicht)
vertreiben wollte, baten dieselben, „dem armen kranken Mann
die Fliegen wehren zu dürfen." Das ist eure Sache nicht,
sagte der Wärter, scheert euch weg! — „Nun, antwortete
Einer der Beiden, so wollen wir ihm den Daumen auf den
Hals halten, dann ist er eher weg. Wir theilen!"

Die Bedienung im Hospital geschah durch Malaien, unter
welchen ein kettenbeladener Prinz den Kranken die Speisen
ausschöpfte. Er hatte, wie man sagte, seinen Bruder er=
mordet. Seine Physiognomie bewies nicht, daß er dazu
unfähig gewesen. Dabei war er der schönste Malaie, der
mir zu Gesicht gekommen, und sah, um einen bezeichnenden
populairen Ausdruck zu gebrauchen, aus wie der lebendige
Teufel. Sein Geschäft verrichtete er mit großer Gewandt=
heit und einer wahrhaft prinzlichen Nonchalance und seine
Ketten schüttelte er mit einem Stolz, als hätte er bedeuten
wollen, daß er sie nur zum Scherz trage und daß er sie zer=
brechen könne wann es ihm beliebe.

Am Ende der Hospitalgebäude befand sich ein kleines
Häuschen, aus welchem allerlei verworrene Töne hervor=
kamen. Ich näherte mich ihm, um zu sehen, was dort vor=
gehe. Das Häuschen hatte an der Seite ein Paar Oeff=

nungen, die einem Menschen eben Raum genug gewährten, um von Außen hineinzusehen und von Innen heraus dem Beschauer plötzlich mit affenhafter Tücke das Gesicht zu zerkratzen. Das Geschöpf, von welchem diese Tücke ausging, war ein Wahnsinniger, ein ganz nackter, abgemagerter Mensch. Er sprach Teutsch, wie natürlich. In seiner Vorstellung war er Millionair, ein König, und vertheilte den Sand, welcher das einzige Mobiliar seines Kerkers war, als Goldhaufen an seine Günstlinge. Unter diesen standen oben an seine Mutter und seine Geschwister. Wenn er seinen Reichthum vertheilt hatte, führte er Rechnung darüber mit seinen langen, zerrissenen Nägeln an der verkratzten Wand seines Palastes. Doch nein, diese Wand war nicht das Kontobuch über seinen Reichthum, er bekratzte sie mit Briefen an seine Mutter und Geschwister, die er niemals wiedergesehen hat. Genug von dem Wahnsinnigen und den physischen Krankheiten. Jetzt Einiges von den moralischen.

Bei einem Magazinsmeister, bei dem ich eines Tages Reiß und Arack für unsere Abtheilung in Empfang zu nehmen kommandirt war, wurde ich zuerst aufmerksam auf die Betrügereien, die in Batavia und analog natürlich auch in andern Theilen der Kolonie an der Tagesordnung sind. Der Mann sagte auf meine Vorstellungen ganz offen, es komme ihm putzig vor, daß man sich über dergleichen wundern könne, in Ostindien müsse Jeder betrügen so viel er könne, ein ehrlicher Mann komme dort gar nicht durch. Betrügen sei dort keine Sünde und er wünsche den Beamten zu kennen, der es nicht thue. Er berief sich sogar auf das Beispiel des Gouverneurs. Nach diesem offenherzigen Geständnisse wurde mir auch klar, warum unser Feldwebel, der mit dem Magazins-

meister stets in Berührung stand, so emsig dafür besorgt war,
daß ich die Fouriergeschäfte mit den weniger lästigen Ser-
geantengeschäften vertauschen mußte. Der Feldwebel galt
für einen Mann von 30 bis 40,000 Gulden, die er in wenig
Jahren erworben hatte. Da er nebst dem ihm befreundeten
Fourier den Schlüssel von dem Kleidermagazin und von der
Proviantkammer hatte, ließ sich die Quelle, woraus die
30,000 Gulden geflossen, leicht errathen. Die Betrügereien
indeß, die er hier verüben mogte, gingen bloß das Gouvernement an und wenn dasselbe sie nicht besser kontrolirte, so
schien es dadurch seine Erlaubniß dazu zu ertheilen; das
Schändlichste aber waren die Betrügereien, die er an den
armen Soldaten beging. Er zahlte ohne alle Aufsicht die
Löhnung aus und ich habe nicht ein einziges Mal gesehen,
daß dieselbe richtig war. Immer litt jeder Soldat einige
Pfennige Schaden. Die Löhnung bestand stets in Kupfergeld, welches in Säcken sektionsweise vertheilt wurde. Fehlte
nun in einem Sack etwas und der Unterofficier beklagte sich
darüber bei dem Feldwebel, so schob dieser stets mit affektir-
ter Entrüstung die Schuld auf die „verfluchten Chinesen“,
bei denen das Kupfergeld eingewechselt war. Dabei versprach
er das nächste Mal Ersatz zu leisten, dieser bestand aber nur
in neuer Betrügerei.

Als Beispiel, wie unverschämt die Soldaten, ich mögte
sagen von Regimentswegen, betrogen wurden, diene Folgendes. An einem Nationalfesttage (ich weiß nicht mehr, welchem) wurde vor der Kaserne auf einem schönen Rasenplatz
ein „Traktement“ angerichtet, wobei die Soldaten unter
allerlei ergötzlichen Spielen mit Arackpunsch und besondern
Gerichten regalirt wurden. Alles war im Taumel, schrie
über die Maßen Hurrah und floß über von holländischem

Patriotismus. Was folgte? Am nächsten Löhnungstage hielt man der Mannschaft die Hälfte des Soldes ab für die begeisterten Hurrah's, die sie auf Anordnung des Gouvernements dem König von Holland gebracht hatte. Man murrte darüber, aber Keiner wurde klagbar, weil man voraussah, daß man sich dadurch den bittersten Verfolgungen aussetzen werde, und weil die zuverläßige, abschreckende Miene der Betrüger die Betrogenen in Zweifel ließ, bis zu welcher Instanz sie hinaufzusteigen hätten, um mit ihren Klagen Gehör zu finden. Man ließ es sich gefallen und litt zum Lohn für diese Gefälligkeit vielleicht am nächsten Löhnungstage einen Pfennig weniger Schaden.

An dem erwähnten Nationalfesttage hatte ich zufällig die Kasernenwache zu kommandiren. Um 10 Uhr Abends war von der Wachmannschaft, der man auf höhern Befehl ihren Punschantheil aus der Kaserne zuschickte, außer mir und einem Paar malaiischer Füsiliere Niemand mehr nüchtern. Als ich um Mitternacht meinen Korporal wecken wollte, um die herannahende Ronde zu visitiren, richtete er sich von der Britsche halb in die Höhe und gab mir eine derbe Maulschelle, natürlich ohne zu wissen was er that. Ich steckte sie ruhig ein und mußte selbst darüber lachen, da die Kriegsartikel mit Nationalpunsch ausgelöscht waren. In der Eile ernannte ich einen neuen Korporal, einen wahren Polyphem, der in Neapel unter den Schweizern gedient hatte. Als er von seiner Ernennung hörte, sprang er fluchend von der Britsche auf, riß ein Paar murrende Nachbarn mit sich hinaus und stürzte schlaftrunken und arackmuthig auf den Kapitain der Ronde los, um ihn zu — arretiren. Nur mit der größten Mühe gelang es mir, das ärgste Skandal zu verhüten.

Seitdem mein Freund von mir entfernt war, fühlte ich mich hinsichtlich des Umgangs so ziemlich auf mich selbst reduzirt. Bei Denen, die ich kennen lernte, traf ich auf zu viel Gemeinheit oder zu wenig Bildung, als daß ich besondere Lust gefühlt hätte, mich an sie anzuschließen. Unter solchen Umständen Allem, was aus Europa kam, immer mehr entfremdet, ließ ich mir denn um so mehr angelegen sein, meine Zerstreuung und Gesellschaft, so viel die Beschränkung meiner Verhältnisse es zuließ, javanisch einzurichten und zusammenzusetzen. In dieser Gesellschaft würde nach dortiger Sitte eine javanische Gefährtinn den ersten Platz eingenommen haben, wenn ich beabsichtigt hätte, so lang auf der Insel Java zu bleiben, daß ich nicht in die Lage gekommen wäre, Dasjenige gezwungen zu thun, was die javanischen Europäer gewöhnlich aus Gewissenlosigkeit thun, nämlich, das arme Geschöpf im Stich zu lassen, oder zu verstoßen. Also von den Freuden einer javanischen Häuslichkeit, wie ich sie mir träumte, ausgeschlossen, umgab ich mich, ohne daß durch diesen Uebergang den Javanerinnen zu nah getreten werden soll, mit einer Menge von Thieren. In meiner engen Stube, die nicht zwölf Fuß im Quadrat hatte, wohnte außer mir ein sehr liebenswürdiger Affe, eine ungeheure Ohreule, ein Storch von der Größe eines Kranichs, eine am Strick liegende, sieben Fuß lange, schwarz und gelb geringelte Schlange, mehrere Papageien, etwa dreißig Reißvögel, einige goldgrüne Tauben ꝛc. Der Affe war unter dieser Gesellschaft natürlich die Hauptperson, die andern dienten ihm bloß als Mittel zu seinen Späßen. Besonders machte er sich viel mit der Ohreule zu schaffen, bald zog er sie beim Schwanz, bald bei den Flügeln, bald suchte er ihr den Schnabel aufzubrechen, bald ritt er auf ihr ꝛc. Das

Alles litt die Eule ganz geduldig, so lang es Tag war. Im Dunkel aber durfte ihr Niemand zu nah kommen. Sie war zugleich nützlich, indem sie unter den Ratten aufräumte, die bei Nacht schaarenweise und mit lautem Geknurr in meine Stube drangen. Vor der Schlange hatte der Affe eine unbeschreibliche Angst, ich brauchte sie ihm nur von fern zu zeigen, so machte er Sätze bis an die Decke. Uebrigens hatte er Ursache dazu, denn die Schlange war sehr bösartig. Wenn ich ihr irgend einen Gegenstand, z. B. einen Schuh, vorwarf, stürzte sie sich wüthend darauf und biß danach. Später, als ich meinen Abschied genommen hatte, wollte ich sie benutzen um dem Feldwebel, der gegen mich intriguirte, einen Schabernack zu spielen. Ich band sie dessen Lieblingshund an den Schwanz, indem ich glaubte, derselbe werde sie in die Wohnung seines feigen Herrn schleppen und ihm einen Schreck einjagen. Allein der entsetzte Hund lief damit wie besessen in die Stadt hinein und hat sich wahrscheinlich todt gelaufen.

Der Wärter meiner Menagerie und auch meiner Person war ein Malaie, ein äußerst gutmüthiger und kindlicher Mensch. Er hatte meine Aufmerksamkeit erregt durch die Gewandtheit seiner Bewegungen und durch die originelle Art, wie ich ihn irgendwo die Stiefel putzen gesehen, indem er nämlich mit einem etwa zolllangen Daumennagel, den er wie ein Messer gebrauchte, aus der Naht an der Sohle den Dreck herausschälte. Bewaffnet mit einer Büchse und in Gesellschaft dieses nagelbewaffneten Begleiters durchstrich ich, sobald ich einige Stunden mein nennen oder mich unbemerkt davon schleichen konnte, die nahgelegenen Wälder und Sümpfe, in welchen Reiß und Zuckerrohr wuchs. Zu jagen fand ich freilich außer kleinen Papageien, Tauben, Störchen ꝛc. nichts

in diesen bewohnten Regionen, aber es gab doch Manches
zu sehen, das mir neu und interessant war. Bald hatte ich
Gelegenheit, die schönsten und mannigfaltigsten Bäume zu
bewundern, bald stießen wir auf ein schönes Landhaus, bald
auf einen barocken malaiischen Tempel, dessen Wächter uns
bei der Annäherung feierlich durch Winke zurückwies, bald
auf einen malaiischen Kirchhof, wo ein Priester über den
Gräbern laut in einem Buche las, welches wahrscheinlich
der Koran war, bald kamen wir in ein malaiisches Dorf
(Campo malaio), wo die Mädchen und Weiber in die
Häuser flüchteten, sobald sie mich sahen, bald trafen wir auf
eine Heerde Büffelochsen*), vor denen ich selbst flüchten
mußte, indem sie wüthend auf meine weiße Kleidung los-
stürmten. Auf einer unserer Wanderungen bat mich mein
Begleiter, in seiner Wohnung vorzusprechen. Es war eine
aus Bambusrohr gebaute Hütte, die in dichtem Gebüsch versteckt lag. Sobald wir eingetreten waren, ließ er durch seine
Frau Reiß mit getrockneten Fischen (die Lieblingskost der
Malaien) herbeischaffen und schickte seinen Sohn auf einen
Kokosnußbaum, um einige Nüsse**) herabzuwerfen. Der
gutmüthige Mensch wußte gar nicht auszudrücken, wie wohl
es ihm that, daß ich unterofficierliche Person, die er wie einen

---

*) Diese Büffel, die den Malaien den geduldigsten Gehorsam leisten und
sich ihnen durch ihre Dienste als Zugthiere unentbehrlich machen, scheinen gegen die Europäer, besonders mit auffallender Kleidung, eine wahre Malice
zu hegen. Auch sind sie bei ihrer imposanten Figur und ihren ellenlangen
Hörnern wohl geeignet, Respekt einzuflößen. Im Malaiischen heißen sie
Karabau — ein wahrer Büffelname.

**) Sie werden meistens gebraucht, wenn sie noch weich und grün sind.
Man schneidet die Spitze ab und trinkt den Saft heraus — ein süßsäuer-
liches, äußerst angenehmes und kühlendes Getränk.

einkehrenden Prinzen behandelte, mich mit seiner gastfreund=
lichen Bewirthung zufrieden zeigte.

Der Mensch besaß eine fast rührende Naivität und Leicht=
gläubigkeit. So z. B. war er überzeugt von der Wahrheit
der unter den Aufgeklärteren seiner Nation wenig mehr ge=
glaubten, von den Holländern listiger Weise ausgestreuten
Sage, daß die in Ostindien sterbenden Europäer in Holland
wieder auferständen und fortwährend wiederkehrten, so daß
das Tödten derselben nichts fruchte. Auch theilte er unter
Anderm den Glauben, die Affen könnten sprechen, sie seien
aber aus Klugheit stumm, weil sie fürchteten, gleich den
Malaien von den Holländern zu Arbeiten und Kriegsdiensten
angehalten zu werden. Die Malaien, welche zwar flink und
gewandt, aber zugleich arbeitscheu und freiheitliebend sind,
haben zu dergleichen Diensten wenig Neigung, wozu die Be=
handlung auch das Ihrige beitragen mag. Dennoch haben
die Holländer viel malaiisches Militair, meist von den be=
nachbarten Inseln, sogar reitende Artillerie. Am Besten
dienen ihnen die Amboinesen, aus denen in Batavia die
Gensdarmerie bestand. Sie sehen komisch aus, wenn sie in
ihrer Uniform, nur einen ihrer nackten Füße mit einem
Sporn bewaffnet, auf ihren kleinen Pferdchen daherreiten,
sollen aber vortreffliche Polizeibeamten sein und viel Muth
besitzen. Sie sind der Schrecken der Deserteurs, deren
keiner ihnen entgeht.

Ich hatte Gelegenheit Zuschauer bei den Feierlichkeiten
einer glänzenden malaiischen Hochzeit zu sein, welche ein
merkwürdiges Schauspiel darboten. Die Braut war die
Tochter eines reichen Malaien, eines sogenannten Kaptein
malaï, (welches eine Art Scheffen über einen gewissen Be=
zirk zu bedeuten schien). Der Bräutigam war ein nicht

minder reicher junger Malaie. Am Tag der Hochzeit wurde
die Braut in Gesellschaft ihrer Mutter und einiger Freun=
dinnen von etwa 30 bis 40 Trägern in einem auf Bambus=
rohr ruhenden, sehr hübschen Zelt oder Baldachin durch die
Stadt umhergetragen. Hinter der Braut ritt auf einem
kleinen bescheidenen Pferdchen der unter Anderm mit einem
in goldener Scheide hangenden Dolch (Kriss) und einer von
diamantenen Blumen strotzenden Kopfbedeckung gezierte
Bräutigam. Hinter dem Bräutigam folgte ein Schwarm
Musikanten, die mit allerlei Instrumenten, namentlich aber
mit Hörnern, eine so gellende, fürchterliche Blechmusik mach=
ten, daß man für immer das musikalische Gehör dabei hätte
verlieren können. An die Musikanten schloß sich ein fast un=
übersehbar langer Zug von allerlei Figuren an, aus welchem
kolossale Drachen, Elephanten, ungeschlachte Riesengestalten
 rc. hervorragten, die sämmtlich von Pappe oder dergleichen
Material fabrizirt waren. Dieser wunderliche Zug von Un=
geheuern, von dem ich nicht weiß, ob er bloß zur Zier des
Festes diente oder ob er etwa eine bildliche Darstellung der
Folgen einer Heirath sein sollte, bewegte sich nach dem Hause
der Braut hin, wo die Trauung vor sich ging. Die Zere=
monie geschah geheim im Hause und Das, was man mir da=
von erzählte, kann ich hier nicht mittheilen. Draußen war
unterdeß fortwährender Jubel. An der einen Seite standen
lange, mit unzähligen Gerichten besetzte Tische, auf der andern
wurden bei europäischer, aber von Malaien auf einem Ge=
rüst vorgetragener Tanzmusik allerlei Tänze und Possen auf=
geführt, die bis in die Nacht hinein fortzudauern schienen.
Das Kasernenhorn verbot mir, das Ende des Festes abzu=
warten.

Das Sonderbarste und Pikanteste, das ich im Leben der

batavischen Malaien beobachtet habe, waren ihre Abendver=
gnügungen in einem Hause, welches der Freundschaft und
Liebe geweiht war. Sobald man in das Haus hineintrat,
sah man links eine Ladenbank, auf welcher Opium verkauft
wurde. Rechts trat man in eine große Stube, in welcher
mehrere niedrige, tischähnliche Gerüste standen. Auf diesen
Gerüsten lagen je in einem Kreis die Mitglieder der Gesell=
schaft. In jedem Kreis zirkulirte eine Pfeife, aus welcher
kleine, mit Opium geschwängerte Tabackkügelchen in langen,
wollüstigen Zügen geraucht wurden. Außerdem saßen auf
jedem Tisch zwei Kampfhähne, denen man Opiumrauch um
den Kopf hauchte, während man sie streichelnd und stoßend
gegen einander hetzte. Bei dem ganzen Vergnügen wurde
selten ein Wort gesprochen, die Menschen schienen meistens
in stiller, träger Verdauung ihrer Opiumwonne hingegeben.
Manche lagen ganz berauscht und betäubt auf dem Boden
umher. Der Genuß des Opiums soll die Menschen von
mahomedanischem Glauben in der Phantasie durch ihre sieben
Himmel hinaufzaubern. Für diese, der aufgeregten Phan=
tasie vorgezauberten Himmel war bei unsern Malaien auch
in der Wirklichkeit gesorgt. Man trat durch ihre opium=
qualmende Freundschaftsstube hinaus in den Salon der Liebe.
Er war rings herum eingefaßt mit halbdurchsichtigen, aus
Bambus geflochtenen Zellen, in welchen die Opiumbezauber=
ten mit ihren Houris, zu engen Liebesknäueln verflochten, der
stillen Verzückung in's Paradies überlassen zu sein schienen.
Es regte sich nichts an ihnen, als ihre glänzenden Augen, die
bald im Feuer gutmüthiger Vergnüglichkeit spielten, bald in
eifersüchtiger Glut den Betrachter anflammten. Ueberhaupt
war es mitunter bedenklich, Abends allein in diesen Regio=
nen umherzugehen, wenigstens würde ich sie nicht ohne Säbel
besucht haben. 9*

Unter den Malaiinnen habe ich manches reizende Geschöpf
gesehen, besonders unter denen, welche von einem chinesischen
oder europäischen Vater und einer malaiischen Mutter ab=
stammten. Man sah sie am Häufigsten zu Weltevreden auf
den beiden Märkten (basar bahru [neuer Markt] und basar
malaio), auf welchen allerlei Landesprodukte, als Früchte,
Gemüse 2c., zum Verkauf ausgeboten wurden. Sie nahmen
sich dazwischen wie lebendige Südfrüchte aus. Das Schönste
an ihnen war in der Regel, wie an den Männern, ihre Ge=
stalt, die unter der dünnen, eng um die Hüften anschließen=
den Kleidung die üppigsten Formen zeigte, an denen man
trotz dem Mangel an Unterkleidern nichts von dem Schwung
und der Fülle vermißte, welche unsre Damen durch sechs=
fache Hülfskleidung hervorbringen zu müssen glauben. Ueber
den Hüften trugen sie einen Gürtel, der in der Regel von
Silber war. Bei manchen stand das Gesicht, obschon es
braungelblich war, mit dem Körperbau im besten Verhält=
niß: sie hatten so sprechende Mündchen, so schnippische Näs=
chen und unter den scharfgezeichneten, schön gewölbten Augen=
brauen so seelenvolle Augen, so poetische schwarze Vergiß=
meinnicht, daß man schwer an ihnen vorübergehen konnte,
ohne sie durch Beweise von gutem Geschmack und galanter
Aufmerksamkeit, die sie in ihrer Unschuld mitunter als Frech=
heit auslegten, in Verlegenheit zu setzen. Dabei war über
ihre Haltung und ihr Benehmen eine gewisse indische Träu=
merei, ein orientalischer Zauber ausgegossen, wobei einem
ganz Mahometanisch zu Muth wurde. Zwei Dinge sind
es aber, die bei den meisten, namentlich bei den zur niedrigsten
Klasse gehörigen, jenen Zauber unangenehm beeinträchtigen,
nämlich das starkduftende, mit Kokosnußöl pomadisirte Haar
und die bisweilen zolllang aus dem Mund herausragenden

Pruimchen. Sie wickeln in ein Betelblatt etwas haarfein geschnittenen Taback mit Kalk und einem Stückchen Arekanuß und auf diesem pikanten Paketchen lutschen sie mit ihren, oft zu würdigerem Gebrauch geschaffenen Lippen wie ein Kind auf einem Stückchen Süßholz. Die ihren Reizen nachtheiligste Folge dieses sonderbaren, ihren Männern abgesehenen Vergnügens ist, außer der Verunstaltung ihres Mundes, die, daß ihre schönen Zähne durch den Saft des Siri, wie sie jenes Kompositum nennen, kohlschwarz gebeizt werden. Der Saft, den sie von Zeit zu Zeit ausspeien, ist blutroth, beizt Flecken, die gar nicht auszuwaschen sind, und dient den boshaften Schelminnen zuweilen als Dinte, mit welcher sie den zudringlichen Europäern die beschämende Entdeckung ihrer fruchtlosen Bewerbung auf die weißen Kleider schreiben d. i. speien. Man sagt, daß sie im entgegengesetzten Fall, wo nämlich der Bewerber Gehör findet, ihm dieß durch Ueberreichung eines Stücks Zuckerrohr zu verstehen geben — eine allerliebste Art, dieß Sprechen durch das Zuckerrohr.

Ein anziehendes Schauspiel war es, die Malaiinnen sich baden zu sehen. Ich sah sie häufig Abends im Jakatra, wo sie mit Männern und Büffelochsen gemeinschaftlich den Staub des Tages abwuschen und mit großer Lebendigkeit sich in den trüben Wellen umherpudelten. An Jupiter und Europa zu denken, lag dabei sehr nah, die Geschichte wurde aber höchstens in malaiischer Uebersetzung reprobuzirt.

Die hübschesten Javanerinnen sind vielleicht, eifersüchtig verborgen, als Kebsweiber im Besitze der in den holländischen Kolonieen angesiedelten Chinesen, dieser ekelhaftesten aller Menschen, die dabei mit thierischer Begier auf das schöne Geschlecht versessen sein sollen. Es gibt wol kein

Volk auf der Erde, in dessen ganzer Erscheinung, in dessen ganzem Wesen sich eine so gemeine Seele und eine so niedrige, entschiedene, obligate Sklavennatur ausspräche, wie dieß bei den Chinesen der Fall ist. Von Allem, was einen Mann zieren kann, ist bei den Chinesen durchgängig keine Spur zu finden, keine Männlichkeit, keine Würde, keine Kraft, keine Schönheit; ebenso wenig spricht sich an ihnen aus, was sie als Menschen zieren könnte, keine Seele und kein Herz. Es ist mir nie, selbst später am Kap der guten Hoffnung unter den häßlichen Hottentotten, Madagaskaren und Mozambikern nicht, eine so widerliche Menschenerscheinung vorgekommen, wie die Chinesen die ich gesehen. Nicht ohne Abscheu konnte ich diese spitzen, geschorenen, mit thierischen Ohren und schwanzartigen Zöpfen gezierten Philisterköpfe, diese enggeschlitzten, verschobenen Augen, diese gierigen, weitgespaltenen Mäuler, aus denen sie eine widrige Sprache hervorschnattern, diesen grinsenden Schacherausdruck in den Gesichtern, diese kraftlose Bedientenhaltung betrachten. Die Malaien, in deren Wesen sich häufig ein männlicher Trotz ausspricht, sind wahre Ideale neben den chinesischen Fratzen. Das ganze Streben dieser Menschen ist auf den Schacher gerichtet und sie besitzen dazu alle nöthigen Eigenschaften und Fertigkeiten. In Batavia sagt ein Sprüchwort, „aus einem Chinesen könne man drei Juden schneiden“. Dabei darf übrigens nicht unerwähnt bleiben, daß diese Chinesen außer ihrem Schacher auch eine nützlichere und würdigere Thätigkeit entwickeln, denn in ihren Händen ist fast jedes Handwerk und sie arbeiten, wenn alle Andern schlafen, oder sich der glühenden Sonne auszusetzen fürchten. Freilich zeigt sich bei Allem, daß die Triebfeder ihrer Thätigkeit die Geldgier ist. In der fürchterlichsten Mittagshitze, wo alle Straßen öde sind, trägt der Chinese, den geschorenen Schädel mit einem schirmartigen Deckel gekrönt, seine Hausirwaaren umher und kündigt sich mit seiner Klapper den Käufern an. Wie weit ihre Industrie geht, zeigte Einer, der sich täglich zu gewissen Stunden in unserer Kaserne umhertrieb und dessen Geschäft neben der Bartscheererei 2c. im Ohrenreinigen bestand, — eine Verrichtung, die er mit bewundernswürdiger Geschicklichkeit und Leichtigkeit vollbrachte. Während einer solchen Operation hatte er einst das Unglück, daß ein Soldat ihm unversehens den Zopf abschnitt — ein Verbrechen das ihn fast wahnsinnig machte, denn ein solcher Raub ist nicht geringer anzuschlagen, als wenn man z. B. bei uns einem Abligen plötzlich die Präposition von seinem Namen abschneiden könnte. Die Geldgier macht die Chinesen auch zu den leidenschaftlichsten Spielern und es ist ein wahrhaft physiognomischer Genuß, beim Spiel ihre Fratzen zu beobachten. Zu solchen Beobachtungen hatte man täglich auf dem Markt, namentlich aber zur Zeit der chinesischen Kirchmesse Gelegenheit. Auf dieser Kirchmesse kehrte das sonst zurückhaltende Chinesenthum seine innerste Gefühls= und Geistes=Seite hervor. Während die Einen auf dem Markt spielten oder sich sonst amüsirten, saßen die Andern mit ihren Gästen vor den Hausthüren und tranken Thee mit Opium, an welchem Vergnügen sie die vorübergehenden Europäer gastfreundlich Theil nehmen ließen. Es fand bei solchen Szenen eine solche zeremoniöse Freundlichkeit und kälberhafte Manierlichkeit Statt, daß man sich des Lachens schwer enthalten konnte. Am Allerlächerlichsten aber nahm sich die chinesische Komödie aus, die in freier Luft auf einem hohen Gerüst aufgeführt wurde. Ich konnte nichts aus derselben entnehmen, als ein unzusammenhangendes, improvisirtes Durcheinander von schnatternden Tönen, tölpelhaften Gesten und possenhaften Handgreiflichkeiten. Zu den letzten gehörte namentlich ein Kunststück, wobei die handelnden Personen — deren in der Regel nur zwei waren — sich plötzlich aus dem Diskurs heraus mit den Rücken aneinander stellten, sich hinterrücks anfaßten und sich dann abwechselnd durch Niederbücken in die Höhe hoben. Dieß Manöver machte auf das umherstehende Publikum stets einen tiefen Eindruck.

Merkwürdig ist der chinesische Kirchhof bei Batavia, ein wahres Gräbermeer, in welchem die einzelnen, backofenähnlichen Gräber die Wellen bilden. Man wird von unbeschreiblichen Empfindungen erfüllt, wenn man auf den Gräbern so fremdartiger Menschen umherwandelt und bedenkt, wie viel Millionen derselben schon gelebt haben, bloß um begraben zu werden. Außer Malaien und Chinesen sieht man in Batavia auch häufig Exemplare von allerlei andern asiatischen Völkern z. B. Bengalen, Perser, Armenier u. s. w.

Was ich bisher berichtet, ist das Mittheilenswertheste von Dem, was ich in meiner beschränkten Lage beobachten konnte. Hätte ich Geld gehabt oder einen höhern Rang bekleidet, so würden mir auch andere Dinge zugänglich gewesen sein, und mein Bericht wäre reichhaltiger und interessanter ausgefallen. Aber ich lag an der Kette des Kasernenlebens und wenn ich dieselbe nicht mitunter eigenmächtig durchbrochen hätte, würde mir selbst Manches von dem Berichteten fremd geblieben sein.

Eine Zeit lang machte ich mit einem andern Teutschen, einem unternehmenden Menschen, der allein das halbe Amerika durchwandert hatte, nächtliche Exkursionen, nachdem

Vorgesetzte wie Untergebene zu Bette waren. Wir durch=
strichen dann, den Säbel an der Seite, gewöhnlich die chine=
sischen und malaiischen Regionen, wobei es viel zu lachen
gab, mitunter aber auch ernstliche Verlegenheiten entstanden.
Gewöhnlich trieben wir auf dem Rückwege den Scherz, auf
die chinesischen Wachen mit ihren langen Bambusstäben
scheinbare Angriffe zu machen. Sie rissen dann aus mit
fürchterlichem Geheul, aber in der Regel war uns in wenig
Minuten die ganze aufgescheuchte Population auf den Fer=
sen, mit einem Geschrei und Geschnatter, als wäre das ganze
himmlische Reich hinter uns gewesen. Um der Entdeckung
zu entgehen, mußten wir uns in solchen Fällen mitunter bis
an den Bauch durch Sümpfe und Reißfelder durcharbeiten,
aber wir kamen immer glücklich davon.

Einmal brachten wir durch unsere Studentenstreiche halb
Weltevreden in Aufruhr. Die zu unserer Kaserne gehörenden
Abtritte waren etwa zweihundert Schritte von derselben ent=
fernt am Ufer der Jakatra gelegen. Nun war es damals,
wo die Gemüther der Malaien noch durch die Nachwirkun=
gen des Kriegs erbittert waren, mitunter bedenklich, jene Ab=
tritte zu besuchen. Es kamen mehrere Fälle vor, wo ein=
zelne Soldaten von dem Kriß versteckter Malaien niederge=
macht worden waren. Auch hieß es, daß die Mörder um
die Kasernen herumschlichen und durch die Schlüssellöcher ab=
gelegener Stuben Opiumrauch bliesen, um dann die Thüren
zu erbrechen und die betäubten Bewohner zu ermorden. Na=
türlich wurde dabei Manches gefabelt. Die Wirkung aber
war, daß ängstliche Gemüther sich bei Nacht nicht vor die
Kaserne wagten. Durch seine Angst zeichnete sich nament=
lich ein holländischer Unterofficier aus, dessen Stube grade
an der, den verhängnißvollen Abtritten zugekehrten Seite

gelegen war. Von einer meiner nächtlichen Exkursionen zu=
rückgekehrt, gerieth ich einst auf den Einfall, jenen Unterof=
ficier zur Unterhaltung in Angst zu setzen. Ich schlich mich
leise an seine Stube, schlug mit der flachen Klinge drei Mal
an seine Thür' und stellte mich dann mit meinem Begleiter
in der Nähe hinter ein Paar Bäume. Zuerst hörten wir
ein Gepolter, dann öffnete sich plötzlich die Thüre und der
holländische Held kam im bloßen Hemde wie ein Blitz her=
vorgeschossen. Mord und Hülfe schreiend, rannte er durch
den Korridor der Wache zu und in zwei Minuten war die
ganze militairische Welt der Umgegend auf den Beinen.
Die Wachen wurden verdoppelt und Patrouillen ausgesandt,
welche die ganze Umgegend durchsuchen mußten. Später
erfuhr ich, daß man sogar die reitende Gensdarmerie aufgebo=
ten hatte. Man setzte eben nichts Geringeres voraus, als
einen Ueberfall einer malaiischen Mörderarmee.

Um nach dem entstandenen Lärm nicht sofort in Verdacht
zu kommen, wußte ich mit meinem Begleiter nichts Besseres
zu thun, als uns in die nächsten Wälder zu flüchten. Dort
aber geriethen wir in ein malaiisches Dorf, dessen Bewohner
wir noch auf den Beinen fanden, obschon es Mitternacht
war. Sie umringten und betrachteten uns auf eine ver=
dächtige Weise. Um ihre Vermuthungen abzulenken, fragte
ich sie, ob sie nicht ein Paar Deserteure gesehen, welche sich
nach der Gegend ihres Dorfes geflüchtet, und foderte sie auf,
dieselben einfangen zu helfen. Da für die Einbringung
eines Deserteurs 40 Gulden ausgesetzt waren, ließen sich
unsere Herren Malaien nicht zweimal auffodern und zer=
streuten sich sofort in die Wälder. Dadurch bekamen wir
wieder Luft und schlichen uns auf einem Umweg nach einer
andern Seite der Kaserne zurück, wo wir uns mit feierlicher

Dienſtmiene unter die Retter des Vaterlandes miſchten. Unſer Streich hätte uns einen Ehrenplatz auf dem „Fort Oranien“ am Ende der javaniſchen Welt einbringen können und dann waren wir verſorgt und aufgehoben für immer.

Um ſolchen Preis alſo erkaufte ich meine Erholungen und näheren „Informationen“.

Ein intereſſanter Gegenſtand der Nachforſchung wäre die holländiſche Kolonial-Politik und ihr Verhältniß zu den Ein= geborenen geweſen. Allein es war mir nicht möglich, dar= über Das zu erfahren, was ich zu wiſſen wünſchte. Die Holländer hüllen dieſe Dinge in ein wahrhaft ruſſiſches Ge= heimniß. Es erſchien in Batavia nur ein einziges Blatt und zwar unter hoher obrigkeitlicher Zenſur. Es war ſo inhaltlos wie möglich und von Dem, was in der Kolonie vorging, ließ ſich daraus nicht das Mindeſte erſehen. So viel aber konnte ich überall wahrnehmen und erfahren, daß die Holländer die Eingeborenen nur um jeden Preis be= nutzen, ohne für ihre Ziviliſirung und Humaniſirung irgend= wie Sorge zu tragen. Sie fürchten die Aufklärung derſel= ben und zwar mit Recht, denn ihr perſides und tyranniſches Regiment ſteht ohnehin auf ſchwachen Füßen. Sie wüthen daher auch im Kriege mit jener beſtialiſchen Grauſamkeit, welche der Feigheit des geängſtigten böſen Gewiſſens eigen iſt. Mir hat ein holländiſcher Officier u. A. erzählt, daß in dem letzten Krieg auf der Inſel Sumatra dreizehn Raja’s, die man durch tückiſchen Verrath in holländiſche Gewalt ge= bracht, in einer Nacht auf höhern Befehl durch Soldaten — nicht erſchoſſen (die Schüſſe würden den Feind aufmerkſam gemacht haben), ſondern mit Meſſern, die an den Bajonne= ten gewetzt wurden, wie das Vieh hingeſchlachtet worden ſind. Dieß führt mich auf das holländiſche Militair zurück,

das ich besser kennen zu lernen Gelegenheit hatte, als die Ko-
lonialverwaltung.

In Holland selbst, wo man die ostindischen Angelegenheiten natürlich besser kennt, als in Teutschland, sieht man Java
halb als einen Verbannungsort an, wohin in der Regel diejenigen subordinirten Militairs zu gehen sich entschließen, zu
deren Sicherung und Fortkommen eine Entfernung von einigen Tausend Meilen nöthig geworden ist. Die Teutschen
und sonstigen Ausländer wissen davon nichts, sie lernen das
javanische Leben erst näher kennen, wenn es zu spät und die
Klappe an der Falle zugeschlagen ist. Wie sehr sich die
Holländer auch in sonstigen Dingen, namentlich in ihrer
Handelspolitik, gegen Teutschland abzusperren suchen, —
wo es gilt, die Teutschen in ihr Netz zu bringen, sie zu ihren
Sklaven zu machen, sie in ihr Handelsjoch zu schmieden, sie
nach Batavia zu spediren, da sind sie die zugänglichsten, zu-
vorkommendsten Leute von der Welt, da öffnen sie die Arme
für ganz Teutschland. Sie kennen ihre Leute und wissen,
daß die Teutschen stets bereit sind, ihnen nicht bloß ihr Geld,
sondern auch ihre Person zu opfern. Es ist unglaublich, wie
vielen Teutschen die Holländer in solchem Sinn die Arme
geöffnet, wie viel Tausende sie schon auf Java begraben haben. Kehrt aus ihren Klauen ein einzelner Glücklicher,
vielleicht mit voller Tasche, in sein Vaterland zurück, so ist
der natürlich nicht geeignet, ein abschreckendes Beispiel zu
liefern; die Tausende von Unglücklichen aber, die solche Beispiele abgeben könnten, sehen ihre Landsleute selten wieder.
Entweder sterben sie, oder man macht ihnen, wenn sie in
seltenen Fällen das Ende ihrer sechs Jahre lebendig erreicht,
alle mögliche Schwierigkeiten, um ihnen den Rückzug zu
versperren und sie zum Kapituliren zu zwingen. Solcher

Beispiele sind mir mehrere vorgekommen. In diesen Umständen hat man den Hauptgrund der in den Zeitungen wenig oder gar nicht besprochenen Erscheinung zu suchen, daß
so viel Menschen als holländische Militairs nach Batavia
strömen und daß vor solchen Expeditionen nicht früher öffentlich gewarnt worden ist. Daß die Teutschen von den Holländern auf alle Weise ausgebeutet werden, ist die Schuld
Jener, wenn auch Diesen durch solch Bekenntniß kein Anspruch auf günstigere Beurtheilung ihrer Politik zu Theil
wird. Was also die Teutschen in M a s s e von den Holländern gelitten und noch zu leiden haben, gereicht ihnen selbst
zum Vorwurf wie zur Schaude und man kann dabei, wenn
man gerecht sein will, nicht Partei für sie nehmen. Wo aber
der holländischen Habgier und Rohheit der E i n z e l n e zum
Opfer wird, da muß er gewarnt werden, o b s c h o n er ein
Teutscher ist. Wo es Gelegenheit giebt, den t e u t s c h e n
A u s w a n d e r e r n zu rathen und zu helfen, da könnte
selbst ein Feind der Teutschen den Ansprüchen der Menschlichkeit nicht widerstehen, denn — die teutschen Auswanderer
sind die unglücklichsten Menschen der Erde. Sie haben kein
Vaterland, sie haben keinen Schutz, sie haben keine Theilnahme, sie haben keinen Trost, sie haben nichts, als ihre
Noth und ihren Schmerz. Alle Wehmuth und Bitterkeit
der Menschenschicksale konzentrirt sich in der Auswanderungs-
noth der armen Teutschen. Wie ein böser Geist treibt es sie
fort aus ihrem trostlosen Vaterland, in welchem ihnen von
tausend Hoffnungen vielleicht nicht eine einzige in Erfüllung
geht, und doch bietet sich ihnen kein neues, das ihre Hoffnungen erfüllen könnte. Tausende stehen vielleicht ihr ganzes Leben hindurch nur mit einem Fuß auf vaterländischem
Boden und doch können sie mit dem andern Fuß das aus-

ländische Gebiet nur in der Voraussetzung betreten, daß sie in's Verderben gehen. Noth und Unbehaglichkeit diesseits; Noth und Verzweiflung jenseits! Hier keine Hülfe, die sie fesselt, dort keine Hülfe, die sie rettet! Welches Land der Erde bietet uns dieß trostlose Schauspiel außer Teutschland? Auf dem Lande finden unsere Unglücklichen keine Erlösung und ihre Sehnsucht nach dem Meer führt sie in der Regel um so sicherer in das Verderben. Das Meer, das Meer! Keinem, wie uns, scheint es der Weg zu sein, der uns in eine neue bessere Welt führt, und Keinem, wie uns, wird es nur ein stygischer Riesenstrom, der uns hinüberträgt in „jene" Welt. Es gibt keinen Kirchhof auf der Erde, auf welchem nicht die Gebeine teutscher Sklaven, teutscher Unglücklichen ruhten. Teutschland ist das Vaterland der Vaterlandlo=sen; wer wundert sich noch, daß es die Wiege der Weltbür=ger ist?

Auf hundertfache Weise werden die teutschen Auswanderer betrogen, gemißbraucht, erniedrigt und beschimpft; ich wüßte aber nicht, wo ein traurigeres Loos sie erwarten könnte, als in dem Dienst der holländischen Kolonialtruppen. Der schlechteste unter ihnen ist zu gut, um als holländischer Sklave begraben zu werden; um so trauriger ist es, daß noch so mancher Bessere sich durch abenteuerliche Lust oder Unkennt=niß der ostindischen Militairverhältnisse in eine Lage ver=locken läßt, die in der Regel mit, mindestens moralischer, Mißhandlung beginnt und mit Verzweiflung endigt. Unter allen Verhältnissen, in die ein Auswanderer sich begeben kann, gibt es überhaupt kein härteres, als dasjenige, an welches ihn das eiserne Gesetz der Kriegsartikel für alle Fälle auf eine feste Reihe von Jahren fesselt; das Verhältniß wird aber um so unerträglicher, je schlimmer die Elemente

sind, aus welchen die Umgebung des Gefesselten zusammen=
gesetzt ist. Das holländisch=ostindische Militair hat schwer=
lich seines Gleichen. Zusammengesetzt aus Menschen fast
jeder Nation, jedes Standes, jedes Grades der Schlechtig=
keit und Gemeinheit bildet es ein wahres Pasquill auf Die=
jenigen, denen es dient: es gleicht beinah einem Banditen=
korps. Liederlichkeit und Rohheit, welcher die asiatische
Schlaffheit und Verderbtheit sehr zu Statten kommt, machen
seinen Hauptcharakter aus und nur der Stock, die gewöhn=
lichste Strafe, sichert vor einer gänzlichen Ungebundenheit.
Daß dabei auch im Dienst keine Gemeinsamkeit und Ord=
nung bestehen kann, läßt sich leicht denken. Dieß wird indeß
eben so sehr von oben herab bewirkt, wie von unten herauf:
wie die Soldaten, sind gewöhnlich die Officiere*) und wie
die Officiere, so ist die Behandlung. Mit Flüchen wird
kommandirt, mit Flüchen gehorsamt. Die Leidenschaft sün=
digt, die Leidenschaft rügt, die Leidenschaft macht den Rap=
port, die Leidenschaft bestraft. Milde wird Nachläßigkeit,
Strafe wird Kujonade, Strenge wird Thrannei. Dabei
wird keine Rücksicht auf Bildung, auf Haltung, auf Men=
schenwerth genommen, kein Unterschied gemacht, Alles gehört
in e i n e Kategorie, in die Kategorie uniformirter Sklaven,
deren Endbestimmung ist, unsern kaufmännischen Nachbarn
ihren Kaffee und Zucker zu sichern. Dieser Ansicht entspricht
auch der Standpunkt, von welchem aus die dortigen Zivi=

---

*) Von der Rohheit der dortigen Officiere kann man sich einen Begriff
machen, wenn man hört, daß sie zur Zeit meiner Anwesenheit in Weltevre=
den es mehrere Tage lang zu einem Hauptzeitvertreib machten, aus den Fen=
stern die vorbeipassirenden Hunde todtzuschießen, die auf dem zwischen ihrer
und unserer Kaserne befindlichen lebhaft begangenen Rasenplatz sehr häufig
umherliefen. Das Skandal hörte erst auf, als es der Sicherheit der Men=
schen wegen höhern Orts verboten werden mußte.

listen die subalternen Militairs beurtheilen: bei ihnen hat man so wenig auf die mindeste Achtung, wie beim Militair auf Schonung zu rechnen.

Obgleich die physischen Uebel gegen diese moralischen zurücktreten, so sind sie doch keineswegs zu übersehen. Die Insel Java ist anzusehen als eine große Menschenfalle, als ein einziges großes Grab. Wo die Eingebornen nicht Krieg führen, werden sie durch pestartige Krankheiten, namentlich durch die Cholera abgelöst. Ist der Soldat im Felde, so machen schlechte Kost, schlechte Pflege, die Strapazen in der fürchterlichen Hitze, die Märsche durch das verschiedenartigste, bald gebirgige, bald sumpfige Terrain beinah die Waffen des Feindes überflüßig: das Land selbst scheint die Fremblinge seinen Bewohnern zu mißgönnen.

Was nun das Avancement betrifft, wovon man sich in der Regel so glänzende Vorstellungen macht, so glaube ich wohl, daß in Kriegszeiten dazu in den holländischen Kolonien für tüchtige Soldaten Aussicht genug vorhanden ist, denn an Muth, dem Hauptmittel zum Avancement, kann bei solchem Militair kein Ueberfluß sein. Der Krieg ist indeß dort nicht mehr so häufig, und selten weiter als über kleine aufrührerische Distrikte verbreitet, so daß es, vom militairischen Gesichtspunkte betrachtet, schon ein Glück genannt werden kann, in der Nähe solcher Distrikte stationirt zu sein. Uebrigens kann von solchem Glück natürlich überhaupt keine Rede sein bei der Vorstellung, daß man gegen Menschen ficht, die bloß ihr gutes Recht vertheidigen und als Opfer niedriger Geldgier zu betrachten sind. Die Aussichten in Friedenszeiten sind sehr schlecht, denn die Soldaten werden geopfert, die Officiere konserviren sich besser und häufen sich an, so daß der Menge von Antichambrirenden die Thüre zum Avancement selten durch das Bedürfniß geöffnet wird. Als ich in Weltevreden mit meinem Obristen über meine Aussichten sprach, hörte ich, daß mir noch 75 Aspiranten den Weg vertraten, deren Viele schon vor mehreren Jahren das Examen gemacht hatten und noch immer vergebens auf die Epauletten warteten. „Unter solchen Umständen, sagte der Obrist, könnte ich Ihnen nicht voran helfen, wenn Sie mein eigener Sohn wären. Ich könnte Sie nur in meiner Nähe zurückbehalten, um Sie zu schützen und für den Fall bereit zu halten, daß die Ereignisse Ihnen irgend eine unerwartete Aussicht eröffneten."

An einer solchen Aussicht — um den Faden meiner Reisegeschichte wieder aufzunehmen — begann ich nach drei Monaten zu verzweifeln und durch die getäuschten Hoffnungen und alle die unangenehmen Erfahrungen ward mir meine Lage immer unausstehlicher. Ich hätte weit lieber mit den Malaien gegen die Holländer, als umgekehrt gefochten. Aber die Fechtlust überhaupt verging mir und derjenige Feind, der mir am Meisten zu fechten gab, war der gemeinschaftliche Feind aller neu eingewanderten Europäer, nämlich die Diarrhoe, die, wenn sie in Blutdiarrhoe überging, wahrscheinlich dem Fechten für immer ein Ende gemacht hätte. Meine Romantik begann auf die Neige zu gehen. Mein Blick richtete sich aus der hoffnungslosen Zukunft immer mehr in die Vergangenheit, ich wurde hypochondrisch und bekam das Heimweh, oder, wenn ich den Ausdruck erfinden darf, das Fremdweh. Es liegt in unserer Natur, daß wir, wenn wir uns in einer schlimmeren Lage befinden, als die, worin wir waren, uns nicht bloß das Angenehme zurückwünschen, das wir **hatten**, sondern uns auch nach Dem sehnen, was wir möglicher Weise hätten **haben können**. Wir rechnen zu dem aufgegebenen Kapital auch die möglichen Zinsen und keine geringe. Solche Amplifizirung und Ausschmückung des verlorenen Angenehmen muß natürlich das vorhandene Unangenehme ebenfalls verdoppeln; bei mir machte sie allmälig das Vaterland zum Himmel, Batavia zur Hölle. Meine Reiseplane, die ich nun doch keine Aussicht hatte ausführen zu können, gab ich auf und alle meine Wünsche vereinigten sich in das einzige Verlangen, aus meiner Lage befreit zu werden und in meine Heimath zurückzukehren.

In einer solchen Stimmung begab ich mich zu meinem Obristen, stellte ihm meine Lage vor und ersuchte ihn, mir zur Rückkehr nach Europa behülflich zu sein. „Hab' ich es Ihnen nicht gesagt?" sprach er, „doch seien Sie ruhig, ich werde Ihnen helfen." Er trug mir auf, ihm ein Gesuch an den Gouverneur einzureichen, worin ich meinen Wunsch und das Anerbieten ausdrückte, dem Gouvernement die Kosten meiner Ueberfahrt zu erstatten und die Rückreise auf eigene Kosten anzutreten. Meinem Gesuch wurde entsprochen, ich bezahlte das Geld, das ich noch hatte, das fehlende lieh mir der Obrist dazu und ich war wieder ein freier Mann, frei von Zwang, aber auch von Geld. Vergebens sah ich mich nach einem Schiff um, das mich nach Europa zurückbrächte, kein Kapitain wollte sich mit mir einlassen. Auch aus dieser Verlegenheit ward ich durch den Obristen befreit. Auf seine Empfehlung versprach mir ein Schiffskapitain einen Platz. Der Obrist gab mir indeß nicht bloß seine Empfehlung mit, sondern er unterzeichnete auch als Bürge einen Wechsel von 600 Gulden, welche ich für die Ueberfahrt nach Europa bezahlen mußte.

Ich bleibe dem Obristen ewig erkenntlich und zwar nicht

sowohl für Das was er an mir gethan, als für Das was er
an einem Menschen in B a t a v i a gethan. Meine dortigen
Erfahrungen ergaben u. A. dreierlei: die schönsten Blumen,
aber ohne Geruch, die schönsten Vögel, aber ohne Gesang*),
mit Allem ausgestattete Menschen, aber — ohne Herz. Der
Obrist machte eine Ausnahme. Ich schmeichelte ihm durch
nichts als durch einen Brief, den ich ihm nach meiner Abreise überreichen ließ und worin ich seinem Edelsinn auch
meinen Freund**) empfahl.

Vor dem Antritt meiner Rückreise erhielt ich einen Brief
aus Salatiga von einem mit mir nach Batavia gekommenen
Unterofficier, einem Luxemburger, der trotz seinem leichten
französischen Sinn durch sein Schicksal ganz niedergebeugt
war. Als Beleg zu den vorstehenden Warnungen und
Schilderungen theile ich einige Stellen aus dem Briefe mit:

„Unsere unglückliche Reise zur See bis Samarang wird
Ihnen M. wohl erzählt haben, dem ich darüber geschrieben.
Die tyrannische Behandlung eines dortigen Majors hielt
uns in immerwährender Beschäftigung und Unruhe. Ihr
Freund B. hatte das Unglück, durch diesen Tyrannen degra-

---

*) Ich erinnere mich nur einen einzigen Vogel gehört zu haben, der einen
menschlich interessirenden Ton von sich gab. Als hätte er Griechisch verstanden, hörte ich ihn jeden Morgen in der Frühe mit dem wehmüthigsten Laut
in Einem fort buchstäblich den Namen Itys rufen. Es war mir immer,
als müsse er den Vers des Sophokles rezitiren: „Ityn, Ityn aien olo-
phüretai."

**) Ich schied von Batavia mit dem Versprechen, bei den Verwandten
meines Freundes nach meiner Rückkehr sofort Alles in's Werk zu setzen, um
ihm ebenfalls die Mittel zur Erlösung zu verschaffen. Er wurde, wahrscheinlich durch Hülfe des Obristen, erlös't, starb aber auf der Heimreise in der
Nähe von St. Helena an den Folgen des Lebens auf der Insel Java. Der
letzte Wunsch, den er mir zu erkennen gegeben, war der, daß ich eine War-
nungsschrift über das javanische Leben veröffentlichen möge.

tirt und in's Cachot gebracht zu werden, er wurde indeß nach einigen Tagen wieder in seine Stelle eingesetzt. Endlich schlug die Glocke unserer Erlösung; unsere Kompagnie erhielt ihre Bestimmung nach Salatiga und ging den 30. April auf den Marsch. Unsere Reise, auf welcher nichts Besonderes vorfiel, dauerte nur drei Tage. Nun befinden wir uns in Salatiga, ungefähr 800 Mann beisammengelagert, in einem Kampement wie im Felde, unter Strohdächern und dem Nachdenken über unser trauriges Schicksal überlassen. Hier gibt es sowohl wie in Samarang täglich Exerzitien und Militairkommando's von 8 bis 10 Palm Entfernung. Allen diesen Plagen habe ich das Glück entrissen zu sein, da ich seit 14 Tagen auf der Plankammer arbeite. Aber dennoch ist meine Lage mir unerträglich. Wie beneidenswerth ist die Ihrige! In's Vaterland zurückzukehren! Der Gedanke hieran bringt mich in Verzweiflung und die Thränen kommen mir in die Augen. Weil Sie nun doch nach Hause zurückkehren, hätte ich eine einzige Bitte an Sie, nämlich, den beiliegenden Brief, welchen ich nach Hause geschrieben, zu besorgen. Ich habe schon einen geschrieben, aber dieser wird sicherer hinkommen und hoffentlich auch meinen Leiden ein Ende bringen. Wie glücklich sind Sie, in fünf Monaten, vielleicht früher, die Heimath wieder zu erreichen und, durch diese harte Schule der Erfahrung belehrt, ruhig bei Ihren Eltern leben zu können! Ach! Wäre dieser erwünschte Augenblick auch für mich da! Ich bin nicht krank, aber ein immerwährendes Brüten und Grübeln hat mich Andern und mir selbst unerträglich gemacht. Bei Gott! eine solche Strafe hat dieser leichtsinnige Streich nicht verdient; mich in's Unglück und meinen alten Vater vor Gram in's Grab zu bringen, denn dieß ist doch gewiß geschehen.

Ich muß schließen, um meine Schweermuth nicht Ueberhand nehmen zu lassen." .

V.

Ein malaiisches Volkslied.

So angenehm und musikalisch die Laute der malaiischen Sprache klingen, so bündig und prägnant sind bisweilen ihre Ausdrücke und Wendungen. Man höre und lese z. B. folgendes Liedchen voll Seele und Phantasie:

Satu duhwa!
Diga ampad,
Lima anam.
Tudju d'lapan?
Sembilan sapolu.

Ist das nicht reizend? Ich hörte dieß Liedchen von einem malaiischen Mädchen singen, welches, ein kleines halbeuropäisches Kind auf dem Schooß, am Ufer des Jakatra im Schatten eines Pisang auf dem Grase saß. Obgleich ich noch Nichts vom Malaiischen verstand, wurde ich doch durch das Liedchen wunderbar gerührt und entzückt. Eine feststehende Melodie war nicht darin, aber es lag ein so schweermüthiger Reiz in den Tönen und der Klang der Worte ließ so Vieles ahnen, daß ich alle Poesie, deren ich fähig war, in den Sinn des Liedchens zusammendrängte. Man denke sich dabei nun noch das Bild der Sängerinn, eines wirklich reizenden Geschöpfes. In ihrer Haltung und Miene lag eine süße, hingebende Träumerei, ihre dunkeln Augen schwärmten phantastisch in den dichtbelaubten Wipfeln der Bäume umher, deren Blüthen bloß der Duft fehlte für ihr zierliches, sanft aufgestülptes, gar nicht breit gedrücktes Näschen. Beim Oeffnen ihres üppigen Mündchens zeigte sie eine Reihe durchaus nicht vom Sirikauen geschwärzter Zähne — in meinen Augen eine Annäherung an europäische Kultur, wovon ich günstig auf die Art der Empfindungen schloß, von denen sie beim Singen jenes Liedes beseelt war. Sollte nicht, dachte ich, dieß Mädchen eine von den vielen Betrogenen sein, die, von dem Reiz eines Europäers gefesselt, sich mit der Innigkeit ihrer reinen Naturseele an sein treuloses Herz hängte und nun, seiner Treulosigkeit gewiß, die Einsamkeit sucht und die Traurigkeit ihrer tiefgekränkten Liebe in diesen schweermüthigen Tönen aushaucht? Man hatte mir zwar gesagt, daß die Malaiinnen, welche sehr zärtlich und treu, aber auch sehr eifersüchtig lieben, im Fall eines Betrugs von Seiten des Mannes eher aktiv als passiv werden und eher an Gift und Dolch als an eine sanfte Schweermuth und Resignation denken. Allein eine solche medeenhafte Idee konnte sich der Seele eines so sanften Geschöpfes, wie die Sängerinn war, nicht nähern. Ihre Gefühle mußten, ohne an Glut zu verlieren, reiner sein, als die ihrer leidenschaftlichen Landsmänninnen und überdieß war sie vielleicht veredelt durch den Umgang mit einem Europäer, der für etwas mehr Sinn gehabt haben mogte, als für ihre körperlichen Reize. Der Eindruck, den die Malaiinn und ihr Gesang auf mich gemacht, beließ meine Seele mit einer Art poetischer Schuld, die ich nicht eher abgetragen glaubte, als bis ich dem Weibe ein kleines Denkmal der Theilnahme an

ihrem Schicksal und ihren Empfindungen geweiht. Ich that
dieß durch ein Lied, worin sich ihre Zärtlichkeit und Treue
auf das Edelste und Rührendste aussprach. Voll Begier,
mich zu überzeugen, ob der Inhalt des Liedes mit dem
Schicksal der Sängerinn übereinstimmte, legte ich mich von
der Zeit an, wo ich ihren reizenden Gesang gehört, eifriger
auf ihre Muttersprache. Nach etlichen Wochen, als ich mir
Einiges davon angeeignet, hatte ich das Glück, die arme Be=
trogene wiederzusehen. Sie saß, wie das vorige Mal, im
Schatten eines Wäldchens und an eine Kokospalme gelehnt.
Ich interessirte mich so sehr für sie, daß ich unwillkürlich voll
Besorgniß in die Höhe sah, um zu berechnen, ob etwa eine
reife Kokosnuß auf sie herabfallen könnte, gewahrte aber zu
meiner Freude, daß der Baum schief stand und keine Gefahr
vorhanden war. Dieses Mal kam sie mir noch weit reizen=
der und poetischer vor, als früher. Sie schien resignirt,
gelassen und sommerruhig und der Zustand ihrer träumenden
Seele glich dem singenden Lallen des Säuglings im Mit=
tagsschlummer, akkompagnirt von dem Summen der Fliegen,
die neckend auf dem weißen Vorhang seines Lagers in dem
durch das Baumlaub zitternden Sonnenstral spielen. Ich
war gespannt, ob sie wieder singen werde und belauerte sie
hinter einer Kaktushecke. Sie ließ mich nicht lang warten,
sie sang und zwar wieder das nämliche Lied, das mich so
sehr entzückt hatte. Jetzt verstand ich seinen Inhalt und
nur mit Mühe gelang es mir, dasselbe bis zu Ende zu hören,
ohne laut den Eindruck zu verrathen, den es auf mich machte.
Es lautete — und ich werde es nie vergessen — in wörtli=
cher Uebersetzung folgender Maßen:

Ein zwei!

Drei vier,

Fünf sechs.

Sieben acht?

Neun zehn.

Es war mir, als ob man mir ein russisches Bad gäbe. So oft das Mädchen bis zehn gekommen war, fing sie wieder mit ein an und so ging es fort bis in die Hunderte. Das einzige Mittel, mich in der Enttäuschung nicht zu übernehmen, war der Gedanke, sie zähle vielleicht zum Ersatz für die verlorne Treue des Geliebten die Küsse oder Zärtlichkeiten nach, die sie von ihm empfangen. Es konnte eine Rekapitulation oder ein ideelles Wiederkäuen ihres Liebesglücks sein.

Ich habe mich übrigens in Batavia auch nach anderen Volksliedern umgesehen, als das aufgezählte ist. Allein die Europäer, mit denen ich in Berührung kam, waren alle zu prosaisch gesinnt, als daß ich durch sie auf eine Spur hätte kommen können, und um durch die Eingebornen zu etwas zu gelangen, war ich nicht lang genug unter ihnen und kannte ihre Muttersprache zu wenig.

Nach dem Wenigen, das ich von der malaiischen Sprache kennen lernte, gefiel sie mir ungemein gut. Sie hat, was die Laute betrifft, Aehnlichkeit mit der griechischen, d. h. wenn Jemand, ohne von der malaiischen Sprache etwas zu kennen, sie sprechen hörte, so würde er dabei unter allen Sprachen am Ersten an die griechische erinnert werden, obgleich in der ganzen malaiischen Sprache vielleicht kein griechisches Wort enthalten ist. Einige ihrer gewöhnlichsten Ausdrücke und Eigenheiten sind wohl werth, hier kurze Erwähnung zu finden. Ja heißt áda, nein — tráda; ich — gúa, du — lu. Viel — bánjak, wenig — kitjél. Essen — makán, trinken — minum. Gib — kássi.

An allen Ecken hört man in Batavia kommandiren: kássi ápi d. h. gib Feuer (natürlich zum Pfeifenanzünden). Kássi heißt gib und geben zugleich. Ausgebildete Konjugation und Deklination haben die Malaien nicht. Die Mehrzahl drücken sie durch Wiederholung aus, z. B. orang — der Mensch, orang-orang — die Menschen. Der Mann heißt orang lakiláki d. i. ein männlicher Mensch. Mein Mann guapúnja láki. Die Frau heißt prámpuang, das Kind — ának. Ein Sohn nun heißt ának-lakiláki d. h. ein männliches Kind; Tochter ának prámpuang d. ein weibliches Kind. Fräulein heißt nónja, Frau (als Titel) nónna. Junger Herr — sinjo. Schön — bággus, häßlich — gélek. Das Beiwort stellen sie hinter das Hauptwort. Für Liebe haben sie ein eben so schönes Wort wie die teutsche Sprache, nämlich tjinta. Ich liebe dich von Herzen heißt (wie mir eine Dame gesagt hat) gua tjinta áti sáma lu, wörtlich: ich liebe das Herz mit dir. Kommen und Komm' — mári. Hier (her) — sini. Weggehen — piggi. Mach dich schnell weg — piggi lakáss. Geh zum Henker — piggi por sámbol, wörtlich: geh' zum Pfeffer. Wollen und will heißt mau, nicht wollen tramau (trada mau). Können — bólei, nicht können — trábolei (trada bolei). Wissen — tau, nicht wissen — tratau (trada tau). Sprechen — bidjáro. Sprichst du nicht Malaiisch? heißt: trada bidjáro malaio? Für die blaue Farbe scheinen die Malaien früher keinen Ausdruck gehabt zu haben, denn sie haben ihn von den Holländern übernommen: blau heißt bei ihnen ebenfalls blau. Am Regelmäßigsten durchgeführt ist ihr Zahlensystem. Von 1 bis 10 (satu bis sapolu

— satu polu) ist oben von der Sängerinn schon gezählt worden. 11 heißt sablas (satu blas), 12 — duhwa blas, 13 — diga blas ꝛc. ꝛc. 20 heißt duhwapolu (zweimal 10), 21 — duhwapolu satu ꝛc. ꝛc., 30 — digápolu, 31 — digápolu satu ꝛc. ꝛc. 100 — s'ratus (satu ratus), 200 — duhwa ratus ꝛc. ꝛc. 1000 — s'ribu (satu ribu) ꝛc. ꝛc.

Diese Proben mögen hinreichen zu einer oberflächlichen Vorstellung von der malaiischen Sprache wie sie in Batavia gesprochen wird.

I.

Die Javanerinn.

Der Lieutenant S. zu Surabaya, ein Teutscher, war einer der schönsten Officiere der holländischen Kolonialtruppen, und keiner von Allen hatte in dem aufzehrenden javanischen Klima ein so frisches Roth auf den Wangen bewahrt wie er. Dieß Roth, welches gegen die sonstige Weiße seiner Haut und sein dunkelröthliches Haar sehr pikant abstach, verlieh ihm einen besondern Reiz in den Augen der malaiischen Weiber, die, nur an das eintönige Gelbbraun der Javaner oder die welke Blässe der Europäer gewöhnt, in dem weißen Mann mit den rothen Wangen, dem röthlichen Haupt- und Barthaar und den blitzenden blauen Augen ein Ideal männlicher Schönheit zu erkennen glaubten. Ein freundliches, einnehmendes Wesen unterstützte diese Eigenschaften so wirksam, daß der Lieutenant S. selten mit einer Malaiin bekannt wurde, ohne ihr die Schwäche ihres unverwahrten Herzens zu beweisen.

An einem Markt zu Surabaya wohnte ein junger Malaie mit seiner Schwester. Das Mädchen führte, seit dem kürzlich erfolgten Tode der Eltern, die kleine Haushaltung und verfertigte nebenbei niedliche Stickereien, während der junge Mann auf dem Markte oder als Hausirer Handel mit Früchten, Gemüsen, Federvieh zc. trieb. Zugleich versorgte er mit diesen und andern Artikeln zu festgesetzten Zeiten einige Officiere und unter diesen den Lieutenant S. Die Officiere gewannen den wohlgestalteten, aufgeweckten Malaien lieb und behandelten ihn nach und nach mehr wie einen gleichgestellten Bekannten, als wie einen abhängigen Diener.

So geschah es, daß eines Tags auf einem Spaziergang der Lieutenant S. in der Wohnung des jungen Handelsmanns vorsprach, um zu sehen, wie sein malaiischer Freund sich eingerichtet habe. Als er in die Thüre trat, sah er eine allerliebste Malaiin den Stickrahmen wegwerfen und in das Hinterhaus flüchten. Ist das deine Frau? fragte er den Malaien, der ihm im Hausflur entgegenkam. Es ist meine Schwester, antwortete der Handelsmann, das närrische Ding hat sicher Angst vor deinem Bart oder deinem Säbel bekommen. Selima, rief er dem Mädchen nach, komm hervor aus deiner Hütte: der Mann, vor dem du wegläufst, ist mein Freund, der mir allein an Apfelsinen und Limonen so viel zu verdienen gibt, daß ich deinen ganzen Schmuck davon unterhalten kann. Selima blieb indeß ruhig in ihrem Versteck. Hole sie heraus, sagte der Malaie zu dem Officier, du bist ja kein Menschenfresser. Der Officier ließ die Auffoderung nicht zwei Mal an sich ergehen. Nach einigem

Suchen fand er die niedliche Selima hinter einem Bambus=
gestell in eine Ecke gekauert, woraus ihm ihre schwarzen
Augen halb ängstlich, halb lächelnd entgegenleuchteten.

Der malaiischen Sprache vollkommen mächtig — ein
Haupterfoderniß, um den Malaiinnen Zutrauen einzuflößen
— gab er der kleinen Selima eine Menge schmeichelhafter
und beruhigender Versicherungen, zog sie sanft aus ihrer Ecke
hervor, küßte sie auf ihren üppig schwellenden, aber keines=
wegs häßlichen Mund und führte sie zu ihrem Bruder.
Nach kurzer Zeit hatte sie ihre völlige Unbefangenheit wieder
erlangt und bewirthete ihren Gast mit der liebenswürdigsten
Freundlichkeit, wobei er die schönste Gelegenheit hatte, bald
ihre feine, von einem silbernen Gürtel eingefaßte Taille, bald
die reizenden Formen ihres üppigen Leibes, bald ihr nied=
liches Haupt, besonders aber ihre schelmischen und zugleich
kühnen Augen zu betrachten, in denen mehr Geist lag, als er
bis dahin an irgend einer Malaiinn wahrgenommen. Der
Entschluß des Officiers stand sofort fest. In einem Lande,
wo die Früchte beinah wild wachsen, ist die Hand des Wan=
derers ohne langes Bedenken zum Pflücken bereit. Der
Lieutenant S. war entschlossen, die reizende Selima in seinen
Besitz zu bringen. Als sie sich auf einige Augenblicke aus
der Gesellschaft entfernt hatte, sprach er zu seinem Apfel=
sinenlieferanten: „Ich gebe dir hundert Rupien und du gibst
mir deine Schwester zur Frau." Ich weiß, erwiederte der
Malaie, daß ihr unsere Mädchen nicht so heirathet wie die
weißen, da ihr uns unterjocht habt; ich will dir meine
Schwester zur Frau geben, wenn du mir versprichst, sie nicht
bloß zu deiner Sundal (Buhldirne) zu machen. „Das ver=
spreche ich", antwortete der Lieutenant. So komm' morgen
wieder, sprach der Handelsmann, ich werde mit meiner

Schwester reden. Der Lieutenant ging, ohne von Selima Abschied zu nehmen, denn sie war noch abseits bei einer Freundinn, der sie sich nicht enthalten konnte sogleich von dem schönen weißen Mann zu erzählen, welcher sie geküßt hatte. Als der Officier am folgenden Abend zurückkam, hatte Selima ihr Bündel bereits geschnürt und empfing ihren Gemal mit schüchternem aber ungeduldigem Verlangen. Die hundert Gulden wurden ausbezahlt und die Ehe war geschlossen. Selima wanderte ohne Weiteres mit ihrem Officier nach dessen Wohnung.

Der Lieutenant empfand für seine Selima, wenn sie auch auf einer niedrigeren Kulturstufe stand, als er, eine wirkliche Liebe und nicht bloß eine flüchtige, sinnliche Neigung, da sie, von ihren körperlichen Reizen abgesehen, ihm an ihrem naiven Wesen und ihren seltnen Charaktereigenschaften so viel zu studiren gab, daß das Interesse einer höheren Bildung dadurch großen Theils ersetzt wurde. Er gab ihr auf alle Art Beweise seiner Zuneigung, kaufte ihr die hübschesten Kleider, sah mit Vergnügen ihren Stickereien zu und brachte fast alle seine Mußestunden bei ihr hin. Selima hingegen dachte an nichts, als ihrem Geliebten Freude zu bereiten, für seine Bequemlichkeit zu sorgen, ihm die schönsten Apfelsinen zu kaufen, seine Wäsche schneeweiß zu erhalten, seine Affen und Papageien zu pflegen, ihm bei'm Nachmittagsschlaf Kühlung zuzufächeln, ihm nach dem Exerzieren ein erquickendes Bad bereit zu halten ꝛc. Ihre Zärtlichkeit umstrickte ihn wie eine Schlange, und wenn er sie fragte, ob sie ihn recht lieb habe, wußte sie wirklich keine stärkere Versicherung zu geben, als diese: „ich liebe dich wie eine Schlange!"

So liebten sie sich mehrere Monate ungestört. Da plötz= lich erging Befehl, der Truppentheil, zu welchem Lieutenant

S. gehörte, solle in's Feld rücken, es sei wieder Krieg ausge=
brochen. Sofort wurde Alles in Bereitschaft gesetzt, ein
Schiff wartete auf der Rhede und in drei Tagen sollte das
Bataillon auf dem Weg nach der Insel Zelebes sein. Der
Lieutenant S. konnte sich schwer mit dem Gedanken befreun=
den, seine treue Selima zurücklassen zu müssen, er wußte
aber keinen bessern Plan, als, sie der Obhut ihres Bruders
anzuvertrauen. Selima hörte von diesem Plan mit der
größten Verwunderung. „Meinst du", fragte sie ihren
Officier, „daß ich dir auf der Insel Zelebes nicht auch
Apfelsinen besorgen, die Wäsche rein halten, Reiß mit Kerri
kochen, dir Limonade machen und dich lieb haben könne?
Ist denn Zelebes ein anderes Land, als das unsrige? Ich
will lieber sterben, als dich allein dahin gehen sehen". Ohne
zu wissen, wie es sich werde möglich machen lassen, ein weib=
liches Wesen auf einem Kriegszuge durch ein wildes Land
mitzunehmen, sah doch der Lieutenant S. keinen Ausweg
übrig. Selima zog also mit in den Krieg. Der Krieg auf
der gebirgigen Insel Zelebes war eine ununterbrochene Reihe
von Mühsalen, Entbehrungen und Gefahren. Bald wate=
ten die Truppen durch Moräste, bald wanden sie sich durch
dichte Wälder, bald drängten sie sich durch tiefe Schluchten,
bald überkletterten sie himmelhohe Berge. Bald erlagen sie
dem Regen, bald der Hitze; der Eine starb vor Durst, der
Andere blieb zurück wegen Ermattung durch Hunger. Hier
wurden sie durch den Feind in offenem Angriff, dort durch
versteckte Meuchelei, hier durch das Schießgewehr, dort durch
den vergifteten Dolch, hier durch Waffen, dort durch Fallen
bedroht, verwundet, getödtet. Selima kam nicht von der
Seite ihres Lieutenants. Niemand ertrug Alles leichter und
muthiger, als sie; Niemand wurde verpflegt wie er. Wenn

Alles hungerte, Selima hatte wenigstens Reiß oder Früchte
für ihren Geliebten in Bereitschaft; wenn Alles durstete,
Selima wußte eine Wasserspalte in einer Felsenritze oder eine
Kokospalme zu entdecken, von welcher sie für ihren Lieutenant
mit der Gewandtheit eines Affen grüne Nüsse mit frischer
„Klappermilch" herabholte. Im Gefecht beschützte, im Bi-
vouak bewachte sie ihn. Einst in einer finstern Nacht hatte
sich die von dem Lieutenant S. kommandirte Abtheilung auf
einem Bergvorsprung gelagert, um von den erlittenen Strapazen auszuruhen. Niemand dachte an Gefahr und sogar
die Schildwachen schliefen. Selima, deren feinem Gehör
selbst im Schlaf nicht leicht etwas entging, glaubte plötzlich
ein schleichendes Geräusch in dem umherstehenden Gebüsch
zu entdecken, sie richtete leise ihr Köpfchen in die Höhe und
sah mit ihrem scharfen Gesicht in der Nähe ihres Officiers
die blinkende Spitze einer langen Lanze wie den Kopf einer
züngelnden Schlange aus einem Strauch hervorkriechen. Ein
neben ihr liegendes Gewehr ergreifen und mit vorgestrecktem
Bajonnet in den Strauch hineinrennen, war das Werk eines
Augenblicks. Ein Todesschrei in dem Strauch — und im
Nu war Alles auf den Beinen. Ein Makassare lag mit
seiner langen Lanze hingestreckt auf dem Boden und rings
umher hörte man eine Menge Anderer durch das Gebüsch
davon fliehen. Selima hatte ihren Geliebten und vielleicht
dessen ganze Mannschaft gerettet. In einem Gefecht flog
dem Lieutenant S. ein vergifteter Pfeil in den Arm. Selima
stürzte sich auf ihn, riß ihm die Uniform herab und sog die
Wunde so lang aus, daß das Gift seine Kraft verlor und
nur eine bald geheilte Entzündung der leichten Wunde zu-
rückblieb. Sie hatte zum zweiten Mal ihren Geliebten gerettet. In einer Gegend, die man für ganz gesäubert vom

Feinde hielt und die Ueberfluß an Lebensmitteln aller Art
darbot, beschloß man eines Abends, sich gütlich zu thun und
einen kurz vorher erfochtenen Sieg zu feiern. Alles war
guter Dinge, und damit die Lust ihre rechte Würze erhalte,
fand sich auch ein Trupp makassarischer Tänzerinnen ein.
Die kluge Selima glaubte Unrath zu merken und hatte sich
als angebliche Gefangene den Tänzerinnen zugesellt, um sich
in ihr Vertrauen einzuschleichen. Auf diese Art erfuhr sie,
daß jede Tänzerinn mit einer Dosis einschläfernder Mittel
versehen war, daß diese in das Festgetränk gemischt und in
der Nacht die Schlafenden von einer großen Anzahl Feinde,
die in einer benachbarten Schlucht lauerten, überfallen wer=
den sollten. Selima zog ihren Geliebten auf die Seite und
theilte ihm den Plan mit. Der Lieutenant S. ließ sofort
die Tänzerinnen fesseln, rückte unter der Leitung einer der=
selben in aller Stille mit seiner Abtheilung aus, umzingelte
die Auflaurer, tödtete eine große Anzahl derselben und nahm
die Uebrigen fast alle gefangen. Für diese That wurde er
sofort zum Kapitain befördert und erhielt das Kreuz "Voor
beweze moed en dapperheid". Wer ihn abermals gerettet
und überdieß zum Hauptmann gemacht hatte, das war seine
Selima. Selima begleitete, unterstützte und beschützte in
solcher Weise ihren Geliebten bis an das Ende des Feldzugs,
obschon sie außer ihm nun auch ihren Sohn zu versorgen
hatte, den sie ihm heute gebar und morgen schon über Berge
und Flüsse nachtrug.

Selima kehrte mit ihrem Hauptmann nach Surabaya zu=
rück. Ihre Liebe hatte in nichts nachgelassen, wenn sie die=
selbe jetzt auch zweien zuzuwenden hatte. Der Kapitain S.
indessen zeigte sich, nachdem er von der Unruhe des Kriegs
wieder zu sich gekommen, weit lauer, als der Lieutenant S.

sich gezeigt hatte. Durch Selima selbst verwöhnt, begann er sie allmälig mehr als Magd, denn als Geliebte zu betrachten und zu behandeln. Auch mußte sie jetzt mitunter auf einer Schilfmatte vor dem Bette ihres Mannes schlafen, ein Platz, den man auf der Insel Java den Buhldirnen anzuweisen pflegt. Ihre Liebe war indeß zu frisch und unschuldig, ihre Natur zu hingebend und aufopfernd, als daß sie durch das veränderte Benehmen des Kapitains hätte gekränkt oder abgestoßen werden können. Sie nahm Alles als Nothwendigkeit an, ohne sentimentale Betrachtungen anzustellen, ob es anders sein könne, sorgte nach wie vor für ihren Geliebten mit unveränderlicher Aufmerksamkeit und beschäftigte sich während der jetzt öfter vorkommenden Abwesenheit des Vaters um so eifriger mit dem Sohn.

Eines Abends, als der Kapitain ausgegangen war, kam Selima's Bruder zu ihr und sprach: „weißt du auch, daß dein Kapitain eine weiße Wittwe heirathen will, die zweimalhunderttausend Rupien reich ist? Jetzt eben ist er wieder zu ihr gegangen. Bald wirst du verstoßen und eine bloße Sundal sein." Selima zitterte und ließ ihr Kind vom Schooß fallen. Darauf gab sie es ihrem Bruder, ließ sich die Wohnung der Wittwe bezeichnen, nahm zehn Rupien aus dem Schrank und eilte hinaus. In wenig Augenblicken hatte sie Bekanntschaft mit einer Sklavinn der reichen Wittwe angeknüpft und sich für ihre zehn Rupien Einlaß in das Innere des Hauses verschafft, so daß sie Alles beobachten konnte. Selima sah durch eine halb geöffnete Thüre hinter einer reichbesetzten Tafel die weiße Wittwe in dem Arm ihres Kapitains, mit welchem sie die zärtlichsten Küsse wechselte. Selima fragte sich nicht, ob sie träume, ob der Blick sie trüge. Sie sah scharf, sie sah, was sie sah, und in demselben Augen-

blid, wo sie ihren Gemal in dem Arm einer Andern sah,
fühlte ihr Herz — keine Liebe mehr. Beinah heiter ging sie
wieder nach Hause, wenn auch ihr Blick von einem eigen=
thümlich wilden Feuer leuchtete. Sie gab ihrem Bruder
ihr Kind mit, holte bei demselben ein kleines Papier mit
unbekanntem Inhalt und wartete die Ankunft des Kapi=
tains ab.

Der Kapitain kam sehr spät zurück. Er war erhitzt,
schläfrig und ungemein mürrisch, während Selima ihn, nicht
zärtlich, aber zum ersten Mal — schmeichelnd empfing. Er
begehrte bald Dieß, bald Das; was Selima ihm aber zu=
erst reichte, war die stets bereit stehende Limonade. Als sie
ihm das Glas gegeben, machte sie sich im Hinterhause zu
schaffen. Nach zwei Minuten, als das in der Stube ihres
Gemals laut gewordene Gepolter wieder verstummt war,
kehrte sie zurück und fand den vergifteten Kapitain am Boden
liegen. Sie zündete mehrere Lichter an und stellte sie um
das Haupt des Todten, welches sie auf ein weißes Kissen
bettete. Sodann setzte sie sich neben ihn, betrachtete ihn eine
Zeit lang und sang dann mit eintöniger aber lieblicher
Stimme folgende improvisirte Worte:

Da liegt der Kapitain,
Der ein Setan (Teufel) war!
Jetzt ist er weiß, ganz weiß,
So weiß, wie die Wittwe mit zweimalhunderttausend
Rupien.

Die arme Wittwe!
Sie muß allein jetzt Wein trinken!
Sie muß jetzt weinen auf dem Grab
Des weißen Kapitains, die arme weiße Wittwe.
Unschuldig schwimmt das Krokodill,
Wie todt, in der Bay von Surabaya,

Und wer es sehn will in der Nähe,
Den greift es, den frißt es,
Das schöne grüne Krokodill.
Adieu, weißer Kapitain!
Selima ist keine Sundal geworden!
Sie ist gleichfalls Wittwe, eine braune Wittwe.
Süß schmeckt der Pisang
In den Wäldern der Malaien.

Als sie dieß Todtenlied gesungen hatte, packte sie ihre Kleider, alles Geld und alle Pretiosen, die der Kapitain im Besitz hatte, zusammen, schlich sich leise hinaus und verschloß die Thüre. Hast du auch genug mitgenommen, daß wir davon leben können? fragte ihr Bruder, als sie in dessen Wohnung ankam. Selima sprach: nicht um davon zu leben, habe ich das Geld des Kapitains mitgebracht. Du hast hundert Rupien von ihm empfangen, als ich von dir wegging; du erhältst hundert Rupien von mir, indem ich wieder zu dir komme. Welche sind dir lieber? Das Uebrige, das ich von dem Kapitain besitze, bewahre ich auf als Geschenk, wenn einst ein malaiischer Mann mich liebt.

Am andern Morgen sah man das Haus des jungen Handelsmannes von Militair und Polizei durchsuchen. Der Malaie mit seiner Schwester Selima war verschwunden und die weißen Männer haben sie niemals wieder gesehen.

———

VII.

Malaiische Kriege.

—

Ein vollständiges Studium der Kriegswissenschaften findet in den Kriegen mit den oſtindiſchen Völkern, wenigſtens auf Java und den benachbarten Inſeln, keine Anwendung. Zu belagern gibt es wenig in einem Lande, wo keine regelmäßige feindliche Städte und Feſtungen ſind; zu befeſtigen gibt es nur die leicht zu vertheidigenden zerſtreuten Forts, und Evolutionen ſind in den javaniſchen Wäldern und Bergen ſelten anwendbar. Wo dieſelben etwa möglich ſind, da wird ſich nicht leicht ein Feind entgegenſtellen, weil die Javaner in offenen Schlachten nicht Stand halten können und lieber wie Guerillas fechten. Wer ſich alſo für den Dienſt bei den holländiſch-oſtindiſchen Kolonialtruppen vorbereiten will, braucht ſich bloß auf den kleinen Krieg, auf Tirailleurmanoeuvres ꝛc. ꝛc. gefaßt zu machen, wobei es indeß oft ſehr ernſt zugeht, denn die Javaner wiſſen die Gefahren zu vergrößern indem ſie ſie vervielfältigen.

Die Art ihrer Kriegsrüſtung iſt folgende. Wenn durch ihre eigentlichen Fürſten oder durch Aufruhroberhäupter der Krieg beſchloſſen iſt, werden zuerſt die Prieſter auf die Beine gebracht, deren Stola bei den Malaien, wie bei den meiſten unkultivirten Nationen, die beſte Rekrutirfahne iſt. Die Prieſter gehen im Lande umher und ſuchen die Eingeborenen theils durch Schilderung des dem Volk und Fürſten angethanen Unrechts, durch Sprüche aus dem Koran und durch vorgebliche Eingebungen Gottes zur bittersten Rache anzuspornen, theils sie durch das Hinweisen auf die Belohnungen des Himmels und auf die zu erobernde Beute zum Kampf zu reizen. Sind auf diese Art die Gemüther gestimmt, so wird durch den Fürsten oder das Oberhaupt der Tag der Versammlung anberaumt. Bei derselben erscheinen die ausgesandten Priester, jeder an der Spitze der geworbenen und gehörig bewaffneten Mannschaft, auf deren Mehrzahl großer Ruhm und großes Verdienst gesetzt wird. In der Regel bietet sich eine große Anzahl dieser Priester, die, wie die spanischen, nicht bloß zu hetzen, sondern auch zu beißen verstehen, zur Anfeuerung des versammelten Volkes freiwillig an, nicht nur mit gegen den Feind zu ziehen, sondern auch im Nothfall zur Ueberwindung desselben ihr Leben aufzuopfern. Dieß Beispiel von Heldenmuth und Todesverachtung wird durch eine Menge aus dem abergläubigen und fanatischen Haufen befolgt. Nachdem sie ihr Anerbieten gemacht, legen die Priester vor einem H o h e n p r i e s t e r den Eid ab, welches geschieht, indem sie die linke Hand auf den Koran legen und denselben küssen. Sodann wird auch den übrigen freiwilligen Vorfechtern, welche wie die Priester das Gelübde gethan, entweder zu siegen oder zu sterben, der Eid abgenommen, aber auf andre Art. Der Hohepriester läßt ein Becken oder Faß mit fließendem Wasser füllen und aus einer kleinen Wunde, die er sich an der Hand anbringt, etliche Tropfen Bluts hineinfallen. Darauf werfen einige, durch den Bund Geheiligte gewisse Kräuter hinzu und lesen über dem Gemisch geeignete Stellen aus dem Koran ab. Nun ist das Wasser geheiligt und die Vorfechter werden vereidet, indem sie einige Tropfen davon trinken, welche ihnen der Hohepriester darreicht. Ist dieß Alles geschehen, so wird jedem der vereideten, dem Tode geweihten Priester und Vorfechter ein weißes Tuch (ein Stück Kattun) ausgetheilt, welches sie als Unterscheidungszeichen um ihre Häupter winden. Alsdann trit alles versammelte Volk näher und Jeder benetzt mit dem übrig gebliebenen Wasser seine Waffen, um sich dadurch, wie die Andern durch das Trinken, unüberwindlich zu machen oder zu heiligen.

Ihre Waffen sind mannigfacher Art. Die der Javaner sind in der Regel allerlei sehr scharfe, spitzige und vergiftete Dolche (Pedangs, Holoks, Klewangs und Pandols), wovon einige wie Säbel mit hölzernen Scheiden aussehen (der Kriß ist ein geschlängelter Dolch). Außerdem haben sie noch viele andere lange Schlachtmesser, deren sie sich in Friedenszeiten zum Bauen ihrer Hütten und zu anderen Arbeiten bedienen. Auch gebrauchen sie Spieße (Tambaks) oder Lanzen von 8 bis 12 Fuß Länge, woran mancherlei vergiftete, spitzige und hakige Mordwerkzeuge befestigt sind. Pfeil und Bogen, Blasrohre und Wurfspieße sind bei den Javanern wenig mehr im Gebrauch. Dagegen bringen einige unter ihnen Schießgewehre mit, z. B. Donnerbüchsen, worauf sie besonderes Vertrauen setzen, weil sie mit Pulver und Blei können geladen werden. Andere tragen gewöhnliche Gewehre, wozu sie entweder durch Tausch mit den europäischen Schleichhändlern gegen Kaffee, Zucker und Pfeffer (auf den moluckischen Inseln gegen Muskatnüsse und andere Gewürze), oder durch Seeräuberei und zum Theil durch eigene Verfertigung gelangt sind. Die moluckischen Völkerschaften, wie die Ternatanen, Tidoresen, Helbaresen und Zeramesen, tragen alle sehr scharfe Parangs, Pedangs, Klewangs, Schilde, Pfeil und Bogen und außerdem lange, dünne Wurfspieße

(Affagaien). Mit den beiden letztgenannten Waffen gehen sie ungewöhnlich geschickt um, so daß sie damit auf große Entfernung Vögel in der Luft und Fische zu einer beträchtlichen Tiefe in der See treffen und tödten. Fast unglaublich ist die Behendigkeit und Kraft der obengenannten Helwuresen (noch halb wilder Menschen), da sie mit ihren scharfen Parangs nicht allein Kopf, Arme oder Beine auf einen einzigen Sprungschlag vom Rumpf des gegenüberstehenden Feindes zu trennen verstehen, sondern sogar auf der Jagd vermöge ihrer außerordentlichen Schnelligkeit den wilden Schweinen im Lauf Kopf und Füße abhauen. Uebrigens sind die meisten Amboinesen und Sapperonesen, außer mit Parangs, Klewangs und Spießen, auch mit Schießgewehren versehen, welche sie wegen der Uebung auf der Jagd auch im Krieg auf eine bewundernswürdige Art handhaben. Die Buganesen, Nionesen, Bornesen und Sumatresen sind ebenfalls, außer mit Dolchen, Lanzen und Wurfspießen, häufig mit Schießgewehren (worunter gezogene Büchsen) bewaffnet, welche sie, wie auch das Pulver, selbst verfertigen und im Kriege ungemein gut zu gebrauchen wissen. Man behauptet, daß in den Kriegen mit den genannten Völkerschaften bisweilen Kanonen zum Vorschein kommen, die von starkem Bambusrohr gemacht und fest mit Tauen umwickelt sind. Es ist aber nicht abzusehen, wie sich ein solches Geschoß öfter als zu einem einzigen Schuß gebrauchen läßt. Vielleicht werden sie mit Kokosnüssen geladen.

Man kann nicht läugnen, daß die meisten der genannten Waffen, zumal wenn ihre Wirksamkeit durch das heilige Wasser verstärkt worden, in der kräftigen Faust eines wildflinken und grausamen Feindes, der weder Kriegsgefangene noch Pardon kennt und der nur angreift, wenn er seiner

Sache gewiß zu sein glaubt, dagegen in seinen Wildnissen schwer angegriffen werden kann, dem europäischen Soldaten eine unheimliche Gelegenheit zur Auszeichnung drohen. Die Kampfweise der Wilden hat stets etwas Jägermäßiges und Metzgerhaftes an sich und es liegt nicht so viel Abschreckendes in dem Gedanken, daß man im Kriege mit kultivirten Nationen auf eine kultivirte Art aus der Welt geschafft wird, wie in der Vorstellung, daß man einem Wilden als Wild oder Schlachtvieh dient, zumal wenn man dabei zu erwarten hat, daß Einem auf helvuresische Art stehendes Fußes unversehens der Kopf vor die Füße gelegt wird, als ob er vom Himmel gefallen wäre. Wer sich indeß dadurch nicht abschrecken läßt und es mit seinem Bajonnet gegen die vergifteten zwölffüßigen Lanzen, mit seiner Patrone gegen die ebenfalls vergifteten, aus dichtem Gehölz unversehens hervorgeschnellten Pfeile, mit seinem stumpfen „Käsemesser" gegen die zum Rasiren scharfen Holoks und Parangs aufzunehmen gedenkt, der höre zuvor weiter, um seinen Feind noch etwas näher kennen zu lernen.

Sind die versammelten Krieger durch die oben beschriebenen Zeremonien zum Kriege vorbereitet, so stellen sich die Häupter oder Regenten nebst den Priestern und Vorfechtern an ihre Spitze. Doch bevor sie etwas gegen den Feind unternehmen, warten sie, wie die Römer, erst einige Auspizien ab (z. B. die Beschaffenheit und Farbe der Luft beim Auf- und Niedergang der Sonne und des Mondes), wonach sie sich beim Abmarsch und Angriff richten. Auch wird ihnen vorab ein allgemeiner Sicherheitsort für ihre Frauen und Kinder angewiesen, mit dem Versprechen, für deren Unterhalt zu sorgen. Diese Maßregel dient hauptsächlich dazu, die Krieger länger beisammenzuhalten, da ohne jenes Mittel

Viele derselben, durch das Umherschwärmen ermüdet und durch Furcht gejagt, zu ihren Weibern desertiren würden, während aus den Sicherheitsorten, die durch zuverläßige Inspektoren bewacht sind, die Deserteurs, welche man bei ihren Weibern entdeckt, sogleich zum Heer zurückgesandt werden.

Sind nun die günstigen Vorzeichen zum Beginn des Krieges erschienen, so brechen die Krieger auf unter fürchterlichem Geschrei, in verschiedene unregelmäßige Haufen vertheilt, die von einem Oberbefehlshaber nebst einigen Priestern und Vorfechtern geführt werden. Die Mittheilung des Planes, den der Hauptanführer entworfen, so wie der Befehle, welche die Unterbefehlshaber auszuführen haben, geschieht in der Regel öffentlich in Gegenwart des versammelten Volks — bei Benutzung von Spionen ein großer Vortheil für den Feind. Die Feindseeligkeiten, womit sie beginnen, bestehen meistens darin, daß sie diejenigen Landstriche, in denen Vorposten mit kleinen Detachements und Zivilbeamten stehen, ganz unerwartet überfallen, die Gebäude in Brand stecken, alle Europäer, deren sie habhaft werden, ermorden und deren Habseeligkeiten rauben oder zerstören. Aber sobald sie bemerken, daß solche Vorposten oder Beamten auf ihrer Hut sind, so daß sie hiernach ihre schleichenden Anfälle entdeckt glauben, ergreifen sie sogleich die Flucht. Selten werden sie an dem Tag, wo ihnen ein solcher Plan gescheitert ist, noch etwas Weiteres unternehmen. Auf ihren Rückzügen suchen sie, um die Verfolgung zu erschweren, alle Brücken über die Flüsse so wie alle Poststations- und andere Gebäude, die sie erreichen können, zu zerstören und abzubrennen. Alsdann ziehen sie einige Zeit im Lande umher, um ihre Raub- und Rachsucht an Allen, die sie für Feinde halten zu müssen glauben, auszulassen, oder die friedlichen Landbewoh= ner durch Ueberredung und Zwang zur Mitvereinigung ge= gen den Feind zu bewegen. Bemerken sie die Annäherung desselben, so sind sie alsbald darauf bedacht, Sicherheitsplätze in den wüsten Gegenden zu suchen, woselbst sie sich nament= lich bei Nacht aufhalten. Wegen Mangels an Lebensmit= teln können sie selten mehr als drei oder vier Tage in einem solchen Bezirk verweilen. Deshalb schwärmen sie von Neuem umher, ohne daß sie ihren Feind angreifen, bloß dar= auf bedacht, ihn durch allerlei listige Mittel zu benachtheili= gen, abzumatten und aufzureiben. Daher kommt es, daß die holländischen Truppen gemeinlich mehr Menschen beim Verfolgen als beim Angriff verlieren. Die Listen, deren sich die Verfolgten bedienen, sind eben so mannigfaltig wie ihre Waffen. Bisweilen setzen sie sich, wo sie den Feind er= warten, in die Bäume und umhüllen sich mit Baummoos oder Blättern; ihr Gewehr binden sie, um sich beim Zielen nicht durch Leibesbewegungen zu verrathen, der Art fest, daß sie es nach allen Seiten drehen und unvermuthet auf den Feind abschießen können. Nach dem Schuß lassen sie sich, bei dringender Gefahr mit Hinterlassung des Gewehrs, aus dem Baum herabfallen und verschwinden im Dickicht. Es soll nicht selten vorkommen, daß Affen in den Bäumen für Malaien angesehen und in der Bestürzung durch ein ganzes Pelotonfeuer heruntergeschossen werden. Sehr sinnreich sind die Wachen und Vorposten ausgedacht, die sie, um selbst keiner Gefahr ausgesetzt zu sein, bei Nacht um ihre Aufenthaltsorte herumstellen. Sie spalten nämlich einen etliche Fuß langen Bambus und zwängen zwischen die En= den der gespaltenen Hälften ein Queerholz, woran eine Leine befestigt ist. Diese Leine wird über die Wege hingespannt, so daß, wenn ein Fuß daran stößt, der Bambus mit einem flintenschußähnlichen Knall zusammenschlägt und die Annäherung des Feindes verräth. Es ereignet sich nicht selten, daß bei solcher Vorrichtung ein wildes Schwein für einen Holländer gehalten wird und ein ganzes Lager voll Malaien in Bewegung setzt. Wollen sie bei Nacht einem Feind auflauern, so spannen sie über die Wege, wo sie ihn erwarten, Queerleinen von 100 bis 150 Fuß Länge. Bei dem einen Ende der Leine verstecken sich im Gebüsch einige mit Gewehren Bewaffnete. Sobald sie nun fühlen, daß etwas an die Leine stößt, schießen sie nach der Richtung derselben ihre Gewehre los und sind fast immer versichert, zu treffen, wenn sie auch ihren Feind eben so wenig sehen, wie sie von ihm gesehen werden. In solchen Fällen biegen sie auch wohl starke Bambushölzer krumm und bringen dieselben mittelst einer Spannleine so auf den Wegen an, daß das Bein, welches an die Leine stößt, von dem zurückschnellenden Bambus unfehlbar zerschlagen wird. Auf verschiedene Art bedienen sie sich des Giftes gegen den Feind. So z. B. graben sie in die Wege Löcher, die sie mit zugespitzten und vergifteten Bambusstücken austapezieren und mit dünnem Reiserwerk und Erde überdecken. Wer in ein solches Loch fällt, ist selten zu retten. Auch gebrauchen sie vergiftete Fußangeln, die sie auf der Flucht hinter sich werfen, um den Feind aufzuhalten. Ferner verfertigen sie trügerische Brücken, unter welchen im Wasser spitzige Bambusse eingepfält sind. Sie vergiften die Nahrungsmittel auf der Marschroute des Feindes und binden oberhalb desselben in die Flüsse todte, mit Gift gefüllte Büffel fest. Außer allen diesen graden, krummen, spitzigen und giftigen Mitteln bedienen sie sich auch der Weiber zum Kriegführen. Sie schicken nämlich

Tänzerinnen in das feindliche Lager, die daselbst einschläfern=
de Mittel in den Trank zu mischen wissen, so daß die Schla=
fenden leicht überfallen und überwältigt werden können.
Wer sich nicht retten kann, wird in Stücke gehauen, oder auf
andere Art zu Tode gemartert.

Die feige Bosheit und tückische Grausamkeit, die sich in
der hier beschriebenen Kriegsweise der von den Holländern
bekriegten Völkerschaften auf den ostindischen Inseln aus=
spricht, sind sicherlich keine ursprüngliche Charakterzüge der=
selben. Die Malaien des ostindischen Archipels sind, was
sich unter günstigen Verhältnissen noch immer verräth, nicht
so bösartig und nicht solche menschenfresserische Unholde, wie
z. B. die Neuseeländer. Ohne Zweifel hat die willkürliche,
treulose und unmenschliche Behandlung, welche jene Völker
neben dem Verlust ihrer Freiheit in früheren Zeiten von den
Portugiesen und später von den Holländern zu erdulden
hatten, jene Bosheit in ihre Seele gepflanzt, denn Unter=
drückung und Sklaverei muß, auch bei dem sanftesten Ge=
müth, wenn es nicht thierisch indolent ist und die mindeste
Reaktionskraft besitzt, Tücke und Rachsucht an die Stelle
der betrogenen Offenheit und der geraubten Freiheit setzen.
Was die Holländer hiervon ernten, sind meistens selbstgesä'te
Früchte.

VIII.

Ein Jagd = Abenteuer auf Sumatra.

Laſſen wir den Dr. F. erzählen:

Ich kam beinah um die nämliche Zeit nach Batavia, als Sie die Stadt der Epidemien wieder verließen; doch hatte ich nicht das Glück, jenem verwünſchten Lande ſo bald wie=der den Rücken kehren zu können wie Sie. Von der andren Seite kann ich mich auch nicht beklagen, daß es mir ſchlechter ergangen wäre, als Andern. Im Gegentheil. Was die Geſundheit betrifft, ſo ſchützten mich meine mediziniſchen Kenntniſſe vor den Gefahren, denen Tauſende ſich unwiſſend ausſetzen und unterliegen. Was aber die Karriere betrifft, ſo verſchafften mir die nämlichen mediziniſchen Kenntniſſe Gelegenheiten zum Fortkommen, auf die ich nicht gerechnet hatte. Gleich ſo manchem Andern aus bloßer Abenteuerluſt unter das oſtindiſche Militair gegangen, war ich mittelſt eini=ger Empfehlungen als ehrſamer Feldwebel nach Batavia ge=kommen. Einſt bei einer Parade ſcheute das Pferd des Generals, der uns inſpizirte, und ſtreifte ſein Bein, ſeinen Arm und Kopf mit ſolcher Gewalt an einem Tamarinden=baum, daß er ohnmächtig herabſtürzte. Da kein Arzt zuge=gen war, eilte ich hinzu und traf geeignete Anordnungen, ſo daß der General nach einigen Stunden wieder zu ſich kam und nach einigen Tagen wieder ausgehen konnte. Dadurch kam es heraus, daß ich Mediziner war, und ich wurde ſo=

gleich als Bataillonsarzt angestellt. Glückliche Kuren unter den höheren Militairs und ihren Bekannten verschafften mir Gunst, Geld und Avancement und nach sechs Jahren, als ich meinen Abschied nahm, konnte ich als angesehener Regiments-Doktor mit vollem Beutel nach Europa zurückkehren. Man that Alles, um mich zurückzuhalten, aber die Unvermeidlichkeit dieser rohen „Jantjes“ und die Sehnsucht nach Europa machten mir den längeren Aufenthalt unmöglich.

Vor der Rückreise beschloß ich aber noch einen Freund und Studiengenossen zu besuchen, der in der Gegend von Padang, auf der Insel Sumatra, ebenfalls Militairarzt war und mich wiederholt eingeladen hatte.

Bei meiner Ankunft fand ich ihn krank. Meine Aussicht, in seiner Gesellschaft Ausflüge zu machen und das Land näher kennen zu lernen, war also vereitelt und da mir die übrige Gesellschaft, die ich dort vorfand, eben nicht sonderlich zusagte, war ich auf mich selbst verwiesen. Ich benutzte meine Muße zu kleinen Jagd-Exkursionen, auf denen ich mich mehrere Male verirrte. Dennoch blieb ich bei meinem Entschlusse, keine Begleitung mitzunehmen, so lang mein Freund nicht hergestellt war.

Man hatte mir versichert, ich würde stundenweit schwerlich andres Wild finden, als Schweine und Hirsche, während früher meine Phantasie die Wälder von Sumatra mit Elephanten, Tigern, Riesenschlangen ꝛc. bevölkert hatte. Ich pflegte mich daher nur auf unschuldiges Wild gefaßt zu machen und trug nichts bei mir, als meine Büchse, auf welcher ein kleines, messerartiges Bajonnet zum Abfangen der Eber befestigt war.

Eines Tags hatte ich mich wieder verirrt und mußte,

meinem Kompaß folgend, durch ein dichtes, struppiges Ge=
büsch, um auf den Heimweg zurückzukommen. Als ich, mit
Händen und Füßen mich durcharbeitend, das Ende des Ge=
büsches beinah erreicht hatte, hörte ich seitwärts ein Rau=
schen und Tappen, wie wenn ein aufgescheuchtes Wild die
Flucht ergriffe. Gesehen hatte ich nichts und ich vermuthete
einen Hirsch oder eine Sau. Um sie noch zu erwischen, ar=
beitete ich mich mit doppelter Anstrengung durch die dichten
Zweige und nach kurzer Zeit befand ich mich in einem herr=
lichen Hochwald, in dem ich mich nach allen Seiten um=
schauen konnte. Anfangs sah ich nichts; die Augen aber nach
dem Gebüsch zurückwendend, aus dem ich gekommen war,
erblickte ich am Rande desselben zu meiner nicht geringen
Ueberraschung einen herrlichen Panther. Er war eben im
Begriff, in das Gebüsch zurückzuschreiten, indem er zugleich
zweifelhaft zu sein schien, ob er mich nicht direkt angreifen
solle. Ich kam ihm aber zuvor, riß meine Büchse von der
Schulter und schoß ihm eine Kugel nach dem Schulterblatt.
Er stürzte heulend zusammen, raffte sich aber im nämlichen
Augenblicke wieder auf und kam in blitzschnellen Sätzen auf
mich zu. Als er angeschossen wurde, mogte er etwa 100
Schritte von mir entfernt sein. Diese Entfernung legte er
aber so schnell zurück, daß ich kaum Zeit hatte, mich hinter
den nächsten Baum und, weil mir dieser nicht dick genug
schien, nach einem anderen zu flüchten. Bei diesem Baume
angelangt, wandte ich mich um, das Bajonnet vorausge=
streckt, um die Bestie sich darauf spießen zu lassen. Aber
indem ich mich umwandte, war das wüthende Thier schon
bei mir angelangt. Ob es der heftige Anprall oder ein
Schlag seiner Tatze war, weiß ich nicht, kurzum, ehe ich mich
nur besinnen konnte, flog meine Büchse mit zerbrochenem

Schaft zur Seite und ich stürzte, über eine hervorstehende Wurzel strauchelnd, rücklings zu Boden. Natürlich empfand ich in dieser Lage nichts als die Angst eines Menschen, der sich für verloren hält, und glaubte schon die Krallen und Zähne des Panthers an meiner Kehle zu fühlen. Aber in diesem Augenblicke geschah etwas, das, wenn der Schreck homöopathisch durch den Schreck könnte geheilt werden, mich von aller Angst hätte befreien müssen, in Wirklichkeit aber mir auf einige Zeit das Blut in den Adern erstarren machte. Indem nämlich der Panther sich auf mich zu werfen im Begriff war, hörte ich in der Höhe ein blitzschnelles Rauschen und Raschelu und gleichzeitig sah ich einen großen Gegenstand, den ich im Augenblick für einen Baumast hielt, scheinbar auf mich herabstürzen, so daß ich instinktmäßig mit den gegen den Panther aufgehobenen Händen gleichzeitig jenen Gegenstand abzuwehren suchte. Im nämlichen Moment aber sah ich diesen Gegenstand vor und über mir in schrecklichen Windungen sich zu einem Knäuel ballen und fühlte gleichzeitig mein linkes Bein, das in Folge des Falles auf den Rücken noch in der Luft schwebte, am Knie mit einer Kraft umschnürt, als sollte es grabezu abgequetscht werden. Fast besinnungslos, erkannte ich doch sehr bald, in welcher Lage ich war. Eine ungeheure Riesenschlange war von dem Baum, an den ich mich geflüchtet, herabgeschossen, hatte den Panther grade in der Augengegend mit ihrem weit ausgedehnten Rachen gepackt und indem sie ihn umringelte, hatte sie mein Bein mit umwunden, so daß mein Knie gegen die Rippen des Panthers gepreßt wurde. Alles Dieß geschah in höchstens zehn Sekunden. Zum Glück hatte sie mein Bein nur um die Kniekehle herum gefaßt, sonst wäre es sicher zerbrochen worden. Der Panther, offenbar durch den

Schuß schon sehr ermattet, brüllte entsetzlich und machte
krampfhafte Anstrengungen, sich los zu ringen, wobei er mit
seiner Tatze mein Bein mehrmals oberflächlich streifte und
zerfleischte. Aber je mehr er sich wand, desto fester umstrickte
ihn die Schlange. Seine Rippen hörte ich deutlich krachen
und mein schrecklich gepreßtes Knie mußte mit als Werkzeug
dienen, sie zu zerbrechen. Seine Anstrengungen ließen bald
nach und ich fühlte nur noch dann und wann ein Zucken und
das Klopfen seines Herzens. Einen wahrhaft entsetzlichen
Anblick gewährte die Schlange. Sie war stellenweise mit
Blut ganz überzogen und indem sie ihre furchtbare Muskel=
kraft anstrengte, um ihr Opfer zu sichern und durch Pressen
gleichsam zuzubereiten, funkelten ihre unbeschreiblichen, nach
allen Seiten gleichzeitig blickenden Augen mit einem Aus=
druck, als beobachte sie mit Schadenfreude und doch mit
Angst den Erfolg ihrer schrecklichen Operation. Zugleich
aber kam es mir vor, als richteten sich diese Augen beständig
überwachend auf mich, als wollten sie mir ankündigen, daß
nach der Tödtung des Panthers ich an die Reihe kommen
werde. Die Angst vor diesem Schicksal hatte vom ersten
Augenblick ab, wo ich mich an die beiden Ungeheuer festge=
ringelt sah, mein Verhalten diktirt. Ich hatte daher trotz
den schrecklichen Schmerzen, die mir das Pressen der
Schlange und die Krallen des Panthers verursachten, wäh=
rend ich gleichzeitig ein Paar Mal hin und her geschoben
wurde, mein Bein ohne allen Widerstand der verhängniß=
vollen Umarmung überlassen, mich wie ein todter Köper ge=
berdet und nur durch die zusammengekniffenen Wimper meine
wüthende Gesellschaft beobachtet.

So lag ich wohl eine halbe Stunde lang, mit möglichst
verhaltenem Athem durch die Augenwimper den schrecklichen

Blick der Schlange beobachtend, der starr, aber mit allseitig umherblitzendem Gefunkel die Umgebung beherrschte. Plötz=lich hörte ich hinter mir ein Rauschen und Rennen durch das Gebüsch. Es kam uns ganz nah, stockte einen Augenblick, kehrte dann um und tobte mit verdoppelter Eile in das Ge=büsch zurück. Wahrscheinlich waren es ein Paar Hirsche, die, als sie den dreifach schrecklichen Knäuel vor sich liegen sahen, sich schleunig zurück in das Dickicht retteten. Ihr Er=scheinen hatte aber die Schlange einiger Maßen beunruhigt, es gab ihr den Anstoß, Vorbereitungen zur Aenderung ihrer Lage zu machen. Der Panther war offenbar längst todt und seine meisten Glieder zerbrochen wie Reiserholz. Ob=schon mein unteres Bein wie abgestorben war, fühlte ich doch plötzlich eine Erleichterung. Die Ringe begannen sich zu lösen, erst versuchsweise, dann aber rascher und unbedenklicher, während die Schlange sich noch in das schrecklich verzerrte Gesicht des Panthers festgebissen hatte. Sie schob sich in einer Weise von dem getödteten Thiere los, daß zugleich mein Bein von ihm entfernt wurde und neben dasselbe zu liegen kam. Endlich ließ sie auch sein Gesicht los, ringelte sich neben ihm zusammen und begann ihn mit Schleim zu überziehen, wobei sie ein ganz eigenthümliches Geräusch machte. Ihr Blick hatte jetzt einen ganz andern Ausdruck erhalten und es schien nur noch die Gier des Hungers aus ihren Augen zu leuchten. Die Zubereitung mittelst des Schleimüberzugs währte ziemlich lang. Als sie beendigt war, richtete die Schlange den Kopf schwanenartig in die Höhe und blickte forschend um sich her. Dann plötzlich er=weiterten sich ihre Ringe, wobei sie ihre ganze Länge kalt über mein Bein gleiten ließ, sie streckte sich, den Rachen nach dem Kopfe des Panthers gerichtet, lang aus und ergriff ihn, als gälte es einen neuen Kampf. Den hintern Theil ihres Körpers in Windungen auf den Boden und gegen den Baum stemmend, begann sie nun, sich gleichsam als Ueberzug über den Panther zu schieben, von Zeit zu Zeit ihn wieder an sich ziehend. Es währte ziemlich lang, bis sie den Kopf durch ihre Kehle gewürgt hatte; dann aber ging die Operation schneller von Statten und in wenig Minuten ragte nur noch der hintere Theil des Panthers aus ihrem Rachen hervor.

Man kann sich denken, in welcher Stimmung ich mich während dieser ganzen Zeit befunden hatte. Zwar war meine eigentliche Angst zu Ende, sobald die Schlange ihre Beute zu verschlingen begann; aber meine unbequeme Lage, in der ich kein Lebenszeichen geben durfte, war unerträglich und ich war nicht gewiß, ob ich mein fühllos gewordenes Bein rasch genug würde benutzen können, um bei plötzlichem Aufspringen aus dem Bereich der Schlange zu kommen, ehe sie Zeit hätte, den Panther loszulassen und sich auf mich zu stürzen. Als sie ihn aber bis zum Hintertheil verschlungen hatte, hielt ich sie jeden Falls für momentan unschädlich, schwang mich plötzlich hinter den Baum, raffte mich auf und eilte davon, so schnell ich konnte. Als ich mich umblickte, sah ich die Schlange noch auf dem alten Fleck, einen Augenblick pausirend mit ihrer Mahlzeit, dann aber ihren Schmaus fortsetzend.

Es begann unterdessen Abend zu werden. Mein zerbrochenes Gewehr im Stich lassend, schleppte ich mich mit meinem gelähmten und zerfleischten Beine, das ich mit meinem Schnupftuch verband, heimwärts. Man war sehr erstaunt, als ich endlich in der Nacht eintraf und mein Abenteuer berichtete. Es wurde sofort beschlossen, am andern

Morgen den Ort desselben wieder aufzusuchen. Obschon ich in der Schlange meine Retterinn erkennen mußte — übrigens hätte sie ohne den Panther wahrscheinlich mich verspeis't —, hatte mich doch ihre ungewöhnliche Größe und das mit ihr erlebte Abenteuer gereizt, sie in meinen Besitz zu bringen. In Begleitung von sechs bewaffneten Malaien und mehreren Militairs begab ich mich zu Pferde auf den Weg. Wir fanden bald den Ort, den wir suchten, und richtig die Schlange noch auf dem Fleck, mannsdick geschwollen von ihrer Mahlzeit und wie leblos im Grase liegend. Wir konnten uns ihr ohne Gefahr nähern. Zwei gleichzeitig abgeschossene Kugeln zerschmetterten ihren Kopf und nach einigen gewaltigen Windungen ergab sie sich in ihr Schicksal. Nachdem ich ihre Eingeweide mit dem Inhalt herausgenommen, ließ ich sie in die Wohnung meines Freundes bringen, wo ich den Rückgrat herausnahm und die Haut zur Ausfüllung vorbereitete. Ihre Länge betrug 30 Fuß. Sie bildet noch jetzt den Hauptgegenstand meines kleinen Museums und ich kann sie nicht anblicken, ohne mich auf dem Rücken liegend in jenen Wald zurückzudenken, wo sie mich mit ihrem gewaltigen Ringe an den rasenden Panther festgekettet hatte. Ich habe nämlich mit Hülfe eines ausgestopften Panthers und einer menschenähnlichen Figur die ganze Szene nachbilden lassen. Den unvergeßlichen Blick der Schlange konnte ich durch kein Mittel wieder herstellen, obschon ich ihr als Augen ein Paar blitzende Diamanten habe einsetzen lassen.

IX.

Phantasie auf der Rhede von Batavia.

—

Ich saß im Schatten des Focksegels auf einer Kanone und ließ meinen Blick bald über die schimmernden Pisang- und Kokos-Palmen schweifen, welche die Stadt verhüllten, bald über die nah liegenden Inseln, die wie grüne Sträuße aus dem Wasser ragten, bald über die Schiffe, die um uns her in majestätischer Ruhe vor Anker lagen. Von dieser schwarzen Brigg ertönt französisches Geschwätz; vom Mastkorb jenes Dreimasters ruft ein englischer Bootsmann herab; vom Bord jener ferneren Schiffe scheint bald die Sprache von Lissabon, bald von Kopenhagen, bald von Stockholm zu erschallen. Da drüben links erheben zwei sichelförmige Jonken ihre spitzen Hörner; gezopfte Matrosen mit deckelförmigen Sonnenhüten arbeiten emsig an dem zerrissenen Mattensegel und stoßen die schnatternden Töne von Kanton aus. Welch ein Gemisch von Erscheinungen, von Sprachen und Nationen! Warum fehlt hier die teutsche Nation? Warum läßt sie sich nur durch ihre Verwandten repräsentiren, wo sie in Person erscheinen sollte? Es erschallt kein teutsches Wort, es weht keine teutsche Flagge zwischen diesen Inseln. Meine Betrachtungen führten mich auf die Geschichte und den Cha-

rakter der verschiedenen Nationen. Beim Chinesen blieb ich
stehen und bedachte, daß er so lange Zeit vor den Andern
schon den Kompaß und das Schießpulver gekannt, bedachte
aber zugleich, daß er beide Erfindungen nicht auszubeuten
gewußt, daß auf seine frühe, aber unvollkommene Entwickelung ein so langer Stillstand folgte und der unmittelbare
Schritt von dem Stillstand nicht zu weiterer Entwickelung,
sondern zum Verfall führen werde. Vom Chinesen wandte
ich mich zum Franzosen und bedachte, daß er bei seiner Be-
weglichkeit zwar den Gegensatz gegen den chinesischen Stillstand darstelle, daß er sich aber in zu feurigem Fortschritt
selbst aufreibe und auf dem Höhepunkt seiner Entwickelung
umschlagen könne, weil er den Gipfel ersteige, bevor er ihn
zu einer sicheren Basis ausgebaut. Der Franzose führte
mich auf den Teutschen, der in gewisser Beziehung zwischen
jenem und dem Chinesen in der Mitte steht. Der Chinese
ist ihm mit dem Kompaß und dem Schießpulver, der Franzose mit der Literatur und Politik und alle zusammen sind
ihm auf der See zuvorgekommen. Und doch hat er Macht,
er hat Bauholz, Häfen und Mannschaft. Bei Erklärung
dieser Erscheinung setzte ich die geschichtlichen Hemmnisse, die
den Entwickelungsweg der Teutschen so oft gesperrt, an die
Seite und faßte den Charakter des Volks, als die Grundursache von Allem, in's Auge. Der Franzose ist mit fünfzehn
Jahren bärtig, mit zwanzig ein Mann; dem Teutschen beginnt im zwanzigsten Jahre vielleicht der Bart zu keimen und
er wird Mann, wenn die andern Greise sind. Er ist ähnlich seiner Eiche, die in Jahrhunderten nicht auswächst, aber
in Jahrtausenden nicht abstirbt. Die Natur verschwendet
weder Kraft noch Zeit umsonst und was sie zum Schaffen
an Zeit aufwendet, das ersetzt sie durch die Haltbarkeit und

den Werth ihrer Schöpfung. Wie der körperliche, so ist auch der innerliche Charakter der Teutschen. Er bedarf im Individuum wie in der Nation Zeit zu seiner Ausbildung und beim Bau seiner Geschichte mörtelt er vielleicht noch am Erdgeschoß, wenn die Andern bereits spöttelnd aus dem Dachfenster auf ihn herabschauen. Die Teutschen sind die Garde des Menschengeschlechts, die nicht zum Tirailliren gebraucht wird, aber mit ungeschwächter Kraft und den Kampf entscheidend dann vorrückt, wenn die andern alle geschlagen sind. Ist es so? Vielleicht ist es auch anders. Vielleicht sind sie bloß bestimmt, den philosophischen und sittlichen Stoff zu liefern, den die Andern praktisch verarbeiten, und in dieser gemeinnützigen Thätigkeit aufzugehen, ohne selbst Nutzen davon gezogen zu haben. So viel ist sicher: aus den Teutschen muß etwas Tüchtiges werden, oder ein ausersehenes Volk von Lumpen.

Nichts charakterisirt den wahren Teutschen so allgemein wie der einfache Umstand, daß er Zeit nöthig hat. Keine Nation trägt in ihrem angeborenen Charakter so wenig und zugleich so viel Fehler wie die teutsche. Ihr hat die Natur die Fehler auch den Tugenden beigemischt, zum Theil sie in einem Uebermaß dieser Tugenden dargestellt. Daher jene geduldige Gutmüthigkeit, die nur im äußersten Fall aus Nothwehr widerstrebt, nachdem das Widerstreben vielleicht vergeblich geworden; daher diese unwandelbare Treue und Ehrlichkeit, die kein Betrug witzigt; daher diese gläubige Offenheit, die dem Feind das Beste preisgibt, ehe sie ihn erkennt; daher diese übermäßige Gewissenhaftigkeit, die sich beim ersten Schritt so lang aufhält, bis sie beim zweiten zu spät kommt; daher diese Tiefe eines Gemüths, dessen Saiten bei der gelindesten Berührung bis in den in-

nerſten Grund nachklingen und lange, lange ausklingen müſ=
ſen, bis andere können angeſchlagen werden; daher dieſe
blöde Beſcheidenheit, die ſelbſt das Recht nur auf dem Weg
der Schenkung und Gnade in Anſpruch nimt; daher dieſe
Gründlichkeit und Wiſſenſchaftlichkeit, die zuvor den Begriff
der Sache nach allen Seiten ausbilden muß, bis ſie im
Stande iſt, zur That zu greifen; daher dieſe Geiſtestiefe,
die jede Erſcheinung von der Wurzel auf muß kennen lernen
und erſt in der Krone anlangt, wenn Andere die Frucht weg=
genaſcht haben. Geduld, Gutmüthigkeit, Treue, Ehrlichkeit,
Offenheit, Gewiſſenhaftigkeit, Gemüthstiefe, Beſcheidenheit,
Gründlichkeit — es ſind an ſich Alles gute Eigenſchaften,
ſogar Tugenden; die Teutſchen aber verſtehen es, ſie ſämmt=
lich in Fehler und Lächerlichkeiten umzuwandeln. Sie er=
müden mit ihren Fehlern die Geduld und mit ihren Tugen=
den die Anerkennung. Sie wären im Stande, ſogar die
Verachtung zu ermüden. Es mag für einen Ausländer in=
tereſſant ſein, ſich die Teutſchen zu erklären, denn ſie liefern
ihm eine lange Unterhaltung dadurch; aber ſie erklären und
zu ihnen gehören — das iſt, um des Teufels zu werden.

Meine Betrachtungen verloren ſich in Phantaſien, meine
Phantaſien in Träume. Unter dem Druck der Mittagshitze
ſank ich in Schlaf. Der Traum führte mich durch alle Erd=
theile, durch alle Länder, durch alle Meere, unter alle Völker.
Endlich firirten ſich die Bilder, die meinen Geiſt umſchweb=
ten, er beſchäftigte ſich wieder mit meinen nächſten Umgebun=
gen und blieb gefeſſelt durch eine einzige Erſcheinung, die als
ein majeſtätiſches Schiff mir entgegenbraus'te. Das mäch=
tige Segel, welches das Schiff trug, rollte ſich vor meinem
Blick herab als koloſſale Zeitung, mit teutſchen Lettern ge=
druckt, in welcher ich folgenden Artikel las:

„Neuteutschland.

Das Unerhörte ist geschehen. Teutschland hat sich aufge=
rafft und will vom Dulden zum Handeln, vom Träumen zur
That übergehen. Es will nicht mehr den bloßen Fabrikstoff
für Andre abgeben, es will endlich selbst fabriziren. Es will
auch seinen Antheil an der übrigen Welt haben und Kolo=
nieen für seine Auswanderer gründen. Das Volk, nachdem
es das Fürstenjoch abgeschüttelt und Herr im eigenen Hause
geworden, hat auf gemeinschaftliche Kosten einstweilen, um
einen der Nation würdigen Anfang zu machen, zweihundert
Transportschiffe gestellt, welche am 1. ° ° ° aus den Häfen
von ° ° ° die Stammbevölkerung des neuen Vaterlandes
an ihre Bestimmung bringen werden. Diese Bestimmung
wird S. sein. Die Bevölkerung, einstweilen auf 100,000
Köpfe berechnet, wird sich in drei Abtheilungen sondern:
1. Soldaten, um die Kolonie zu beschützen; 2. Beamten,
um sie zu verwalten; 3. Handwerker, Ackersleute, Kauf=
leute u. s. w., um sie auszubeuten. Ueberdieß werden Pä=
dagogen, Künstler, Literaten u. s. w. je nach dem Bedürf=
niß engagirt werden. Auswanderungslustige, die sich für
eine dieser Abtheilungen qualifiziren, können sich zur Ein=
schreibung an ihre Orts= oder Kreisbehörde wenden, nachdem
von diesen das Nähere über die ganze Angelegenheit publi=
zirt sein wird. Die Einschreibungen werden am ° ten ge=
schlossen und alsbann wird die Auswahl der geeignetsten
Individuen bis zu der festgestellten Zahl und je nach dem
Verhältniß der Bevölkerung jedes Distrikts Statt finden.
Nur körperlich und moralisch Gesunde werden angenommen.

Die neue Kolonie wird unter der Leitung und Kontrole
eines repräsentirenden Volksausschusses einstweilen von drei

Oberbeamten, deren Ressort sich nach den genannten Abthei=
lungen der Bevölkerung bildet, verwaltet werden. Sobald
deren Beschluß einen Zuwachs der Kolonie für nöthig er=
klärt, wird die zweite Ausschreibung und der zweite Trans=
port folgen.

Freut euch, ihr Söhne Teutschlands! Zwar haben schon
viele eurer Brüder sich auf fremden Gebieten niedergelassen
und der Grund, den sie dort in die Völker gelegt, wird für
uns nicht verloren gehen, aber sie Alle haben ihre Hoffnun=
gen nur auf den Zufall gebaut und sind einem ungewissen
Schicksal entgegengegangen; ihr hingegen habt eine sichere
Bestimmung und einen sichern Erfolg vor Augen, denn euer
Bürge ist die Theilnahme des Vaterlandes. Euer Drang
nach der Weite hat jetzt ein bestimmtes Ziel und ihr werdet
nicht vom Sold oder der Gewalt der Fremden abhängig
sein, nicht von niederer Habgier tyrannisirt und geopfert wer=
den, sondern unter der fürsorglichen Leitung eures Stamm=
volks in sicheren Wohnsitzen euch ansiedeln. Ihr werdet
eure Sitten jenseit des Meeres nicht abzulegen, eure Gesin=
nungen nicht aufzuopfern haben und eure herrliche Sprache
wird durch die Lüfte des Südens —"

Ein rohes Geschrei weckte mich aus meinem Schlaf und
meinem Traume. "Moffegezigd (hörte ich rufen) gaat
uit de weg, of ik slaa je, god verdomm me, met de
handspaak op je donder, dat je de harsens oover boord
vliegen! (Moffengesicht, aus dem Weg, oder ich schlage
dich, Gott verdamm' mich, mit dem Handspaak auf den
Schopf, daß dir das Gehirn über Bord fliegt!) Es war der
Steuermann, der mit einem Schiffsjungen sprach — figür=
lich der holländische Pygmäe, der den gefesselten teutschen
Riesen in hergebrachtem Ton in seine Schranken zurückweis't.

So lösen sich die nationalen Träume über teutsche Größe ohne teutsche Freiheit.

<hr>

X.

Batavische Erbschaften und teutsche Erben.

Es ist bekannt und auch in dem Vorhergehenden genug berührt worden, daß seit Jahrhunderten das Militair= und häufig auch das Zivil=Personal in den holländischen Kolo= nieen sowohl Ost= wie Westindiens sich meistens aus Teutsch= land rekrutirt hat. Entweder lieferte Holland nicht genug Menschen auf, um den ungeheuren Abgang der durch Kriege und Krankheiten Hingerafften zu ersetzen, oder die mit den überseeischen Verhältnissen besser bekannten Holländer gaben sich nicht zu jenem Ersatz her, oder der abenteuerlichere Geist und die größere Noth der Teutschen machte ihnen den Er= satz aus dem Nachbarlande zu leicht um ihn im eignen suchen zu müssen. Wo die freiwilligen Auswanderer nicht hin= reichten, brachte man die Fehlenden durch List und Gewalt auf. Es braucht in dieser Beziehung nur an die sogenann= ten Seelenverkäufereien und die damit zusammenhangenden Schändlichkeiten erinnert zu werden. Von jenen Tausenden nun, die aus Teutschland namentlich nach Batavia ausge= wandert oder geliefert worden, haben Viele, wie sich schon a priori annehmen läßt, oft ansehnliche, bisweilen enorme

Reichthümer erworben, mit denen sie indeß selten in das,
Manchen für immer unzugänglich gewordene Vaterland zu-
rückgekehrt sind, die sie vielmehr meistens nach ihrem Tode
in Ostindien hinterlassen haben. Mit ihren Reichthümern
hinterließen sie dort selten zugleich gesetzmäßige Erben, zu-
mal da stets eine Menge Malaiinnen bereit sind, ohne den
Ring am Finger die Ehefrau und Familienmutter zu ersetzen.
Unterdeß lebten die Intestat- oder Testat-Erben in Teutschland vielleicht im Elend und die Verhältnisse ihrer Erblasser
nicht ahnend, oder dieselben längst als verschollen betrachtend.
Was etwa geschah, um sie mit dem ihnen wiederfahrenen
Glück bekannt zu machen, geschah entweder durch unbestimmte
Gerüchte oder durch kurze Mittheilungen in holländischen
Blättern, welche in Teutschland nicht gelesen wurden und
den Interessenten vielleicht nie zu Gesicht kamen, vielleicht
sogar in dieser Voraussicht von den Publikanten als Berech-
tigungsmittel benutzt wurden, um später die Stelle der Er-
ben einzunehmen. Unter diesen Umständen erfüllte die dem
Prinzip nach vortreffliche Einrichtung der sogenannten
Weeskamer in Batavia und Amsterdam sehr häufig nicht
den Zweck, dessen Erreichung bei Publikation in teutschen
Blättern oder bei gewissenhafter Nachforschung nach dem
Wohnort der Erben nicht leicht zweifelhaft sein könnte; vielmehr bildete die Weeskamer ein Depot von stets wachsenden
Fonds, die in einem Handelsstaat wie Holland schwerlich
unbenutzt blieben, die wohl gar auf eine, freilich schwer nach-
zuweisende Art mit den Fonds des Staats oder der ostindischen Kompagnie zusammengeflossen sein mögen. Namentlich
ist dieß wohl von der Zeit der französischen Usurpation anzunehmen, welche bis in das innerste Getriebe der holländischen
Staatsmaschine eingewirkt und Gelder liquide gemacht haben

wird, die nur mit einem Testament in der Hand hätten in Empfang genommen werden dürfen. Der Betrag dieser Fonds muß in's Ungeheure gehen. Eine Aeußerung, die ein Beamter aus dem holländischen Finanzministerium gegen einen mir bekannten glaubwürdigen Mann hat fallen lassen, berechtigt zu der Annahme, daß zur Erstattung der Summen, welche aus nicht reklamirten oder nicht ausgelieferten, für teutsche Erben bestimmten Erbschaften in die Kasse der Weeskamer ꝛc. geflossen, „die Finanzen des Königreichs der Niederlande nicht ausreichen würden."

Holland hat bekanntlich seinen Hauptreichthum aus teutschen Beuteln gezogen; Teutschland hat ihm die Mannschaft geliefert, um die überseeischen Quellen seiner Reichthümer zu bewachen; nun behält es auch noch den Preis der Mühen und Gefahren zurück, denen Teutsche sich zu seinem Besten unterzogen. Es gibt für Freund und Feind keine willigere Milchkuh in der Welt, als die teutsche Bonhommie, welche die ganze Welt ernährt und die eignen Kälber verhungern läßt.

Vielleicht noch mehr Erbschaften, als den teutschen Erben wegen Unbekanntschaft mit ihrem Glück nicht zu Theil geworden, sind denselben unerreichbar geblieben durch die Schwierigkeiten, welche sich ihnen auf dem Weg zur Kasse der Weeskamer entgegenstellten. Es läßt sich denken, daß die Meisten von Denen, welche in Batavia ihr Glück gesucht, in Teutschland nicht nur keine glänzende Lage, sondern auch keine begüterte Verwandten hinterlassen haben. Letztere waren also schon in diesem Betracht selten mit den Mitteln ausgerüstet, welche zur Verfolgung ihrer Interessen nöthig waren. Zu dem Mangel der finanziellen Mittel wird sich in ter Regel auch der Mangel an geistigen Mitteln gesellt haben, mithin eine doppelte Hülflosigkeit eingetreten sein, welche sicher Manchen ganz vom Versuche abgeschreckt hat. Wurde indeß der Versuch gemacht, so hintertrieben häufig noch größere Schwierigkeiten das Gelingen. Es ist unglaublich, welche Barrikaden von Hindernissen dabei zu durchbrechen sind und welch ein schwarzer Schleier von Intriguen, welche dichte Hülle von Schlechtigkeiten bisweilen die ostindischen Schätze bedeckt, zu deren Hebung mehr nöthig ist, als Wünschelruthe und Zauberformel. Es lassen sich Romane von schauerlichstem Interesse schreiben, deren unglückliche Helden teutsche Erben in holländischen Straßen und Gewölben, oder wol gar auf javanischen Siechbetten sind.

Kommt ein teutscher Erbberechtigter nach Amsterdam, um seine Erbschaft in Empfang zu nehmen, so ist das Erste, wonach man fragt, der Nachweis über das Schiff, womit der Erblasser nach Batavia abgesegelt ist, mag derselbe nun noch so bekannt und noch so lang in den Kolonieen angestellt gewesen sein. Nun denke man sich für einen Fremden, für einen der Landessprache Unkundigen die Schwierigkeit, aus tausend aufgeschichteten Schiffsbüchern, w e n n deren Einsicht ihm gestattet wird, einen einzelnen Namen herauszufinden. Man denke sich die Zeit, die schon während der Beibringung dieses einzigen Requisits verloren geht, das Geld, das aufgewendet werden muß, die Unannehmlichkeiten, die durch allerlei niedrige Mittelspersonen in den Weg gelegt werden ꝛc. ꝛc. Warum macht man, wenn man ehrlich zu Werke gehen will, nicht Auszüge aus jenen tausend Büchern und legt sie den Interessenten zur Einsicht vor? Ist es endlich gelungen, auch ohne dieses Hülfsmittel den gesuchten Namen herauszufinden, dann folgt das Hin- und Herschreiben, das

Petitioniren an Diesen und Jenen, das Einsenden von Doku=
menten, die vielleicht nach der Einsendung verloren gehen und
auf die doch später Alles ankommt, das Ergreifen verkehrter
Maßregeln bei der Unbekanntschaft mit dem holländischen
Geschäftsgang, die Abhängigkeit oder Verrätherei der Man=
datarien, das Intriguiren, das Verfolgen, das Zusammen=
treffen mit auftauchenden Prätendenten 2c. 2c. War der
Erbe nicht arm, so ist er es unterdeß geworden, hatte er
guten Muth, so ist er unterdeß abgeschreckt und kehrt, wenn
er dazu noch im Stande ist, trostlos in die Heimath zurück
mit einem Vorrath trauriger Erfahrungen, aber ohne Erb=
schaft. Besser das ausgedehnteste droit d'Aubaine, als so
vortreffliche, aber in der Praxis so unselige Einrichtungen.
Wer für meine Behauptungen Beispiele und Beweise sodert,
dem stehen sie zu Gebot. Aus früheren Zeiten ist nament=
lich des Paul Wirz, eines Bauernsohns aus der Gegend von
Köln, Erwähnung zu thun, welcher 1676 als holländischer
Generalfeldmarschall starb. Das bedeutende Vermögen
dieses Land= und Seehelden wurde von den Holländern un=
ter dem Vorwande der Nichtidentität der Erben zurückgehal=
ten, weil der Admiral sich nach der Mode der Zeit des latei=
nischen us am Namensende bedient und sich zu Zeiten
Wirzius (Wirtius) genannt hatte. So schleppte sich denn
der Erbschaftsprozeß bis in den Anfang dieses Jahrhunderts
hinein, wo die Verwandten endlich zur Einsicht kamen, daß
ihre Bemühungen fruchtlos waren. Auf ähnliche Weise
wird man die Erbschaften Derer unterschlagen, welchen man
vor der Abreise falsche Namen gegeben, und so wird denn
das Taufen zu Amsterdam einen doppelten Zweck haben.

Die Frage ist nun die, ob bei der Aufdeckung des Uebels
nicht auch ein Mittel zur Heilung angegeben werden kann.

Dem Anschein nach wäre das natürlichste und einfachste
Mittel, sich an die holländische Regierung zu wenden.
Allein dieser Weg, der, wenn er sicher zum Ziel führte, so
manchen Klagen vorgebeugt haben würde, wird höchstens bei
klarer, ausgemachter Sache und bei einer vielleicht schwer zu
erlangenden Audienz mit Erfolg betreten werden können.
Es dürften auch auf diesem Wege manche Hindernisse nicht
bloß den Petenten, sondern selbst einem wirklichen Gerechtig-
keitswillen der Regierung entgegentreten und wer kennt alle
die wunden Stellen, welche, wenn jene Gerechtigkeit kein
Hinderniß achtete, nur unter Schmerzzuckungen des holländisch - ostindischen Finanzkörpers würden berührt werden
können! Eine solche Operation kann einem holländischen
Regenten, zumal wenn er selbst Kaufmann ist, auf die Re-
klamation einer fremden Privatperson hin nicht wohl zuge-
muthet werden. Das wirksamste Mittel würde von der Annahme eines Vorschlags zu hoffen sein, welchen ein rheini-
scher Jurist, der mir über obige Angelegenheit aktenmäßige
Mittheilungen gemacht, an die Bundesversammlung hat gelangen lassen wollen. Sein Vorschlag geht dahin, die teutschen Regierungen mögten eine für Teutschland so wichtige
Angelegenheit zur Staatssache erheben und auf diploma-
tischem Wege zu bewirken suchen, daß die holländische Regierung ihren Konsens zur Bildung einer in Amsterdam
eigens niederzusetzenden Kommission von teutschen Männern
ertheilte, welcher die Einsicht und Benutzung der bezüglichen
Notizen, der Schiffsbücher, Register und Journale der
Weeskamer und des ostindischen Hauses von Amtswegen
wenigstens in Bezug auf die zukünftigen und die in der Unter-
handlung schwebenden Erbschaftsfälle der besprochenen Art
gestattet würde. Die Funktionen jener Kommission, zu deren

Erhaltung die Kosten etwa durch Prozente von den flüssig gewordenen Erbschaften beigebracht werden könnten, müßten darin bestehen, die extrahirten Notizen periodisch zur Kunde des teutschen Publikums zu bringen, die Betheiligten wo möglich besonders in Kenntniß zu setzen, alle nöthigen Mittheilungen zu geben, zu empfangen und nöthigen Falls die Sache mandatarisch zu betreiben. Auf diese Art würden die niederländische Regierung und deren Behörden der vielfachen Recherchen enthoben und von allen den lästigen und verdrießlichen Reklamationen befreit, womit sie bestürmt werden. Zugleich würde Holland, wenn in einem von gedachter Kommission zu dekretirenden Präklusivtermin sich keine Prätendenten meldeten, die Beruhigung erhalten, daß es die nicht reklamirten Erbschaften als Staats-Eigenthum in Besitz nehmen könnte, ohne sich dem Verdacht der mindesten Rechtsverletzung auszusetzen und den Ruhm seiner „braven Verfahren" irgend zu beflecken.

Ist von dem erwähnten Vorschlag etwas zu hoffen? Wären wir Engländer, es würde gar nicht mehr nöthig sein, ihn zu machen. Die Vertreter des Volks würden längst dafür gesorgt haben, sowohl daß man ihre Vertretenen nicht bethörte, wie daß man die Bethörten nicht plünderte. Bei uns ist das anders. Wir sind kein Volk und verstehen unsre Landsleute eben so wenig zu schützen wie zu fesseln. Wie sollte ein Volk, das selbst keine Rechte hat, die Rechte seiner Angehörigen im Auslande zu vertreten wissen? Es wäre seltsam, wenn wir die pekuniairen Erbschaften unserer Auswanderer zu erlangen verständen, während wir unsre eignen Rechtserbschaften in feiger Schlaffheit fahren lassen.

XI

Rückreise, von Batavia bis St. Helena, mit Berührung des Kaps der guten Hoffnung.

Montekukuli sagt: zum Kriegführen gehört erstens Geld, zweitens Geld und drittens Geld. Das Nämliche könnte man vom Reisen sagen, namentlich vom Reisen in fremde Welttheile. Wer von der Reiselust getrieben wird, der reise als unabhängiger Mann, wo möglich mit voller Börse; kann er Das nicht, so opfere er seiner Reiselust nicht seine Unab= hängigkeit auf, wenigstens nicht unter Umständen, wie ich es gethan. Er suche lieber ein Mensen Ernst zu werden, wenn er kein Fürst Pückler werden kann. Eine Reise in fremde Welttheile oder um die Welt würde ich auch nach meiner Rückkehr von Batavia, wären keine günstigere Bedingungen möglich gewesen, bei Wasser und Brod mitgemacht haben, wenn ich nur über meine Person und die Einrichtung meiner Reise hätte disponiren können; aber unter militairischem Kommando oder unter pauverer Abhängigkeit von rohen, nur durch sklavische Unterordnung oder durch Geld zu kirrenden Menschen, in deren Gesellschaft weder von Belehrung noch von Unterhaltung die Rede sein kann, würde ich keine See= reise mehr gemacht haben und hätte ich zur Entschädigung auf Polstern mit Nektar und Ambrosia beköstigt werden sollen. Schon in der Heimath ist es unsere Abhängigkeit,

welche Denjenigen, von denen wir abhangen, die Geißel für
uns in die Hand giebt; in der rücksichts- und theilnahmelosen
Fremde wird leicht jeder Coujon unser Büttel und seine
Geißel dringt bis in Blut und Galle. So wie nun aber
die Abhängigkeit in der Fremde uns doppelt fühlbar wird
als persönliche Qual, so stellt sie sich auch als unübersteig-
liches Hinterniß der Erreichung des Reisezweckes entgegen.
Dieß zeigt sich im Vorhergehenden und wird sich im Folgenden zeigen. Von meiner Rückfahrt, einer Reise von etwa
sechstausend Stunden, hatte ich doch nicht viel mehr zu erwarten, als die bloße kahle Wiederkehr in's elterliche Haus!
Ein Paar tausend Gulden reicher konnte ich, und zwar mit
meinem zurückgelassenen Freund, die interessanteste Rückreise
durch Asien oder Afrika machen.

Anfangs Juli bestieg ich auf der Rhede von Batavia das
Schiff, welches mich nach Europa zurückbringen sollte, ein
mächtiges, schwerbeladenes Kauffahrteischiff. Ich konnte mich
bald überzeugen, daß meine Rückreise nicht angenehmer sein
werde, als meine Hinreise. Da das Schiff schon besetzt war,
als ich mich beim Kapitain meldete, hatte ich es auf Empfehlung meines Obristen nur dahin bringen können, daß mir
für meine 600 Gulden ein Verschlag im Vordertheil des
Schiffs, wo die Matrosen haus'ten, zugesagt wurde. Ich
verstand mich gern zu Allem, da ich lieber selbst Matrose geworden, als auch nur einen Monat länger in der batavischen
Hölle zurückgeblieben wäre. Auf dem Schiffe angekommen,
suchte ich meinen Verschlag vergebens, es war nicht einmal
ein Platz dazu vorhanden. Man wies mich daher gradezu
in's Matrosenlokal. Dieß war ein auf dem Vorderverdeck
befindlicher, nach dem Hintertheil des Schiffes zu offener
Raum, welcher oben durch ein auf der Verschanzung ruhen-

des zweites Verdeck geschlossen war. In diesem Raum hing es gedrängt voll Hängematten, die Betten meiner künftigen Gesellschaft. Mir wurde der beste Platz angewiesen, nämlich zwischen der Hängematte des Bootsmanns und der des Segelmachers.

Die erste Zeit konnte ich mich nicht entschließen, den mir eingeräumten Ehrenplatz einzunehmen. Ich legte mich daher bei Nacht, in einen alten Kapotmantel gehüllt, auf das platte Verdeck und gedachte es so auch in Zukunft zu halten. Allein ich wurde bald inne, daß ich dieses Nachtlager gegen das angewiesene werde vertauschen müssen. Legte ich mich der Länge nach auf das Schiff, so rollte ich bei dem Schwanken desselben bald nach dieser, bald nach jener Seite hin; legte ich mich queer, so hatte ich den Kopf bald hoch, bald niedrig, so daß ich in der einen wie in der andern Situation die Nächte meist schlaflos zubrachte. Hierzu kam noch manche andere Annehmlichkeit und Abwechselung: bald trieb man mich auf einen andern Platz, weil ich den Matrosen bei Ausführung der Kommando's im Wege lag, bald warf man mir in der Dunkelheit ein Tau auf den Leib, bald trat man mir auf die Beine, bald fiel man über mich und fluchte, daß man eine Gänsehaut hätte bekommen können. Als ich mich endlich entschloß, das Matrosenlokal zu beziehen, fehlte mir eine Hängematte. Auf Befehl des Kapitains wurde durch meinen Nachbar, den Segelmacher, aus altem Segeltuch eine zusammengenäht. Sie hielt jedoch nur eine Nacht aus, am andern Morgen hing ich mit den Beinen hindurch und stieg, statt von der Seite, von unten aus dem Bette. Nach mancherlei Aushülfsversuchen machte endlich der Schiffsarzt der Noth ein Ende und ließ mir eine schmutzgeblümte Krankenhängematte. Sie war stärker, als die vorige, aber es fehlte mir die Unterlage darin, so daß ich genöthigt war, in oder auf meinen Kleidern zu schlafen. Beim ersten schlechten Wetter wurde mir dieser Uebelstand auf nassem Wege sehr fühlbar. Da ich grade vor dem Eingang hing, strichen alle die durchregneten Jacken, die aus= und einkrochen, unter meiner Hängematte her, so daß ich des Morgens wie im Wasser lag. Ich wußte diesem Uebel, daß ich aus Klugheit nicht verrathen durfte, weil man mir sonst allerlei Schaber= nack gespielt hätte, auf keine andere Art unbemerkt abzuhelfen, als dadurch, daß ich die Hängematte auch bei Tage bis in den Bereich der Jacken und Fäuste herabhangen ließ, wo= durch sie in kurzer Zeit äußerlich einen so dicken und so dich= ten Ueberzug von Fett, Theer ꝛc. annahm, daß kein Tropfen Wasser mehr durchdringen konnte. Die Flüche, die während der Zeit wegen Versperrung des Eingangs gegen mich laut wurden, ließ ich, meinen Zweck im Auge haltend, ruhig über mich wegdonnern. Ich hatte in dieser Beziehung am Meisten auszuhalten von einem meiner nächsten Nachbarn, einem der originellsten und genialsten Brüder Liederlich, die mir je in meinem Leben vorgekommen. Weil er in Sura= baya zu stark an einer malaiischen Blume gerochen, hatte sich der eine Flügel seines gewaltigen Riechorgans ganz abge= lös't und ließ Manquement, welches zu seinem gekalfaterten Gesicht die letzte noch nöthige Zuthat war, übte auch auf den Ton seiner Stimme einen entsprechenden Einfluß aus, so daß die Flüche, die aus seinem Mund hervorgingen, doppelt so viel Eindruck machten wie die der andern. Der Kerl fluchte mit Mund und Nase gleichzeitig. Man denke sich das Leben in dieser Gesellschaft, die Tag und Nacht um mich herum arbei= tete, kochte, aß, schnarchte, fluchte, Zoten riß, kurz, jedem Sinn und Gefühl so viel Beschäftigung und Nahrung gab, daß man Beides hätte verlieren mögen. Wie oft habe ich des Spaßes wegen einige von unsern zarten, fein zubereiteten Glacéherrchen an meine Stelle gewünscht, wenn meine „Kameraden" Morgens Toilette um mich herum machten, oder wenn mir bei Nacht ein ausgekautes Tabackpruimchen in die Hängematte flog und ich danach schlug in der Meinung, daß es einer von den tausend riesigen Kackerlacken sei, die rings in den Schiffswänden haus'ten, oder wenn mein lebhafter Nachbar, von seinen Händeln in der „Kalverstraat" zu Amsterdam träumend, mir unversehens einen derben Faustschlag aus seiner Hängematte herüberreichte. Eben so wünschte ich jene Herrchen an meine Stelle, wenn ich bei Nacht im Mondschein neben dem Bugspriet saß und unvermerkt meine dunkelfarbige Hose mit einem Stück weißen Segeltuchs hinterging, oder meiner vorwitzigen Zehe die Aussicht durch eine Gardine von Schurzfellsleder schloß, oder wenn ich, zur Bezahlung von Waschlohn außer Stande, meine Wäsche selbst besorgte. Letzteres geschah auf eine einfache Art, indem ich die schmutzigen Sachen an einem Strick eine halbe Nacht durch die See schleppen ließ. Die Hemden büßten dabei durch die schnelle Fahrt zwar häufig einen Aermel oder Schlippen ein, aber rein wurden sie wie unter den Händen der besten Wäscherinn.

Trotz der radikalen Gemeinheit des Unterhauses, dessen nothgedrungenes Mitglied ich war, kam mir dasselbe, als ich mich einiger Maßen gewöhnt hatte, nicht so unerträglich vor wie das hochnasige Oberhaus, welches im entgegengesetzten Theil des Schiffes seinen Sitz hatte. Diese hohe Gesellschaft bestand aus einem halbverschwitzten Residenten von der Insel Sumatra, einem halb vertrockneten Kapitain von der Insel Java und dem stiefelkrachenden Schiffskapitain als Präsideuten. Ein Kranz holder Frauen, nämlich die seekränkelnde Frau Residentin (mit zwei allerliebsten Sklavinnen) und zwei liebäugelnde Wittwen, flocht sich zwischen jene drei Lieblinge hinein, denen sich der Schiffsarzt und die Ober= steuerleute günstlings= und adjutantenartig anschlossen. Jeder der drei erstgenannten Herren besaß eine Merkwürdig= keit, um die ich ihn beneidete, nämlich der Herr Resident eine 25 Fuß lange Riesenschlange, die leider beim Kap der guten Hoffnung wegen der Kälte starb, der javanische Kapitain die sechs Fuß lange Haut eines javanischen Tigers, den er selbst erlegt haben wollte, und der Schiffskapitain einen schönen bengalischen Schiffskoch in Nationaltracht; nun besaßen die Herren aber noch weit mehr Merkwürdigkeiten, um die ich sie n i c h t beneidete, besonders der Letzte, eins der unaussteh= lichsten Exemplare, die jemals einen ehrlichen Menschen ennuyirt haben. Wie dieser Windbeutel, der besser hinter die Gardinen als hinter die Segel paßte, zum Schiffskapi= tain gelangt war, ist mir unbegreiflich. Eben so weichlich und feige wie dünkelhaft und arrogant, verkroch er sich bei Sturmwetter stets in seine Kajüte und floh sonderbarer Weise sein eigentliches Element, den Wind; bei gutem Wetter zeigte er sich dafür desto mehr und zog sechs Mal des Tags andere Kleider an, um den Damen, vor denen er beständig auf dem Verdeck herumpetitmaiterte, seine Liebenswürdigkeit in immer neuer Gestalt zu produziren. Seine Thätigkeit als Seemann beschränkte sich darauf, die Matrosen, bei denen er auf's Aeußerste verhaßt war, zu kujoniren und Mittags um 12 Uhr mit dem Sextanten, in malerischen Atitüden sich übend, nach der Sonne zu sehen. Ich hatte bald das Unglück, mir den Groll dieser hochfahrenden Per= son zuzuziehen. An stete Komplimente und Devotion seiner

Umgebung gewöhnt, glaubte der Mann von mir dieselben Zeichen der Untergebenheit fodern zu dürfen, die er von den übrigen Bewohnern des Matrosenlokals foderte, und hatte die Impertinenz, mich zur Rede zu stellen, als ich meine Mütze nicht vor ihm abnahm. Meine Antwort brachte ihn dahin, mir zu bedeuten, es sei nicht akkordirt, daß ich, außer zum Essen, hinter den Mittelmast kommen dürfe; komme ich weiter, so werde er als Kapitain auftreten, den ich nicht für einen meiner Korporale ansehen möge. Ich erwiderte ihm kaltblütig, daß der Kapitain in ihm mir ganz gleichgültig sei, ich betrachte sein Schiff als mein Wirthshaus und ihn selbst als meinen Wirth, von dem ich um so mehr Zuvorkommenheit und Artigkeit erwarte, da er durch Logis und Bewirthung meine 600 Gulden wahrlich nicht verdiene. Er möge das Verhältniß zwischen Wirth und Gast festhalten, dann werde vom Mittelmast gewiß keine Rede mehr sein. Zu seinem größten Verdruß nahm ich mir denn auch nach wie vor die Freiheit, seine Gesellschaft in meinen schlechten Kleidern bis an das Steuerruder hin aufzusuchen. Meine Antworten und mein Benehmen verfehlten ihre Wirkung nicht und wenn sie mir auch zur Freundschaft des Kapitains den Rückweg für immer verschlossen, so stellten sie mich dafür bei den Matrosen, die mit schadenfrohem Wohlgefallen zugehört hatten, um fünfzig Prozent höher und sicherten mir ihre Gefälligkeit für die ganze Reise.

Die Fahrt von Batavia bis in die Nähe der Insel Madagaskar, die wir indeß nicht zu Gesicht bekamen, lieferte wenig Interessantes. Später fuhren wir kurze Zeit in einer Entfernung von etwa einer Stunde längs der afrikanischen Küste hin, auf welcher wir bei Tag eine Menge Eingeborener hin und her laufen sahen und bei Nacht viele

Feuer erblickten. Die Phantasie der Romantik erhielt dadurch reichlichen Stoff und malte sich alle die reizenden Gefahren in den afrikanischen Wäldern und Wüsten auf's Lebendigste aus. Daß doch die meiste Poesie, dachte ich, in den Ländern wohnen muß, wo die wenigste Kultur wohnt! Wie wird es einst sein, wenn die ganze Erde hübsch kultivirt ist, wenn reuige Beter flüstern, wo jetzt wilde Kriegstänze lärmen, wenn „königliche“ Sergeanten kommandiren, wo jetzt königliche Löwen brüllen, wenn geschminkte Damen lustwandeln, wo jetzt gefleckte Riesenschlangen sich winden, wenn affektirte Dandies lorgnettiren, wo jetzt lechzende Tiger lauern, wenn die Münze des Krämers klingt, wo jetzt der Pfeil des Buschmanns schwirrt oder die Lanze des Beduinen saust! Bis dahin hat es allerdings noch viel Zeit, aber kommen muß es doch dahin und wie wird es dann erst mit der praktischen Poesie bestellt sein, die jetzt schon von den unpoetischen Europäern an die Wilden Afrika's und an die Thiere der Wüste verwiesen ist! Man mögte wünschen, so manchen lieben Nächsten, der als M e n s c h kein Blättchen Poesie produzirt, sondern wohl gar in bornirter Malice beflissen ist, mit seinem Philister-Knittel die poetischen Blüthen und Früchte vom Baum des Lebens herunterzuwerfen, wenigstens in eine afrikanische Bestie verwandeln zu können, damit er die zusammenschmilzende Zahl der vierfüßigen Träger der Poesie vermehren hälfe, nachdem die zweifüßigen ihn hatten aufgeben müssen. Welche Lust würde es z. B. gewähren, einen früheren Philister als Elephanten zu jagen, auf einem früheren Büreaukraten als Kameel durch die Wüste zu reiten, einen früheren Despoten als Tiger zu erlegen, einen früheren Höfling als Leibaffen im Käfig mit sich zu führen u. s. w. Es würde noch Manchem ein unerwartetes Licht über seine poetische Qualifikation aufgehen, wenn man die Macht hätte, alles Verdienst angemessen zu placiren.

In der Nähe des Kaps der guten Hoffnung hatten wir mehrere Tage lang mit einem halbkontrairen Wind zu kämpfen, der bei unbewölktem Himmel mit solcher Heftigkeit blies, daß alle Segel mußten gerefft oder ganz eingezogen werden. Unser Schiff, das unter der Leitung des unfähigen Kapitains ganz fehlerhaft geladen war, ging mit dem Vordertheil weit tiefer im Wasser als mit dem Hintertheil und stampfte deshalb bei etwas hoher See mit ungeheurer Gewalt. Es hatte sich dadurch, als der heftige Wind einige Tage angehalten, vorn an mehreren Stellen auseinander gearbeitet, so daß das Wasser gußweise eindrang. Außerdem war das Bugspriet halb durchgebrochen und mußte durch ein neues ersetzt werden. Diesen Umständen hatte ich es zu verdanken, daß ich das Kap der guten Hoffnung zu sehen bekam. Das Schiff steuerte der falschen Bai zu, welche im Herbst und Winter die sichersten Ankerplätze bietet, während in der übrigen Zeit des Jahres die Tafelbai benutzt wird. Die falsche Bai hatten wir gegen Abend vor uns und da wir unsern Ankerplatz, die kleine Simonsbai, erst am andern Tag erreichen konnten, riethen die Steuerleute, für die Nacht noch die offene See zu halten und erst am folgenden Morgen in eine Bai einzulaufen, deren bloßer Name schon alle Vorsicht anrieth. Der Kapitain aber glaubte seiner höhern Einsicht folgen zu müssen, segelte in die falsche Bai hinein, bis es dunkel war, und ließ dann in der Nähe der Klippenküste auf ungeheurer Tiefe den Anker werfen. Am andern Morgen drehte sich der Wind, trieb das Schiff den nahen Klippen zu und brachte es in solche Gefahr, daß es nur durch schleuniges Kappen des Ankertaues freigemacht und vom Scheitern gerettet wurde. Am Nachmittag gingen wir endlich in der Simonsbai, an der die kleine Simonsstadt liegt, glücklich vor Anker.

Zur Reparatur des Schiffs hätten vierzehn Tage vollkommen hingereicht, zumal da der Schiffszimmermeister (der Mann hieß wegen seines Reichthums der König der Simonsstadt) damals durch kein anderes Schiff in Anspruch genommen wurde. Der Kapitain aber, der die meiste Zeit in der fünf Stunden entfernten Kapstadt zubrachte und sich dort besonders zu gefallen schien, wußte unsere Abreise so lang hinauszuschieben, daß erst nach sechs Wochen Anstalten dazu gemacht wurden. Außer dem bereits zurückgelassenen und wieder ersetzten Anker büßte er durch seine geschickten Maneuver in der Simonsbai noch zwei andere ein, an deren Stelle, unter abermaliger Verschiebung der Abreise, ebenfalls neue aus der Kapstadt mußten herbeigeschafft werden. Bei dieser Gelegenheit erzählte mir ein Matrose Folgendes:

„Mein Oheim, ein Schiffskapitain und vermögender Mann, wurde, nachdem er sich schon zur Ruhe gesetzt, unerwarteter Weise Vater zum zehnten Kinde. Mein jüngstes, sagte er, soll hinter den andern nicht zurückbleiben, ich muß ihm rasch noch 10,000 Gulden holen. Er nahm darauf ein Schiff an nach Batavia und ich segelte mit ihm. Im Kanal trafen wir schlechtes Wetter, das alle Schiffe in die Häfen trieb. Mein Oheim aber hielt die See und spannte Segel auf so viel das Schiff nur tragen konnte. Den andern Tag lagen zwei Masten über Bord und mit dem Rest des dritten liefen wir am Schlepptau eines englischen Schiffs zu Plymouth ein. Nach zwei Monaten segelten wir nach Batavia mit neuen Masten und mit der quittirten Rechnung über eine unverschämt hohe Summe, wovon der vierte Theil in die Tasche meines Oheims wanderte. Sein Jüngstes war schon beinah versorgt, ehe wir den Kanal hinter uns hatten. Havarie ist die beste Ressource für einen Schiffskapitain."

Diese Mittheilung verbreitete mir Licht über Manches, das mir bis dahin unerklärlich war, und die darin enthaltene Andeutung mag ahnen lassen, welch' eine Menge großartiger Schurkereien im Reich des Merkurius verübt werden, die keine Zeitung bespricht und die kein Gericht vor sein Forum zieht und ziehen kann.

Der lange Aufenthalt am Kap würde mir natürlich überaus erwünscht gewesen sein, wäre ich nicht durch die Last meines leeren Geldbeutels in der reizlosen falschen Bai zurückgehalten worden. Während die übrigen Passagiere Ausflüge nach der Kapstadt und der Tafelbai machten, mußte ich mich mit der Ansicht des fernen Tafelberges begnügen, der wie ein behauener ungeheurer Steinblock auf den übrigen Bergen zu liegen schien. Für meine Entbehrungen suchte ich mich zu entschädigen durch Fischen und Muschelnsuchen, durch Exkursionen längs des Strandes und in der öden kahlen Berggegend, welche rings ihn einfaßte. Auf den Exkursionen in diesen Bergen kam mir außer einer gelben Schlange, die vor meinen Füßen wie der Blitz in ein Erdloch schoß, und einem Paar Hottentotten, die nach einem unbekannten Ziel auf der Wanderung zu sein schienen, kein lebendiges Wesen zu Gesicht. Das Bemerkenswertheste, das ich sonst fand, war eine blaue, glockenartige Blume, die ganz den Geruch unserer Veilchen hatte. Dieser geringe Fund, werthvoll durch den heimathlichen Reiz des Veilchengeruchs, erhöhte mir das Poetische meiner Umgebungen, die bei ihrer Verlassenheit und Oede etwas Erhabenes an sich hatten. Welches Spiel der Genügsamkeit! Als Soldat ein 6000 Stunden fernes Land besuchen, um von dort aus die halbe Welt zu durchstreifen, aber nichts sehen als Wasser und eine einzige Stadt, dann mittellos zurückkehren und einsam in einer Wüste sich entschädigt fühlen durch eine unansehnliche Blume, die nach einem heimischen Veilchen riecht! Und sogar jene Wüste kam mir in gewisser Beziehung reizend vor. An diesen kahlen, lebenlosen Bergen, die unabsehbar sich in die Weite verloren und vervielfältigten, hatte die Hand des Menschen noch nichts zu rauben und nichts zu verschönern gefunden; nur die Hand der Natur war es, deren erste, jahrtausendalte Spur noch über sie hingebreitet lag und unverwischt sich in die wilde See verlor, welche in ruheloser Wuth die trümmerhafte Spitze des Kaps umdonnert.

An der falschen Bai, 1½ Stunde von unserem Schiff, hatte ich das Glück einen Wallfisch zu sehen, der den Tag zuvor war gefangen worden. Er lag in der Nähe einer Thranschmelzerei an dem stinkenden Strande, welcher rings umher von den kolossalen Gerippen seiner Vorfahren und von einem Schwarm gieriger Aaskrähen bedeckt war. Der Fisch galt für nicht groß, seine ausgeschnittene Zunge hatte indeß allein schon beinah die Größe eines Pferdes. Die Wallfischfänger trugen Trauer um einen ihrer Kameraden, der eine Woche zuvor, wo ihnen ein Wallfisch mit seinem Schwanz das Boot umgeworfen, ertrunken war. Wie auf Rache sinnend, saßen sie, obgleich sie erst eben einen Feind erlegt, auf dem hohen Strand und späheten, die scharfen Harpunen zur Seite, nach einer neuen Beute in die Bai hinaus. Bis zu unserer Abreise wurde indeß keine mehr erlegt.

Endlich erschien der ersehnte Tag, wo wir der falschen Bai den Rücken kehrten. Es fehlte aber wenig, so wäre unser Aufenthalt noch bedeutend verlängert worden. Der Kapitain nämlich, der sich bei der Abfahrt im Angesicht einer eben angekommenen englischen Fregatte mit imponirender Geberde in voller Funktion zeigen wollte, machte zum Gespött der Engländer ein unglückliches Manenver, so daß ihm das Schiff durch den Wind herumging und mit ziemlicher Schnelligkeit der Küste zusteuerte, von der es wegsegeln sollte. Die eilig ausgeworfenen Anker wollten nicht fassen und wir hatten die Aussicht, nach wenig Minuten das Schiff stranden zu sehen. Aus dieser kritischen Lage befreite uns die Großmuth der Engländer. Im Nu waren alle Boote der Fregatte in Thätigkeit, Werfanker wurden in die Bai hinausgeschafft und in einer halben Stunde war unser kolossales Schiff mit einer Leichtigkeit, als wäre es ein Kahn gewesen, durch die kräftige Mannschaft von der Küste weglbugsirt und in die Fahrt gebracht. Und alles Dieß ging mit der größten Ruhe vor sich, ohne Flüche und leere Redensarten, so daß man auch ohne die rothe Kleidung sogleich die Engländer erkannte, die, wo gehandelt werden muß, handeln, aber nicht schwätzen.

Als wir die falsche Bai einige Tagereisen hinter uns hatten, überfiel uns der fürchterlichste Sturm, den ich auf der ganzen Reise erlebt habe. Er währte mehrere Tage ununterbrochen fort und nöthigte den Obersteuermann, welcher den vom Sturmfieber befallenen Kapitain vertreten mußte, die Masten halb herabnehmen und die Lucken des Schiffs schließen zu lassen. Die Wellen, welche wüthend über uns wegstürmten, wurden so hoch, daß man, wenn das Schiff von ihnen herabschoß, den Boden unter den Füßen zu ver-

lieren glaubte. In der Gegend des Kaps, namentlich wenn
der Sturm vom Südpol heraufkommt, gibt es Wellen wie
ich sie oben im Atlantischen Meer nie gesehen habe. Selbst
die ältesten und rohesten Matrosen wurden zuletzt bedenklich
und ich glaube nicht, daß unser Schiff den Wellen wider=
standen, wenn der Sturm noch zwei Tage so fortgewüthet
hätte.

Bis nach St. Helena, wo wir Wasser einnehmen sollten
und wohin uns der günstigste Passatwind beförderte, ereig=
nete sich Nichts, das der Aufzeichnung werth wäre.

XII.

St. Helena.*)

Es war bereits Abend, als wir die Felsen von St. Helena
über den Horizont hervorragen sahen. Da wir die Insel
vor Einbruch der Nacht nicht mehr erreichen konnten und bei
weiterem Fortsegeln durch den südlichen Wind über ihre
Höhe hinübergetrieben worden wären, so wurde bis zum
andern Morgen beigelegt. Den größten Theil der Nacht
war es mir nicht möglich, ein Auge zu schließen. Meine
Phantasie war zu sehr mit Dem beschäftigt, worauf ich schon
so lang gespannt gewesen. Es freute mich um der feierlichen

---

*) Der Leser wolle namentlich bei diesem Kapitel nicht unberücksichtigt
lassen, daß er eine Jugendarbeit vor sich hat. Dem Verfasser imponirte da=
mals die Kraft des Korsen mehr, als ihn seine Tyrannei empörte.

Einsamkeit willen, daß meine theilnahmlosen Reisegefährten ruhig und prosaisch in ihrer Kajüte lagen, während ich auf dem Vordertheil des Schiffes saß und den dunklen Horizont voll Felsen und felsige Heldengestalten malte. Wenn ich Napoleon im Leben gesehen, oder ihn gar im Getümmel einer Schlacht beobachtet hätte, ich wäre ihm nie so nah gewesen wie auf den Wellen, die sein Gefängniß und sein Grab umrauschen. Es war, als wandelte sein ernster Geist durch die Dunkelheit auf diesen Gewässern umher und spräche in ihrem Rauschen, wie ein Berggeist in dem Rauschen fabelvoller Wälder. Ein profanes Meer, das nur der Habsucht des Kaufmanns zum reizlosen Transportweg diente, hat das Unglück des ausgezeichnetsten Mannes der Geschichte zu einem historisch-poetischen Heiligthum geweiht, dessen Reiz länger dauern wird, als einst das zauberische Wunderreich des alten Poseidon. Der Mann, der die halbe Erde zum Schauplatz seiner Thaten machte, hat ein ganzes Meer zu seinem Begräbnißplatz gemacht. Dort schläft sein Gebein in dem riesigen Mausoleum, das ihm vor Jahrtausenden die Natur erbaut hat. Sonderbar! Eine Insel war die Wiege und eine Insel das Grab dieses gigantischen Mannes, der in seiner abgeschlossenen Größe selbst wie eine schroffe, wildromantische Felseninsel in der Fluth der Geschichte dasteht. Der Kontinent sollte weder sein Wiegengeschrei noch sein Todesröcheln, er sollte nur den verhängnißvollen Flügelschwung seiner Adler und die Posaunen seines beispiellosen Ruhmes hören. Es war, als habe das beinah Uebermenschliche, das Dämonenhafte seiner Erscheinung durch die Hinwegrückung seines menschlichen Ursprungs und Endes erhöht werden sollen. Er kam über das Meer und durchtobte Europa mit Donner und Blitzen wie ein lebendiges Gewitter; er ging über das

Meer zurück und verschwand hinter dem wogenden Horizont wie ein zerschellter Komet, der an der unverrückbaren Freiheitssonne im System der Weltgeschichte die Schranke seines regellosen Laufs gefunden.

Napoleon ist in Teutschland so vielfach und so hündisch verehrt worden, daß es fast bedenklich ist, ihn noch unparteiisch anzuerkennen, weil man bei der patriotischen Voreingenommenheit Anderer jenes hündischen Kultus ebenfalls verdächtig zu werden fürchten könnte. Doch der Grund solcher Furcht sei in das Kontobuch des schmachseeligen Servilismus eingetragen, der Alles verehrt, was ihm b e f e h l e n kann, und dann das Buch weggeworfen. Könnte es (die patriotischen U l t r a ' s sei es gefragt), könnte es entehrend für irgend einen Menschen sein, nach dem Tode eines solchen Dämons, wie der nie beherrschte, nie gebeugte Korse war, durch Staunen und Bewunderung seiner männlichen Kraft und Größe gerecht zu werden? Ist es entehrender, nach beendigtem Kampf anerkennend die Riesenglieder des besiegten Feindes zu messen, als in blinder Wuth sie zu verstümmeln? Bietet an Napoleon sich dem Betrachter nichts Anderes dar, als der Franzose, der Feind, der Despot, der Unterdrücker Teutschlands? Man sollte bedenken, daß es doppelte Schande für Teutschland wäre, wenn sein Unterdrücker nur diese Qualitäten gehabt hätte. Die Schmach der Teutschen wird vermindert, so wie ihr späterer Sieg erhöht wird bei würdiger Schätzung des gewaltigen Mannes, dem sie Beides zu danken haben. Dieß beachten am Wenigsten jene literarischen und unliterarischen Großsprecher, die sich das Ansehen geben, einen Napoleon sogar zu „verachten" und die hierdurch den Beweis ihres Patriotismus zu liefern glauben. Diese Mundhelden, deren hohle Redensarten noch widriger

klingen als die entgegengesetzten Anbetungen der Napoleons-
diener und Kaiserverehrer, mögte man fragen, ob die
Heerde den Löwen verachtet, der sie und ihre Hirten zerreißt
und zu Paaren treibt? Sie mag ihn hassen, sie mag sich
ihm widersetzen, sie mag ihn niederstrecken, wenn sie kann,
aber verachten wird sie ihn so wenig wie er sie achten wird,
wenn sie nichts kann, als vor ihm kriechen und fliehen und
hinterher über ihn schimpfen. Es ist ein bornirter, ein gemeiner Haß, der sich gegen die Vorzüge eines solchen Feindes verblendet. Wenn ihr Napoleon fluchen wollt, so flucht
ihm als Freunde der Freiheit, aber flucht ihm mit Bewunderung. Spart eure Verachtung für Andere, es gibt nur
e i n e n Napoleon in der Geschichte. Mit der Verachtung
bedeutender Männer muß gewissenhaft umgegangen werden,
damit sie ihre Kraft nicht verliere bei Denen, welche sie wirklich verdienen. Es darf behauptet werden, daß ein wahr-
haftes Genie, auch bei verderblichen Bestrebungen, niemals
Verachtung treffen kann, und das Genie, die Geistesgröße
und die Kraft ist es, was Napoleon vor der Gleichstellung
mit Despoten sichert, die uns mit ihren Sünden durch keinen
poetischen Reiz großartiger Eigenschaften versöhnen. Wer
Napoleon verachten will, muß ihm zuvor sein Genie abge-
sprochen und moralisch den Mann vernichtet haben, der im
neunzehnten Jahrhundert die Liebe seiner Nation wie der
Menschheit durch Bewunderung, der die Gerechtigkeit durch
Kraft, das Glück seiner Untergebenen durch Ruhm, die
Güte durch Größe, die Freiheit durch seine Person und sogar
die so schwer aufzuwiegende Legitimität durch eben jenes
Genie so lange Zeit zu ersetzen verstanden. Grade daß vor
Napoleons Kraft, der Kraft des bürgerlichen Lieutenants,
sich alle die starren und stolzen Verhältnisse des Herkommens

beugen mußten, die allen sonstigen Angriffen widerstunden, das versöhnt uns theilweise mit seinem eignen Despotismus und Egoismus. Er war, indem er selbst fehlte, zugleich ein Bestrafer Anderer; er war, indem er selbst beleidigte, zugleich ein Rächer gegen andere Beleidiger. Man kann nicht gut einen Mann dauernd hassen, vor welchem aller Hochmuth der gekrönten Gewalthaber gezittert hat. Daß Napoleon die „Bürstenbinder gefürstet" und die „Fürstenkinder gebürstet", wie man sich ausgedrückt hat, das läßt es einiger Maßen übersehen, daß er selbst nichts Besseres zu werden wußte, als französischer Fürst. Der positive Republikanismus seines früheren und der negative Republikanismus seines späteren Lebens scheint uns, neben seiner eminenten Persönlichkeit, die Hauptauflösung des Räthsels zu liefern, daß ein solcher Egoist und Despot neben dem Haß der verletzten Nationalen so manche Sympathien der freien Männer, auch in Teutschland erwecken konnte.

Wer weiß, ob Napoleon nicht unter den Römern ein Cato, ein Gracchus u. s. w. in vergrößertem Maßstab geworden wäre! Seine Zeit mußte ihn zu einem Napoleon machen. Nicht ich bedurfte der Sklaven, sagt er in seinen Memoiren, aber ihr bedurftet eines Herrn. Die Menschheit, als deren Ausschuß er eben noch seine Nation in der so würdig begonnenen, aber so unwürdig fortgesetzten Revolution auf eine so schlecht bestandene und in seinen Augen gewiß entscheidende Probe hatte stellen sehen, hielt Napoleon für zu klein, um sie zu beglücken, sie schien ihm nur groß genug, um ihm seinen Ruhm zu erwerben und durch die Geschichte zu tragen. Zwar war dieß sein Gericht und von da an war sein Schicksal entschieden, wo er, statt seine Kraft der Menschheit zu weihen, die Kräfte der Menschheit nur für sich zu verwendeten begonnen; allein es war doch hauptsächlich, neben der Unwürdigkeit Derer, welche die französische Revolution verloren gehen ließen, sein Alles überragendes Genie, was jenen großartigen Egoismus ausbildete und zum vermessenen Trotz gegen die ewigen Gesetze der Geschichte steigerte. Er fühlte sich in seiner Lage groß genug, die M e n s c h e n zu verachten, leider nicht groß genug, die M e n s c h h e i t anzuerkennen. Er maß sie nach seinem Genie, nicht nach ihrer Bestimmung. Das Genie glaubt sich leicht zu Allem befugt, weil es sich zu Allem ausgerüstet fühlt, und es wird um so eher sein Recht nach seiner Macht messen, je mehr es die Macht sich selbst verdankt. Der Willkür des Genie's, als welches sich selbst die Bahn bricht zu Dem, was es will, ist aber auch theilweise Nachsicht oder Entschuldigung gewiß, wo sie der Willkür der widerwärtigen Mittelmäßigkeit, die nur durch Verhältnisse und duldende Bereitwilligkeit zu ihrem Ziel g e t r a g e n wird, nimmer zu Theil werden kann. Der Mißbrauch der e i g e n e n, Alles ersetzenden Kraft zum Nachtheil Anderer empört nicht so sehr, wie die bloß geliehene oder anvertraute Kraft, zum Nachtheil der Geber verwandt, empören muß. Wer uns mit dem Schwert verwundet, das seine Kraft uns entrissen, ist bloß unser Feind; wer die Waffe gegen uns kehrt, die ihm zu unserem Schutze anvertraut worden, ist unser Feind und V e r r ä t h e r. Ein Ludwig XV., ein Ferdinand VII. und so manche Andere sind im Grunde mehr zu verdammen, als ein Napoleon, wenn auch durch sie nicht so viel Blut geflossen. Jene mißhandelten die Nationen, nachdem sich dieselben voll Hoffnung und Vertrauen in ihre Gewalt begeben; Napoleon mißhandelte sie, nachdem er selbst sie durch sein Genie in seine Gewalt gebracht. Jene mißbrauchten den Vertrag, Napoleon nur den Sieg.

Wer Napoleons Größe verkennt und ihn so wenig bewundert, daß er ihn verachten zu können glaubt, der besitzt das Recht dieser Verachtung nur dann, wenn er den Muth gehabt, sie ihm in der Zeit seiner Macht zu zeigen. Er mußte sie ihm vor seinen Thron oder in sein Hauptquartier bringen, nicht sie nach St. Helena ihm nachrufen. Wer ihn nachträglich verachtet, der spricht sein eigenes Urtheil, nachdem er sich von dem Verachteten zuvor hatte knechten lassen.

Es gibt so viel Weiber und Zwitter unter dem männlichen Geschlecht, daß man dem Mann, an dem vom Dreikanter bis zum Sporn kein weibisches Härchen zu finden ist, schon um der bloßen Männlichkeit willen seinen Platz gönnen sollte. Napoleon war ein Mann von großartigen Gedanken, der einen Willen für seine Gedanken, der Thaten für seinen Willen hatte, während seine großsprecherischen Verächter Keins von Allem, sondern nur Worte haben. Durch seine Thatkraft aber hat er auch mehr Männer in's Leben gerufen als getödtet und mehr Freie als Sklaven gemacht. In Bezug auf das Resultat sind die Teutschen ihm Dank dafür schuldig, daß er sie aus dem Schlaf gerüttelt, daß er ihnen Gelegenheit gegeben, ihre Männerkraft an seiner Titanenkraft zu erproben, daß er ihnen das freilich wieder eingeschlafene Gefühl hinterlassen, wer einen Napoleon besiegen könne, der brauche auch vor Andern nicht zurückzubeben. Napoleon war für Teutschland der gewaltige Konduktor der Elektrisirmaschine, mit welcher die französische Revolution die Welt erschütterte, und wenn er auch durch tausend zerschmetternde Schläge nach allen Seiten hin Tod und Verderben verbreitet, so hat er doch auch eben durch diese Schläge aus den schlafenden Köpfen der Ueberlebenden Funken gelockt, die ohne ihn vielleicht nie in ihnen wach geworden wären und die ihnen wie Morgensterne vor der Stirne knisterten. Der Franzose ist eine Kugel, die sich leicht nach allen Seiten hin rollen läßt; der Teutsche ist ein Kubus, auf den sich zwar Häuser bauen lassen, der aber, nur über Kanten und Ecken umschlagend, aus der einmal angenommenen Lage schwer fortzubewegen ist. Napoleons herkulische Faust hat den teutschen Granitblock herumgeworfen, daß er bis in sein innerstes Korn erschüttert und lebendig geworden ist. Möge der Kubus nie seine Ecken und Kanten ganz verlieren, damit er sich nicht zu leichtfertig rollen lasse; möge aber auch seine Trägheit und Indolenz nie wieder einen Napoleon provoziren, sei es auch einer, der unter anderm Namen und durch andere Mittel siegend von einer andern Seite käme.

Uebrigens hat das Menschengeschlecht an Napoleon gesehen, was es, in einem Einzelnen vereinigt, hervorzubringen vermag und darum braucht man nicht daran zu verzweifeln, daß die Natur auch in den Rettern der Freiheit zu vereinigen im Stande sein werde, was sie in dem größten ihrer Unterdrücker zu vereinigen vermogte. Vielleicht wird einmal ein Universal- oder Kontinental-Genie der Freiheit erstehen, wie Napoleon ein Universal- oder Kontinental-Genie des Despotismus war. Die größten Männer der Geschichte müssen noch kommen, sie werden sein Napoleone an Kraft und Washingtons an Tugend. Die Zeiten des Genies, wie man dieß Wort mit fast alleiniger Berücksichtigung der geistigen Kraft zu verstehen gewöhnt ist, scheinen ihr Ende vorausjehen zu lassen. Das Genie in rein geistiger Beziehung ist bereits halb verdrängt, paralysirt, ersetzt durch die Allgemeinheit, durch die, man mögte sagen, ansteckende Allgemeinheit des, durch die Bildung erstarkten, Alles sich aneignenden

Talents. In unserer durchgebildeten Zeit, welche nach der Umkehr von dem durch die Genies eroberten Gebiet der Theorie nur auf das Praktische, das Nützliche gerichtet ist, wird selbst das Genie nur noch Anerkennung und Geltung gewinnen durch Einwirkung auf das Nützliche. Das Nützliche aber kann bei den hohen, nothwendig idealischen Bestrebungen des Genies nur noch erreicht werden auf dem Weg der Tugend und zwar der höchsten Tugend, der republikanischen Tugend. Daher dürfen wir uns nicht im Mindesten wundern, wenn wir in unserer Zeit, in der Blüthezeit des Egoismus, bei Gelegenheit vielleicht Männer werden auftauchen sehen, die den alten Römern und Griechen die Spitze bieten. Solche Männer stehen zugleich auf einem Gebiet, wo für das Genie keine verdrängende Rivalität des Talents zu fürchten ist. Sollte es Geistes= genies regnen können, Charakter genies regnet es wahr= lich nicht.

<hr>

Als Alexander der Große kaum gestorben war, stritt man sich sofort um seine Erbschaft und vergaß über diesem Streit sogar, ihn zu begraben. Der große Cäsar, der humaner war, als Alexander, fiel durch den Dolch seines Lieblings. Keiner von Beiden war groß und durch seine Persönlichkeit imponirend genug, um durch die Bewunderungswürdigkeit seiner Größe den Eigennutz und die Freiheitsliebe zu über= wältigen. Beide hätten im Glück keinen Bertrand, Mon= tholou und Las Casas gefunden wie Napoleon sie im Un= glück fand. Und wer von Beiden hätte die Kraft besessen, seine Sieger= und Herrscherlaufbahn mit solcher Festigkeit und Würde durch einen sechsjährigen Tod auf jener Felsen= insel zu beschließen? Der Sieger in so vielen Schlachten hat seinen größten Sieg auf St. Helena erkämpft. Dort hat er das Schicksal wie die Menschen bezwungen, denen er in Europa unterlegen, und er wäre sich treu geblieben, er wäre nicht schwach geworden der korsische Löwe, hätte man auch, anstatt e i n e s , z e h n englische Bullenbeißer vor seinen Kerker gelegt. Er war ein Despot, aber er war wenigstens ein Genie, ein Mann und ein Charakter.

***

Bei Tagesanbruch wurden die Segel wieder aufgehißt und die Fahrt fortgesetzt. In wenig Stunden sahen wir schon von der Ebene des Meeres an den hohen, starren Felswänden von St. Helena hinauf. An der östlichen Spitze bildet ein hoher, kegelförmiger Felsen gleichsam den Eckthurm der Festung. An seinem Fuß und auf der steilen Spitze ist er mit Forts bepanzert, worauf hohe Fahnen wehen. Als wir uns bis auf Schußweite genähert, fiel von einem der Forts ein Kanonenschuß. Es ist dieß ein Signal, worauf die Schiffe beidrehen, ein Boot aussetzen und ihre Papiere an's Land senden müssen, um über ihre Herkunft und Absicht Aufklärung zu geben. Nachdem dieß Geschäft abgemacht war, segelten wir an der starren Küste weiter der Rhede zu. So defilirten wir an allen den Felsenposten vorbei, welche nach Nordosten zu drohend das Meer überschauen und von unten bis oben, wo irgend ein Vorsprung oder eine zugängliche Stufe ist, mit Forts und Kanonen bewaffnet sind. Wahrlich, diesen Bollwerken natürlicher und künstlicher Fortifikation sieht man es an, daß hinter ihnen einst die Ruhe und Sicherheit des ganzen Europa bewacht worden ist! Endlich langten wir auf der Rhede an und ließen die Anker fallen. Wir fanden eine Menge fremder Schiffe dort, die gleich uns vor Anker lagen, um Wasser einzunehmen. Auch zeigte man uns einen Schooner, der kurze Zeit vorher einem Seeräuber war abgenommen worden. Auf dem Lande sah man in ein langes Thal hinauf, das an beiden Seiten von hohen Felsenmauern eingeschlossen und in der Mitte von der Jakobsstadt ausgefüllt ist. Oben am Ende befindet sich ein dunkles Gebüsch, in dessen Nähe in einem Seitenthal Napoleons Grab liegt. Im Vordergrund der Stadt, die nach der See zu von Fortifikationen eingesäumt ist, ragte das große Haus des Gouverneurs hervor, welches einst der General der Kerkermeister bewohnt hat. Rechts die Felsen hinauf führt eine Eisentreppe zu dem Hauptfort der Insel, das mit Kanonen wie mit Borsten bewachsen ist. Die vielen Fahnen auf allen den Forts sind in beständiger Telegraphenthätigkeit und Korrespondenz unter einander. Ueber die geringste Kleinigkeit wird rapportirt und kommandirt. Man begreift nicht, wozu alle diese Vorsichtsmaßregeln und Wachen noch dienen, nachdem die Insel ihren Hauptdienst längst geleistet. Fürchtet man, daß sich Einer in das Innere schleiche und einen Plan aufnehme? Fürchtet man einen Ueberfall? Oder ist man etwa auf einen zweiten Napoleon gerichtet?

Weil wir uns nur wenig Stunden aufhielten, beeilten sich die Passagiere, an's Land zu gehen und zu Pferde das Grab Napoleons zu besuchen. Für mich war diese Merkwürdigkeit unzugänglich, weil, wie ich jetzt erfuhr, zu dem Ausflug Geld nöthig war, woran es mir gänzlich mangelte. Auf meiner ganzen Reise, worauf ich so viel habe entbehren und verbeißen müssen, hat mich nichts so sehr geschmerzt wie daß ich das Grab Napoleons nicht besuchen konnte, obgleich ich demselben so nah war. Mit dem gemeinen Kapitain war

ich gespannt und ich hatte von ihm nicht bloß kein Geld, sondern vielleicht nicht einmal die Gefälligkeit zu erwarten, mit
an's Land gesetzt zu werden; was die Passagiere betrifft, so
hatte ich mich ihnen nicht genähert, weil es mir eben in Dem
fehlte, worauf sie den meisten Werth legten, und weil unter
diesen Umständen eine Annäherung von meiner Seite nur
mit einer Art von Demüthigung verbunden gewesen wäre,
um deren Preis ich keine holländische Freundschaft erlangen
mogte. Es wurde mir daher eine Sache der Unmöglichkeit,
irgend Jemanden um einige Gulden anzusprechen und so
mußte ich denn die kaltherzigen Holländer, die mehr in der
Tasche als im Kopfe hatten, zum Grabe Napoleons abziehen
sehen, während ich, ganz voll von dem Schicksal des mäch-
tigen Helden, ihm mit erzwungen gleichgültiger Miene den
Rücken kehrte und dem vorüberrollenden Seewasser zusah.
Ich zitirte aber den Geist des Todten auf das Schiff herab,
so daß die Holländer da oben nichts fanden, als Trauer-
weiden, um deren Zweige es ihnen hauptsächlich zu thun
war, und einen Stein so kalt wie sie.

Nachmittags, nachdem die Wasserfässer und die Passagiere
wieder eingeladen waren, wurden die Anker gelichtet. Ich
schied von St. Helena mit der Vorstellung, daß die Insel
keine Bewohner hätte, oder plötzlich mit den Gebeinen des
großen Korsen in die Tiefe des Meeres versänke. Das
kleinliche Leben, das kaufmännische Treiben und Spekuliren,
welches die Insel bevölkert, beeinträchtigt den Zauber zu sehr,
der um jene Felsen schwebt, die ohne ihn so wenig würden
genannt werden. Napoleon ist versunken mit seiner Größe,
mit seiner Macht. Der einzige Sproß des gewaltigen
Stammes sank ihm nach. Sein Blut rollt, wie jener ameri-
kanische Häuptling sprach, vielleicht in keinen menschlichen

Adern mehr. Er hatte keinen Vorgänger und hat keinen Nachfolger. Der Geschichte allein gehört, was von ihm ausging. So müßte denn auch selbst sein Grab von der Erde verschwinden, oder hoch und einsam in felsigen Wildnissen schlafen, wo nur Stürme darüber hinhaus'ten und traurig schreiende Vögel, die niemals eine menschliche Gestalt sahen und die fremd und betroffen den seltenen Wanderer anstierten, dessen Fußtritt in den grauenvollen Felsklüften wiederhallte.

Unser Schiff braus'te, durch keine fesselnde Betrachtung aufgehalten, rasch und emsig der Heimath zu. Die inneren Höhen der Insel treten hervor, wie der Fuß der andern mehr in die Wellen sinkt. Die menschlichen Schöpfungen entschwinden allmälig dem Auge, nur die düstern Felsen ragen noch lang in trauriger Majestät über den Horizont. Der Abend sinkt herab, einzelne Seevögel schwärmen noch abwechselnd um das Schiff, bis auch sie verschwinden. Der Wind ist frisch, noch ein Segel auf! Kours Nord-Nord-West! Adieu, Napoleon!

XIII.

Sonnenuntergang auf der See.

Wie unter der Linie, besonders bei Windstillen, die Tage am unausstehlichsten sind wegen der senkrecht herabbrennenden Hitze, welcher man vergebens unter das Verdeck zu entfliehen sucht, so sind dort die Nächte am schönsten. Nach-

dem die Sonne den Tag hindurch) die Linienbefahrer, die sie
Mittags regelmäßig zu Schlemihls macht, hinreichend ge=
quält hat, sucht sie Abends durch ihren schönen Scheideblick
sie zu versöhnen. Ehe sie Abschied nimmt, zieht sie noch schö=
nere Kleider an, als ehe sie kommt, und wer wollte da noch
zürnen, wenn er so viel Aufmerksamkeit mit so viel Schön=
heit gepaart sieht! Der Betrachter wischt sich versöhnt den
Schweiß von der Stirne und blickt von seinem hölzernen
Belvedere über die goldene Fläche bewundernd der Scheiden=
den nach. Jetzt setzt sie den Fuß sanft auf den blitzenden
Wassersaum und wandelt langsam mit rückwärts gekehrtem
Gesicht den nächtlichen Pfad herab. Wie eine brennende
Insel steht sie am Horizont da und zündet unter sich das
Meer und über sich den Himmel an, als reichte ihr gewöhn=
liches Licht nicht aus, die neue Bahn zu beleuchten. All=
mälig beginnt der Brand zu erlöschen, sie sinkt erschöpft hin=
ter der Erde hinab und läßt nur einen sanftglühenden Wie=
derschein in der Dunkelheit zurück. Wie der Schein der
abendlichen Lampe aus dem Nachbarfenster in die Kammer
eines träumenden Poeten, der still die dämmernde Landschaft
betrachtet, spärliche Stralen herübersendet, so gießt die
Sonne, die schon einer andern Weltseite scheint, ihren Ab=
glanz noch über die Scheidewand des Horizonts herüber und
erfüllt die verlassene Welt magisch mit ihrem schattengemisch=
ten Licht. Nach und nach treten die Sterne aus ihrem
blauen Hintergrund hervor, schüchtern, als stutzten sie, ihr
Bild sogleich in dem unermeßlichen Spiegel unter sich zu er=
blicken, oder als schlichen sie spähend der Sonne nach, oder
als wollten sie auf dem verlassenen Gebiet geheime, verbotene
Zusammenkünfte halten. Dann wieder scheinen sie schwär=
mende Funken zu sein, von dem ausgelöschten Licht des Ta=

ges abgestoßen, die bald blitzend hervorzucken, bald verglim=
mend wieder verschwinden. Es sind andre Sterne, als die
uns in der Heimath schienen, es sind nicht die täglich wieder=
kehrenden Wahrzeichen, die uns, wenn die Sonne unterge=
gangen war, an ihrer Stelle zeigten, daß der alte Himmel
noch über uns sich ausbreitete und die Erde unter ihm noch
an dem alten Kloben festhing; es sind nicht die bekannten
Begleiter unserer duftenden Frühlingsnächte, nicht die ver=
trauten Zeugen unserer einsamen Wanderungen durch Feld
und Gebirg, unserer verstohlenen Freuden in Gärten und
Lauben, unserer seeligen Schwärmereien an Wald und
Strom. Wir sehen andre Begleiter, andre Leuchten, andre
Meilenzeiger an der Straße unserer Weltreise. Ist dieß
noch die nämliche Erde? Wer verbürgt es uns? Ist nicht
die Bahn, die wir befahren, in eine neue Region des Him=
mels gehoben oder gesenkt? Was ist aus unserer früheren
Welt geworden, von der wir nichts mehr sehen als das
täuschende Wasser, worauf das Schiff leise ächzend sich
wiegt? Was mag während dieser Verlassenheit, wo die
altbekannte Sonne von uns geschieden ist und uns nur unbe=
kannte Stellvertreter zurückläßt, was mag während dieser
Stille, die kein bekannter Laut unterbricht, mit unserer Hei=
math, mit der übrigen Welt vorgegangen sein? Welch
Gefühl würde dich anwandeln, wenn sich nichts mehr fände,
als das Meer und dieses Schiff? Du würdest einen Becher
holen, den größten, der zu finden wäre, ihn füllen mit dem
besten Wein und einen Toast ausbringen auf — du wüßtest
selbst nicht mehr, was.

Dergleichen befremdliche Phantasien umnecken bisweilen
die Seele nach dem Untergang der Sonne auf der See.
Doch nicht lang, und eine beruhigende Erscheinung verdrängt

sie. Ein alter Freund, ein bekanntes Gesicht, ein Zeuge früherer Gefühle und Schicksale trit aus dem Dunkel hervor und grüßt vertraut von der andern Seite herüber. Er sagt uns, daß noch die alte Erde uns trägt, daß unsre Heimath, die er vor Kurzem verlassen, noch zwischen den alten Bergen, noch an dem alten Strome liegt. Der Freund ist der Mond. Das ist eine schöne Eigenschaft des Mondes, daß er überall derselbe treue Freund bleibt. Er verändert sich trotz seinem Wechsel nicht wie die Sonne, die bald unser Blut kochend durch die Adern jagt, bald unter schrägem Stral uns erfrieren läßt; auch wehrt er nicht, wie sie, seinen Anblick durch blendendes Feuer; er brütet nicht, wie sie, verpestende Dünste aus giftigen Lachen; er entflammt nicht, wie sie, den blutbürstigen Bewohner der Wildniß, der den arglosen Wanderer aus verborgenem Hinterhalt überfällt. Er ist überall der nämliche, überall der sanfte, unschädliche Begleiter, er sieht uns überall mit derselben theilnehmenden Miene an, mag er in blühendem Hag oder in sandiger Wüste, auf himmelhohen Bergen oder in tiefem Thal, in der traulichen Heimath oder auf unwirthbarer See auf uns herabscheinen. Er ist überall und immer der „gute, liebe Mond". Ist irgend eine Veränderung mit ihm vorgegangen, so ist es die, daß er schöner ist, als sonst. Er steigt wie eine riesenhafte, leuchtende Lilie aus der See und der lange Glanzstreifen, der sich vom Horizont bis in die Tiefe unter das Schiff verliert, steht unter der Lilie wie ein schlanker, goldener Stängel.

Nach und nach schleicht die Mannschaft sich unter das Verdeck in die Hängematten oder lehnt sich zu verstohlenem Schlaf an die Seitenwand des Schiffs. Nur der Steuermann bewahrt erwartend seinen Platz am Ruder und bespricht mit dem wachehabenden Schiffsofficier, ob nicht über Nacht endlich ein fördernder Wind sich erheben und das Schiff von der Stelle erlösen werde, auf der es schon Tage lang wie angeankert daliegt. Auf den sanften, lang hinrollenden Wallungen, welche die See nach jahrelanger Windstille noch bewegen würden und entweder die Nachwirkungen entfernter Stürme oder des Umschwungs der Erdkugel sind, und die wie riesige Pulsschläge oder wie athmendes Busenwallen der Natur sich unaufhörlich erheben und senken, schaukelt das Schiff sich langsam wie eine ungeheure Wiege und wiegt in Schlaf die von Hitze erschöpften Seefahrer, die es in seinem Bauch beherbergt. Jetzt, wo Alles ruhig geworden, ist für den einsamen Betrachter, der unvermerkt und still an den Vordermast gelehnt noch dasitzt, die Zeit gekommen, wo er ungestört mit den Sternen und dem Mond und der See und der Welt sich unterhalten, wo er die Vergangenheit und die Zukunft und die Unendlichkeit durchschwärmen kann. Das sind Augenblicke, wo er sein Leibliches abgelegt zu haben, wo er als bloß ätherische Seele die Regionen der Natur zu durchwandeln glaubt und wo er in Gebiete hineingeführt wird, in denen weder der Geist ihm den Weg zeigen, noch sein Gefühl die Grenze finden kann. Keine Grenze über ihm in dem unendlichen Himmel, keine Grenze unter ihm in der bodenlosen See. Da droben führen die stillen Gestirne ihren Reigen auf, fremd und doch wieder vertraut, als fürchteten sie in dieser Verlassenheit keinen Beschauer und Belauscher ihrer Geheimnisse; da drunten versenkt sich die Phantasie in ein Reich voll Schauer und Wunder: bald in die Gesellschaft seltsam gestalteter Ungeheuer, bald in die Verschlingungen unerforschlicher Korallenwälder, bald in die Werkstatt nie ergründeter Weltkräfte, bald begegnet

sie auf dem tiefen Friedhof der See den Schatten längst
versenkter Argonauten und fragt, ob auch hier „Unsterblich=
keit" sei?

Die in Betrachtungen verlorene Seele entschwebt endlich
in Regionen, wo der lässige Leib sie nicht mehr festhält. Er
schläft. Beglückende Träume über das Wiedersehen in der
lang entbehrten Heimath umgaukeln den Schlafenden die
Nacht hinburch. Plötzlich erwacht er durch den Zuruf und
das johlende Geschrei der geschäftigen Matrosen; ein mur=
melndes Rauschen um das Borb des Schiffes, ein Brausen
am Bug überrascht sein Ohr. Stutzend setzt er sich auf dem
nun schrägen Verbeck zurecht, reibt sich ermuntert die Augen
und sieht die hohen Segel von einem frischen Winde ge=
schwellt, der das Schiff dem ersehnten Vaterland munter
entgegentreibt. Die Sonne schaut wieder freundlich über
den andren Horizont herüber, als erwarte sie in unsern
Blicken die Anerkenntniß zu lesen, daß s i e es sei, die über
Nacht den willkommenen Wind uns hergesandt.

XIV.

Die Matrosen,
als Redner und Musiker.

Was ein Soldat ohne Bart, ja, was ein Löwe ohne
Mähne und Gebrüll, das würde ein Matrose ohne Flüche
sein. Die Sprache der Seeleute muß, wie ihre Kost, derb
und voll Salz und Pfeffer sein. Es hängt mit ihrem ge=
fahrvollen Handwerk zusammen, daß sie sich immer so ramas=

sirt vernehmen lassen, und man kann sich die Stürme und Wellenschläge, mit denen sie stets zu kämpfen haben, als eine Art Flüche der See denken, welche aus dem Munde ihrer Beschiffer ein angemessenes Echo herauslocken. Die Sterne, der Mond und die Sonne sind für die Matrosen nur Spiel= bälle und die Herrgötter sind ihre Puppen, die sie Tag und Nacht über Kisten und Hängematten herumschleppen. Am Weitesten haben es im Fluchen unstreitig die holländischen Matrosen, wie die Holländer überhaupt gebracht, weil ihnen außer einer natürlichen Anlage und dem Genever ihre vier= schrötige Muttersprache so vortrefflich zu Statten kommt. Wenn die teutsche Sprache die der Philosophie, die englische die der Beredtsamkeit, die französische die der Unterhaltung, die italienische die der Liebe und des Gesanges ist, so ist die holländische die der Flüche. Die Holländer haben, wie alle Amphibien, rothes kaltes Blut und athmen durch Lungen. Jenes zeigt sich in ihrem Pflegma und Dieses wird man als Gegenextrem namentlich gewahr, wenn man sie fluchen hört. Kriecht ihnen das Geringste über die Leber, so muß gleich die Lunge es entgelten, und wo andere Leute ein Ausrufungs= zeichen machen, da setzen sie gleich einen Donnerkeil hin. In keinem Zustand, im ungereizten so wenig wie im gereizten, können sie die Flüche entbehren, sie sind ihnen so natürlich, wie dem Vogel das Singen, und sie nehmen mit derselben Gemüthsruhe einen Fluch in den Mund, wie z. B. eine Prise in die Nase. Der Holländer kann nicht die Stiefel anziehen, nicht frühstücken, nicht seinen Genever darauf trinken, ehe Gott ihn zuvor ein halb Dutzend Mal ver= dammt hat. Gott muß ihn verdammen, wenn er seine Frau küßt, so wie, Gott verdamm' mich, wenn er sie prügelt. Man sollte sagen, es müsse eine total verdammte Nation

sein, die den ganzen Tag selbsteigen auf ihr Verdammungs=
urtheil beim „höchsten Richter" bringt. Von Holländern
selbst werden diese beständigen Verbal=Injurien gegen Sitte
und Geschmack bei der Gewohnheit an die barbarischen Laute
ihrer Sprache vielleicht gar nicht einmal bemerkt. Auch
glaube man nicht, daß diese Fluchseeligkeit bloß bei den nied=
rigsten Klassen zu finden sei, sie erstreckt sich vielmehr ziemlich
hoch hinauf und ich bin überzeugt, daß der brave General
Chassee sich eben so gut von Gott hat verdammen lassen, ehe
er die Zitadelle von Antwerpen übergab, wie der unsinnige
Lieutenant van Spyk, ehe er in übelverstandener Heldenhaf=
tigkeit seine unschuldigen Kameraden in die Luft sprengte.

Die größte Virtuosität im Fluchen haben, wie gesagt, die
holländischen Seeleute errungen. Es ist ein monströses
Konzert, wenn man zu der tobenden Grundmelodie, welche
die stürmende See brüllt, einen holländischen Matrosen die
Variationen fluchen hört. Die geringste Veranlassung reicht
ihm hin zu den fürchterlichsten Verwünschungen und jeder
Gegenstand ist ihm passend, ihn in einen Fluch zu verwan=
wandeln. Einst versprach ein holländischer Kapitain beim
Austheilen des Branntweins demjenigen seiner Matrosen,
der auf der Stelle einen neuen Fluch erfände, dreidoppelte
Portion. Dieß hörte Einer, der eben herzukam und über
einen eisernen Ring stolperte, welcher mit einem Bolzen in
das Verdeck befestigt war. Sogleich rief er aus: Gott soll
mich ewig ringbolzen! und erhielt den Preis. Es ist son=
derbar, daß fast bei allen ihren Flüchen Gott in's Spiel
kommt. Vom Teufel sprechen sie selten. Man könnte sie
die Theologen des Fluchens nennen.

Auf meiner Rückreise habe ich mir die beliebtesten und
originellsten Flüche und stereotypen Kraftausdrücke der hol=

ländischen Matrosen, die ich kennen lernte, aufgeschrieben. Sie füllen einen ganzen Bogen und sind vielleicht nicht weniger interessant und charakteristisch, als Lichtenberg's Trunkenheitsterminologie der Teutschen. Zuerst kommen die m o n o l o g i s c h e n Flüche. Unter diesen steht obenan das unersetzliche und unentbehrliche „Gott verdamm' mich". Wenn dieß einfache Rezept nicht hilft, so wird Gott zu komplizirteren Leistungen herangezogen und dann heißt es z. B.:

Gott soll mich lazarussen (mich mit den Uebeln des Laza-
    rus heimsuchen)!

Gott lazarussteine mich (lazersteen me)!

Gott lazarusstrale mich (lazerstraal me)!

Gott lazarusstralsteine mich (lazerstraalsteen me)!

Gott sododonnersteine mich (zododondersteen me)!
    (Wahrscheinlich eine Ideenverbindung von Sodoma
    und „Donnerstein" oder Meteorstein.)

Bei Weitem mannigfaltiger und genialer, als die m o n o - l o g i s c h e n, sind die d i a l o g i s c h e n Flüche. Auffallend ist, daß das einfache „Gott verdamm' dich" dabei gar nicht vorkommt. Soll Gott einen Andern verdammen, als den Sprecher selbst, so heißt es z. B.: „Gott soll dich kreuzweis verdammen", oder: „Gott soll dich dreiundsiebenzigmal polnisch verdammen." Will Gott das nicht sogleich thun, so sagt man z. B.:

Gott donnerstrale dich!

Gott donnersteine dich!

Du Donnerstein!

Du Mondfinsterniß!

Deine Schwester!

Deine Mutter!

Dein Vater!

Alles mysteriöse Verwünschungen oder Beschimpfungen.

Spanischer Kuckuk, bist du beblitzt (bebliksemd)?

Gott soll dich ewig mauleseln!

Gott soll dich salamanderen!

Gott soll dich todt donnern!

Gott soll dir doch ein Schaf geben!

Gott soll dich dreimal kielholen!

Brich ein Ohr!

Der Mond verpuffe dich!

Er sitzt da, wie die verdammte Luise, als sie durch die Limonade geblitzt war! (Was das heißen soll, mögen die Holländer wissen.)

Brich deine Nackenhaare und dreizehn deiner besten Rippen!

Bisher hat bloß der Scherz gesprochen, die Jovialität, die freundschaftliche Neckerei; es haben bloß die Schwärmer der gewöhnlichen Unterhaltung umhergezischt. Nun aber fällt der Barometer, plötzlich sammelt sich finsteres Gewölk um die gefurchte Stirne und das drohende Gewitter entladet sich in folgenden Donnerschlägen:

1, Ich wünschte, du bekämst den Schorf so dick, daß dich deine Familie mit einer Leiter von 48 Fuß besuchen müßte!

2, Gott soll dich durch den Mond donnern, daß dir die Sterne an der Seele hangen bleiben!

3, Gott soll dir einen Tritt geben, daß dir die Seele durch die Rippen guckt, wie ein Dieb durch das Gegitter!

4, Ich wünschte, daß dir der Teufel mit einem Messer in den Leib kröche, dir das Fett von den Gedärmen schälte und Kerzen davon machte, um dir zur ewigen Verdammniß zu leuchten!

Ich war im Begriff, noch mehr Proben zu geben, allein

die Dinte wurde blaß, als ich die Feder ansetzte. Sollte der Eindruck der gegebenen noch nicht hinreichend sein, so bedenke man, daß sie in der Uebersetzung viel von der Kraft verlieren, die sie im Original besitzen.

Es gibt bei allen Menschenklassen und Gewerben gewisse Feinheiten und Meisterschaftskennzeichen, woran man die Routine oder Virtuosität eines Menschen in seinem Fach erkennen kann, oder worin er wenigstens das Gefühl dieser Virtuosität ausspricht. Meistens sind solche Meisterschaftskennzeichen Abweichungen von dem normalen Gebrauch, oder Entstellungen der einfachen, natürlichen, vernunftgemäßen Art und Weise. So ruft z. B. ein neuangestellter Nachtwächter die Stunden und, was er dabei zu sagen hat, deutlich aus. Ist er aber längere Zeit im Amt, so fallen alle jene Akkuratessen und Neulingsbemühungen weg und es wird ihn kein Mensch mehr verstehen können. Eben so die Ausrufer, Hausirer ꝛc. ꝛc. Als Beispiele von Meisterschaftskennzeichen und Feinheiten können noch folgende dienen:

Beim Tabackrauchen das Auslassen des Rauches aus den Winkeln des Mundes und gelegentlich aus der Nase.

Das absichtliche Ueberschütten auf den Präsentirteller beim Präsentiren einer Tasse Thee.

Das gefährliche Werfen der Kellner und Marqueurs mit den Tellern und Schüsseln.

Das drohende Stockschwingen der Korporale und Büttel vor dem eigentlichen Hiebe.

Das Kopfschütteln der Schneider, wenn sie den Faden durchziehen.

Das „Hä“-Rufen der Holzhauer.

Das vorsätzliche, taktmäßige Vorbeischlagen der Schmiede von dem eigentlichen Schmiedeeisen auf den Ambos.

Beim Zutrinken der Bauern, Fuhrleute 2c. das Ueber=
reichen des Glases mit weggewandtem Gesicht.

Das Auf= und Nieder=Schwenken der Hände beim Wal=
zen.

Daß Junker ihren Hunden die sonst so verpönte Gewohn=
heit beibringen, ihnen bei jeder Gelegenheit an die Kleider
zu springen.

Daß die Gastwirthe ihren Gästen nur dann in die Augen
sehen, wenn sie mit ihnen sprechen.

Die entstellten Kommando's der Soldaten. Der Unter=
officier z. B. sagt: M a r ſ ch ! der Lieutenant A r r ſ ch !
der Hauptmann E r r ſ ch ! 2c.

Daß ein Stabsofficier beim Wiedersehen seine Frau zu=
erst auf die Hand und dann erst auf den Mund küßt.

Das schonungslose Schlagen der Bänkelsänger mit dem
Stock auf die abgemalte fürchterliche Geschichte, die neulich
im Braunschweigischen oder in Italien passirt ist. 2c. 2c.

Solcher Feinheiten und Virtuositätskennzeichen, die übri=
gens zur Poesie des Lebens gehören, gibt es, auch von höherem
Styl, unendlich viele. Bei den Matrosen bestehen sie, außer
im Fluchen, in der Art, wie sie beim Anziehen der Taue den
Signalruf von sich geben. Wird nämlich an einem Tau
gezogen, ein Segel aufgehißt 2c., so gibt gemeinlich derjenige,
welcher vorn steht, taktmäßig durch Rufen das Signal, daß
jedes Mal Alle zugleich mit vereinten Kräften ziehen sollen.
Ein Unroutinirter wird in einem solchen Fall ganz einfach
rufen: halen (ziehen)! oder hyst hem op (hißt ihn auf)!
Ein Meister dagegen wird diese Worte so entstellen und so
verjohlen und variiren, daß kein Mensch sie mehr herausfinden
kann und daß man sich die Ohren dabei zuhalten muß. Ich
habe wirklich gefunden, daß Diejenigen, welche Das am

Besten verstanden, die besten und zugleich angesehensten Matrosen waren. Wenn ich Schiffskapitain wäre, ich würde jedenfalls, ehe ich einen Matrosen engagirte, ihn vorher mit Variationen an einem Tau ziehen lassen. Bisweilen hört man, was sich sehr spaßhaft ausnimmt, jene Signale auch dann geben, wenn Einer ganz allein an einem Tau zieht, ohne daß er dabei beabsichtigte, Gehülfen heranzurufen. Es ist wie wenn ein einsamer Rekrut sich selbst kommandirte.

XV.

Die Seeräuber.

Als wir etliche Tagereisen über die sogenannte Himmelfahrtsinsel (eine kleine Insel etwa 10 Grade oberhalb St. Helena) hinaufgesegelt waren, erscholl eines Morgens plötzlich der Ruf: „Seeräuber! Seeräuber!" Am östlichen Horizont sah man ein kleines Segel schimmern, welches sich, da der Wind etwas schwach war, uns nur langsam näherte. Es war noch so weit entfernt, daß man von dem Fahrzeug selbst nichts wahrnehmen konnte. Der Kapitain, dessen Muth wir schon mehrere Male zu bewundern Gelegenheit hatten und der eben in der Kajüte mit dem Raube von Damenherzen beschäftigt war, stürzte auf die Nachricht, daß er von einem weit ernstlichern Raube bedroht sei, aus dem Verdeck hervor auf das hintere Oberdeck, wo sein Kommandoplatz war. Sein brabäntisches Pfingstrosengesicht hatte in dem Augenblick eine merkliche Veränderung erlitten und die

Lilien der Angst blühten schneeweiß zwischen den Rosen sei=
nes hitzigen Temperaments. Als er das verhängnißvolle
Segel ansichtig wurde, lief er in der Verwirrung wie ein
Tanzmeister auf seinem Kommandoverdeck herum und rollte
seine schönen Augen nach allen Himmelsgegenden umher, als
wollte er auf der See einen Weg suchen, auf dem er sich zu
Fuß aus dem Staube machen könnte. Da sich ein solcher
Weg nicht finden wollte, beschloß er endlich, seinen Feind
näher in's Auge zu fassen, und ließ sich alle seine Fernrohre
heraufbringen, eins nach dem andern, bis er eine solche
Menge dieser Instrumente beisammen hatte, daß man mit
ihnen allein, wenn man sie wie Kanonen aufpflanzte, einen
Seeräuber hätte verjagen können. Seine Anstalten, wenn
ihnen auch keine Kriegslist zu Grunde lag, erinnerten mich
an jenen Militairmusikanten, der, von einem feindlichen Ka=
valleristen auf der Ferse verfolgt, sich plötzlich umwandte und
mit solcher Malice sein Fagot auf ihn anlegte, daß Jener es
für ein Schießgewehr ansah und die Flucht ergriff.

Nachdem unser Kapitain den Korsaren hinlänglich befern=
rohrt hatte, gab er seiner Mannschaft, die nicht weniger auf
seine Befehle als auf das Resultat seiner Besichtigung ge=
spannt war, mit bebender Stimme den trostlosen Bescheid,
daß es wirklich ein Seeräuber von der afrikanischen Küste
sei. Zugleich ertheilte er den Befehl, sich zum Kampf be=
reit zu machen. Die erste Vertheidigungsmaßregel, die er
ergriff, war eine Kriegslist. Er ließ nämlich auf die Mast=
spitzen ungeheure englische Kriegsschiffswimpel aufziehen,
welche, in Verbindung mit den vielen an den Seiten des
Schiffes angebrachten blinden Kanonenlöchern und mit der
ungewöhnlichen Größe des Schiffs, demselben durchaus das
Ansehen eines Kriegsschiffes geben mußten. Der Pirat in-

deffen, seiner Sache gewiß und die fehlende Größe seines
Fahrzeugs durch die Größe seines Muthes erfetzend, ließ sich
durch jene Masken nicht abschrecken und rückte mit furchtba=
rer Langsamkeit seiner Beute näher. Als die Wimpel und
Kanonenlöcher nicht helfen wollten, mußten die Kanonen
selbst vorrücken. Sie wurden in aller Eile, durch die Ver=
schanzung (die um das Verdeck laufende Schutzwand) vorge=
schoben und eine Menge Pulver, Kanonenkugeln, Trauben=
kugeln, Säbel, Flinten, kurzum das ganze Arsenal des
Schiffs wurde auf das Verdeck geschafft. Um dem Feind
alles Ernstes zu zeigen, mit wem er sich einzulassen im Be=
griff stehe, wurde sogar von den Zündlöchern einiger Kano=
nen etwas Pulver abgebrannt, so daß der Rauch drohend in
die Höhe schlug. Aber Alles umsonst. Der Seeräuber
schien schon zu viel Pulver gerochen zu haben, als daß er
vor einem Wölkchen Rauch umkehren sollte. Sein Kiel
steuerte sicher und fest auf unser unglückliches Schiff los.
Unser Kapitain nahm seinen letzten Rest von Kontenance zu=
sammen und feuerte die Mannschaft zu verzweifelter Gegen=
wehr an. Er suchte den Muth der Andern zu verdoppeln,
um mit dem Ueberschuß den fehlenden eigenen zu ersetzen.
Sogar mir schenkte er, trotz der zwischen uns eingetretenen
Spannung, die Ehre, mich freundlich anzureden und mir zu
sagen, ich werde bald Gelegenheit finden, mich auszuzeichnen.
Auf seine Aeußerungen bei einer früheren Gelegenheit an=
spielend, erwiederte ich: davon sei zwar „nichts zwischen uns
akkordirt," da ich aber lieber in Europa, als in Afrika wohne,
werde ich mein Bestes thun, im Fall Ernst aus der Sache
werde. Mittlerweile war der Afrikaner so nah gekommen,
daß man die Größe seines Schiffes ungefähr übersehen konnte.
Ich bemerkte einigen Matrosen, es scheine mir höchst unwahr=

ſcheinlich, daß ſich ein Seeräuber darin befinde, da doch der Kampf eines ſo kleinen Fahrzeugs gegen ein ſo großes Schiff, wie das unſ'rige, faſt unmöglich ſei. Sie belehrten mit kriegsmeiſterlicher Altklugheit, worin ſich ihre Angſt mehr als ihre Sachkenntniß ausſprach, meine Unerfahrenheit in ſo ge= fährlichen Dingen und verſicherten mir, daß die Seeräuber ſich immer ſo kleiner Schiffchen bedienten und daß die ſchnellſte Fregatte nicht im Stande ſei, dieſe kleinen Schnell= ſegler einzuholen. Vorn auf dem Schiff hätten ſie eine ein= zige Kanone, die ſich nach allen Seiten hin drehen laſſe und die noch einmal ſo weit trage, wie die Kanonen der Kauf= fahrteiſchiffe, auf die ſie Jagd machten. Sobald ſie nun auf Schußweite ſich genähert, pflegten ſie ein Boot auszuſetzen und das zu plündernde Schiff zur Auslieferung ſeiner Schätze oder ſeiner Paſſagiere aufzufodern. Werde ihnen bewilligt, was ſie verlangten, ſo ſei wenigſtens Hoffnung vorhanden, das Leben der Schiffsmannſchaft zu retten; trotze man ih= nen aber, ſo rudere das ausgeſandte Boot wieder zurück und alsbald fange der Räuber an, aus ſeiner ſicheren Entfernung das widerſpännſtige Schiff ſo lang zu beſchießen, bis es ſich ergebe oder unterſinke. Verfolge man ihn, ſo ziehe er ſich ſchießend zurück; fliehe man, ſo ſei er Einem immer auf den Ferſen, ſo daß es einem Kauffahrer eben ſo unmöglich ſei dieſen anſcheinend geringfügigen Feind zu beſiegen, wie ihm zu entrinnen.

Dieß gefahrdrohende Bild von den Seeräubern ſchien nir= gendwo ſo lebhaft ausgemalt zu ſein wie in der Phantaſie unſeres unglücklichen Kapitains. Es iſt doch ein entſetzliches Uebel, gar keinen Muth zu beſitzen, und das Uebel wird dop= pelt fühlbar, wenn es ſich kundthut um einen aufgeblaſenen Hochmuth zu bemüthigen und in ſeiner wehrloſen Erbärm=

lichkeit bloßzustellen. Es war mit dem Kapitain so weit gekommen, daß er sich einen Stuhl mußte bringen lassen, auf
den er sich wie auf ein Pferd, die Beine auseinander, hinge-
setzt hatte. Als ich ihn in dieser berittenen aber bejam-
mernswerthen Delinquentensituation sah, beschloß ich ohne
alle Großmuth, mir für sein früheres Benehmen eine kleine
Rache zu erlauben. Ich ging an ihn heran und sagte ihm
scherzend: er scheine die Kavallerie zu kommandieren, ob er
mir als Sergeanten nicht die Infanterie und Artillerie überlassen wolle? Entweder verstand er mich nicht oder er wollte
mich nicht verstehen, denn er antwortete mir mit einem zer-
streuten, weinerlichen Lächeln, das aussah wie süßer Essig:
ja wohl, wir wollen uns tapfer halten. Und wirklich hielt
er sich auch so tapfer an seinem Stuhl, daß er nicht fallen
konnte, wenn der Stuhl nicht mitfiel. Unterdessen waren
die afrikanischen Unmenschen so nah gekommen, daß wir jeden
Augenblick das fürchterliche Parlamentairboot erwarteten.
Sie schienen sich absichtlich im Winde über unserm Schiff
zu halten, um nöthigen Falls sogleich zur Verfolgung bereit
zu sein, und wenn man auch auf dem Fahrzeug noch keine
kriegerische Bewegungen und Vorbereitungen sehen konnte, so
hatte es doch ein so geheimnißvolles, beängstigendes Aussehen, daß man sich auf Alles gefaßt halten mußte. Es
schien ein trojanisches Pferd mit Segeln zu sein. Auf unserm Schiff standen die Matrosen zum Theil mit brennen-
der Lunte bei den Kanonen, die man aus Angst oder Unschlüssigkeit vergessen hatte zu laden. Wer nicht Kanonier
war, stellte sich in die Nähe eines Säbels oder einer Flinte.
Die Passagierdamen eilten in Verzweiflung bald aus der
Kajüte auf das Verdeck, bald von dem Verdeck wieder in die
Kajüte. Sie glaubten sich, wie es schien, schon auf einen

afrikanischen Sklavenmarkt versetzt, wo ein roher, kauflustiger Dei musternde Haremsblicke auf sie heftete. Plötzlich setzte das Räuberschiff das ängstlich erwartete Boot aus. Zwei Mann hatten den unbegreiflichen Muth, dasselbe auf unser Schiff loszurudern. Als sie näher kamen, nahmen die Steuerleute die Fernrohre wieder zur Hand und gaben dem Kapitain, der ihnen in gespannter Erwartung nach dem Munde sah, endlich die himmlische Versicherung, daß das Fahrzeug ein einfacher Kutter und daß die heranrudernden Menschen einfache Matrosen seien. Dieselben hatten unser Schiff bald erreicht und — was wollten sie? Sie sagten, daß sie, vier Mann hoch, auf einer Fahrt nach Südamerika begriffen seien, daß sie unterwegs kontraire Winde und Windstille gehabt und daß durch diesen Aufenthalt ihr Wasservorrath auf die Neige gegangen sei. Sie baten den Kapitain um Gotteswillen, durch ein Faß Wasser ihrer Noth ein Ende zu machen. Als unser Kapitain diese Sprache hörte, wuchs sein Muth wieder bis an den Mastkorb und er hatte die Herzhaftigkeit, von der Höhe seiner hölzernen Zinnen herab mit vernehmlicher und fester Stimme zu sagen: „nein, ich kann kein Wasser missen." Auf diesen Bescheid, der durchaus nicht der Wahrheit gemäß und nichts Anderes war, als eine Rache für die ausgestandene Angst, kehrten die Armen Matrosen zu ihrem bescheidenen Kutter zurück, der hinter unserem Koloß sich wie ein abgewiesener Betteljunge hinter einem hochmüthigen Lord vorüberschlich.

XVI.

Weitere Fahrt bis Rotterdam.

Die erste Gefahr, die wir nach dem Abenteuer mit den Seeräubern wieder zu bestehen hatten, war die Gefahr, mit Mann und Maus unterzugehen. Diese Aussicht, in einem Haifischmagen begraben zu werden, verdankten wir, wie so manche andere, der Kundigkeit unseres würdigen Kapitains. Wer diesen Menschen Mittags um 12 Uhr mit seinem Sextanten nach der Sonne stieren sah und dabei die gelehrte Miene und das prätensiöse Wesen, welches er dem Himmel gegenüber annahm, beobachtete, konnte ihn nur für einen Professor der Seemannswissenschaft halten. Dennoch, obschon der Mann so viel nach dem Himmel sah, wußte er selten recht, wo er sich auf der Erde befand. So erging es ihm auch, als wir in die Nähe der azorischen Inseln kamen. Daß diese Inseln nicht weit mehr entfernt waren, wußte er zwar, aber er konnte nicht berechnen, ob wir zwischen ihnen durch, ob wir rechts oder links vorbeisegeln, ob wir sie heute oder morgen, bei Nacht oder bei Tage passiren würden, während z. B. der Kapitain auf unserer Hinfahrt die Ankunft in der Straße Sunda beinah auf die Stunde vorherbestimmt hatte.

Es war an einem neblichten Morgen, kaum nach Tagesanbruch, als zwei Matrosen auf dem Vordertheil des Schiffs, welches von einem sturmähnlichen Winde mit reißender

Schnelligkeit vorangetrieben wurde, vor sich zwei Wasser=
hosen zu sehen glaubten, deren wir bereits am Tage vorher
eine gesehen hatten. Während die beiden Matrosen sich
über die Gefahr unterhielten, in die das Schiff durch die
Wasserhosen gerathen oder nicht gerathen könnte, rief ein
dritter vom Vordermast herunter, er sehe Land vor dem
Schiff. Wer den Ruf hörte, wurde leichenblaß; wer ihn
nicht gehört, erhielt durch das fortgepflanzte Geschrei sogleich
Kunde davon und im Nu war Alles aus den Betten und auf
dem Verdeck, wo die Matrosen und Steuerleute mit ver=
wirrendem Geschrei und betäubendem Gepolter durch ein=
ander liefen. Der uns rettete, war der Matrose am Steuer.
Er hatte die Geistesgegenwart und das Glück, das Steuer=
rad nach der richtigen Seite herum zu drehen und das
Schiff sogleich von der Felsenspitze abzulenken. Jetzt sahen
wir, in welcher Gefahr wir geschwebt. Nahe vor uns ragte
eine ungeheure, steile Felswand in die Wolken, an welcher
die Brandung häuserhoch hinaufschlug. In sie hinein
stürzten sich hoch von den Felsen herab zwei schäumende
Wasserfälle und diese waren es, welche die Matrosen durch
den Nebel hindurch für Wasserhosen angesehen hatten.
Kamen wir eine Stunde früher, als der Nebel noch dichter
war, bei der Insel an, oder beschrieb die Felsenküste, die wir
vor uns sahen, nicht einen konfexen, sondern einen konkaven
Bogen gegen uns, so daß das Schiff sich nicht mehr gegen
den heftigen Wind aus der Bucht herausarbeiten konnte,
dann waren wir unrettbar verloren. Ohne Opfer kamen
wir indeß doch nicht davon. Der Matrose, der uns geret=
tet, wurde unmittelbar nachher durch das heftige Arbeiten
des Steuerruders, welches nach dem Drehen des Schiffs
die Wellen von der Seite packten, über Bord geschleudert,

ohne daß bei dem starken Wind und der hohen See auch nur an einen Versuch zu seiner Rettung hätte gedacht werden können. Es war, als hätte die See sich an diesem einen Opfer dafür gerächt, daß es ihr so viel andere entzog. Die Insel, die wir vor uns sahen, war die Insel Terzeira, auf welcher Don Pedro seine Eskadre gegen Don Miguel aus= gerüstet hat.

Oberhalb der azorischen Inseln hatten wir fast beständig kontraire Winde. Sie machten unsere Fahrt um so unange= nehmer, je mehr die Sehnsucht nach Europa wuchs. Zudem wurde das Wetter ganz unausstehlich. Der Winter war vor der Thüre und die Kälte nahm von Tag zu Tag zu. Dieß mußte namentlich ich empfinden, der ich, auf eine bloße Sommerreise gerichtet, außer einem leiblichen Anzug, wel=her ich bis zu meiner Ankunft in Europa bewahren mußte, nur mit abgetragener und dünner Kleidung versehen war. Ich behielt sie Tag und Nacht auf dem Leibe und verdickte sie durch allerlei Hülfsmittel, so gut ich konnte. Trotzdem war es mir nicht möglich, auf dem Verdeck in meinem luftigen Quartier, wo Nässe und Kälte mir immer mehr zusetzten, länger auszuhalten. Ich beschloß daher, die Matrosenge= sellschaft zu verlassen und mit meiner Hängematte unter das Verdeck zu retiriren. Im Vordertheil des Schiffs befand sich das sogenannte Kabelgat, ein finsteres Loch, worin die Schiffstaue, Ankerketten, allerlei Geräthschaften und Ma= terial aufbewahrt wurden. Dieß Behältniß, worin es auf= fallend wärmer war, als auf dem Verdeck, wählte ich zu meinem Asyl, um darin unterirdische Betrachtungen über die Romantik anzustellen. Da saß ich denn Wochen lang auf den bratwurstartig zusammengelegten Tauen, um in der Oberwelt nicht zu erfrieren, und meine Hauptbeschäftigung bei dem beständigen Sturmwetter bestand darin, mich so in die Taunester gleichsam einzunisten und festzuklemmen, daß ich durch das furchtbare Arbeiten des Schiffs nicht umhergeworfen und zerschlagen wurde. Ohne Gesellschaft blieb ich indeß auch hier nicht. Der Schiffskoch, ein stattlicher, rabenschwarzer Bengale, der nie in Europa gewesen, der nur an das heiße Klima gewöhnt und dessen Kleidung noch dünner war, als die meinige, hatte, durch mein Beispiel angeleitet, für die Zeit, wo er sich nicht in seiner Küche wärmen konnte, namentlich bei Nacht, ebenfalls Schutz in dem Kabelgat gesucht. Seine Gesellschaft war mir Anfangs anziehender, als die der Matrosen, er unterhielt mich, bis er einschlief, von den indischen Gottheiten, von seinen zurückgelassenen Weibern, seinen Schicksalen und deklamirte aus dem Koran; bald aber mußte unsere Freundschaft ein Ende nehmen, als ich mit dem dritten meiner fünf Sinne wahrnahm, daß ihn bei Sturmwetter die Angst abhielt, seine Anhänglichkeit an mich und das Kabelgat auch nur auf Augenblicke zu verleugnen. Ich konnte ihm nur dadurch andere Lebensart angewöhnen, daß ich ihn abstoßend behandelte und mit Prügeln bedrohte.

Nachdem wir uns bei dem fürchterlichsten November- und Dezember-Wetter, in welchem wir mehrere Male auf den Untergang gefaßt waren, gegen vier Wochen in der Gegend von England herumgetrieben, während welcher Zeit meine feste Gesundheit endlich durch die beständige Nässe und Kälte merkbar zu leiden begann, kamen wir so weit, daß wir einen Lootsen an Bord nehmen konnten. Das Schiff war leck geworden, so daß in mein Kabelgat das Wasser tonnenweise hereinschoß, und konnte die Fahrt bis Holland unmöglich aushalten, es mußte der Ausbesserung wegen in einen der nächsten Häfen einlaufen. Der Lootse rieth wegen des Wetters und wegen des Zustandes, worin sich das Schiff befand, das nähere Falmouth an; der Kapitain aber wünschte zu Plymouth einzulaufen, weil er dort ein angenehmeres Leben erwarten konnte. Seine Hoffnung auf ein angenehmeres Leben hätte uns beinah das unsrige gekostet. Trotz dem fürchterlichen Wetter und den Warnungen des Lootsen mühte er sich fast einen ganzen Tag lang vergeblich ab, durch Laviren nach Plymouth zu gelangen, und kehrte erst nach der Richtung von Falmouth um, als der Nebel, die Dunkelheit und der Sturm so überhand genommen, daß selbst der Lootse in die größte Besorgniß gerieth. Jetzt mußte dieser unser Retter werden. Ohne zuletzt durch den Nebel hindurch von der Küste mehr als bisweilen den unbestimmten Umriß eines Berges zu sehen, befahl er, schnurstracks auf einen gewissen Punkt loszusegeln, wo er die Hafenmündung vermuthete. Glücklicher Weise hatte ihn sein geübtes Auge nicht getäuscht. Wir ließen nach fünfmonatlicher Fahrt bei sinkender Nacht in der Bucht von Falmouth den Anker fallen. Es war die höchste Zeit, denn das Schiff enthielt gegen fünf Fuß Wasser. Sogleich wurden die Pumpen in Bewegung gesetzt und mit dem Seewasser wurde der schon beschwemmte Kaffee und Zucker auf das Verdeck gepumpt. Zwei Tage später hieß es, daß in der Nacht, welche auf unsere Ankunft folgte, achtzehn Fahrzeuge an den benachbarten Küsten gestrandet seien. Nachdem wir in Sicherheit waren, hörte ich den Obersteuermann sagen, er wundere sich, daß wir Europa wiedergesehen, wir seien durch die Unkunde und den Eigensinn des Kapitains mindestens dreimal in der augenscheinlichsten Gefahr gewesen, unterzugehn.

Das Schiff mußte gänzlich ausgeladen werden und der

Ausbesserung wegen den Winter hindurch im Hafen von Falmouth liegen bleiben. Unter diesen Umständen konnte eine Abfindung hinsichtlich der sofortigen Weiterschaffung der Passagiere diesen wie dem Kapitain nur angenehm sein. Ich, der ich am Meisten Ursache hatte, meine Reise zu beschleunigen, und am Wenigsten durch mein Gepäck genirt war, nahm das vom Kapitain mir angebotene spärliche Reisegeld sogleich mit Freuden an und reis'te mit dem Dampfschiff nach Londen, nachdem ich meine Habseeligkeiten unter meine geehrten Reisegefährten, die Matrosen, vertheilt und meinen "maat" (Kamerad) mit dem verlorenen Nasenflügel mit meinem Sergeanten-Kapotrock beglückt hatte. Da ich weder Zeit noch Geld hatte, mich in Londen weiter, als nach dem benachbarten Tower, umzusehen, bestieg ich sogleich ein segelfertiges Paketboot und langte nach einer achttägigen, ununterbrochen stürmischen Fahrt, auf welcher eine französische Brig uns beinah in den Grund segelte, in Rotterdam an.

Nie in meinem Leben habe ich eine entzückendere Aussicht gehabt, als damals, da ich den ersten Sand der flachen, traurigen holländischen Küste wieder sah.

XVII.

Meine Uhr.

—

Wenn eine Uhr ein Erfoderniß für den Geschäftsmann und ein Luxusartikel für den Sorglosen ist, wem wäre sie dann überflüssiger, als einem Studenten? Ihn erinnern an

Beobachtung der Stunden höchstens mitunter die Kollegia und auch diesen Mahnern läßt sich leicht genug thun, wenn man, wie es bei mir der Fall war, aus seinem Fenster die Aussicht auf das Zifferblatt des Rathhauses hat und überdieß das Zeitgewissen alle Augenblicke durch einen Ruf von den umherstehenden Kirchthürmen aufgeschreckt wird. Worauf es mit dieser Einleitung hinaus soll, wird einem Menschenkenner sofort klar sein, nämlich auf das Geständniß, daß ich auf der Universität meine schöne, dicke Uhr, durch die ich mich als wohlausgestatteten Sohn anständiger Eltern legitimiren sollte, als ein überflüssiges Möbel zurückgelassen, daß ich ihr Gold in Silber umgesetzt, daß ich Dasjenige, welches die Zeit anzeigt, in Dasjenige umgewandelt hatte, womit man die Zeit vertreibt.

Als ich nun dem Studentenleben Adieu gesagt und im Begriff stand, die große Fahrt nach Batavia anzutreten, wurde ich an meine bereits vergessene Uhr zuerst wieder gemahnt durch — die Abschiedsstunde. Die Meinigen standen um mich herum mit verweinten Augen und brachten ihre letzten Herzensanliegen vor, ich selbst stand da, mit der einen Hand Händedrücke austheilend und mit der andern das Schnupftuch haltend, da plötzlich schlägt die Thurmuhr, ich greife hastig in die Westentasche, um zu sehen, ob es die Stunde der Abschiedsstunde ist, die mich ruft, und — die Tasche ist leer! Mein Vater, den dieser unwillkürliche Wink an die Ausfüllung einer Lücke mahnte, nöthigte mich, die Abschiedsszene noch um einige Augenblicke zu verlängern, und ging aus der Stube. Als er zurückkam, hielt er eine höchst elegante goldene Uhr mit emaillirtem Zifferblatt in der Hand und überreichte sie mir mit den Worten: „Ich schenke dir als Andenken die goldene Repetiruhr deines verstorbenen

Bruders. In Batavia wird sie sich besser bewahren lassen, als auf der Universität. Versprich mir Das!" Ich versprach sie zu bewahren wie einen Augapfel und einige Minuten später rollte mit mir und meiner Uhr der Wagen der holländischen Gränze zu.

Welche Dienste hatte von nun an die schöne Uhr zu verrichten! Auf der kolonialen Hochschule zu Harderwyk hatte sie mich zu erinnern, nicht an die Kollegia, oder an die Stunde eines Burschenturniers, oder an die Stunde eines Gelags, sondern an die Zeit, wo ich mich beim Appell durch mein „Present!" als Nichtdeserteur auszuweisen, wo ich mit der grauen Kompagnie der Aspiranten auf den ostindischen Kirchhof nach der Schimpf- und Fluchschule des Exerzierplatzes auszurücken, wo ich als Wachposten einen Ausgang der Stadt an der Südersee zu besetzen hatte, um die teutschen Argonauten von der Flucht vor dem batavischen goldnen Vließ abzuhalten. Wie oft habe ich nach der Uhr gesehen auf dem langen Weg von Harderwyk bis in den Kanal, von dem Kanal nach den Azoren, von den Azoren nach den Kanarischen Inseln, von den Kanarischen Inseln bis zum grünen Vorgebirge, vom grünen Vorgebirge bis zum Aequator, vom Aequator bis Tristan d'Akunha, von Tristan d'Akunha bis zum Kap der guten Hoffnung, vom Kap der guten Hoffnung bis St. Paul und Amsterdam, von St. Paul und Amsterdam bis zur Sundastraße, von der Sundastraße bis Batavia! Wie oft habe ich die Uhr mit ihrer klangvollen Stimme mir die Zeit angeben lassen, wenn ich in den stillen Nächten auf dem Verdeck saß und die Matrosen sich nach ihrer Ablösungsstunde sehnten, oder wenn ich in dem schwarzdunkelen Schiffsraum, von Hitze und von Phantasien geplagt, schlaflos in der Hängematte gewiegt wurde! Dann kam die böse

Zeit von Batavia, wo mich die schöne Uhr auf den Exerzier=
platz unter den hohen Tamarindenbäumen rief, wo sie mich
Abends um die neunte Stunde in der qualmenden chinesi=
schen Restauration zum Aufbruch mahnte, wo sie vor Tages=
anbruch mir meldete, daß die malaiischen Höckerweiber mit
ihrem Kaffee vor den Kasernen warteten, um die teutschen
Auswanderer zu ihrem ostindischen Tagewerk zu stärken, wo
sie mir bei Nacht auf der Wache die Zeit angab, wann ich
meine großmäuligen malaiischen Untergebenen, die meine
repetirende Uhr staunend für einen goldenen Singvogel zu
halten schienen, mußte aufmarschiren oder auf ihren ein=
samen Posten an den militairischen Bagno's und am Jakatra
mußte ablösen lassen.   Darauf kam die seelige, goldene
Stunde, wo mir endlich der langsam rückende Finger der
Uhr den M i n u t e n ſt r i ch zeigte, hinter welchem der Rück=
weg nach Europa begann.   Wie viel unendliche Stunden,
Minuten, Sekunden hat der schlanke Zeiger der goldenen
Repetiruhr meines verstorbenen Bruders bis zu jenem Au=
genblick durchlaufen!   Und nun der Rückweg bis England
— doch der Rückweg ruft mir die Versuchungen in's Ge=
dächtniß, die ich zu überwinden hatte, um das meinem Vater
gegebene Versprechen zu halten.

Mensch, selbst wenn du ein rechtgläubiger Christ bist, es
gibt Augenblicke, in welchen es trotz deinem Stolz auf die
„Göttlichkeit“ deiner Natur und trotz deinem tröstenden
Glauben an ein „besseres Leben“ dir klar wird, daß du weniger
bist, als das verachtete, sterbliche Thier, wenn du — kein Geld
hast, denn das Geld ist das stellvertretende Supplement der
Gottheit im Menschen.   Aber unter allen Lagen, welche
dir deine pekuniaire Menschlichkeit fühlbar machen, gibt es
schwerlich eine verdrießlichere, als wenn du eine Reise um

die halbe Welt gemacht und kein Geld hast um ein Andenken an deine große Fahrt mit nach Hause zu nehmen. In der That, ich habe es empfunden, daß eine solche Noth weit bitterer ist, als so manche andre, die durch ihre Folgen weit schwerer in's Gewicht fällt. Von dem Geld, das mir außer der goldenen Uhr mein Vater mit auf den Weg gegeben hatte, besaß ich nach vier Monaten noch eben genug, um mit Zuschuß einer kleinen Summe, die mir mein Obrist lieh, meinen Laufpaß einzulösen. Nun stand ich da wie ein Vogel, der die Freiheit des Fliegens mit den Federn seiner Flügel erkauft hat. Sollte ich in dem berühmten Lande, das eine Reise von 6000 Stunden von meiner Heimath trennte, mich nicht weiter umsehen, als die militairische Fessel gereicht hatte, und sollte ich nicht einmal einige Denkzeichen meines Aufenthalts, einige Merkwürdigkeiten und Geschenke mit nach Europa bringen? Hier gab es seltene Thiere, glänzende Papageien, niebliche Affen, dort seltene Pflanzen, schöne Blumen, kostbare Konfitüren; hier gab es chinesische Kunstwerke, dort japanische Seltenheiten; hier gab es allerliebste malaiische Arbeiten, dort schöne javanische Waffen; hier gab es Dieß, dort gab es Das für verhältnißmäßig wenig Geld zu kaufen. Wie Manchen, wie Manche konnte ich mit allen diesen Dingen beglücken! Welchen Familienschatz bildeten sie, wenn ich sie in einer kleinen Sammlung vereinigte! Kinder und Kindeskinder hätten ihren Stolz und ihre Freude daran gehabt. Und wie schön hätte ich mit chinesischer Tusche und mit chinesischen Federn auf dem sanften chinesischen Papier, das man mir vor meiner Abreise zum Kauf anbot, unter teutscher Zensur meine Erlebnisse beschreiben können! Welche Versuchungen alle diese Gedanken in mir erregten und in welche Gefahr sie meine — Uhr brachten, das beliebe sich jeder Leser von Gefühl vorzustellen. Beherzt zog ich meine goldene Uhr, die schon so Manchen lüstern gemacht hatte, mit Ermuthigung bedachte ich, daß in Batavia, wo ich für ein bloßes Uhrglas drei Gulden hatte bezahlen müssen, die Uhr selbst mich zum reichen Manne machen, daß sie mich in Stand setzen würde, eine ganze Sammlung javanischer Merkwürdigkeiten zu kaufen, daß ich meinen Vater durch eine einzige Seltenheit würde versöhnen können; aber — ich hatte damals noch keine Politika getrie= ben, das gegebene Versprechen trat wie ein mahnendes Ge= spenst zwischen mich und den Käufer und mit verzweifelter Genugthuung steckte ich die goldene Uhr meines verstorbenen Bruders wieder in die Tasche. Mich mit einem früher ge= kauften javanischen Ring als einzigem Andenken begnügend, nahm ich Abschied von Weltevreden, dessen Name schon so viel Tausenden wie bitterer Hohn in die Ohren geklungen, und wandte mich der Rhede von Batavia zu, um das Schiff aufzusuchen, das mich nach Europa zurückbringen sollte. Meine Begleiter waren zwei Kuli's (malaiische Träger), die meinen Koffer mit dem Ueberrest meiner Garderobe trugen. Als sie den Koffer am Strande der See niedersetzten, hielt ich folgende stumme Rede an sie:

„Edle Malaien! Eure sanfte orientalische Physiognomie verräth mir, daß ein menschenfreundliches Herz in eurem Busen schlägt. Eure Gesinnung ist nicht durch niedern Eigennutz verhärtet, wie das Herz der Europäer, und Wohl= thun ist euch eine Freude. Ein wahrer Stolz aber muß es für euch sein, Wohlthaten einem der Weißen zu erzeigen, die mit Geringschätzung eure braune Haut zu betrachten pflegen und sie nur für gut genug zum Gerben halten. Ihr habt Gelegenheit, eine edle Rache zu üben. Der weiße Mann, dem ihr den Koffer getragen, besitzt nichts mehr, als diesen künstlich gearbeiteten Ring, den ein Chinese verfertigt hat. Der Ring besteht aus einer goldnen Schlange, die sich dem weißen Mann neun Mal um den Finger windet und womit er seine einstige Braut zu umstricken gedenkt. Wollt ihr ihn nöthigen, sich dieß einzige Kleinod und Andenken von Finger und Seele zu reißen, bloß damit er euch den geringen Lohn für euren Trägerdienst zahlen könne? O, ihr werdet es nicht wollen, edle Malaien! Eure Seele schaudert zurück vor solcher Hartherzigkeit! Es liegt euch zu viel an der Zufriedenheit und zugleich an der Achtung eures scheidenden Mitmenschen, als daß ihr ihm nicht den besten Begriff von eurer Edelsinnigkeit und Sympathie mit auf die Reise geben solltet. Nehmt dafür, durch und durch edle Söhne des Südens, den herzlichen Händedruck eures weißen Bruders aus dem Norden und die Versicherung an, daß er im Lande der Weißen sich eurer Rechte und Freiheiten annehmen wird."

Die edlen Menschen konnten auf diese Rede vor lauter Rührung nur drei, aber inhaltschwere Worte erwiedern. Sie sprachen: duhwa rupia, tuwang! Was heißt Das? Es heißt: „zwei Gulden, mein Herr!" Was sollte ich thun? Die Malaien eben so wenig verstehen, wie sie den weißen Mann verstanden, hätte beiden Theilen gleich wenig geholfen. Meine Lage foderte kurzen Entschluß. In wenig Minuten befand ich mich in dem bambusgezimmerten Kram eines chinesischen Schacherers, der mir die goldene Schlange für einen Spottpreis abkaufte. Zwei Rupien erhielten die edlen Kuli's und beinah den ganzen Rest verwendete ich, um als Andenken an Batavia vierzehn dicke Kokosnüsse, einige javanische Stöcke, einen malaiischen Sonnenschirm, ein chine-

fiſches Kartenſpiel und einige andere wohlfeile Kleinigkeiten
zuſammenzuhandeln. Auch von dieſen Andenken habe ich
wenig nach Hauſe gebracht, da mir das Meiſte in einer ſtür=
miſchen Nacht durch die Wellen aus meiner losgeriſſenen
Kiſte, die in dem offenen Ueberdeck unter meiner Hängematte
ſtand, in die See geſpült wurde. Weniger, als ich, hat
nicht leicht ein Reiſender von Batavia mitgenommen, meine
— Uhr aber hatte ich noch in der Taſche.

Auf der Reiſe bis zum Kap hatte ich Manches von der
Mißachtung der reichen Paſſagiere, des Kapitains und ſelbſt
der Steuerleute zu leiden, welche auf einen „kahlen Moff“
meiner Art als auf ein Weſen hinblickten, dem mit dem Geld
auch die Würdigkeit abginge, ſich an ihrer edlen Geſellſchaft
zu betheiligen, und dem ſie ſogar ihre Verachtung mögen zu=
gewandt haben, wenn ſie ſahen, daß er das Gefühl jener
Würdigkeit dennoch mit doppelter Prätenſion feſthielt. In
dieſe Lage gerieth ich übrigens nur den männlichen Paſſa=
gieren gegenüber. Wenn ich nun aber ſo einen Blick voll
holländiſchen Mitleids oder oſtindiſcher Verachtung auf mir
ruhen ſah, dann ſtellte ich mich wie abſichtlos in die Nähe
des Betrachters, zog mit der wohlhabendſten Nonchalance die
ſchönſte Uhr, die das Schiff trug, als holländiſches Wahr=
zeichen meines Standes unter meinem alten Kapotmantel
hervor, ließ revidirend die Uhr repetiren und drehte dem ver=
wunderten Bemitleider mit teutſcher Geringſchätzung den
Rücken. Das wirkte. So oft ich die Uhr zog, betrachteten
mich die Nabobs und ihre Trabanten nicht wie einen be=
mitleidenswerthen armen Teufel, ſondern wie ein intereſſan=
tes teutſches Räthſel, deſſen Löſung aber meine einſylbige
Zurückhaltung unmöglich machte.

Wir kamen in die falſche Bai am Kap. Die Paſſagiere

und der Kapitain beeilten sich, die Kapstadt und deren Um=
gegend zu besuchen. Der Eine brachte Straußfedern, der
Andere Löwenfelle, der Dritte Kapwein, der Vierte allerlei
Seltenheiten und Stoffe mit. Sollte ich nicht auch nach der
Kapstadt gehen? Sollte ich nicht dort durch den Einkauf
von Seltenheiten nachholen, was ich in Batavia versäumt?
Hatte ich nicht von meinem guten Willen, mein Versprechen
zu halten, Proben genug abgelegt? Hatte nicht mein Vater
bloß von Batavia geredet, als er mir das Versprechen
abnahm? Sollte ich nicht die Gelegenheit, die mir ein
günstiges Gebot des zweiten Steuermannes auf meine Uhr
eben an die Hand gab, benutzen dürfen, um die Südspitze
Afrika's zu bereisen? Die Versuchung war vielleicht noch
größer, als in Batavia, aber meine Enthaltsamkeit war nicht
geringer. Ich ließ die kostspielige Kapstadt Kapstadt sein,
fing während der Abwesenheit der Andern goldglänzende
Knurrhähne, die ganz unentgeltlich an meine Angel kamen,
suchte Muscheln, setzte mich an die donnernde Brandung,
wanderte umher auf den Bergen der falschen Bai, die so
„kahl“ waren wie ich und — behielt meine Uhr, obschon die
Versuchungen sechs Wochen andauerten.

Wir kamen nach St. Helena. Die Versuchung klopfte
zum dritten Mal an und zwar dieses Mal stärker, als in
Batavia und am Kap. Sie verbündete sich zu meiner Be=
siegung mit Napoleons Schatten. Sie setzte sich wie eine
andere Lorelei auf die hohen Berge der Insel und winkte
mir aus dem dunklen Wäldchen, in dessen Nähe das Grab
des Giganten liegt. Und das Grab des Giganten war bei
der Kürze unseres Aufenthalts nur Dem zugänglich, der ein
Paar Goldstücke aufzuwenden hatte. Aber ich ließ das
Grab des Giganten unbesucht und — behielt meine Uhr.

Wie oft habe ich mir später gesagt, ich sei ein Philister gewesen! Wenigstens habe ich tausend Mal bereut, daß ich meine Uhr auch bei St. Helena nicht verkauft, bereut namentlich aus dem Grunde, weil ich sie — doch nicht wieder nach Hause gebracht habe. Wie manche verzeihliche Sünde würden wir begehen, wenn wir immer die Folgen unserer Tugenden voraus wüßten!

Wir kamen in die Bai von Falmouth. Als ich das leck gewordene Schiff verlassen und mit dem Dampfschiff der Heimath zueilen sollte, überzählte ich mit trostlosen Berechnungen die kleine Summe, die mir der Kapitain zur Abfindung als Reisegeld hatte geben lassen und die ich mit Freuden angenommen, um nur nicht den Winter hindurch auf dem traurigen Schiffe zurückzubleiben. Es bedurfte keiner arithmetischen Kenntnisse, um einzusehen, daß ich mit jener Summe nicht weiter, als bis Portsmouth, höchstens bis London würde gelangen können und mich dann dort in hülfloser Lage vergebens nach der nahen Heimath würde hinübersehnen müssen. Der gute Rath wurde theurer als je. Mit dem verhaßten Kapitain mich in ein, vielleicht fruchtloses, Unterhandeln einlassen, wobei ich ihm als Bettler gegenübergestanden hätte, das konnte ich nicht. Länger auf dem Schiff bleiben bei der Möglichkeit, in einigen Tagen mein Vaterland wiederzusehen, das konnte ich noch weniger. Was hätte ein Anderer an meiner Stelle gethan?

Die verzweifelte Lage, in der ich mich befand, schien der Steuermann, der schon am Kap auf meine Uhr geboten, abgewartet zu haben. Er bot auf's Neue und zwar dieses Mal weniger, als früher, er bot mir seine goldene Uhr und dreißig Gulden Geld. Was ich gethan hätte, wenn er bloßes Geld geboten, weiß ich nicht; daß er mir aber eine Uhr dazu geben, daß er mich in Stand setzen wollte, eine goldene Uhr, wenn auch nicht die meines verstorbenen Bruders, doch eine dagegen eingetauschte und ebenfalls nach Ostindien gereis'te Uhr nach Hause zurückzubringen — das beschwichtigte mein Gewissen und ich erlag. Mit gesammelter Herzhaftigkeit zog ich meine Uhr, steckte die dreißig Silberlinge ein und stieg in das Boot, um nach dem Dampfschiff zu fahren. Ehe ich die alte Uhr abgab, setzte ich zuvor die neue nach ihr, um die Aehnlichkeit zu vergrößern. Das ist teutsche Gewissenhaftigkeit bei Kleinigkeiten, während man — doch keine Beichte! Was mich besiegt hatte, das war die Liebe zur Heimath. Sie war damals stärker, als Batavia, das Kap und St. Helena zusammen genommen. Ich kannte damals noch keine Zensur und keine vaterländische Politik.

Als ich in das Boot gestiegen war, sah ich, wie der Steuermann die Uhr meines verstorbenen Bruders wohlgefällig betrachtete, wie er sie dann an's Ohr hielt und mit ihrer schönen Stimme die Zeit ausrufen ließ. Sie schlug zehn Uhr und es war, als riefe sie mir ein zehnmaliges Lebewohl zu, nachdem sie mich so treu über das Weltmeer hin und her begleitet hatte. Vielleicht trägt sie jetzt ein malaiischer Seeräuberhauptmann, der sie dem langen, erdolchten Steuermann aus der blutigen Tasche gerissen.

Die Geschichte meiner unbelohnten Gewissenhaftigkeit und fruchtlosen Selbstüberwindung war übrigens noch nicht zu Ende. Als ich in Rotterdam landete, war von den dreißig Silberlingen nichts mehr vorhanden, ich mußte ihnen sogar durch ein „ehrliches Gesicht" zu Hülfe kommen und Alles, was ich noch besaß, war die goldne Uhr des Steuermanns. Bekanntlich ist es nur "le premier pas qui coute." Der zweite folgt ihm nicht nur geläufig nach, sondern macht ihn

überdieß auch leicht vergessen. Ich fragte mich: „soll ich
mich an der holländischen Küste mit der Kaprice wegen des
Steuermanns goldener Uhr quälen und vielleicht Wochen
lang an einer Uhrkette vor Anker liegen?" Ich war klüger
geworden und besann mich nicht. Die Uhr des Steuer=
manns verschaffte mir das Geld, wovon ich bei der Ankunft
in Utrecht (s. das nächstfolg. Kapitel) noch drei holländische
Stüber übrig hatte.

Wofür hatte ich mir denn nun in Batavia, am Kap und
bei St. Helena so schwere Opfer auferlegt? Wenn man
das Ende hört, wird man mich doppelt auslachen, denn —
mein Vater hat nach der goldenen Repetiruhr meines Bru=
ders nie wieder gefragt.

XVIII.

Die holländische Wittwe.

Das Schicksal hatte mir also auch die Freude zugedacht,
die berühmte Stadt London, wenn nicht kennen zu lernen, so
doch von Angesicht zu Angesicht zu sehen. In diese Freude
mischte sich aber ein fatales Gefühl, als mich der Zufall so=
fort in ein Quartier führte, wo nur Der des Lebens sicher
zu sein scheint, der außer dem Leben nichts zu verlieren hat.

Als ich in Falmouth das Dampfschiff bestieg, fand sich
auch die hübscheste und jüngste der liebäugelnden Wittwen
ein, die mit mir von Batavia gekommen waren. Obschon
ich unterwegs nie ein Wort mit ihr gesprochen, hatte sie mir

stets viel Aufmerksamkeit bewiesen und auf dem Dampfschiff kam sie zu mir und bat mich, mit ihr die Reise nach Holland gemeinschaftlich zu machen und sie unter meinen Schutz zu nehmen. Natürlich war ich verpflichtet und bereit, das in mich gesetzte Vertrauen zu rechtfertigen, und nahm die Wittwe unter die Flügel meiner Galanterie. In London angekommen, wünschte sie sich ein wenig umzusehen und einige Einkäufe zu machen. Wir gingen am Tower vorüber und kamen in eine Straße, die eine Menge Kramläden enthielt und nebenbei ein verdächtiges Aussehen hatte. Meine Wittwe, die nicht minder begierig zu sein schien, sich in ihrem Putz und Schmuck zu zeigen, als, den Putz und Schmuck der Kaufhäuser zu sehen, blieb fast an jedem Hause eine Weile stehen und betrachtete Alles mit der größten Sorgfalt. Während sie so in Betrachtungen verloren war, kam aus einem der Häuser ein Mann und ein sehr hübsches Weib zu uns und nöthigten uns unter den einnehmendsten Komplimenten, ihre Waaren zu besehen. Sie schienen uns sogleich als Fremde erkannt zu haben und uns für geeignet zu halten, ein Geschäft mit uns zu machen. Der Mann gab sich alle Mühe, mich vor der Hausthüre zurück zu halten und zu fesseln; während Dessen sah ich das Weib die Wittwe in Beschlag nehmen, vertraulich ihre Hand fassen und sie mit einem Schmeichelwesen, wie ich nie ein einnehmenderes gesehen, in das hintere Haus hineinführen. Die Wittwe, obschon sie kein Wort Englisch verstand, folgte dennoch ihrer Führerin wie willenlos und bezaubert. Anfangs ohne Verdacht, glaubte ich plötzlich in dem Blick meines Unterhalters eine gewisse schadenfrohe Gaunerhaftigkeit zu entdecken, die ich sofort mit der Liebenswürdigkeit des Weibes in Zusammenhang brachte und die mir eine große Angst für meine Schutz befohlene einflößte. Ich sah mich nach ihr um, aber sie war bereits verschwunden. Sofort sprang ich in das Haus hinein, eilte durch einen Laden und ein Zimmer, faßte die Wittwe, die eben im Begriff war, mit ihrer Führerinn in eine Hinterthüre hineinzutreten, bei der Hand und zog sie mit Gewalt der Straße zu. Der Ausdruck von Wuth, in welchen die Freundlichkeit des Hausherrn und seines Weibes plötzlich verwandelt war, sagte mir, daß ich mich nicht getäuscht. Die Wittwe hatte ebenfalls große Angst ausgestanden, sie sagte aber, das Weib sei eine so verführerische Schlange gewesen, daß sie ihr unwillkürlich habe folgen müssen, was bei einer Holländerinn gewiß sehr viel heißt. Was hatte man mit ihr gewollt? Ich vermuthe, daß es bloß auf ihren Schmuck abgesehen war, denn ihr zugleich nach dem Leben zu trachten, wäre unter solchen Umständen etwas gewagt gewesen. Wäre sie allein gewesen, so war es wahrscheinlich um sie geschehen.

Als die Wittwe einer so ungeahnten Gefahr glücklich entronnen war, verging ihr plötzlich die Lust, noch andere Merkwürdigkeiten der Stadt London zu besehen. Auch verzichtete sie auf alle Einkäufe, einen einzigen ausgenommen. Ihr Lieblingsgericht bestand in Bückingen und auf dieß lang entbehrte Gericht schien sich nun ihre ganze Kauflust zu konzentriren. Sie kaufte eine solche Menge Bückinge, daß wir beide genug daran zu tragen hatten. Mit den Bückingen beladen eilten wir auf das Paketboot, auf welchem sie zum Lohn dafür, daß ich ihr das Leben oder wenigstens die Juwelen gerettet, während unserer langen Fahrt nach Holland ihr Lieblingsgericht redlich mit mir theilte.

Aber wer kann sich acht Tage auf einer langweiligen Fahrt mit bloßen Bückingen unterhalten? Die Wittwe wollte unterhalten sein und ich ebenfalls. Zu meiner Beschämung sei es gesagt, daß die Bemühungen auf Seiten der Wittwe größer waren, als auf meiner Seite. Sie war nicht schön, aber noch weniger häßlich, sie war sogar sehr gut und üppig gewachsen, dabei sehr gutmüthig, offenherzig und ungenirt, wie alle Holländerinnen. Aber es fehlte ihr, wie Allem, was Holländisch heißt, das ästhetische Element und dieser Mangel langweilte mich sehr. Sie erzählte mir ihre ganze Lebensgeschichte, setzte mir ihre Verhältnisse auseinander, zeigte mir alle ihre Pretiosen und sonstige werthvolle Sachen, aber sie war und blieb ohne Aesthetik und Poesie. Doch was unsrer Unterhaltung nicht fehlte, das war derber Humor. Je mehr man sich darin gehen ließ, desto lieber war es ihr, und so ist es mit den Holländerinnen durchgängig der Fall. Da sie in dieser Beziehung als Repräsentantinn ihrer Landsmänninnen gelten kann, so habe ich sie nicht aus meiner Erzählung weglassen dürfen. Man höre, wie der Humor sich bei ihr geltend machte. Als Schlafstellen wurden uns zwei über einander befindliche Kasten in der Seitenwand der Kajütenstube angewiesen. Da ich fürchtete, es werde für die Wittwe eben so genant sein, wenn ich in den untern, als wenn ich in den obern Kasten hineinkrieche, so erbot ich mich, im Vordertheil des Schiffs bei den Passagieren zweiter Klasse zu schlafen. Das wollte indeß meine Begleiterinn, die es nun einmal auf meine Gesellschaft abgesehen hatte, durchaus nicht zugeben und ich mußte mich entschließen, den obern Kasten einzunehmen. Jetzt aber begann erst die rechte Verlegenheit. Wer sollte sich zuerst entkleiden und zu Bette gehen? Die Kasten waren so eng und niedrig, daß in ihnen die zum Entkleiden nöthigen Bewegungen unmöglich waren, und doch ging es auch nicht an

in den Kleidern zu schlafen. Nach genauer Erwägung aller
Schwierigkeiten wurde endlich entschieden, daß die Wittwe
zuerst zu Bette gehen und ich so lang auf dem Verdeck spazie=
ren solle, bis sie in ihrem Kasten liege. Auf solche Weise
war wenigstens die Dame salvirt. Aber nun begann die
Verlegenheit für mich, da ich an den schlecht geschlossenen
Vorhängen der scharfsichtigen Wittwe vorüber in den obern
Kasten kriechen mußte. Dieß war unmöglich, ohne die
Beine so lang herabhangen zu lassen, bis der Oberkörper sich
zurecht gefunden hatte, und während ich mit solchen Be=
mühungen beschäftigt war, lauerte die Wittwe durch ihre
Gardinen und lachte mich aus. Daß sie mich nicht an den
Beinen zog, war Alles. Morgens wurden die Rollen ver=
tauscht, dann mußte die Wittwe zuerst hinaus und das
Lauern durch die Gardinen war an mir, ich verrichtete es
aber mit möglichster Bescheidenheit und Erröthungsnoth.
Die größte Noth hatte ich bei Nacht, wo das vom Sturm
umhergeschleuderte krachende Schiff mir alle Augenblicke die
Gefahr vorspiegelte, durch meinen Kasten durchzubrechen
und auf meine Schutzbefohlene zu fallen. Auf solche Weise
stand ich viel Angst und Verlegenheit aus, während die
Wittwe sich auf das Beste darüber amüsirte und sich bestän=
dig auf mein Herabfallen zu richten schien. Ich mußte mir
sogar eine Kritik meiner Beine von ihr gefallen lassen, und
wenn dieselbe auch durchaus günstig war, so wird man sich
doch vorstellen können, wie ein romantischer teutscher Jüng=
ling, der damals weit blöder war, als eine holländische
Wittwe, dadurch in Verlegenheit gesetzt werden mußte.

Als wir, nach mancherlei Unterhaltungen solcher Art, end=
lich in Helvoet=Sluis ankamen, wollte mich meine Wittwe
durchaus nöthigen, mit ihr im Gasthof abzusteigen und über

Amsterdam, wo sie zu Hause war, nach meiner Heimath zu reisen. Ich ließ mich indeß nicht halten und reis'te sofort nach Rotterdam. Wenn ich der Einladung der guten Witt=we gefolgt wäre, hätte ich nicht erlebt, was im folgenden Kapitel berichtet wird.

— — — —

XIX.

Eine romantische Nacht in Utrecht.

—

Quisquis erit vitae scribam color.

In Rotterdam setzte ich mich auf die Post, um nach Nym=egen zu fahren, von wo ich leicht Gelegenheit finden konnte, meine nahe Heimath zu erreichen. Der Postwagen langte Abends gegen fünf Uhr in Utrecht an und hier ver=nahm ich zu meinem größten Schrecken, daß die Fahrt erst den andern Vormittag um elf Uhr fortgesetzt werde. Zu meinem Schrecken, sage ich, denn mein ganzes Vermögen bestand noch aus drei holländischen Stübern und für einen solchen Preis hätte man höchstens in der Eifel übernachten können, wo ich einst als Student für Abendessen, eine Flasche Wein, Nachtquartier und Frühstück sechs Silbergroschen be=zahlt habe. Ueberdieß hatte ich, eben meiner magern Börse wegen, den ganzen Tag noch nichts gegessen, als eine Sem=mel, und meine der Kälte starrenden Glieder wie meinen Magen auf Nymegen vertröstet, wo ich auf Kredit leben konnte. Wo sollte ich nun in Utrecht für meine drei Stüber

Nachtquartier und eine Mahlzeit finden? Ich kannte in der ganzen Stadt keine Seele, Kredit hatte ich nirgends zu erwarten und zum Betteln war ich total verdorben, seitdem ich das Grab Napoleons nicht gesehen, um keiner zu werden. Endlich fiel mir ein, daß ich auf den Platz im Postwagen, den ich bis Nymwegen bezahlt, ein Recht habe, so lang man mich nicht an Ort und Stelle geschafft. Ich ging daher zum Postmeister, um mein Recht geltend zu machen und ihm anzukündigen, daß ich die Nacht im Postwagen schlafen werde. Der Postmeister hatte indeß Bedenken und machte mir begreiflich, daß, da der Wagen in der Nähe seines Bureaus stehe, worin die Kasse enthalten sei, und da er mich nicht kenne, er mir die Erlaubniß zu meinem neumodischen Nachtquartier versagen müsse. Daß der Mann mich so mir nichts dir nichts für einen Dieb hielt, kam mir gar zu massiv vor, als daß ich mich darüber hätte ärgern können. Ich setzte ihm meine Verhältnisse mit aller Ruhe auseinander, versicherte ihm mit aller Glaubwürdigkeit, daß ich aus seiner Kasse so wenig nehmen werde wie aus meiner eigenen, kam aber nicht zum Zweck und mußte unverrichteter Sache wieder abziehen. Als ich vor dem Posthause stand und auf ein neues Mittel sann, zu einem Nachtlager zu gelangen, hörte ich in einer nahgelegenen Kneipe ein entsetzliches Peroriren, Singen und Lärmen. Die Kälte gestattete mir nicht, lang mit meinem Entschluß zu zögern, ich war genöthigt, rasch einen Plan zu entwerfen. Schlimmer, als bei den Matrosen, hatte ich es in der Kneipe nicht zu erwarten und die Gesellschaft mogte sein, von welcher Art sie wollte, so saß sie doch in einer warmen Stube und es war immer der Mühe werth, sie einige Zeit zu beobachten. Ich ging in die Kneipe hinein, bestellte mir ein Glas Genever und setzte mich an den Kneiptisch. Die Gesellschaft bestand aus etwa zwölf Personen, theils uniformirten, theils neuangeworbenen und noch nicht eingekleideten Soldaten, theils aus Handwerkern. Alle umschlang das gemeinsame, in vaterländischem Genever getränkte Band des Hasses gegen die Brabänter. Sie zogen zu Felde mit einem entsetzlichen Blutdurst und schlugen ihre Feinde todt, daß es eine wahre Freude war. Geflucht wurde mit einer Herzhaftigkeit, daß, wenn jeder Fluch ein Flintenschuß gewesen wäre, die zwölf Mann allein ganz Belgien hätten in die Flucht jagen können. Die Hauptperson war ein großer starker Kerl, der, nach seinem Aussehen und seinen Reden zu urtheilen, ein Jäger gewesen sein mußte und der jetzt in die Reihen der Altniederländer eingetreten war, um auf die Neubelgier Jagd zu machen. Er vertheibigte während des ganzen Abends den Satz, daß jeder Belgier, den er auf sechshundert Schritte ansichtig werde, „sein sei." Machte ihm Einer einen Einwurf dagegen, so erwiederte er immer mit gesteigertem Ton: „Gott verdamm' mich, er ist mein!" Ließ dann sein Bestreiter noch nicht nach, so nahm der miles gloriosus seinen Stock, lud ihn wie ein Gewehr, legte an, nahm Jeden aus der Gesellschaft mit beängstigender Sicherheit auf's Korn und bewies mit solcher Evidenz, daß Alles sein sei, daß man sich wundern mußte, noch immer am Leben zu bleiben. Endlich schlug es neun oder zehn Uhr, wo die Helden sich in ihren Kasernen oder Quartieren einfinden mußten. Ich dankte dem Erfinder der Uhren dafür, daß ich von den so lang angehörten ekelhaften Renommagen endlich befreit wurde. Einem Weibe ist der Holländer dann am unausstehlichsten, wenn er zärtlich oder sentimental wird, und einem Manne widersteht er am Meisten dann, wenn er im Ernst von seiner patriotischen Kourage spricht. Nicht wenig trägt dazu die holländische Sprache bei, welche für das Seederbe, für das Niedrigkomische, für das Obszöne ꝛc. wie gemacht ist, aber allem Ernsthaften und Pathetischen, das in sie eingekleidet wird, einen Anstrich des Lächerlichen oder Abgeschmackten verleiht. Bei Behandlung des Rührenden oder Erhabenen steigt dieß bis zum Ekelhaften. Wer sich von solchem Ekel lebhaft will durchdringen lassen, wohne der Vorstellung eines holländischen Trauerspiels bei, die wirklich das Ideal des Abgeschmackten erreicht.

Während der eben besprochenen patriotischen Abendunterhaltung hatte ich, obschon ich einige Male mit in den Diskurs gezogen wurde und mitblies in die patriotische Trompete, um die Erreichung meiner Absicht nicht zu erschweren, die Hauptsache nicht vergessen, nämlich meinen Uebernachtungsplan in's Werk zu setzen. Ich hatte mir für meine drei Stüber ein Glas Genever nach dem anderen kommen lassen, spie ihn aber jedes Mal unbemerkt vor der Thüre wieder aus, und als nun die Gesellschaft aufbrach, saß ich in simulirtem Schlaf hinter dem warmen Ofen und hatte die besten Verdachtsgründe für mich, betrunken zu sein. Ich hatte darauf gerechnet, daß der Wirth zu Bette gehn und mich betrunkenen Menschen in der warmen Stube meinen Rausch werde ausschlafen lassen. Gelang dieß, so hätte ich ein tüchtiges Feuer in den Ofen gelegt und die Nacht auf einem Stuhl oder einer Bank zugebracht. So wohl sollte es mir indeß nicht werden. Als der Wirth und seine Frau, ein junges Ehepaar, zu Nacht gespeis't, während welcher Zeit ich, unter verstohlenen Blicken nach der apetitlichen Mahlzeit, durch künstliches Schnarchen die Tafelmusik gemacht, wechselten sie zum Dessert einige Zärtlichkeiten und machten sich fertig, zu Bette zu gehn. Es stand oder vielmehr saß ihnen nichts mehr im Wege, als ich. Nachdem sie eine Zeit lang deliberirt hatten, wie ich am Besten zu entfernen sei, trat der Mann zu mir, stieß mich vertraulich an und rief mir laut in's Ohr: „Freundschaft, es ist Zeit, zu Bette zu gehen." Meine Freundschaft wollte ihn aber nicht verstehen und antwortete mit Schnarchen. Ein wiederholtes Anrufen und Rütteln hatte dieselbe Wirkung. Sollte er ehrlich sein? sagte der Wirth zu seiner Frau. Man darf es nicht riskiren, antwortete die Frau, welche, wie die meisten jungen bürgerlichen Ehefrauen, sehr besorgt und mißtrauisch zu sein schien. „So nimm du ihn bei den Füßen, sprach der Wirth, ich werde ihn beim Kopfende nehmen. Wir wollen ihn vor die Thür' tragen." Und wirklich machten sie Anstalten, mich auf diese Art zu Bette zu bringen.

Was hätte ich darum gegeben, wenn ich in dem Augenblick als verkappter Herrscher, der seine Unterthanen auf die Probe stellte, hätte aufspringen und das beschämte Ehepaar andonnern können: ich bin Harun al Raschid, ich bin der König von Holland und werde Jedem ein russisches Bad auf öffentlichem Markt geben lassen, der in diesem Wetter einen hülfsbedürftigen Menschen vor die Thüre schickt! Allein es war mir in dem seltnen Moment nur vergönnt, mich bürgerlich zu halten und auszudrücken. Ich richtete mich, als ich sah, daß meine Verstellung nichts mehr half, ruhig auf und sprach, zwar mit der Würde eines Herrschers, aber mit der Sanftmuth eines verfrorenen Sergeanten: ich bin, gute Leute, nicht betrunken, wie ihr glaubt, ich habe mich nur verstellt in der Hoffnung, daß ihr menschenfreundlich genug sein würdet, mich die Nacht hindurch hier ruhig sitzen zu lassen. Ich bin hier fremd, fahre morgen mit dem Postwagen weiter und bin außer Stande, mir bis dahin ein regelmäßiges

Quartier zu besorgen. Nun streckt eure warme Hand vor die Thüre in die eisige Luft und dann beschließt. „Das ist Alles gut, gab das Ehepaar nach Art des Postmeisters zur Antwort, allein wir haben hier keine Herberge, überdieß kennen wir Sie nicht und haben einen Laden." Auf diese Antwort besah ich mich von unten bis oben, um zu entdecken, ob ich denn wirklich so auffallende Aehnlichkeit mit einem Spitzbuben habe. Aus meinem Stiefel sah man durch eine wahrhaft physiognomisch gestaltete Ritze die große Zehe sehr verdächtig herauslauern, sie konnte also auf verbotenen Wegen wandeln wollen, das ist wahr; meine blaue Hose, die ich vor der Abreise von Batavia von einem neuangekomme= nen Unterofficier für einen Gulden gekauft, war für die Jahreszeit gewaltig dünn und etwa einen halben Fuß kürzer, als meine Beine, konnte also fremden Beinen angehören, das ist auch wahr; meinem Frackrock sah man an, daß er früher eine Uniform gewesen war, er konnte also aus Furcht vor Entdeckung verändert worden sein, das ist ebenfalls wahr; auf meinem Gesicht stand Hunger und Kummer geschrieben, vor dem nichts Eßbares sicher zu sein schien, das ist nicht weniger wahr. Nachdem ich zu solcher Selbsterkenntniß gekommen, konnte ich den guten Leuten ihr Mißtrauen nicht mehr übel deuten, zumal wenn ich noch bedachte, daß ich mir durch meine eingestandene Verstellung wie durch meine ein= gestandene Armuth eine neue Blöße gegeben hatte. Die Menschen greifen Einem selten unter die Arme, wenn sie Einem nicht zugleich in den Beutel greifen können, und in meinem Fall war durchaus nicht ausgemacht, daß nicht ich der greifende Theil sein werde.

Mich in meiner ganzen Gefährlichkeit und Verworfenheit durchschaut und beschämt fühlend wünschte ich gute Nacht und trat vor die Thüre. Nun stand ich wieder, wie früher vor der Post, den Hals in den Kragen zusammengezogen und meinen treuen Gefährten, einen Stock, unter den Arm gekniffen, eine neue Kriegslist zur Eroberung eines Bettes aussinnend. Ich hatte aber dieses Mal mehr Schwierigkeit damit, weil ich alle meine Munition verschossen: in meinen Taschen war, wie Lichtenberg sagt, nichts mehr zu finden, als meine Hände. O Natur, wie schön bist du, wie reich! Wäre ich in Verzweiflung, wäre ich durch das Benehmen des Wirths und des Postmeisters in misanthropischen Unmuth gerathen, so fand ich in der freien Natur sogleich das vortrefflichste Mittel, mich abzukühlen und zu heilen. Es war eine herrliche Januarsnacht, in die ich aus der warmen Stube zitternd hineintrat, die Sterne flimmerten ungewöhnlich klar vom Himmel herab und beleuchteten in dem knatternden Schnee Tausende von blitzenden Diamanten, die ich reicher Mann mit Füßen trat. Ein äußerst munterer Zephyr spielte muthwillig neckend mit meiner sommerlichen Hose und mit den spitzen, nickenden Schößen meiner Frackuniform. Meine Zähne klapperten wie Kastagnetten zu der lebhaften Musik des Windes und mein hungriger Magen knurrte den Takt dazu. Auch blieb der Tanz nicht aus. Um mich zu erwärmen, rennte ich wie besessen durch die Straßen. Als ich einige Straßen durchrennt hatte, hörte ich in einem hellerleuchteten Hause, das ich für ein Weinhaus ansah, einen Lärm von der Art dessen, der mich in die Kneipe neben der Post gelockt hatte. Auch hörte ich einige lateinische Brocken lallen, wobei das Wort patria immer vorklang. Es fiel mir ein, daß Utrecht eine Universitätstadt sei und daß die tobenden Gäste wohl Studenten sein könnten. Da ich ebenfalls Student gewesen war, so hoffte ich an diese Qualität sofort ein semikollegialisches Band anknüpfen zu können und dadurch wenigstens ein Nachtquartier zu erlangen, das nicht erbettelt, sondern angeboten oder doch mit Freuden gewährt würde. Ich blieb also vor dem Hause stehn, um zu warten, bis Einer von der Gesellschaft herauskäme. Ich hatte nicht fünf Minuten gestanden, als die Thüre mit Ungestüm geöffnet wurde und ein ganzer Klumpen Studenten hervorbrach. Als ich dem ersten ungestümen Stoß des Klumpens ausgewichen war, näherte ich mich ihm und trug mein Anliegen vor. Meine ganze Bitte ging dahin, Einer möge mir die Nacht sein Kanapee einräumen — ein Platz, der auf teutschen Universitäten bekanntlich jedem fremden Studenten zur Disposition steht. Statt mir meine Bitte zu gewähren oder abzuschlagen, ließ man sich gar nicht darauf ein, sondern that allerlei theils ausweichende, theils läppisch-verhöhnende Fragen an mich, z. B. wo und was ich studirt, ob ich Cicero's amores und Ovids orator gelesen, ob ich ein Freund der Brabänter sei, was ich von der niederländischen Verfassung halte ꝛc.? Meine Antwort war, ich bäte um Entschuldigung, daß ich mich geirrt, ich habe sie für Studenten angesehen; ich sei zu ihnen gekommen, sie um eine kollegialische Gastfreundschaft zu ersuchen, die ich in meiner Heimath bei erster Gelegenheit zu erwiedern beabsichtigt, nicht aber, um mich examiniren zu lassen. Uebrigens nehme ich mein Gesuch zurück, denn, wenn man gesinnt gewesen, dasselbe zu gewähren, so würde man nicht so viel Umschweife gemacht haben ꝛc. Man gebot mir, zu schweigen und nicht frech zu sein, ich sollte bedenken, daß ich in Niederland sei. Ich erwiederte, Niederland sei ein konstitutioneller Staat, wo Schreib- und Redefreiheit bestehe, deshalb sei es von ihnen, die so viel auf ihr Vaterland hielten, sehr inkonsequent und inkonstitutionell gehandelt, daß sie mir schon wegen einer so kleinen Freiheit Stillschweigen gebieten wollten. „Was? rief Einer von ihnen, will der Niederland beschimpfen? Drauf, Jungen! (drop Jonges!)" Zum Glück für sie hatte ich einen derben batavischen Rohrstock bei mir, dessen stumme Beredtsamkeit die „Jungen" bewog, mich nicht auch körperlich zu examiniren und ihre Wege zu gehen. Als sie eine Strecke weit gegangen oder getaumelt waren, hörte ich die Mondkälber ein fürchterliches Gelächter aufschlagen. Es waren diese jungen Leute von der Klasse Jener, die man nach der Löwenschen Affaire mit dem sogenannten Verlustorden im Knopfloch umherreisen sah, um das Zeichen des Helden=muths zur Schau zu tragen, womit sie sich die Uniform hat=ten anmessen lassen. Ich war im Stand, ihre Berechtigung und Qualifikation zu jener Auszeichnung zu beurtheilen, denn ich lernte hinlänglich ihre martialische Gesinnung kennen, welche sich so wenig verleugnen konnte, daß ich ohne die Hülfe meiner Gestalt und meines Stocks sicher war, anstatt eines Nachtquartiers den Buckel voll akademischer Prügel zu bekommen.

Nach der gemachten Probe hatte ich nicht Lust, bei dem Weinhause noch mehr Bekanntschaften der Art zu suchen, und da mich bei dem Stillstehen wieder sehr zu frieren begann, gab ich mich auf's Neue an's Laufen. Es war ein Wetter, um sich zum ewigen Juden zu qualifiziren. Ich wurde aber auch das Laufen bald müde, denn meine Beine, die ich auf dem Schiffe fünf Monate lang fast gar nicht gebraucht hatte, waren mir ganz steif geworden. Endlich fiel mir ein, mich zum Ausruhen und zum Schutz vor dem immer schärfer werdenden Wind unter einer Brücke an eine zugefrorene Gracht (Kanal) zu setzen. Dort stellte ich Betrachtungen

über meine tragikomische Lage an und ich konnte mich der
Kühnheit nicht erwehren, Batavia mit Moskau und mich auf
der zugefrorenen Gracht mit Napoleon an der Bereszina zu
vergleichen. Warum war ich Dummkopf nicht mit der holländischen Wittwe gegangen? Als ich eine halbe Stunde,
etwa bis zwei Uhr, an der Bereszina gesessen hatte, sah ich
eine große Katze an mir vorüberschleichen, die, wie es schien,
auf den Rattenfang ausgegangen war. Ich gerieth auf
den Einfall, sie zu mir heranzulocken, in der Absicht, ihr ein
wenig über den Kopf zu kratzen und sie spielender Weise auf
meine halberfrorenen Füße, namentlich auf meine lauernde
große Zehe zu setzen. Ich ward indeß bald inne, daß meine
Bemühungen fruchtlos sein würden, als ich hinter der Katze
ihren Galan, einen schönen, rabenschwarzen Kater, herschlei-
chen sah. Auch verlor ich durch meine Resignation nichts,
denn es zeigte sich bald, daß, wenn auch meine Füße kalt
bleiben sollten, zur Entschädigung meinem Herzen eine desto
angenehmere Erwärmung zugedacht war und zwar durch eine
Oper mit der schmelzendsten Vokalmusik. Die Oper stellte
einen aus übergroßer Zärtlichkeit hervorgehenden Liebeszank
dar. Nach der Ouvertüre, bestehend in dem Geschrei
fliehender Ratten und dem Klappen einer zugeschlagenen
Fensterlade, faßten die Liebenden theatralisch gegen einander
Posto und nachdem sie sich einige Zeit ausdrucksvoll betrachtet und zärtlich-leise präludirt hatten, machten sie ihren Ge-
fühlen mit Ungestüm Luft und die Oper begann. Die
Szene war ergreifend. Sternen- und mondhelle Nacht.
Gegen zwei Uhr. Jungfräulich schüchterner Versuch der
Katze, mit halb umgewandtem Antlitz sich wegzuschleichen.
Zudringliche Anstalten des Katers, zu verfolgen. Augen-
blicklich wieder entschlossene Defensiv- und Offensiv-Position

der Liebe. Demonstratives Schweifgewedel. Rührende Einleitung, dann mörderischer Diskant. Bald sympathetisch klagende, bald verachtungsvoll drohende; bald ermüdet gleich= giltige, bald hartnäckig trotzende; bald dramatisch=sangui= nische, bald lyrisch=melancholische, bald episch=cholerische Töne. Glückliche Geschöpfe, die ihr in diesem Wetter noch lieben könnt! Kurze Pause. Kleine Digressionen der Phantasie. Löwenkampf in Afrika. Eingefrorene Schiffe am Nordpol. Erste Liebe in der Geißblattlaube. Assoziation der Ideen. Napoleon auf der Brücke von Arkole. Unsterblichkeit der Seele ohne Himmel und Hölle. Revolution. Entdeckung einer neuen Insel. Erdbeben mit Zähneklappern. Zwei Flaschen Johannisberger Kabinetswein. Toast auf die Einheit Teutschlands, sofern es nicht zwei Teutschländer gibt. Frische Schellfische. Europäisches Gleichgewicht. Abra= ham a Sankta Klara. Maria Stuart. Beefsteaks mit Kartoffeln. Noch eine Portion Beefsteaks. Federbette. Weitere Regung auf der Bühne und Fortsetzung der Oper. Aufmerksame Blumenbach'sche Beobachtung des Zuschauers in der Parterreloge. Kurzes, aber phantasiereiches Inter= mezzo einer Wetterfahne. Effektvoller Windstoß über die Szene. Aufathmen und Seufzen der beiden Liebenden. Unvermuthet ein überwältigender Angriff und heldenmüthige Vertheidigung durch die ganze Tonleiter. Unvorhergesehenes Signal des Theaterinspizienten, d. i. die Klapper eines Nachtwächters um die Straßenecke. Plötzliches Zusammen= fahren der beiden Liebenden. Aengstliche Erwartung und Unschlüssigkeit. Ungeduldige Furcht des Verlustes von der einen, freudige Hoffnung der Erlösung von der anderen Seite. In der Nachbarschaft schlägt es Zwei auf einer Hausuhr, die zu spät geht. Etwas weiter revolutionaires

Wiegengeſchrei eines Kindes von ſechs Wochen. Zweites Signal des Inſpizienten über der Brücke. Die beiden Akteurs ab, die Katze rechts in's Mauerloch, der Kater links die Steintreppe hinauf, der Nachtwächter „in der Mitten", wie Göthe ſagt.

Die Klapper des Nachtwächters war auch mir das Signal zum Aufbruch und ich muß geſtehen, daß mir dieſe Störung nicht unangenehm war, denn es wurde mir eine unheimliche Erſcheinung, daß ſich die Katzen im Januar liebten, es ſei denn, daß ich mich in ihrem Benehmen geirrt und die ganze Komödie ein Zweikampf zwiſchen zwei Katern, etwa einem holländiſchen und einem belgiſchen, geweſen. Als ich unter der Brücke hervorgeſtiegen kam, blieb der Nachtwächter, an dem ich früher ſchon einige Male vorbeigerennt war, ſtehen und hielt mich auf mit den Worten: „Sagen Sie einmal, Freundſchaft, ich habe Sie ſchon die ganze Nacht hier herum= laufen ſehen, worauf ſpekuliren Sie eigentlich?" Ich war offen wie mein Stiefel und antwortete: ich ſpekulire auf nichts als auf ein Nachtlager und würde mich nöthigen Falls mit einem Bündel Stroh begnügen. Als ich ihm das Nähere meiner Lage mitgetheilt hatte, rieth er mir, mich auf die ſo= genannte Klepperwacht (eine Art Bürgerwache) zu begeben, wo ich wenigſtens einen warmen Ofen finden würde. Der Mann mogte bei dieſem Rath neben ſeiner menſchenfreund= lichen Abſicht auch wol den liſtigen Gedanken haben, daß man mich, wenn ich ein verdächtiges Individuum wäre, auf der Klepperwacht feſtnehmen werde. Das ſupponirte ich in= deß damals trotz den gemachten Erfahrungen nicht, ich nahm ſeinen Rath als reine Menſchenfreundlichkeit mit Dank an und in wenig Minuten war ich an Ort und Stelle, wohin er mir den Weg zeigte. In der Wachtſtube waren wenig=

stens dreißig Menschen versammelt, die theils um den Ofen saßen, theils auf den Britschen lagen, theils mit Piken bewaffnet aus und eingingen, um zu patrouilliren und zu rapportiren. Ich trat hinein und fragte nach dem sogenannten Kapitain. Man zeigte mir einen schweren, massiven Mann, der mir ein Bierbrauer zu sein schien. Ich machte ihn kurz mit meinen Umständen bekannt und ersuchte ihn um die Erlaubniß, bis zum Tagesanbruch hinter dem Ofen sitzen zu dürfen. „Wat bliksem, rief er mit einer fürchterlichen Braukesselstimme, meinen Sie, daß wir hier eine Herberge haben? Sie sind hier, Gott verdamm' mich, auf der Klepperwacht! Im Augenblick (Idelyk) hinaus!" Vor der Thüre begegnete ich einem anderen Nachtwächter, dem ich das Vorgefallene mittheilte, indem ich mich über die Grobheit seiner Mitbürger beklagte. Er zeigte mir eine zweite Klepperwache und bewog mich, dort hineinzugehen, indem er mir eine bessere Aufnahme versprach. Ich wurde indeß beinah auf die nämliche Art empfangen, wie von dem Bierbrauer. Allein dieß Mal fand ich Rath. Eine Reihe auf einander folgender Unfälle oder Unannehmlichkeiten, zumal von einer und derselben Art, machen zuletzt das Gemüth nicht bloß gleichgiltig dagegen, sondern sie bewaffnen es auch mit einem gewissen Gefühl von Ueberlegenheit, welches nach den Umständen zu einer Art übermüthigen Humors werden kann. Auch bei mir hatte sich dieser Humor eben eingefunden. Ich sprach das Holländische ziemlich fertig, so daß ich, wenn ich mich anstrengte, wohl kurze Zeit als Holländer passiren konnte. In dieser Voraussicht beschloß ich, die Wachtmannschaft bei ihrer schwachen d. h. bei ihrer patriotischen Seite zu fassen. Ich trat mitten unter sie und redete sie mit feierlichem Straften also an: „Seid ihr Niederländer? Ist das

unsere berühmte (vermaerde) Gastfreundschaft? Ich habe
dem Gouvernement in Ostindien gedient, jetzt bin ich hier,
um gegen die Brabänter in die Reihen der Vaterlandsver=
theidiger zu treten, ich bin unterwegs am Kap der guten
Hoffnung gelandet, habe unter den Wilden Afrika's eine
gastfreundliche Aufnahme gefunden und hier unter meinen
niederländischen Landsleuten renn' ich, Gott verdamm' mich,
die ganze Nacht halberfroren auf der Straße umher und
man vergönnt mir nicht, mein für Niederland erstarrtes
Blut hinter dem Ofen einer Klepperwacht aufzuthauen."
„Landsman, neemt niet qualyk (nehmen Sie nicht übel)
sagte der Kapitain gerührt — weiter konnte er nichts heraus=
bringen, er drückte mir mit einer wahren Ofenwärme die
kalte Hand und ertheilte statt aller weiteren Explikation den
Befehl, mir in der Nähe des Ofens auf der Britsche ein
Lager von Wachtmänteln zurecht zu machen. Dort schlief
ich bis zum Tagesanbruch ganz vortrefflich und hatte alsdann
noch die Satisfaktion, von Einem der Mannschaft, einem
Bäcker, zum Frühstück mitgenommen zu werden. Der
Mann gratulirte mir zu meinem Appetit und wußte nicht,
daß ich bei seinem Frühstück zugleich zu Mittag und zu Abend
aß. Die Schuld übrigens, in die ich durch seine Gastfreund=
schaft gerieth, trug ich ihm zehnfach ab durch das geduldige
Anhören seiner unermüdlichen Schwätzereien. Vielleicht
hatte er mich zum Frühstück in der Hoffnung eingeladen,
daß meine Ohren so empfänglich sein würden wie mein
Magen. Bis die Post abfuhr, hing er an mir wie ein
Blutigel. Ein Schwätzer hat wirklich mit dem Blutigel die
Aehnlichkeit, daß er sich mit dem Munde anhängt, wo er
Einen habhaft werden kann; bloß die Unähnlichkeit besteht
zwischen beiden, daß der Blutigel nicht eher losläßt, als bis

er sich gefüllt, und der Schwätzer nicht eher, als bis er sich geleert hat.

So endete meine romantische Reise nach Batavia.

XX.

Die Farbe der Augen als Kennzeichen, daß das Menschengeschlecht von wenigstens zwei Paaren abstammen müsse.

An den Augen sollt ihr sie erkennen.

Die Frage, ob das Menschengeschlecht von einem oder von mehr Stammpaaren seinen Ursprung herzuleiten habe, ist vielfach angeregt worden und die Meisten haben sich bei Beantwortung derselben dahin vereinigt, die Ehre Adams zu retten. Die religiöse Gewissenhaftigkeit hat sich für ihn entschieden, weil ihm die Bibel die alleinige Stammvaterschaft zuschreibt, und die historische Kombination ist ihm nicht zu nah getreten, weil sie sich nicht entschließen konnte, auf den Grund unsicherer und, wie man annahm, stets veränderlicher Merkmale die für die Würde der Menschheit angemessenere Idee einer Abstammung von einem einzigen allgemeinen Stammvater fahren zu lassen. Wenn man sich den Menschen als ein Ebenbild und als einen Ausfluß „Gottes“ denkt, so scheint er dadurch an Würde zu verlieren, daß man annimmt, „Gott“ sei im Stande gewesen, oder habe sich entschließen können, ein so kostbares Stück Arbeit gleich in duplo oder triplo erscheinen zu lassen. Man meint,

„Gott" habe sparsamer mit seiner Göttlichkeit wie mit den Ausflüssen derselben sein müssen und das große Nest der Erde sei zu klein gewesen, um mehr als einen einzigen solchen göttlichen Kuckuk, wie der Mensch ist, aufnehmen zu können, ihn, dem selbst eine generatio aepuivoca keinen Nebenbuhler zu schaffen vermogte. Auch scheint in der Annahme, daß es mehrerlei Menschen, wie z. B. mehrerlei Affen, mehrerlei Bären ꝛc. geben könne, eine beleidigende Gleichstellung mit den Thieren zu liegen. Es bleibt hier dahin gestellt, worin die Würde des Menschen besteht und ob sie durch den Beweis einer mehrfältigen Abstammung beeinträchtigt wird; der Zweck ist hier nur, mit der Freiheit, die jede Forschung auf wissenschaftlichem Gebiet ansprechen darf, auf ein neues Mittel zur Führung jenes Beweises mit Wenigem aufmerksam zu machen, obgleich Büffon, Kant, Haller, Blumenbach ꝛc. ihre gewichtige Stimme mit der mosaischen Ueberlieferung vereinigt haben. Sorgfältige und anhaltende Beobachtung der Natur hat das Recht, auch der tiefsten philosophischen Deduktion entgegen zu treten, wenn dieselbe nicht durch die Erscheinungen der Wirklichkeit unterstützt und bestätigt wird.

Bei den Forschungen über die Abstammung des Menschen nat man ihn gemustert von oben bis unten, man hat den Körperbau, die Form des Schädels, die Farbe der Haut, die Art des Haars ꝛc. der Untersuchung unterworfen, bloß Das, womit man alle diese Wahrnehmungen machte, nämlich die Augen selbst, hat man meines Wissens außer Acht gelassen, wenigstens darauf keine Herleitungen bezüglich der Urabstammung gegründet. Und doch sind sie es, die meines Erachtens als die Haltepunkte für alle Merkmale zu betrachten sind, auf welche sich jene Herleitungen bauen lassen.

Von früher Jugend auf zu beständiger Beobachtung der Augen unwillkürlich hingezogen, habe ich denselben stets solche Aufmerksamkeit geschenkt, daß ich mich der Augenfarbe aller Menschen erinnere, die ich kennen zu lernen oder zu beobachten Gelegenheit hatte. Man wird zugeben, daß, wenn aus den Augen etwas gefolgert werden kann, zu solchen Folgerungen eine so genaue Beobachtung von Tausenden von Exemplaren berechtigt ist. Mit der Beobachtung von so viel tausend Augen und ihren vielfachen Nüancen habe ich stets die Beobachtung der mit der Augenfarbe zusammen= hangenden Merkmale, z. B. der Haare, der Haut, der Ge= sichtsfarbe, der Zähne ꝛc. verbunden. Auf meiner Reise nach Batavia habe ich die vielfache Gelegenheit zur Fort= setzung derartiger Beobachtungen auf's Sorgfältigste benutzt und glaube die gewonnene Ueberzeugung kühn öffentlich aus= sprechen zu dürfen, von etwaiger Kontroverse gleich sorgfäl= tige Beobachtungen erwartend.

1, Es gibt bei den Menschen ursprünglich z w e i e r l e i und n u r z w e i e r l e i Augen: b l a u e und b r a u n e. Diese verschiedene Farbe ist

2, nicht ohne Zusammenhang mit andern Erscheinungen und Eigenschaften des Körpers, sie ist in Bezug auf ihre Ursachen nicht auf das Auge allein beschränkt, ist nicht eine bloß zufällige Eigenschaft, sondern e i n n o t h w e n d i g e s A t t r i b u t zu einem so oder so beschaffenen K ö r p e r. Das Auge ist gleichsam die Blüthe, woran man die Art und Beschaffenheit des menschlichen Stammes er= kennt, wie man z. B. rothe und weiße Rosen unterscheidet. So sicher wie der Rosenstock mit weißen Blüthen innerlich eine andere Beschaffenheit hat, als der mit rothen, eben so sicher ist der blauäugige Mensch innerlich verschieden von dem

braunäugigen. Blau= und braunäugig ist also der kürzeste
Ausdruck zur Unterscheidung von zwei Menschenarten ver=
schiedener Abstammung und Komposition. Zu ächten blauen
Augen gehört, was die äußern Kennzeichen betrifft, blondes
(bei den alten Teutschen hellgelbes) Haar, eine feinere Epi=
dermis und darunter ein helleres, zartroth, beinah rosenfar=
big durchscheinendes Blut, welches demgemäß die Gesichts=
farbe bildet.

Bei ächten braunen Augen dagegen findet sich schwarzes
oder braunes Haar, ein dunkleres Blut und demselben ent=
sprechend auch ein dunkleres Roth der Hautfarbe, oder in
süblichen Ländern eine gelbe, braune, kupferfarbige oder
schwarze Haut. Der Zusammenhang dieser Erscheinungen
am ganzen Körper ist so durchgängig und deutlich, daß es
einem geübten Beobachter nicht schwer wird, die Farbe der
Augen, wenigstens der ungemischten, sogar von der Hand
oder vom Fuß abzusetzen, was natürlich nur von weißer
Haut gemeint ist, da sich bei dunkler Haut die Farbe der
Augen sogleich ergibt. Was die innere Verschiedenheit der
verschiedenäugigen Menschen betrifft, so läßt sich dieselbe von
einem physiologischen Kenner vielleicht nicht ohne Gewinn
für die Wissenschaft weiter verfolgen und die sorgfältige Be=
obachtung derselben in Bezug auf Affekte, Leidenschaften,
Empfänglichkeit für Krankheiten ꝛc. könnte einem Arzt viel=
leicht von Wichtigkeit sein. So z. B. ist die Gicht bei blau=
äugigen Menschen unendlich öfter zu finden, als bei braun=
äugigen; so habe ich in Batavia, wo die Cholera eine ende=
mische Krankheit ist, bemerkt, daß die davon Befallenen fast
immer braunäugige waren. Daß die asiatische Cholera
auch nach Europa und sogar in das nördliche Europa ge=
drungen, ist vielleicht einzig oder doch hauptsächlich eine Folge

des Umstandes, daß die cholerafähigen, d. i. die braun=
äugigen Menschen sich allmälig auch nach dem Norden ver=
breitet haben.

3, Die Farbe der Augen ist keine Gabe des Zufalls in
Bezug auf Abstammung. Ein Paar mit beiderseitig
ächten braunen Augen kann niemals Kinder mit blauen
Augen erzeugen und eben so ein ächt blauäugiges Paar nie=
mals braunäugige Kinder. Für die Richtigkeit dieses Satzes
setze ich, und sollte ich mich mit allen galanten Ehefrauen
verfeinden, meine Augen, ja meinen Kopf zum Pfande. Um
sie aber nicht unschuldig zu verlieren, muß ich darauf auf=
merksam machen, daß es bei der vielfachen Vermischung der
blau= und braunäugigen Menschen in unserer Zeit nicht
schwer ist, scheinbare Beispiele vom Gegentheil anzu=
weisen, die Manchen leicht täuschen könnten. Es gibt jetzt
unendlich viel Menschen, welche dem Anschein nach Augen
von einer ächten Farbe haben, aber mit einer, nicht auf den
ersten Blick erkennbaren fremdartigen Beimischung, welche
indeß, innerlich vorherrschend, bei der Fortpflanzung den
Ausschlag gibt und eine der der Eltern scheinbar entgegenge=
setzte Augenfarbe hervorbringen kann. In solchen Fällen
gehe man auf die Augenfarbe der Großeltern zurück und
man wird entweder bei den mütterlichen oder väterlichen
Großeltern diejenige Augenfarbe finden, welche bei dem
fremdäugigen Enkel nicht zu erklären war. Und sollte man
(um einer Möglichkeit, für die ich noch kein Beispiel gefund=
den, freies Feld zu gönnen) die Farbe bis zu den Urgroß=
eltern verfolgen müssen, man wird die Quelle der Abweichung
nicht vergebens suchen. Die Abweichungen können in fol=
gender Art entstehen. Angenommen, der Mann habe ächte
blaue, die Frau aber ächte braune Augen, so können die

Kinder entweder a. blaue, oder b. braune, oder c. gemischtblaue z. B. grünblaue, graublaue, dunkelblaue, oder d. gemischt= braune, z. B. fuchsigbraune, grünlichbraune Augen haben. Vermischt sich nun ein blauäugiger Sohn einer solchen Fami= lie mit einer Tochter einer andern Familie von d e r s e l b e n G r u n d b e s c h a f f e n h e i t, so halte ich es z. B. für möglich, sage möglich, daß aus dieser Vermischung eines blauäugigen Paares Kinder mit theilweise braunen Augen hervorgehen. Durch die seit so viel Jahrhunderten fortge= setzte Vermischung der blauäugigen und braunäugigen Na= tionen sind vorzüglich in Europa außerordentlich viel Nüan= en aller Art entstanden und verhältnißmäßig wenig ächte Racemenschen, namentlich von der blauen Farbe, übrig ge= blieben, so daß schon eine ziemlich geübte Beobachtung dazu gehört, die ächte von der unächten immer unterscheiden zu können. Auch die übrigen mit den Augen zusammenhangen= den Merkmale, besonders die Farbe des Haars, sind durch die vielfache Vermischung durcheinander geworfen worden. So findet man jetzt sogar schwarzhaarige Menschen mit hellen blauen Augen (die man indeß leicht von den ächten unter= scheidet) und sogar flachshaarige mit dunkelbraunen Augen. Sieht man sich aber in denjenigen Ländern um, deren Be= wohner sich erhalten haben ohne Vermischung mit Menschen einer andern Augenfarbe, so gewinnt man das überzeugendste Resultat. Kein ächter Skandinavier hat braune, kein Chinese im ganzen großen himmlischen Reich hat blaue Augen ꝛc.

4, **Die Augen ändern sich nicht durch das K l i m a.** Die Kinder eines ächten Afrikaners und einer Afrikanerinn wer= den in Schweden dieselben braunen Augen mit zur Welt bringen, mit denen sie in Afrika geboren sein würden, und sollte auch nach langjähriger Fortpflanzung die Farbe der Haut, welche wenigstens großen Theils eine Wirkung der südlichen Sonne sein mag, im Norden etwas heller werden, die braunen Augen werden nach tausend Jahren doch nicht blau. Ebenso werden die unvermischten Nachkommen eines ächt schwedischen Paares auf dem Aequator nach tausend Jahren zwar vielleicht eine verbrannte Haut, aber niemals braune Augen bekommen. Beispiele der Unveränderlichkeit der Augenfarbe durch das Klima sind zu Tausenden, sowohl bei Europäern in südlichen Kolonieen, wie bei Asiaten im nördlichen Asien zu finden.

Ein Beispiel, das wir täglich vor uns sehen, liefern auch die Juden, die, weil sie sich nur durch Verheirathung unter sich fortpflanzen, ungeachtet ihres langen Aufenthaltes unter nördlichen und blauäugigen Völkern doch ihre braunen Augen bewahrt haben. Einzelne Ausnahmen stoßen die Regel nicht um, denn wo sich ein Jude mit blauen Augen findet, hat jedenfalls, sei es nun bei den nächsten, oder bei entfernteren Vorfahren, eine christliche Intervention Statt gehabt. Solche Beispiele mögen zugleich die Juden mahnen, daß es ihre Bestimmung nicht ist, durch eine ewige orientalische Scheidewand von den übrigen Menschen getrennt zu leben. So oft sie sich in die blauen Augen sehen, sehen sie sich wenigstens körperlich schon bekehrt. (Bei blauäugigen Juden wird man auch die meiste Neigung finden, sich in Sitten und Gesellschaft den Trägern der Blauäugigkeit, den Christen, anzuschließen). Zugleich mögen durch jene Kennzeichen einer christlichen Betheiligung an jüdischer Fortpflanzung die Christen an ihre Menschengemeinschaft mit den Juden erinnert werden. Ein Christ kann nicht mehr intolerant sein, wenn er einen Juden mit blauen Augen sieht.

5, Eine endliche Aenderung der Augenfarbe im b l o ß e n Gange der Fortpflanzung ohne fremdartige Ver= mischung und ohne Aenderung des Klima, bloß durch ein geheimes Gesetz der Natur, wird man noch weniger anzunehmen geneigt und veranlaßt sein. Gegen eine solche Annahme ließe sich auch vielleicht die Unveränder= lichkeit der Augenfarbe bei den verschiedenen Thieren anführen, die den Wohnplatz nicht wechseln und sich nicht mit anderen Gattungen vermischen.

Abnormitäten, wie die rothäugigen Kakerlaken und Kre= tinen, wird man hier nicht entgegenstellen wollen, da diese Menschen nur krankhafte Erscheinungen sind, welchen die Natur sogar meistens die Fähigkeit der Fortpflanzung und schon dadurch das Recht versagt hat, in dieser Frage, welche die Quellen der Menschenströme hinter den fernsten Jahr= hunderten aufsucht, mitzusprechen. Wären indeß die Kaker= laken 2c. n i c h t Abnormitäten, wären sie in jeder Be= ziehung gesunde, fortpflanzungsfähige Menschen, wie die anderen, so würden sie nur den Beweis für ein drittes, näm= lich ein rothäugiges Stammpaar liefern.

6, Ein Gläubiger könnte den Einwand machen, Adam habe z. B. braune und Eva blaue Augen gehabt und aus dieser Verschiedenheit der Augen der Stammeltern sei die Verschiedenheit jener der Abkömmlinge entstanden. Gegen diesen Einwand läßt sich aber die Frage aufwerfen, wie sich die a u s s c h l i e ß l i c h e Vertheilung der blauen Augen an das nordwestliche oder doch nördliche Europa und der brau= nen an den übrigen Theil der Welt erklären lasse? Warum findet man unter den südlichen Asiaten und Afrikanern keine Nationen mit blauen Augen und unter den nordwestlichen Europäern nur da braune Augen, wo sie aus der Vermischung

mit jüdlicheren Menschen hervorgegangen? Zweitens müß=
ten die ad 3 aufgestellten Erfahrungssätze mit der Genealogie
der Adam'schen Familie in Widerspruch gerathen, da es un=
erklärlich wäre, daß je aus einem Stamm mit gemischten,
unächten Augen nur Abkömmlinge mit sich gleich bleibenden
ächten Augen hätten erwachsen sollen. Drittens wird man
in den meisten Fällen, wo Vater und Mutter verschiedene
und zwar gleichächte Augen haben, die Beobachtung bestätigt
finden, daß bei den Kindern in Betreff der Augen die Mutter
den Ausschlag gibt. Da nun aber bei Weitem der größte
Theil der Menschen braune Augen hat, wie sollte es sich er=
klären lassen, daß dennoch im Allgemeinen Adam, welcher
als erster Asiate den ersten Anspruch auf die braunen Augen
hatte, den Ausschlag gegeben? Stellt man nun aus alt=
testamentarischer Gewissenhaftigkeit hiergegen auf, Eva könne
dennoch die braunäugige gewesen sein, weil es geschrieben
stehe, daß nur ein Stammpaar existirt habe, so hat man
darauf viertens auch das alttestamentarische Recht, zu ant=
worten, daß Eva, weil Gott nur einen Menschen geschaffen,
aus einer Rippe Adams entstehen mußte und daher noth=
wendig mit ihm gleiche Augen gehabt hat. Durch diese
Antwort würde zugleich der ganze hier besprochene Einwand
widerlegt. Will man Das noch nicht gelten lassen, so wird
man es vielleicht durch die Hypothese entkräften können,
Adam könne ein blaues und ein braunes Auge gehabt haben
und dieß sei durch die Rippe auch auf Eva übergegangen.
Könnte sich das aber durch die Rippe vererben, so müßte es
noch weit eher durch Zeugung geschehen und diese Folgerung
widerlegt uns ein Blick in den Spiegel.

Geht nun aus dem bisher Gesagten hervor, daß die Farbe
der Augen keine zufällige, für sich unab=

hängige, sondern eine der Beschaffenheit des ganzen Körpers entsprechende und von der Abstammung abhängige Erscheinung ist; daß ferner die Verschiedenheit derselben weder durch den Wechsel des Klima, noch im bloßen Laufe der Fortpflanzung endlich entstanden; daß zuletzt jene Verschiedenheit auch nicht durch die Annahme erklärt werden kann, von dem Stammvater rühre die eine und von der Stammmutter die andere Farbe her, so bleibt wohl nichts übrig, als anzunehmen, daß das Menschengeschlecht von wenigstens zwei besonderen Paaren, einem blauäugigen und einem braunäugigen, abstammen müsse. Vielleicht hat jede Hauptrace des Menschengeschlechts (nach der gewöhnlichen Eintheilung) ein eigenes Stammpaar. Allein, wenn man auch von dieser Annahme abstrahirt und die Merkmale jener Racen als schwankend verwirft, so bleibt wenigstens in den Augen das sichere Kennzeichen für zwei verschiedene Stammpaare übrig. Mag es möglich sein, daß aus dem Stamm eines zirkassischen Apoll ein hunnischer Brückenpfal, aus einem chinesischen Zopf ein mohrischer Krauskopf, aus den gutmüthigen Zügen eines Malaien ein türkisches Henkergesicht, aus einem grönländischen Zwerg ein patagonischer Riese entstehe und umgekehrt; mag man in Bezug auf das Aeußere, auf Gestalt, Schönheit, zum Theil auch Hautfarbe 2c. die Möglichkeit aller nur denkbaren Bildungen und Veränderungen annehmen: in Bezug auf das Innere und die Farbe der Augen, als die Blüthe jenes Innern, ist die Herleitung gefesselt. Man kann einen Baum schlank aufziehen, man kann ihn zum Krüppel machen, aber man kann ihn nicht zwingen, fremdartige Blüthen zu treiben. Soll er fremde Blüthen tragen, so muß man ihm den

Stoff dazu einimpfen; soll aus einem ächtbraunäugigen Menschen ein ächtblauäugiger werden und umgekehrt, so genügt es nicht, daß sein Haar kraus oder glatt, seine Haut weißer oder dunkler, sein Schädel eckig oder rund, seine Gestalt schön oder häßlich werde, nein, der ganze Mensch vom Kopf bis zur Zehe, äußerlich und innerlich, muß bis in alle Fasern und Säfte eine andere Beschaffenheit erhalten, er muß neu geschaffen werden. Und wäre es möglich, z. B. einem braunäugigen Menschen blaue Augen einzusetzen, so daß sie wie organisch verwüchsen, die Fortpflanzung würde den aufgedrungenen fremden Stoff ausscheiden und die Nachkömmlinge würden doch wieder braunäugig sein.

Sind die aufgestellten Behauptungen richtig, so bleibt, da der Ursprung der braunäugigen Menschen jedenfalls in Asien zu suchen ist, nur noch übrig, zu ermitteln, wo das blauäugige Stammpaar des Menschengeschlechts seinen Sitz gehabt und wer die Nachkommen desselben sind. Diese Ermittelung wäre in historischer Hinsicht nicht unwichtig, da sie über die Abstammung des einen Volks von dem anderen, über die Bevölkerung des einen Welttheils durch den anderen ꝛc. ꝛc. ein nicht zu verachtendes Licht verbreiten würde. Es wäre zu wünschen, daß die Reisebeschreiber, welche sich bei Beschreibung der verschiedenen Nationen in der Regel auf Angabe der Hautfarbe, des Haars ꝛc. ꝛc. beschränken, den Augen mehr Aufmerksamkeit geschenkt hätten und daß ein Gelehrter sich für die hier gemachten Bemerkungen so weit interessirte, um die Mittheilungen der Schriftsteller über die Augenfarbe der Völker zu sammeln und daraus vielleicht mit mehr Sicherheit ein genealogisches Gebäude für dieselben zu konstruiren So viel meiner geringen Belesenheit bekannt ist, sprechen die historischen Zeugnisse von blauen Augen nur in der Geschichte der Germanen, bei welchen sie als eine bis dahin unbekannte Erscheinung hervorgehoben werden. Die „glaukopis Athänä" (die gemischtblauäugige) und der „xanthos Menelaos," der bei dem blonden Haar v e r m u t h = l i ch auch die entsprechenden blauen Augen hatte, sind isolirte Erscheinungen und, wenn jene Bezeichnungen nicht als durch= aus poetische Erfindungen anzunehmen, verwelkte Blätter vom germanischen Stammbaum. Das stimmt auch mit der eisigen, nordischen Kälte jener Göttinn überein und für die Teutschen wäre es nicht wenig schmeichelhaft, wenn aus ihrem Lande die Griechen die Göttinn der Weisheit hätten holen müssen. Sind nun die Germanen ursprünglich die einzigen blauäugigen Völker, so werden ihre Stammeltern wohl im Nordwesten von Europa gewohnt haben. Ihre spätern Nachbarn, die Sarmaten, Wenden und überhaupt die slavischen Völkerschaften sollen braune Augen und dunkles Haar gehabt haben, konnten also nicht germanischen Ur= sprungs sein. Auch scheint es, wenn man für die Germanen besondere Stammeltern annimt und annehmen muß, nicht wahrscheinlich, daß sie, wie die Sarmaten ꝛc. ꝛc., aus Asien herübergekommen, da sie in diesem Fall nicht ihre reine, un= vermischte Blauäugigkeit hätten bewahren können und da es ferner schwer zu erklären wäre, warum sie, der Weise der übrigen Wandervölker zuwider, sich ausschließlich nach dem Norden gewandt und nicht wenigstens theilweise schon gleich Anfangs den einladenden Süden sollten bevölkert haben. Sind sie aber wirklich aus Asien gekommen, so müssen sie, da sie nun einmal wegen ihrer Augen nicht gleiche Abstam= mung mit den übrigen haben können, wenigstens an der Schwelle von Europa gewohnt und sich frühzeitig genug nach Skandinavien, an die Nordsee ꝛc. ꝛc. gezogen haben, um

ihre unverfälschte Ursprünglichkeit bis zum Zusammentreffen
mit den nachrückenden Braunaugen bewahren zu können.
So viel ich habe beobachten können, haben, außer den teut=
schen und zu Teutschland gerechneten Völkern, die Tyroler,
Schweizer, Holländer, Dänen, Schweden, Norweger, die
Völker des nordwestlichen Rußlands, großen Theils auch die
Engländer blaue Augen. Sie müssen also alle, selbst
wenn die geschichtlichen Nachweise widersprächen, wenig=
stens größten Theils aus germanischem Element bestehen.
Alle übrigen Nationen, also die ganze Urbevölkerung von
Amerika, Australien, Asien, Afrika und Südeuropa, mit
Ausnahme einzelner, durch die Völkerwanderungen hier und
da hinterlassener Reste, z. B. einzelner Vandalenüberreste
im nördlichen Afrika und der sogenannten Usun im innern
Asien (am obern Entzina) — zu vereinzelt und abgeschlossen,
um als Stammvölker der Germanen gelten zu können —,
mögen aus der Wiege von Kaschemir gekrochen sein, sie
haben alle braune Augen. Die Germanen aber kommen
aus einer andern und zwar weniger sanften Wiege her. Sie
allein stehen der ganzen übrigen Menschenmasse der Erde
gegenüber als eine besondere Art für sich. Die Menschheit
zerfällt also in Adamiten und Germanen. Was folgt
daraus? Wenigstens so viel, daß die Germanen, besonders
die Teutschen, da sie nicht von Adam abstammen, auch nicht
der Erbsünde theilhaftig sind und nicht dafür zu büßen haben.
Sie können also auch in dieser Beziehung ein besseres Loos
erwarten. Die übrigen Nationen sind im Paradies ge=
boren und wurden in der Person ihrer Stammeltern daraus
verjagt und verurtheilt, für ihr Brod zu schwitzen und zu
entbehren; die Teutschen haben, wenn auch nicht geschwitzt,
doch entbehrt in freudeleeren skandinavischen Wildnissen und

find beftimmt, allmälig in's Paradies und aus Niflheim nach Mispelheim zu gelangen.

Es laſſen ſich noch einige Fragen und Bemerkungen hier anknüpfen.

1, Die Erfahrung lehrt, daß die Vermiſchung verſchiedenäugiger Menſchen von ſonſt angemeſſener Grundbeſchaffenheit in der Regel die ſchönſten und talentvollſten Kinder hervorbringt. Ein ſchöner blauäugiger Mann wird mit einer ſchönen blauäugigen Frau nicht ſo vollkommene Kinder zeugen wie mit einer gleichſchönen braunäugigen Frau. Dieß beruht auf einem genetiſchen Miſchungsgeſetz, ähnlich dem Geſetz, wonach eine Miſchung von zwei verſchiedenen Metallen ein drittes feſteres gibt. Es ſcheint daraus zu folgen, daß die Verſchiedenartigkeit der Menſchen dazu vorhanden iſt, um allmälig durch Vermiſchung das menſchliche Geſchlecht zu veredeln. Der Germanen ſind aber im Verhältniß zu den Braunäugigen ſehr wenige. Läßt ſich daraus nicht vermuthen, daß ſie ſo viel zum Geſchäft mitzubringen haben, wie die übrigen alle zuſammen? In gewiſſer Beziehung allerdings. Sie ſind nicht zum eigentlichen Produziren, aber zum Befruchten beſtimmt. Sie werden wie der Blüthenſtaub der Pflanzen über den ganzen Baum der Menſchheit verweht. Für ſich ſelbſt richten ſie nichts aus, ſie ſind kein Ganzes, ſo wie auch die Slaven kein Ganzes ſind und ſein ſollen. Die Romanen ſcheinen das Mittelding darzuſtellen und ſie, die Miſchlinge, ſind es, die bis jetzt den größten Antheil an der praktiſchen Geſchichte gehabt haben. Vielleicht wird auch das Vereinigungsgeſchlecht der Zukunft das romaniſche ſein, in welchem Germanenthum und Slaventhum aufgeht. Wer weiß, ob nicht alle Anfoderungen an die Teutſchen ſo gut, wie an die Chineſen, ungerecht ſind, so lang nicht ihr Blut hinreichend mit fremdem versetzt ist. Die physischen Ursachen werden in der Geschichte gar zu häufig übersehen und die Vermischung der Nationen ist eins ihrer wichtigsten Kapitel. Dieses Thema gewinnt ein besonderes Interesse in Nordamerika, wo die Mischung am Vielfältigsten vor sich geht und die nächste Aussicht zu sein scheint, als Resultat derselben möglichst vollkommene Menschenerscheinungen, wenigstens in physischer Beziehung, hervorgehen zu sehn.

2, Wird es über etliche tausend Jahre noch braune oder noch blaue Augen geben? Welche Farbe wird siegen? Preisaufgabe!

3, Welches Paar wird die vollkommenste Nachkommenschaft haben, ein blauäugiger Mann mit einer braunäugigen Frau, oder ein gleichschöner braunäugiger Mann mit einer gleichen blauäugigen Frau? Muß der Mann oder die Frau braune Augen haben? Ich glaube, die Frau.*)

----

*) Mit dieser Ansicht stimmt auch folgende Bemerkung Feuerbachs überein:

„Der wahre, der mit dem Leben, dem Menschen identische Philosoph muß gallo=germanischen Geblüts sein. Erschreckt nicht, ihr keuschen Teutschen, über diese Vermischung! Schon Anno 1716 haben diesen Gedanken die Acta Philosophorum ausgesprochen: „„Wenn wir die Teutschen und Franzosen gegen einander halten, so haben zwar diese ihre ingenia mehr Hurtigkeit, jene aber mehr Solidität, und könnte man füglich sagen, das temperamentum gallico-germanicum schicke sich am Besten zur Philosophie, oder ein Kind, welches einen Franzosen zum Vater und eine teutsche Mutter hat, müßte (caeteris paribus) ein gut ingenium philosophicum bekommen."" Ganz richtig; nur müssen wir die Mutter zur Französin, den Vater zum Deutschen machen. Das Herz — das weibliche Prinzip, der Sinn für das Endliche, der Sitz des Materialismus — ist französisch gesinnt; der Kopf — das männliche Prinzip, der Sitz des Idealismus — deutsch. Das Herz revolutionirt, der Kopf reformirt; der Kopf bringt die Dinge zu Stande, das Herz in Bewegung 2c."

4, Die blauen Augen bringen die Kraft, die braunen das Leben, die blauen den Zunder, die braunen das Feuer. Es ist bemerkenswerth, daß Napoleon, dieser Erzantiteutsche, zum Theil aus teutschem Stoff entstanden, denn er hatte blaue Augen.

5, Darf Christus mit blondem Haar und blauen Augen gemalt werden? Die Maler wie die Romanschreiber könnten bei Vertheilung der Augenfarben sowohl in Bezug auf Nationalität, wie auch in Bezug auf Charakter oft viel naturwahrer zu Werke gehen. Welcher Maler wird einen alten Teutschen mit braunen Augen malen? Warum nun einen Orientalen mit blauen? Dieß mögte man vorzugsweise der Düsseldorfer Schule zur Beachtung empfehlen. Und doch kann eine (künstlerische) Wahrheit darin liegen, daß man Christus mit blauen Augen malt, denn das Christenthum ist seinem Hauptelement nach germanisch — es ist die Religion der Geprügelten.

6, Menschen mit violettscheinenden braunen Augen sind niemals gesund. Sie scheinen sich den Kakerlaken zu nähern. Findet sich zu dieser abnormen Bildung die Anlage und Fähigkeit auch unter blauäugigen Menschen? Sind die Kretinen in der Schweiz nicht ursprünglich Braunäugige gewesen?

7, Sollten weiße Kaninchen, weiße Mäuse ꝛc., welche immer rothe Augen haben, eine eigene Urgattung, oder sollten sie nicht vielmehr die Kakerlaken (Albinos, Kretinen) der Thiere sein? Haben die Eisbären rothe Augen?

8, Welche Augenfarbe ist vorherrschend bei den Fischen, welche bei den Vögeln? Bei den Säugethieren ist es die braune. Ich kenne außer ein Paar Fischarten nur zwei durchweg blauäugige Thiere: Krähen und Gänse.

9, Was ist der chemische Grund der Augenfarbe, ihrer Verschiedenheit und der übrigen mit ihr zusammenhangenden Erscheinungen des Körpers? Die Lösung dieser Frage, die ich von vornherein beantwortet haben würde, wenn ich gekonnt hätte, wäre vielleicht im Stande, die wissenschaftliche Bedeutung der Augenfrage entscheidend festzustellen.

Acht Jahre „Staatsdienst",

oder:

Ein Stück Beamtenleben.

———

Nachdem Sie nun wissen, meine Freundinn, auf welche Weise ich einst holländischer Sergeant geworden, verlangen Sie auch das Nähere darüber zu wissen, wie ich preußischer Steuerbeamter geworden und gewesen bin. Sie mögten eine Vorstellung haben, „wie mir dieses Joch gesessen." Sie verlassen sich eben darauf, daß ich Ihnen nichts ab= schlagen kann, was ich Ihrer Schadenfreude zu bieten ver- mag, sonst würde ich Ihnen bloß mit den Worten des Aeneas antworten:

> Infandum, regina, jubes renovare dolorem
> („O Königinn, du weckst der alten Wunde
> Unnennbar schmerzliches Gefühl!").

Sie werden denken, ich sei nach meiner Rückkehr von Batavia vollständig und für immer von der Romantik kurirt gewesen; aber Sie irren sich. Batavia bewi es mir bloß, daß ich den unrechten Weg eingeschlagen hatte. Ich war irriger

Weise nach Süden gesegelt; aber es gab noch einen Norden, Westen und Osten. Wodurch war es bewiesen, daß ich nicht unter Tscherkessen, Franzosen oder Yankees finden werde, was ich unter den Holländern vermißte? Ich wollte entweder nach dem Kaukasus, oder nach Algier, oder nach Nordamerika und ließ es auf die Belehrung von Landkarten und Geographiebüchern, die ich zu diesem Zweck studirte, ankommen, welchem Plan ich den Vorzug geben sollte.

Unterdessen war aber die Zeit herangerückt, wo ich an das königlich preußische Vaterland meinen Tribut als „einjähriger Freiwilliger" abzutragen hatte. Mich diesem Vergnügen zu entziehen, gab es kein anderes Mittel, als das Desertiren und zwar für immer. Zu diesem Mittel konnte ich mich indeß nicht entschließen, indem mich ein unbestimmtes Bedürfniß an Teutschland fesselte, und da um jene Zeit meine Vaterstadt (Kleve) grade die Ehre hatte, das 17. Infanterieregiment und sonstiges buntrockiges Volk zu beherbergen, ließ ich mir kurzweg die Uniform anmessen und trat als zweiter Flügelmann an die Spitze des Regiments.

Mein Dienstjahr war mir eigentlich nichts Anderes, als eine Uebungszeit für die Kunst, das Militairwesen lächerlich zu machen und die Herren Officiere, die eine wunderbare Nachsicht gegen mich an den Tag legten, zu ärgern, „in wie außer dem Dienst." Im Dienst ärgerte ich sie durch Verhöhnung der heiligen Verrichtungen, wodurch ein guter Unterthan in Uniform seinen König ehrt, und „außer dem Dienst" durch die Geringschätzung, womit ich die bunten Herren Vorgesetzten in Gesellschaften, namentlich in Gesellschaft von Damen behandelte. Wie weit ich in diesen destruktiven Bestrebungen ging, mögen Sie aus folgenden Beispielen ersehen. Einst hatte ich als „Gefreiter" (Vice-Unterofficier) eine Wache außerhalb der Stadt zu kommandiren. Da kein Feind im ganzen Europa uns gegenüber stand, wollte mir die Nothwendigkeit nicht einleuchten, während der Nacht die Mannschaft und mich des Schlafs zu berauben. Das Schlafen erschien mir als eine so natürlich berechtigte Dienstverrichtung, daß ich gar nicht bezweifelte, der Officier, welcher die nächtliche Ronde zu machen und die Wachen zu inspiziren hatte, werde mit mir über diesen Punkt ganz einverstanden sein. Ich kommandirte deshalb die ganze Mannschaft auf die Britsche und legte mich als Vorgesetzter an ihre Spitze. Als wir um Mitternacht im besten Schlafe lagen, entstand plötzlich ein Tumult und die ganze Mannschaft stürmte hinaus, indem sie mir zurief: „die Ronde, die Ronde!" Nachdem ich mir hinlänglich Zeit genommen, mich anzukleiden und mein „Lederzeug" umzuhängen, fand ich meine kleine Armee vor der Thüre wie die Pfäle in Reih' und Glied aufgestellt. Indem der Flügelmann mir zuflüsterte: „der Officier der Ronde — Gewehr präsentiren" — sah ich einige Schritte vor mir in der Dunkelheit eine Figur stehen, die schweigend dem Treiben zuschaute. Um diesen „Officier der Ronde" dafür zu strafen, daß er uns im Schlaf gestört, stellte ich mich, als sehe ich ihn nicht, und hielt an meine Mannschaft folgende Anrede: „Ihr seid ausgezeichnete Soldaten. Ich hatte das Alarmzeichen geben lassen, um zu versuchen, ob ihr pünktlich auf eurem Posten sein würdet, im Fall der Feind uns überfiele, oder der Officier der Ronde unsern Diensteifer auf die Probe stellte. Ich bin mit euch zufrieden. Wie der Blitz wart ihr auf dem Posten, gerüstet und kampfbegierig, wie es preußischen Soldaten ziemt. Jetzt paßt auf, was ich euch kommandire, und thut genau wie ich euch befehle: Achtung!! das Gewehr über

— die Heck'!" (Neben dem Wachthaus nämlich war eine Gartenhecke.) Kaum hatte ich das Wort aus dem Munde, so stürzte der Herr „Officier der Ronde" auf mich zu und schrie: „Herr, ich werde Ihnen lehren den Königlichen Dienst verhöhnen; Herr, Sie sollen auf die Festung, so wahr ich von Brehn heiße!"

„Herr Lieutenant, entgegnete ich mit besonderer Betonung, Sie haben zu viel Verstand, als daß Sie mich wegen eines schlechten Witzes auf die Festung bringen sollten." Und wirklich hatte der Lieutenant zu viel Verstand, er machte nicht einmal eine Anzeige, obschon er wegen dieser Nachsicht gegen solch hochverrätherisches Benehmen selbst riskirte auf die Festung zu kommen.

Ein ander Mal entdeckte das Argusauge des Kompagniechefs, daß dem Vaterland Gefahr drohte, weil meine Patrontasche nicht blank genug geputzt war, um die Herzschläge der Angst meines Hintermanns abzuspiegeln. Da er sich scheute, mir persönlich darüber Vorwürfe zu ertheilen, inspirirte er einen Soldaten, mir in seiner Gegenwart die Bemerkung zu machen, mein Bursche müsse ein fauler Kerl sein, da er meine Patrontasche nicht geputzt habe. Als der Soldat seinen Auftrag ausgerichtet, kam der Herr Kompagniechef, der nicht ahnte, daß ich Alles angehört hatte, herzu und fragte mich, was der naseweise Mensch wolle? Ich antwortete: „er wünschte die Emmericher Kirchmesse zu besuchen und da er weiß, daß ich bei Ihnen etwas gelte, läßt er durch mich um drei Tage Urlaub ersuchen." Der blamirte Kompagniechef wußte nichts Anderes zu thun, als den Urlaub zu gewähren.

Den bittersten Verdruß aber bereitete den Herren Officieren eine Demüthigung, welche ihnen mir zu lieb eine Frau angedeihen ließ. Ihre größte Aufmerksamkeit war

einer Dame zugewandt, welche die übrigen an Geist, Schön=
heit und Liebenswürdigkeit ungefähr in dem Grade überragte,
wie der kommandirende General die Lieutenants an Macht.
Einst auf einem Balle war ich mit dieser Dame in eifrigem
Gespräch begriffen. Plötzlich macht der Haupttänzer, ein
Lieutenant, ihr seinen Kratzfuß und ersucht sie in der üblichen
geistreichen und zuversichtlichen Weise um die Ehre eines
Tanzes. Sie schlug sie ihm ab. „Seit die Frau Rittmei=
sterinn *) mit einem Freiwilligen Bekanntschaft ge=
macht, hat sie, wie es scheint, für die Officiere keinerlei
Aufmerksamkeit mehr.“ „Sie wissen“, erwiederte die Frau
Rittmeisterinn (ohne mir Zeit zu einer Unbesonnenheit zu
lassen), „daß ich eine Freundinn der Lektüre bin; aber ich
schätze die Bücher nicht nach ihrem Einbande. Es kommt
mir auf den Inhalt an. So geht es mir auch mit den
Männern. Alltägliche, flache Bücher blättert man höch=
stens aus Langweile flüchtig durch, wenn keine andre vor=
handen sind, und wirft sie dann in die Ecke; entdeckt man
aber ein inhaltvolles, gediegenes Buch, so lies’t man es mit
Aufmerksamkeit, man studirt es, ja man sucht es sich anzu=
eignen.“ Der Herr Lieutenant entfernte sich bleich vor
Wuth. Ich aber fühlte nicht einmal Schadenfreude; mein
Gefühl war das der Bewunderung für eine Frau, welche so
geist= und taktvoll ihrem Geliebten in einer Lage Satisfaktion
verschaffte, wo ein aufgeblasener Gimpel die Ueberlegenheit
seiner äußern Stellung zu seiner Demüthigung benutzen
wollte.

„Man sucht sie sich anzueignen.“ Die Aneignung war

---

damals schon eine Thatsache. Es sind nicht unsere Anlagen, unsere Verhältnisse und unsere Erziehung allein, was unser Schicksal entscheidet; der geringfügigste Zufall kann trotz Allem den Ausschlag geben. Ich hatte jene Frau öfter gesehen und sie mich; aber sie tadelte mich wegen meiner Tollheiten, obschon ihr grade diese das meiste Interesse einflößten, und ich sie wegen ihrer Verachtung der Weltformen, obschon ich es ihr hierin zuvorthat. Wir tadelten und mieden uns, so lang wir uns nicht kannten, so lang wir nicht wußten, was hinter den getadelten Eigenschaften verborgen war. Ein reiner Zufall brachte uns allein zusammen und nach einer einstündigen Unterhaltung war unser beiderseitiges Schicksal entschieden. Diese Stunde vernichtete alle meine Reiseplane, schlug meine ganze abenteuerliche Phantasterei nieder und machte mich zum königlich preußischen Steuerbeamten. Bis dahin hatte ich das Ende meines Dienstjahres nur herbeigewünscht, um nach dem Kaukasus, nach Afrika, oder nach Amerika gehen zu können; jetzt dachte ich nur daran, meine Freiheit zur Gründung einer schlichten, bürgerlichen Existenz zu benutzen.

Die Frau, deren Geschick von nun an mit dem meinigen eins geworden, besaß keine andere Schätze, als ihre persönlichen Eigenschaften und vier Kinder. Ich war nicht Phantast genug, um zu glauben, bloße Schwärmerei der Liebe reiche hin zur Ausfüllung der neuen Stellung, die ich einnehmen sollte; ich begriff, daß ich zugleich eine schwere, prosaische Aufgabe zu übernehmen hatte und zu ihrer Erfüllung war rascher Entschluß, fester Wille und ausdauernde Thätigkeit nöthig. Wovon existiren? Vermögen hatte ich nicht; meine Studien hatte ich nicht vollendet; ein Handwerk hatte ich nicht gelernt. Wovon nun mich und eine ganze Familie ernähren? Wer die Verhältnisse in Preußen kennt, wird wissen, welche abschreckende Unendlichkeit dort Jedem entgegenstarrt, der namentlich in einer wissenschaftlichen Karriere eine materielle Sicherung des Lebens sucht.

Man empfahl mir, Beamter zu werden und zwar in der Steuerpartie, in welcher mehrere meiner Verwandten eine erträgliche Karriere gemacht hatten. Mit dem „Staatsdienst“ und namentlich dem Steuerdienst völlig unbekannt und mich unbestimmten Hoffnungen, wie sie beim Eintritt in neue Verhältnisse den Unerfahrenen zu beleben pflegen, gern überlassend, meldete ich mich daher als Aspirant zum Steuersupernumerariat. Zu Steuersupernumerarien werden nur junge Leute genommen, welche das Gymnasium absolvirt haben. Sie machen sich verbindlich, mindestens d r e i Jahre unentgeldlich auf einem Hauptsteueramt zu arbeiten; nach Ablauf dieser Zeit können sie angestellt werden und allmälig bis zu Steuerräthen vorrücken. In der Regel erhalten sie auch schon innerhalb der drei Probejahre kommissarische Beschäftigungen mit Dieten, welche zwanzig Silbergroschen für den Tag betragen.

Die Ehre, Supernumerar zu werden, ist nicht so leicht zu erlangen, wie man glauben könnte, denn der Zulauf ist gar zu groß. Was mich betrifft, so sollte ich schon vor dem Eintritt in diese wichtige Stellung auf eine doppelt harte Probe gestellt werden. Man hatte ein ganz besonderes Vorurtheil gegen mich, weil man vernahm, daß ich nicht bloß als Student, sondern auch als Soldat eine bedenkliche Unabhängigkeit und Unbändigkeit an den Tag gelegt, ein Ruf, zu dessen Verbreitung die Herren Officiere nicht wenig beigetragen hatten. Da man ihn aber nicht als Grund einer Abweisung benutzen konnte, glaubte man mich durch Schwie-

rigteiten und Chikanen abschrecken zu können. Zunächst kostete
es große Mühe und einen ganzen Stoß Papier, um nur die
Zulassung als Bewerber zu erlangen. Als diese erreicht war,
folgte das Examiniren, worauf man bekanntlich in Preußen so
versessen ist, daß man sich nicht zu wundern brauchte, wenn
plötzlich ein Gesetz vorschriebe, daß die Schweinehirten beim
Avanciren zum Ochsenhirten zuvor ein Examen „am Phan=
tom" ablegen müßten. Obschon ich das Gymnasium und
die Universität besucht hatte, mußte ich doch, bevor ich als
Supernumerar zu dem wichtigen Geschäft des Linienziehens
und Abschreibens zugelassen wurde, mich von einem Steuer=
rath examiniren lassen. Der Mann legte mir allerlei unerwar=
tete Spezialfragen vor, über die er sich wahrscheinlich erst
im Konversationslexikon unterrichtet hatte, und zwar mit der
Uhr in der Hand, um zu notiren, wie viel Zeit ich zur Be=
antwortung jeder Frage benutzte. Bekanntlich verstehen es
die praktisch unbrauchbarsten Menschen mitunter am Besten,
sich in die beengende Form eines Examens pressen zu lassen.
Ich besaß diese Fähigkeit nicht, hatte überdieß die Gym=
nasialzeit schon vier bis fünf Jahre hinter mir und mein
unterdeß freier gewordener Geist hatte den Schulstaub so
ziemlich abgeschüttelt. So geschah es denn, daß ich den
Examinator nicht befriedigte, wie leicht sich derselbe auch,
wenn er nicht Pedant und Chikaneur sein wollte, überzeugen
konnte, daß ich mehr allgemeine Bildung und Federfertigkeit
besaß, als er. Es war unterdessen schon ein Jahr verflossen
und ich war noch nicht weiter, als ich gewesen. Neue
Schreibereien, neues Sollizitiren. Um mich definitiv abzu=
schrecken, stellte man mir anheim, mich bei einem Gymnasial=
direktor zum zweiten Mal prüfen zu lassen und durch dessen
Zeugniß nachzuweisen, daß ich die Kenntnisse eines angehen=

den Primaners besitze. Man denke sich einen jungen Mann, der sich seit fünf Jahren bemüht hat, die unnützen Kenntnisse eines preußischen Gymnasiasten zu vergessen, von Neuem in den Händen eines Schulpedanten, der seine Fähigkeit zum Steuerbeamten an Buttmann's Grammatik prüfen soll! Dennoch verstand ich mich zu dem Examen und zwar — abermals ohne die Steuerverwaltung zu befriedigen, obschon das erlangte Zeugniß jeder billigen Anfoderung entsprechen mußte. Als ich auch jetzt mit meinen Gesuchen noch nicht nachließ, foderte man ein drittes Examen und ich ließ mich zum dritten Mal darauf ein, nachdem ich zuvor meine Schulbücher wieder durchstudirt hatte. Dieß Mal fiel das Zeugniß noch besser aus, aber man war noch immer nicht dadurch zufrieden gestellt. Man setzte daran aus, es erkläre nicht ausdrücklich, daß ich auch speziell in Mathematik ec. geprüft worden sei, obschon es besagte, ich sei „in sämmtlichen Schulwissenschaften" examinirt worden; man stellte mir daher frei, mich in diesen besondern Fächern, die zugleich meine schwächsten waren, von einem Gymnasialdirektor oder einem Steuerrath nochmals prüfen zu lassen. Da ich mir wegen meines Verhältnisses nun einmal vorgenommen hatte, platterdings die Geduld nicht zu verlieren, so unterzog ich mich auch der vierten Prüfung. Sie fiel so genügend aus, daß man keinen Vorwand mehr finden konnte, mich nochmals abzuweisen. So ward mir denn endlich nach anderthalbjährigen Bemühungen das große Glück zu Theil, in die Zahl der königl. preußischen Supernumerarien aufgenommen zu werden. Nur wer die Aufopferungsfähigkeit kennt, welche ein Verhältniß wie das meinige eingibt, wird begreifen können, daß ich den jugendlichen Trotz zu bemeistern vermogte, welcher mehr als ein Mal im Begriff war, dem

Provinzialsteuerdirektor ein Pasquill anstatt eines Anstel=
lungsgesuchs einzuschicken. Wenn man später erfährt, zu
welchen Dienstleistungen man mich benutzt hat, so wird man
staunen über die „wissenschaftlichen" Anfoderungen, die
an den Supernumerarkandidaten waren gemacht worden

Als Supernumerar auf dem Hauptsteueramt (zu Düssel=
dorf) hatte ich zwar den bestehenden Einrichtungen gemäß
nur Handlangerarbeiten von Handlangern zu besorgen, die
Bearbeitung des „Prozeßwesens" ausgenommen, die mir
auf einige Zeit übertragen wurde; dennoch gelang es mir,
meinen Geist so weit unter das übernommene Joch zu zwin=
gen, daß der Provinzialsteuerdirektor meinen „Eifer zur
Förderung meiner Ausbildung" und „meine praktische
Brauchbarkeit" anerkannte. Nach anderthalbjähriger Gratis=
arbeit ward ich dafür mit einem Kommissorium als Thor=
empfänger zu Kleve belohnt. Ich hatte es also doch nach
dreijährigen Bemühungen endlich zum „Geldverdienen" ge=
bracht und der Familienvater in mir that sich auf seine 20
Sgr. Dieten noch mehr zu gut, als der Beamte. Meine
Beschäftigung in Kleve war nicht die angenehmste, aber meine
Stellung war ziemlich selbstständig. Ich saß vom Morgen
bis zum Abend in einem kajütenähnlichen Amtslokal und ließ
das Rindvieh die Revue passiren, dem ich den Paß in die
Stadt zu schreiben hatte. Aber nicht bloß das Vieh, auch
die Menschen standen unter meiner Kontrole und mein amt=
liches Gewissen, durch die beständige Aufsicht der Vorgesetz=
ten wach erhalten, wurde bei dieser Funktion so geschärft,
daß ich kaum den Ridiküle einer Dame konnte passiren sehen,
ohne zu denken, daß er möglicher Weise ein Stück Fleisch
oder Brod in die Stadt einschwärze. Es ist eine schreckliche
Funktion, diese Aufpasserei. Ein wahrer Steuerbeamter

zieht seine Nebenmenschen nur in so fern in Betracht, als sie schmuggeln oder nicht schmuggeln. Jeder Korb, jeder Sack, jeder Koffer, jede Füllung unter den Kleidern, ja sogar jede schwangere Frau ist ihm verdächtig, ist ihm ein Gegenstand der Jagd und des Diensteifers. Wenn nicht die Luft, einen Nebenmenschen zu fassen, ihn treibt, so treibt ihn die Furcht, eine Pflicht zu versäumen. Die Möglichkeit, daß etwas geschehe, was er verhüten sollte, quält und verfolgt ihn wie ein Gespenst, er mögte alle Taschen, alle Kleider, alle Mauslöcher, alle Winkel visitiren können, um sich zu überzeugen, daß die „königlichen Intraden" und das Interesse seiner Familie nicht verkürzt werden.

Das unmittelbare Visitiren und Spioniren war nun, glücklicher Weise, meine Funktion nicht. Ich hätte mich auch nie dazu verstanden. Es war dieß die Bestimmung der Steueraufseher und Thorwächter, dieser unglücklichsten der Sterblichen. Wer hat sie nicht schon an den Thoren „mahl- und schlachtsteuerpflichtiger" Städte gesehen, wie sie sich die Koffer aufschließen lassen, in die Körbe der Gemüseweiber hineintasten, mit klafterlangen Sonden die Heuwagen durchstechen ꝛc.? Dann aber muß man sie sehen, wenn sie einen armen Bauer oder ein Kind mit einigen Pfunden Fleisch erwischt haben, wenn sie mit zitternder Hand ihr Protokoll schreiben und mit gierigem Gesicht im Voraus berechnen, wie viel Pfennige Denunziantenantheil der Fang für sie abwerfen wird! Nur die Gewohnheit, die allmächtige, verbirgt dem Blick der Menschen das Empörende, welches darin liegt, daß von Staatswegen der eine Mensch zum Hetzhund und Auflauerer des andern gemacht wird, um ihm einen Bissen Brod abzujagen und dann seinen Antheil an der Beute auf die Seite zu schleppen. Es ist schon so viel über die Mahl-

und Schlachtsteuer geschrieben worden, daß nichts Neues mehr darüber zu sagen bleibt. Wenn unsere sogenannten Staatsmänner für Vernunft= und Moralitätsgründe empfänglich wären, sie hätten schon allein aus Rücksicht auf die demoralisirende Jagd der Beamten gegen die ärmsten ihrer Nebenmenschen jene nichtswürdige Steuer abgeschafft.

In Kollisionen mit meinen Vorgesetzten war ich einstweilen nicht gerathen. Die Hauptamtsmitglieder in Düsseldorf waren entweder meine Verwandten, oder Bekannte meiner Eltern und behandelten mich human. Ueberdieß hat in dieser Beziehung der Supernumerar etwas vor dem späteren Beamten voraus; so lang er noch kein Geld verdient, hat man noch nicht das ganze Recht an ihn; erst wenn er mit einem „festen Einkommen" von 240 Thalern jährlich beglückt wird, darf man ihm dafür das volle Maß der Hudelei einschenken. Auf meinem Posten zu Kleve, wo ich 240 Thaler Dieten „genoß", hatte ich den ersten Vorge= schmack späterer Glückseligkeiten. Der Zufall führte mir einen alten, drei Zentner schweren, eben aus Holland daher= kutschirenden Rentier, einen Millionair, mit seiner Gemal= inn als Schmuggler in die Hände und ich konnte nicht um= hin, meine übernommene Pflicht gegen ihn wie gegen seine schöne Begleiterinn mit ungalantester Nachsichtlosigkeit zu erfüllen, wobei es ganz humoristische Szenen absetzte. Der Rentier suchte sich für die erlittene Bloßstellung dadurch zu rächen, daß er mich wider alle Wahrheit einer unangemesse= nen Behandlung beschuldigte, und es war mir zu Ohren ge= kommen, daß er dabei von Beamten, welchen meine Person nicht zusagte oder welche mich wegen des Fanges beneideten, im Geheimen unterstützt werden sollte. Ich kam der Aus= führung der Intrigue zuvor, indem ich eine humoristisch ge=

haltene Darstellung des ganzen Handels einreichte und den Rentier mit seinen Gehülfen in das wahre Licht stellte. Ich hatte dadurch einen großen Fehler begangen, ich war nämlich aus dem Kanzleistyl gefallen und den Formen der amtlichen Geistlosigkeit zu nah getreten. Man überzeugte sich nun zwar, daß die Klage des Rentiers völlig grundlos gewesen, aber man verwies mir zum ersten Mal meinen Styl: „der Supernumerar Heinzen hat seinen Hang zum Sarkasmus künftig bei Abfassung von Berichten und amtlichen Verhand= lungen zu unterdrücken" ꝛc. Man sah wahrscheinlich voraus, wie viel Stoff man mir später noch zu „sarkastischen" Be= merkungen geben werde.

Doch bis jetzt war meine Aufgabe troß allen Unannehm= lichkeiten, ja Unausstehlichkeiten ein wahres Kinderspiel für mich gewesen. Ich wußte, für wen ich mich ihr unterzog, und ich fühlte mich für Alles reichlich belohnt. Aber das härteste Examen, nach allen vorangegangenen, hatte ich erst jetzt zu bestehen. Der Examinator war ein Mann von exemplarischer Strenge, Unerbittlichkeit, Fühllosigkeit, Grau= samkeit. Er examinirte mich, und zwar ebenfalls die Uhr in der Hand, bis in die Nieren, bis in alle Fasern, bis in alle Atome. Er examinirte mich über alles Mögliche, Him= mel und Hölle, Gott und Teufel, Vergangenheit und Zu= kunft. Meine Freundinn, Sie kennen diesen Examinator, er nennt sich: der Geheimrath Tod. Er erachtete es für nöthig, mir die Frau zu rauben, für die ich mich Allem un= terzogen hatte, was mir zuwider, und Alles geopfert, was mir lieb war. Nach so vielen Examen, die ich für sie be= standen, sollte ich jetzt ein ganz anderes ohne sie bestehen.

Wie viel Menschen, meine Freundinn, werden nicht täglich begraben und zwischen Männern und Weibern macht man

gar keinen Unterschied! Ein Weib zu begraben ist eine eben
so einfache Operation wie das Begraben anderer Menschen:
man beschaut sie noch einmal, legt sie in einen Sarg, schließt
ihn zu, trägt ihn in einen Wagen und fährt ihn nach dem
Kirchhof. Das Alles hat gar keine Schwierigkeit. Den=
noch ist die Operation mitunter etwas angreifend, wenn man
keine Uebung darin hat. Und so griff sie auch mich ein
wenig an. Ich verlor, obschon mit exemplarischer Gesund=
heit gesegnet, sonderbarer Weise auf acht Tage allen Appetit,
was einem Mann im königlichen Dienst, der stete Rüstigkeit
verlangt, gar nicht passiren sollte. Ja, ich war sogar in
wenig Tagen äußerlich wie innerlich auffallend zu meinem
Nachtheil verändert, was ich schon aus Rücksicht auf meine
Vorgesetzten hätte vermeiden sollen. Aber das Alles wurde,
wie gesagt, durch Mangel an Uebung und persönliche
Schwäche verursacht, sonst hätte ich sicher nicht übersehen,
daß dergleichen unbedeutende Vorgänge, wie eine Fahrt nach
dem Kirchhof, keine dem „Königlichen Dienst“ nachtheilige
Wirkung auf die Stimmung haben dürfen.

Wie gesagt, das Begraben ist eine einfache Operation,
aber es gehört dennoch Uebung dazu. Wäre ich ein Todten=
gräber gewesen, wer weiß, ob ich nicht auch mein Weib hätte
begraben können ohne meine Stimmung sonderlich zu ändern.
Ich wäre in der Todtengräberstimmung geblieben. Aber
ich hatte, wie gesagt, nicht Uebung genug und deshalb kam
ich mit meiner Stimmung in einige Verlegenheit. Mag
man seinen Willen noch so viel geübt haben, ich habe gefun=
den, daß über nichts der Wille weniger Macht hat, als über
die Stimmung, namentlich wenn man allein vom Kirchhof
zurückkommt und die Seinigen nicht alle zu Hause findet.

Wie gesagt, es muß der verdammte, verfluchte, infernalische Mangel an Uebung gewesen sein. Ich war erst 26 Jahre alt und in diesem Alter hat man eben nicht hinreichende Gelegenheit, sich die rechte, gleichmäßige Stimmung anzueignen. Sonst würde schon die Zerstreuung, welche mir meine interessanten Dienstverrichtungen darboten, meine Stimmung sofort wieder hergestellt haben.

Metzger A. ein Kalb versteuert für 22¼ Sgr.

Metzger B. einen Ochsen versteuert für 8 Thlr.

Bäcker C. 6 Zentner Mehl versteuert.

Tabakshändler D. um 4 Uhr N. M. 10 Zentner fabrizirten Tabak an E. in Emmerich versandt.

Ellenwaarenhändler F. 4 Zentner Ellenwaaren von G. in Emmerich um 11 Uhr B. M. in die Stadt gebracht.

Von dieser Art, meine Freundinn, waren die Elegieen, durch die ich mir vom Morgen bis zum Abend die Stimmung zu erleichtern hatte, und dennoch wollte sich diese verwünschte, unerklärliche, unbegreifliche Stimmung nicht ändern. Wie gesagt, es mußte Mangel an Uebung sein, denn die Operation war so einfach wie möglich gewesen.

„Was hilft es viel von Stimmung reden?" sagt der Theaterdirektor im Faust. Seiner Ansicht waren auch meine Vorgesetzten. Ich suchte acht Tage Urlaub nach, um zu versuchen, ob eine kleine Reise mir die Stimmung, die doch sonst so ausgezeichnet war und sich jetzt so verschlimmerte, daß ich sogar an Verlegung meiner Wohnung auf den Kirchhof dachte, nicht wieder herstellen könnte. Was sagten meine Vorgesetzten dazu? Sie sagten: „wenn die Gemüthsstimmungen des Supernumerars Heinzen einen nachtheiligen Einfluß auf seine Amtsführung äußern, so wird man auf

seine Ersetzung durch einen andern Beamten antragen
müssen."

Das sagten meine Vorgesetzten, indem sie mir den Urlaub
verweigerten. Sie werden sagen, meine Freundinn, ich
hätte mich selbst und zwar für immer beurlauben, ich hätte
diesem entmenschten Büreaukratengesindel meine Stelle in's
Gesicht schleudern sollen. Ich dachte noch an ganz andere
Dinge, ich dachte u. A. wieder an den Kaukasus, an Afrika
und an Amerika. Aber ich hatte nicht für mich allein zu
denken. Es war leicht, mein Joch abzuwerfen und wieder
ein Abenteuerer zu werden; aber würdiger war es, mich zu
bezwingen und die Pflichten zu übernehmen, welche die Liebe
zu einer Verstorbenen und zu Allem, was ihr angehörte, mir
auferlegte. Was gehörte ihr an? Vier Kinder.

Wäre ich nicht ein Teutscher gewesen, so hätte ich auf
Mittel gesonnen, meine neue Aufgabe auf anderm Wege zu
erfüllen. Allein eine gewisse Beharrlichkeit der Pietät oder
Romantik, wenn man es so nennen will, gebot mir, das
Joch auch ferner zu tragen, das durch ein so schönes Motiv
war geweiht worden. Ich steckte den Bescheid meiner Vor=
gesetzten ein, erdrückte meine Empörung, suchte mit mir fer=
tig zu werden so gut es ging und setzte mich wieder in meine
Kajüte, um Kälber und Ochsen versteuern zu lassen und
Passagescheine zu schreiben. Ich dachte damals nicht, daß
alle meine Selbstverleugnung und Ausdauer vergebens sein
und daß einst die Verfolgung und die Noth des Exils, über=
haupt des „Schicksals", den Kreis gewaltsam wieder spren=
gen werde, den ich so sorgsam gebildet hatte.

Nachdem ich drei Jahre und etliche Monate Supernume=
rar gewesen, wurde ich endlich als Steueraufseher angestellt.
Es gibt Steueraufseher für die Mahl= und Schlachtsteuer,

es gibt Grenz= oder Zollaufseher, es gibt Aufseher für innere (Branntwein= und Brausteuer), auch gibt es berittene Auf=
seher. Als Regel stellt man auf, daß ein Supernumerar „von der Pike an“ dienen müsse, obschon er zu den „höchsten Stellen“ aufrücken kann. Dieß hat allerdings sein Gutes; es ist recht, daß ein künftiger Vorgesetzter kennen lerne, wie es seinen Untergebenen zu Muth ist. Aber da Supernume= rarien in der Regel gebildetere Leute sind, während man die gewöhnlichen Aufseher aus der Reihe der Unterofficiere nimt, so sollte man sie wenigstens nicht so lang zu rohen und drückenden Verrichtungen gebrauchen, daß ihnen der „Dienst“ durch und durch verleidet werden muß. Man scheint sie aber mit Gewalt in alle dienstlichen Formen kneten zu wollen, um alle Selbstständigkeit und Charakterkraft in ihnen zu ver= nichten, so daß sie als völlig gefügige Werkzeuge der Büreau= kratie aus der harten Schule hervorgehen. Gibt es übrigens Söhne von Regierungsräthen, Geheimräthen ꝛc. zu versorgen, so läßt man sie vom Supernumerar gleich zum Assistenten, mindestens zum berittenen Aufseher avanciren.

Als meine Supernumerariatszeit zu Ende ging, suchte ich die Stelle eines berittenen Steueraufsehers nach, da ich mich nicht für schlechter hielt als einen Geheimrathssohn. Man schlug sie mir ab und berief sich auf die obenerwähnte Regel; eben so hatte man mir früher die Versetzung unter die Supernumerarien der Provinzialsteuerdirektion zu Köln aus dem Grunde abgeschlagen, weil ich nicht die erfoderliche „höhere Qualifikation“ besitze. Es ist in der That überaus komisch, diese Herrn, unter welchen ich vom Provinzialsteuer= direktor bis zum Steueraufseher herab nicht einen einzi= gen kennen gelernt habe, der ein passables Teutsch ge= schrieben hätte, von „höherer Qualifikation“ bei Besetzung

von Stellen sprechen zu hören, zu deren Ausfüllung jeder
aufgeweckte Schuljunge fähig wäre.   Genug, ich hatte hier
nicht die erfoderliche höhere Qualifikation, dort nicht die er=
foderliche höhere Protektion und mußte mich glücklich schätzen,
nach 3¼jähriger Lehrzeit und beinah 5jährigen Bemühungen
mit 240 Thlrn. Gehalt als Aufseher bei der innern Steuer
auf meine Kosten — bei so hohem Avancement erhält man
keine Reisevergütung — mit meinen vier Pfleglingen vierzig
Stunden weit in eine öde, sibirische Gebirgsgegend geschickt
zu werden.   „Der bisherige Supernumerar Karl Peter
Heinzen wird hierdurch zum provisorischen Steueraufseher
ernannt und demselben vertraut und a u f e r l e g t, daß er
Sr. Majestät dem Könige a u f r i c h t i g ergeben bleibe, die
Pflichten seines Amtes stets mit Sorgfalt, Fleiß und un=
wandelbarer Treue, den allgemeinen gesetzlichen Bestimmun=
gen, so wie den auf seine Stellung besonders anwendbaren
Vorschriften nach, rein und gewissenhaft, ohne Furcht und
Nebenabsichten erfülle und überhaupt, so viel derselbe nach
Maßgabe seines Wirkungskreises es vermag, zum Wohl des
Vaterlandes, des königlichen Hauses und jedes getreuen Un=
terthanen beizutragen sich bemühe. — So lang diese An=
stellung p r o v i s o r i s c h dauert, kann der Karl Heinzen
o h n e w e i t e r e s V e r f a h r e n, wenn seine Dienst=
leistungen nicht befriedigen, durch Entscheidung der vorge=
setzten Verwaltungsbehörden wiederum entlassen werden, in
welchem Falle ihm diejenigen Ansprüche verbleiben, welche
er gegenwärtig, indem ihm dieses Amt übertragen wird,
haben möchte. — Nach Verlauf von z w e i J a h r e n kann
er auf d e f i n i t i v e Anstellung a n t r a g e n, die, wenn
nicht besondere Gründe entgegenstehen, nicht versagt werden
wird.“

Dieß war das beglückende Dokument, welches mich zum „provisorischen" Aufseher machte. Diese Methode der provisorischen Anstellung ist eine ächt büreaukratische Erfindung. Man sichert sich dadurch die Macht, dem armen Teufel, welcher in den drei Jahren des Supernumerariats noch nicht zahm genug geworden, noch zwei Jahre lang das Damoklesschwert der möglichen Entlassung über den Kopf zu hängen. Ueberdieß wird dadurch in die lange Wartezeit, welche er jetzt bis zum Aufrücken in eine andere Stelle vor sich hat, einige Variation gebracht. Wird er nämlich nach zwei Jahren „definitiv" angestellt, so vermehrt man in der Regel gleichzeitig sein Einkommen von 240 auf — man denke! — auf 250 Thlr., und sollte er sich dann in den ersten Jahren erkühnen, wieder eine bessere Stelle zu wünschen, so kann man den Unbescheidenen darauf verweisen, daß er ja erst vor Kurzem „definitiv" angestellt und um 10 Thlr. jährlich bereichert worden sei! Der Bereicherte kann sich nun, wenn er nicht „Protektion" hat, darauf gefaßt machen, als „definitiver" Aufseher („permanenter" sollte es heißen) 5—6—8 Jahre umhergehudelt zu werden, bis er, völlig gebrochen und demoralisirt, an Geist und an Ehre abgestumpft, zum Assistenten (mit 3—4—500 Thlrn.), oder zum Oberkontroleur (mit 5—600 Thlrn.) befördert wird.

Mit diesen Aussichten bezog ich meinen neuen Stationsort, das Städtchen Gummersbach im „Bergischen", 12 Stunden hinter Elberfeld. Ich war noch in meinen besten Jahren, zwar schon in mancher Schule des Lebens geprüft, aber ungebeugten Muthes, voll Phantasie und Lebenslust. Wie wenig mir also meine Stellung zusagen mogte, wird man sich vorstellen können. Aber ich hielt die Ausdauer in derselben für eine Probe meiner Fähigkeit, übernommene

Pflichten zu erfüllen, und war noch zu ehrlich-dumm um
daran zu zweifeln, man werde mit der Zeit zwischen mir und
den vielen Ungebildeten oder gar Lumpen, die ich in ähnlichen
Stellungen kennen gelernt hatte, einen Unterschied zu machen
wissen. Ich war in der That so durchaus teutonisch ehrlich,
daß ich nicht im Stande gewesen wäre, ein selbst von Büreaukraten mir geschenktes Vertrauen auch nur in Kleinigkeiten
zu mißbrauchen. Ich sagte die Wahrheit und wollte sie geglaubt wissen; mit meiner übernommenen Pflicht nahm ich
es durchaus genau, glaubte dann aber auch erwarten zu
dürfen, daß man nichts Unmögliches von mir verlange und
nicht die infame büreaukratische Maxime bei mir anwende,
„das Unmögliche zu fodern, damit das Mögliche geleistet
werde.“ Man hat mich, wie ich aus spätern Vorgängen erkannte, oft genug wegen Schurkereien beobachtet und ver-
dächtigt, an die ich niemals nur mit einer Ahnung gedacht,
die ich nie für möglich gehalten hatte.

Daß man mich nach und nach anders beurtheilte, als im
Anfang, beweis't z. B. folgende Stelle aus einer Verfügung
des Provinzialsteuerdirektors: „Heinzen hat dem Anschein
nach eine Vorbildung (trotz der früher vermißten „Qualifikation“), welche ihm die Aussicht gewährt, n i c h t i m m e r (!)
auf der Dienststufe (Aufseher) stehen zu bleiben, die er jetzt
einnimmt. Er hat sich diese Vorbildung wahrscheinlich in der
Absicht angeeignet, sich einer andern Laufbahn zu widmen,
als die ist, welche er später eingeschlagen hat. Seine Verhältnisse vor dem Eintritt in den Steuerdienst waren von
der Art, daß sie ihn in soziale Berührungen mannigfacher
Art gebracht haben, welchen er einen Theil seiner Zeit zu
widmen gewohnt ist. Mit diesen Ansprüchen an das gesellige
Leben ist Heinzen in sein gegenwärtiges Amt getreten“ 2c.

Welche Folgerungen wird nun eine vernünftige und humane Logik an diese Zugeständnisse knüpfen? Offenbar etwa diese: „weil Heinzen in geistiger wie in geselliger Beziehung mehr Ansprüche zu machen hat, als sein Posten befriedigen kann, darum soll man ihm eine angemessenere Stellung anweisen, wenn es ohne ungerechte Bevorzugung geschehen kann. Eine solche Bevorzugung verlangt er nicht, wie er schon oft erklärt hat; er verlangt vielmehr nur, daß man ihm, nachdem er den „praktischen Dienst" hinlänglich kennen gelernt, eine seinen Fähigkeiten und seiner „Vorbildung" angemessene Beschäftigung gebe, damit er sich und dem Allgemeinen nütze, was er nützen kann; er verlangt nur, daß man nicht bloß seinen Körper benutze, dagegen seinen Geist unter die Füße trete und seinen Charakter maltraitire" ꝛc. Statt dieser Konsequenzen aber zog der Herr Provinzialsteuerdirektor wörtlich folgende: „Das Maß der mit einer gewissen Dienststelle verbundenen Leistungen kann nicht nach der Persönlichkeit des Inhabers derselben genommen werden" ꝛc. „Von dem Inhaber einer gewissen Stelle muß verlangt werden, daß er die derselben anklebenden Verpflichtungen vollständig und gewissenhaft erfülle" ꝛc. — folglich kommt die Schuld nicht auf mich, der ich den Heinzen so lange Zeit zu so unangemessenen Verrichtungen zwinge, während ich angemessenere genug in Bereitschaft habe, sondern auf den Heinzen, welcher die Kaprice besitzt, für unangemessene Stellungen nicht angemessen zu sein. Dieß arabische Pferd ist zu gut für den Mistkarren und würde sich besser zum Reitpferd eignen; da aber der Mistkarren fodert, daß das Pferd, welches man ihm vorspannt, ihn ziehe, so muß das arabische Pferd den Mistkarren ziehen, obschon man hundert andere bereit hat, die sich an seiner Stelle glücklich schätzen würden. Dieß ist büreaukratische Logik. Doch ich habe vorgegriffen und muß zuvor den Mistkarren beschreiben, an welchen man mich ge= spannt hatte.

Meine neue Beschäftigung bestand darin, in einem Bezirk, welcher ungefähr die Hälfte des landräthlichen Kreises um= faßte, die Brennereien, die Brauereien und die Chausseen zu kontroliren. Diese Geschäfte werden auf folgende Weise verrichtet. Bevor man seinen Wohnort verläßt, verfügt man sich auf das Steueramt und wirft dort in einen ver= schlossenen Kasten, wozu der vorgesetzte Oberkontroleur und Oberinspektor den Schlüssel hat, einen Zettel, worauf nach= gewiesen ist, welche Route man für den Tag einschlagen und welche Orte man besuchen will. Auf diese Weise ist man schon am frühen Morgen gebunden, einen bestimmten Dienst zu verrichten, und begeht man dabei eine Vernachläßigung, Abweichung oder Täuschung, so hat der Vorgesetzte, wenn er unerwartet in den Ort kommt, sofort das Mittel in der Hand, den Faullenzer oder Betrüger zu fangen. Doch diese Schlinge genügt noch nicht. Der Aufseher muß nicht bloß durch Andre kontrolirt werden, er muß sich auch noch selbst kontroliren. Zu diesem Zweck führt er ein Tagebuch. In dem Tagebuch zeichnet er sich ebenfalls, b e v o r e r s e i n e n M a r s c h a n t r i t, die Route vor und trägt dann bei der Ausführung des Dienstes jede Verrichtung nach Ort und Zeit in den bestimmten Rubriken ein, so daß, wenn er Abends aus seinem Bezirk zurückkehrt, das Tagebuch die Benutzung der Tageszeit in Uebereinstimmung mit dem Zettel in dem verschlossenen Kontrolekasten genau nachweis't. Die geringste Abweichung zieht Denunziation, Vernehmung, Untersuchung, kurz ein ganzes Gefolge von Inquisition nach sich.

Als Maß der Verrichtungen waren durchschnittlich 10 Dienststunden, in welchen 5—6 Stunden zu Fuß gemacht werden mußten, für jeden Tag vorgeschrieben. Mogte das Wetter gut oder schlecht sein, mogte es regnen oder schneien, mogte man ein Privatgeschäft haben oder nicht, mogten die Brennereien in Thätigkeit sein oder still liegen — das war Alles einerlei, es mußten täglich die 10 Dienststunden nach= gewiesen werden. Wäre ein Erdbeben entstanden und hätte es die ganze Gegend das Unterste oben gekehrt — jedenfalls würde, wenn nach Beendigung der Affaire der Provinzial= steuerdirektor herzugekommen wäre, er zunächst den Aufsehern das Tagebuch abgefordert und nachgesehen haben, ob sie durch die allgemeine Kalamität auch an der Aufbringung von täg= lich 10 Dienststunden gehindert worden seien. Ob die 10 Stunden ausgefüllt werden konnten oder nicht, ob die Aus= füllung nöthig war oder nicht, darauf kam es nicht an, das hatte der Aufseher nicht zu untersuchen; genug, sie waren in der vom Provinzialsteuerdirektor durch harte Geistesarbeit hervorgebrachten Instruktion vorgeschrieben und deshalb mußten sie nachgewiesen werden.

Wie sie ausgefüllt wurden, muß noch kurz angegeben werden. Die Hauptaufsicht erstreckt sich auf die Brenne= reien, deren jede längstens alle drei bis vier Tage revidirt werden muß. Der Aufseher sucht sich der Brennerei mög= lichst ungesehen zu nähern, trit rasch in dieselbe hinein und ergreift die an einem bestimmten Ort niedergelegte Betriebs= nachweisung, welche genau angibt, wie der Betrieb der Brennerei an jedem Tag beschaffen sein, welches Gefäß ge= füllt, welches leer, ob die Maische, woraus der Branntwein gemacht wird, frisch in den Bottich gemengt, ob sie in steigen= der, ob sie in abnehmender Gährung ist 2c. Diese Betriebs=

nachweisung in der Hand, schnüffelt nun der Aufseher in jedem Gefäß umher und überzeugt sich, ob der Zustand desselben mit dem vorgezeichneten Plan genau übereinstimmt. Stimmt er nicht, so macht er ein Protokoll. Den Befund trägt er jedes Mal pünktlich in die Nachweisung und zugleich in das Tagebuch ein, z. B. so: „um 12 Uhr Mittags zum Brenner N. gekommen. Blase mit Lutter. Bottich Nr. 1 leer, Nr. 2 in abnehmender, Nr. 3 in steigender Gährung, Nr. 4 frisch eingeteigt. Um 12¼ Uhr beim Brenner M.“ 2c. So geht es von einem Tag zum andern, von einem Ort zum andern, von einem Brenner zum andern. Man wird glauben, wer ein solches Geschäft sechs Wochen lang verrichte, müsse blödsinnig werden. Nun, ich nehme ein günstiges Vorurtheil für mein Gehirn in Anspruch, denn ich habe das geistreiche Geschäft über drei Jahre lang verrichten müssen und bin doch der Irrenanstalt entgangen. Wer die Kürze des menschlichen Lebens in Betracht zieht, wird erkennen, was es heißt, drei Jahre lang sich solchen „Staatsgeschäften“ zu widmen.

Doch das Geisttödtende und Ermüdende dieser Geschäfte war noch nicht deren schlimmste Seite; es kommt noch die moralische in Betracht. Ich meine damit nicht die sich von selbst verstehende Gehässigkeit des Belauerns und Untersuchens selbst bei Leuten, welche alles Zutrauen verdienen, sondern ich meine die Unmöglichkeit, den gestellten Anforderungen auf die Dauer zu genügen, und dieser Unmöglichkeit gegenüber die schergenmäßige, büreaukratische Aufsicht der Vorgesetzten, welche die Unmöglichkeit zur Möglichkeit gemacht wissen will. Dieß führt denn die meisten Aufsichtsbeamten dahin, sich auf die Kunst des L ü g e n s zu verlegen und schriftlich allerlei Dienste nachzuweisen, während sie in

Wirklichkeit vielleicht nicht einen Fuß vor die Thüre gesetzt hatten. Bei diesen Lügen riskiren sie ihr Amt zu verlieren wenn sie ertappt werden; lügen sie aber nicht, so riskiren sie es zu verlieren weil sie die Unmöglichkeit nicht zur Möglichkeit machen konnten. So schlagen sich die Meisten zwischen Scylla und Charybdis durch und erwerben sich den Ruf fleißiger Beamten, weil sie monatlich ihre 300 Dienststunden im Tagebuche nachweisen konnten. Daß sie dabei auf die Nachsicht der Brenner, welche sie zu kontroliren haben, Rechnung machen müssen, um nicht wegen falscher Einzeichnungen in die Betriebsnachweisungen verrathen zu werden, versteht sich von selbst; auch handeln sie sehr häufig im Einverständniß mit ihren nächsten Vorgesetzten, welche das nämliche Mittel anwenden müssen, um ebenfalls übertriebene Anforderungen zu befriedigen.

Soll auch noch die finanzielle Seite der Sache zur Sprache kommen, so stelle man sich vor, wie es möglich sei, mit Familie von 240 Thlrn. zu existiren, wenn man täglich 10 Stunden außerhalb des Hauses zubringen, also auswärts essen, ja nicht selten schlafen muß. Zieht man dieß Alles in Betracht, so wird man zugestehen, daß die „königlichen Beamten“ sehr häufig ein elenderes Leben führen, als Tausende von „Proletariern“, welche wenigstens die Freiheit von den amtlichen Fesseln voraus haben. Mich setzten ein Paar tausend Thaler, die ich unterdessen von meinen Eltern geerbt hatte, in Stand, der „Versorgung des Staats“ einstweilen noch zu Hülfe zu kommen. Ohne solchen Zuschuß wäre ich mit den Meinigen in Elend und Schulden versunken.

Unter allen den tausend Beamten, welche ein solches Leben führen, gibt es nicht einen einzigen, der den Muth hätte, die

Uebel seiner Stellung zur Sprache zu bringen *). Daraus folgt u. A., daß die „hohen Behörden" nichts an der Sache auszusetzen wissen und Den für einen Querulanten, Opponenten 2c. erklären, welcher nicht Lust hat, sich für die „Staatsversorgung" zum Lump und Sklaven machen zu lassen. Ich komme damit auf die Vorstellungen, welche ich meinen Vorgesetzten machte, nachdem ich meinen Dienstbezirk kennen gelernt und mich von der Unmöglichkeit, das Geforderte zu leisten, überzeugt hatte. Mich mit Lügen durchschlagen wollte ich nicht und strengte alle Kraft an, um dieselben unnöthig zu machen. Aber aller Anstrengung ungeachtet erhielt ich eine Rüge über die andere wegen ungenügender Dienstleistungen. Die Brenner machten mir höhnische Bemerkungen über meine h ä u f i g e n Besuche, an die sie gar nicht gewöhnt seien; meine Vorgesetzten machten mir drohende Bemerkungen über die s e l t e n e n Besuche, an die sie (nach) den Tagebüchern) gar nicht gewöhnt seien. Beständige Ermahnungen und Rügen von der einen, beständige Repliken und Remonstrationen von der andern Seite. Es hatte, trotz allen meinen Aufforderungen, noch nie einer von den Beamten, welche über meine Dienstleistungen und Versicherungen in oberer Instanz aburtheilten, meinen Bezirk außerhalb der Landstraße bereis't, weil er ihnen zu beschwerlich war. Dennoch warfen sie unbedenklich meinen Versicherungen Un-

---

*) Als ich schon aus dem Steuerdienst ausgeschieden war, wurde ich im Namen der zahlreichen Steueraufseher der Stadt Köln um Anfertigung einer Kollektivpetition ersucht, in welcher sie dem Könige das Traurige ihrer Lage, namentlich in finanzieller Beziehung, vorstellen wollten. Ich fertigte die Petition an, als sie aber fertig war, hatten die Petenten sämmtlich wieder den Muth verloren sie einzurichten und dulbeten und hungerten schweigend weiter.

wahrheit und meinen Anstrengungen Unzulänglichkeit vor.
Ich mogte sagen und nachweisen und vorrechnen, was ich
wollte. Alles half nichts. Man urtheile nach folgenden
Details aus einer meiner Vorstellungen, ob meine Angaben
Berücksichtigung oder Untersuchung verdienten:

„Ohne mit allen örtlichen Verhältnissen der Provinz bekannt zu sein, glaube ich kühn behaupten zu dürfen, daß sie
keinen zweiten so ausgedehnten und dabei so beschwerlichen
Kontrolebezirk enthält, wie der Bezirk des Untersteueramts
Gummersbach. Den Stationsort als Mittelpunkt angenommen, so läßt sich um denselben herum in einer Entfernung von circa 3 Stunden ein Kreis ziehen, welcher 7—8
Ortschaften durchschneidet, die der Gewerbstellen wegen stets
besucht werden müssen. Innerhalb dieses Kreises, der also
6 Stunden im Durchmesser hat, liegen in 40—50 Ortschaften gegen 100 Brennereien und Brauereien, außerdem
noch 3 Barrieren verstreut. Die vierte Barriere liegt über
6 Stunden von hier und von der gegenüberliegenden letzten
Gewerbstelle 8 starke Stunden entfernt. Der in den er-
müdendsten Krümmungen sich windende Weg zu allen jenen
Ortschaften führt, einige Strecken Chaussee abgerechnet, beständig hohe Berge (oft von der Höhe des Siebengebirges)
hinauf und hinunter, bald über scharfen Felsengrund, bald
durch Sumpf und Morast. Im Sommer sind die Touren
in solchem Terrain überaus anstrengend und erschöpfend, dabei greifen sie wegen der beständigen außerordentlichen
Transpiration die Gesundheit sehr an; im Winter und Herbst
sind sie nicht minder schädlich wegen der unvermeidlichen
fortwährenden Erkältungen, die man sich bei den langen
Märschen durch Nässe und mannhohen Schnee zuzieht. Ja,
des Schnees halber, der sich namentlich in den Thälern und

Hohlwegen oft zu außerordentlicher Höhe anhäuft, ist das Ausgehen in hiesiger Gegend mitunter lebensgefährlich und Tage lang unmöglich. Dieser große und beschwerliche Bezirk nun ist vertheilt unter zwei Fußaufseher, die, wenn sie sich keinen einzigen Ruhetag gönnen wollen, zur Revision der jedem Einzelnen zugetheilten Gewerbstellen durchschnittlich 4 Tage gebrauchen müssen, außerordentliche Geschäfte, wie Vermessungen neuer Geräthe, Insinuation von Zahlungsauffoderungen ꝛc. gar nicht gerechnet. Nimt man nun bloß den fünften Tag nach so anstrengender viertägiger Arbeit als Ruhetag an, so geht schon daraus hervor, daß jede Gewerbstelle statt alle 2—3, eigentlich nur alle 5—6 Tage revidirt werden kann. Dabei darf von umsichtiger Eintheilung und Anwendung der Kontrole nach einzelnen, vielleicht besonders kontrolebedürftigen Orten nicht die Rede sein, denn die minbeste Abweichung von der zur möglichst befriedigenden Führung des Tagebuchs oder der Revisionsnachweisungen erfoderlichen Eintheilung könnte, wenn sie auch dem Interesse des Dienstes noch so sehr enspräche, nur auf Kosten des dienstthuenden Beamten geschehen, indem ihn die häufigere Revision der einen Brennerei nicht wegen des selteneren Besuchs einer andern bei der nachrechnenden Kalkulatur entschuldigen würde. Der Beamte muß hier mehr auf sich, als auf den Staat, mehr auf das Tagebuch, als auf den Dienst bedacht sein ꝛc.*)"

---

*) Die Quälereien und Rechnereien mit den Tagebüchern gingen so weit, daß sogar der Generaldirektor Kuhlmeier zu Berlin dieselben in einer Verfügung vom 30. Januar 1840 ganz in meinem Sinn also rügte: „Unbemerkt kann ich nicht lassen, daß es bedenklich ist, Beamten, deren Pflichttreue und Diensteifer bekannt sind, auf Grund solcher Revisionen der Tagebücher in's Kleinliche gehende Vorhaltungen zu machen und leicht dahin führen

An einem andern Orte heißt es: „Der Unterzeichnete erfreute sich stets einer solchen Gesundheit und Körperkraft, daß er sich nicht entsinnt, in dieser Beziehung seines Gleichen gefunden zu haben. Trotz Dem hat er in G. körperliche Leiden empfunden, die er früher nie gekannt. Namentlich Brustschmerzen und Gicht sind ihm früher nur dem Namen nach bekannt gewesen; in G. hat er sie auch aus Erfahrung kennen gelernt. Ich bin überzeugt, daß unter 100 Beamten nicht 10 Das 3 Jahre lang zu leisten im Stande sind, was ich während meines Hierseins abgemacht habe, ohne ihre Gesundheit total zu ruiniren. Trotz aller Anstrengung ist es mir indeß nicht möglich gewesen, den Vorschriften zu genügen. Der Steuereinnehmer S. hat mir mehrere Male versichert, der frühere Aufseher E. habe kaum zu Pferde die Touren abmachen können, die ich mitunter zu Fuß abmache; der Oberkontroleur St., den ich einige Male durch den Bezirk begleitet, hat sich geäußert, daß er mir in den Bergen mit seinem Pferd auf die Dauer nicht habe beibleiben können. Aber trotz dieser glücklichen Fußgängergabe hat es mir nicht gelingen wollen, mit den Anforderungen Schritt zu halten, welche die Vorschrift an mich macht.“

An einem andern Orte heißt es: „Ich spreche wiederholt die schon mehrere Male offen und gewissenhaft ausgesprochene Ueberzeugung aus, daß nie und nimmer von dem bisherigen schwachen Personal der Dienst zweck- und vorschriftmäßig verrichtet werden kann; daß die Klagen über zu wenig Revisionen nicht aufhören können, so lang kein Sukkurs erfolgt; daß die Rechtfertigung der Beamten stets ohnmächtig bleiben

____

kann, die Beamten zu entmuthigen, sie zu verleiten, ihre Dienstverrichtungen in einen nachtheiligen Mechanismus zu bringen und sich zu beschränken, nur für sichernde Aufstellung der Tagebücher zu sorgen.“

muß, so lang ihre Gründe nicht untersucht werden; daß
endlich die Ueberbürdung von zwei Beamten dem Staat
mehr Nachtheil bringen muß, als die Ersparung des Gehalts
für einen dritten Vortheil gewährt, indem, abgesehen von den
daraus entstehenden Unannehmlichkeiten und Schreibereien,
durch die nothwendig mangelhafte Kontrole das Steuerin=
teresse leidet und, was die Hauptsache ist, die Zuverläßigkeit
der Beamten gewaltsam vernichtet, ihre Moralität durchaus
verderbt wird. Nach vergeblicher und nicht anerkannter
Anstrengung aller Kräfte müssen dieselben zuletzt erschlaffen
und dann ist der nächste Schritt entweder ein freiwilliger
Rücktritt, welcher die Ehre rettet, oder ein erzwungener Be=
trug, welcher, mit Abwälzung der Schuld von dem eigenen
Gewissen, wenigstens die Stelle zu retten sucht. Ich nenne
wiederholt den hiesigen Aufsichtsdienst eine bedenkliche Auf=
gabe und eine böse Schule für einen rechtlichen Beamten.
Unter den gegenwärtigen Verhältnissen hat der Ehrliebende
und Gewissenhafte hier nur unverdiente Vorwürfe und
Kränkungen zu erwarten; am Besten werden Leute von nach=
giebigem Gewissen und leichter Moral bestehen können: sie
werden, ihre Abgeschiedenheit von den Vorgesetzten benutzend,
aus dem Umstand, daß m e h r von ihnen verlangt wird, als
sie thun können, mittelst einer psychologisch begründeten Aus=
gleichungs = Philosophie sich leicht das Recht vindiziren,
w e n i g e r zu thun; sie werden sich mit den Brennern à tout
prix in gutes Vernehmen setzen, die Revisionen auf ihrer
Stube abhalten und ihre Diensttouren auf dem Papier
machen. Der tapferste Fußgänger wie das schnellste Pferd
ist die — Feder. Schließlich noch die allgemeine Bemer=
kung, daß manche Uebelstände längst abgeschafft und manche
Kollisionen vermieden wären, wenn die Beamten es mehr

für ihre Pflicht hielten, ihren Vorgesetzten gegründete Klagen gewissenhaft und freimüthig vorzutragen, als sie in feiger Klugheit mit Stillschweigen zu übergehen und Andern zu überlassen, sich durch eine offene, mit der ihrigen freilich kontrastirende Sprache in den unverdienten Ruf übertreibungssüchtiger Opponenten zu bringen. Rechtgemäße Beschwerde ist nicht feindseelige Opposition, sie kann es der Gerechtigkeit gegenüber nicht sein, und wahrheitliebende Offenheit hat der S a c h e jederzeit mehr genützt, als serviles Umgehen und augendienende Gunstschleicherei. Der P e r s o n ist dieser Nutzen freilich nicht immer gesichert, denn, wie Lichtenberg sagt, vom Wahrsagen läßt sich eher leben in der Welt, als vom Wahrheitsagen."

Ich frage Jeden, der die Sprache der Wahrhaftigkeit kennt, ob sich in diesen Vorstellungen Mangel an gutem Willen ausspricht, selbst Dienstleistungen zu verrichten, zu denen ich gemacht war wie die Fleischgabel zum Misthaken? Ich frage Jeden, der ein Gefühl für Recht und Unrecht hat, was er auf solche eindringliche Vorstellungen als Provinzialsteuerdirektor gethan haben würde? Ja, was hat der Herr Geheimrath gethan? Meine Angaben nach wie vor für Unwahrheiten erklärt, ohne sie untersuchen zu lassen; nach wie vor die Mangelhaftigkeit meiner Dienstleistungen getadelt, ohne die Möglichkeit besserer erproben zu lassen! Andere Beamten, hieß es, haben ihren Tagebüchern zufolge mehr gethan, als du; daß sie in diesen Tagebüchern gelogen haben, muß erst b e w i e s e n werden, ehe es geglaubt wird. Ich sollte also die Anderen denunziren und als Lügner demaskiren, um zu beweisen, daß ich selbst ein ehrlicher Mann sei. Andere Mittel wußte der büreaukratische Verstand nicht aufzufinden. Später habe ich eine von fünf Beamten, welche in meinem Bezirk angestellt gewesen, unterschriebene Erklärung beigebracht, worin dieselben auf ihr Ehrenwort die Richtigkeit aller meiner Angaben bezeugten. Glaubt man, das habe geholfen? Ein Ehrenwort gilt bei der Büreankratie nicht; ein Tagebuch aber gilt. Ich mogte versichern, ich mogte schreiben, ich mogte beweisen, was ich wollte — Alles umsonst. Ich war in eine Stellung zur Büreankratie gerathen, worin ich ihr ein Unrecht beweisen wollte, und darin bestand das meinige. War mein Recht auch noch so unzweifelhaft, so beging ich doch dadurch ein Vergehen, daß ich es geltend machen wollte der unfehlbaren Büreankratie gegenüber. Ich hatte als Untergebener, als Aufseher, als Werkzeug, als Lump zu schweigen und zu dulden; mein Sprechen war Opposition und Opposition ist Verbrechen. Ich finde auf eine der Antworten, die ich von dem Provinzialsteuerdirektor erhielt, als Glosse die Worte geschrieben:

Contra vim directoris
Non est medicamen vis Hectoris.

Als ich in meiner unerträglichen Stellung so lang ausgeharrt hatte, daß ich glaubte, alles Menschenmögliche geleistet zu haben, begann ich auf Versetzung anzutragen. Eine pekuniaire Verbesserung verlangte ich noch gar nicht, ich trug bloß den Wunsch vor, eine mehr geistige Beschäftigung zu erhalten. Da man mir schon oft vorgerückt, ich habe nicht genug „höhere Qualifikation" bewährt — höhere Qualifikation beim Bergsteigen und Tagebuchschreiben! —, so suchte ich ein Urtheil über meine Befähigung durch außerdienstliche Proben zu begründen. Ich legte daher meinem Gesuch einige Kapitel der „Reise nach Batavia" bei, die ich damals für den Druck vorbereitet hatte. Darauf erhielt ich folgende

Stylprobe als Bescheid: „Wenn Sie die Zweckmäßigkeit einer Versetzung durch die Behauptung, daß Sie vermöge des Standpunktes von wissenschaftlicher Bildung, auf welchem Sie sich befänden, sich besser für den sedentairen, als den Aufsichtsdienst eignen würden, beweisen wollen, und zur Bekräftigung Ihrer Behauptung die anliegend zurückfolgenden, größten Theils auf ein früheres abenteuerliches Leben Bezug habenden Skripturen eingereicht haben, so machen wir Ihnen bemerklich, daß der Inhalt jener Schriftstücke gar nichts für Ihre Behauptung beweis't und daß Sie Ihren Zweck verfehlt haben." Bevor ich diesen Bescheid erhielt, hatte ich Gelegenheit, einen der Regierungsräthe zu sprechen, welche auf der Provinzialsteuerdirektion über das Schicksal der armen Beamten entscheiden halfen. Er versicherte mir, daß er die eingereichten Fragmente aus der „Reise nach Batavia" mit dem größten Interesse gelesen habe, und sprach sich überhaupt sehr günstig gegen mich aus. Später, als mir durch Zufall meine geheimen Personalakten zu Gesicht kamen, fand ich, daß das Konzept zu dem mitgetheilten humanen Bescheide von der Hand — jenes Regierungsraths geschrieben war. Der Ehrenmann verdient, daß ich ihn namhaft mache: er war ein Vetter des bekannten Ministers von Kamptz. Er galt für einen ganz achtenswerthen Mann und ich hätte ihm eine solche büreaukratische Falschheit niemals zugetraut. Aber man lernt, wie ich später dem Provinzialsteuerdirektor zu bemerken Gelegenheit fand, „seine Leute besser von hinten als von vorn kennen."

Die Erwähnung der „Reise nach Batavia" bringt mich auf meine außerdienstlichen Beschäftigungen. Ich war damals noch sehr belletristisch gesinnt und beschäftigte mich in meinen Mußestunden mit Versemachen und ähnlichen Arbei-

ten. Meine Dienstverrichtungen waren sogar solchen Be=
schäftigungen nicht ungünstig, denn ich hatte mitunter Stun=
den weit zu gehen und über die Berge zu klettern, ohne nur
ein Haus, geschweige eine Brennerei anzutreffen, und auf
solchen einsamen Wanderungen machten sich die Verse von
selbst. Ich kannte jeden Weg, jeden Bach, jeden Baum, ja,
ich mögte sagen, jeden Stein der ganzen Gegend auswendig,
so oft hatte ich sie nach allen Richtungen hin durchkreuzt.
Der Denkungsart meiner Vorgesetzten hätte es entsprochen,
wenn ich dennoch nur an meinen „Dienst" gedacht, wenn
meine Phantasie sich nur mit Branntweinblasen, „Maische"
und dergleichen poetischen Gegenständen beschäftigt, wenn ich
beim Heraustreten aus der einen Brennerei sofort nur darauf
gesonnen hätte, wie ich die nächste, vielleicht Stunden weit
entlegene am Besten beschleichen könne. Und in der That
war ich in gewisser Beziehung vor solcher Denkungsart nicht
immer gesichert, denn mein Geist hatte sich schon so lang
und so viel mit dem „Branntweinbrennereibetrieb" beschäf=
tigen müssen, daß mir mitunter die Berge, die ich zu über=
klettern hatte, wie lauter Branntweinblasen, aus welchen die
Bäche als „Lutter" hervorrieselten, und die Thäler wie
Maischbütten vorkamen, in welchen ich oft bis an die Kniee
durch die „Maische" des Morastes hindurchwaten mußte.
(Wie gern hätte ich ein Protokoll über diese ordnungswidrige
„Einmaischung" gemacht!) Aber trotz dieser branntwein=
brennerischen Durchdringung meines Kopfes brachte ich es
doch nicht dahin, wohin meine Vorgesetzten mich gern ge=
bracht hätten. Als ich mich einst bei einem der Herren Re=
gierungsräthe oder Departementsräthe über das Geist=
tödtende meiner Beschäftigungen beklagte, erwiederte mir
der Mann, „dieselbe biete doch vielfache Gelegenheit zur

Spekulation dar!“ Spekulation! Ich war schon bereit, mir einige philosophische Werke anzuschaffen, um herauszubringen, wie ich meine Stellung am Besten zur Spekulation benutzen könne, als mich der Herr Departementsrath durch eine nähere Erläuterung auf die rechte Fährte brachte. Er meinte nämlich, ich habe vielfache Gelegenheit, zu spekuliren, ob und wie die Branntweinbrenner die „königlichen Intraden“ oder das „Interesse fisci“ verkürzten und wie sie dabei am Besten zu fassen seien.*)

*) Um den wahren Steueraufsehergeist, oder den amtlichen Spekulationsgeist, zu charakterisiren, der alle Vorstellungen von einer Gehässigkeit seiner Funktionen glücklich abgestreift hat, so daß er als „in den Geist des Dienstes“ völlig eingedrungen betrachtet werden kann, schreibe ich hier ein Paar Stellen aus einer praktischen Anleitung ab, die ein alter Steueraufseher, welcher Verbindlichkeiten gegen meine Familie hatte, mir aus Erkenntlichkeit nach meiner Anstellung zukommen ließ:

1. „Man muß die gewerbtreibende mit Achtung und Anstand behaudeln, denn wie besser man sie behandelt Jemehr lust haben sie am geschäft, und desto mehr abgaben werden dem Staate zugetheilt, auch kan der Steuerbeamte dadurch manche endeckung machen, daß einer den andern veräth, und zwar dadurch daß wenn einer befrobiert auch dadurch den Brantwein wohlfeiler verkaufen, und den andern dadurch schadet.“

2. „Ist es eben selbst bei den Brennknechten der Fall wenn man die mit Achtung behandelt dann setzen sie ein gewisses zutrauen in den Beamten und wenn man sich dann zuweilen mit ihnen unterhält, dann hört man bald von den einen oder andern etwas wo man sich nach richten und dadurch leichter auf die spur kommen kann, auch ist es zuweilen der Fall, daß Sie mit ihren Brodherren uneinig werden und dann auch etwas verrathen.“

3. „Wenn man ein heimliches Gefäß vermuthet muß man ganz unbemerkt beobachten, so lange bis man ungefehr ermittelt hat, wo es sich befindet, man muß nicht gleich die Sache über eilen, sondern nur mit lachen und spaßen, bis man die Sache gewiß hat, dann zugreifen“ ꝛc.

Siehst du, lieber Leser? Dieser Steueraufseher hatte Anlage zur „Spekulation“ und „höhere Qualifikation“.

Wenn doch einmal ein Beamter der Polizei, in welcher die Spekulation erst recht zu Hause ist, ein preußischer Vidocq, seine Memoiren schriebe!

Wenn Jemand einen Artikel über Spekulation in eine Enzy=
klopädie zu schreiben hat, so bitte ich ihn, den Wink des
kölnischen Departementsraths nicht unbeachtet zu lassen.

Trotz aller pflichtschuldigen Spekulation auf die Brannt=
weinbrenner spekulirte ich, wie gesagt, auch auf die Literatur.
Das wußten die Herren Vorgesetzten und diese Spekulation
war ihnen ein Dorn im Auge, obschon ich meinem „Dienst“
nicht eine Minute darum entzog. Ich sollte ausschließlich
und ganz auch außer der Dienstzeit dem „Dienst“ angehören;
so lang ich noch an andere Dinge, als an den geistreichen
„Dienst“, zu denken im Stande war, verdiente ich nicht das=
jenige Vertrauen, welches allein auf Berücksichtigung An=
spruch verleihen konnte; so lang ich nicht vom „Dienst“
träumte, nicht „Dienst“ aß, „Dienst“ schwitzte, „Dienst“
betete, kurz so lang ich neben dem Büreaukratendiener auch
noch ein Mensch blieb, so lang konnte man sich nicht über=
zeugen, daß ich mit Leib und Seele ein „königlicher Beamter“,
daß ich ein tüchtiger und innig verwachsener Leibeigener der
Büreaukratie werden würde. Diese Dienstlichkeit brachte
mich sogar einmal auf den Gedanken, dienstliche, nämlich
Steuergedichte (Mahlsteuergedichte, Schlachtsteuergedichte,
Branntweinsteuergedichte, Braumalzsteuergedichte, Tabaks=
steuergedichte, Moststeuergedichte, Rheinzollgedichte, Grenz=
zollgedichte ꝛc.) zu schreiben und sie dem Provinzialsteuer=
direktor zu dediziren. Wenn ich dem Tadel wegen meiner
undienstlichen Geistesthätigkeit neben der dienstlichen den
Einwand entgegenstellte, man möge mir eine Stellung an=
weisen, in welcher der Geist auch dienstlich mehr in Anspruch

---

Herr Dunker, Sie erstes spekulatives Genie der preußischen Menschenfänger,
spüren Sie keine Lust?

genommen werde, so erwiderte man mit dienstlichen Impertinenzen von der Art der vorhin mitgetheilten. Um mein amtliches Verhältniß in Bezug auf außerdienstliche Geistesthätigkeit anschaulich zu machen und überhaupt diesen Gegenstand näher zu beleuchten, lasse ich auch hier wieder eine Auseinandersetzung folgen, die ich dem Provinzialsteuerdirektor auf Veranlassung seiner Erinnerungen einreichte. Das Ironische in derselben brauche ich nicht besonders hervorzuheben.

„Sofern meine literarische, an sich gewiß nicht tadelnswerthe Liebhaberei und Beschäftigung mich nicht in Verfolgung eines bestimmten Lebenszweckes gehindert, habe ich keine Ursache gehabt, mich darüber zu beklagen oder sie zu unterdrücken, da sie mir manche edle Freude bereitet und mir im sozialen Verkehr oft ein Ersatzmittel für Eigenschaften oder Attribute dargeboten hat, von denen so Mancher eine eben so sehr gemißbrauchte wie unverdiente Ueberlegenheit borgt.

„Als ich in die Beamtenkarriere eintrat, hinderte mich meine Vorliebe für literarische Beschäftigung nicht an der Ueberzeugung, daß der Ausbildung in meinem Berufsfach und der gewissenhaften Erfüllung meiner Amtspflicht jeder Nebenzweck nachstehen müsse, indem das Amt durch keine fremdartige Eigenschaften für Vernachläßigungen entschädigt werden könne; zugleich aber hielt ich es für zu weit gegangen, wenn ich der Erreichung jenes Hauptzwecks alles Andre gänzlich aufopfern sollte. auch wenn derselbe ohne diese Aufopferung erreicht werden konnte. Daß Letzteres möglich ist, hat mir sowohl eigne Erfahrung wie das Beispiel so vieler ausgezeichneter Männer bewiesen, welche bis in die höchsten amtlichen Stellungen hinauf ohne Vernachläßigung ihrer Amtspflicht eine neben derselben oft ganz heterogene literarische Thätigkeit entwickelten, zu der ich weder den Fleiß, noch die Kenntnisse, noch die Talente besitze. Zugleich aber habe ich mich überzeugt, daß, wenn es mir auch möglich gewesen wäre, das literarische oder poetische Element gänzlich aus meiner Natur auszuscheiden und mir den Beamten, wie man zu sagen pflegt, in Saft und Blut übergehen zu lassen, selbst jetzt übergehen zu lassen, wo mir meine amtliche Stellung so drückend wenig geistige Beschäftigung darbietet, daß, sage ich, daraus weder meiner Person noch meinem Amt ein reeller Vortheil erwachsen wäre. Eine zu weit gehende amtliche Einseitigkeit scheint mir nachtheiliger zu sein, als eine ihr die Waage haltende literarische Vorliebe; jene schadet dem innern Menschen, indem sie den Geist tödtet, das Gefühl abstumpft, die Gesinnung herabzieht und den Charakter verwischt, diese schadet, bei sonst vernünftigen Begriffen von Amtspflicht und gewissenhafter Erfüllung derselben, nur dem äußern Menschen, dem Avancement, indem sie mehr, als die stille Amtsthätigkeit, dem allgemeinen Urtheil anheimfällt und dadurch leicht den so oft ungerechten Verdacht erregt, daß sie nur auf Kosten der äußerlich im Hintergrund stehenden Amtsthätigkeit geübt werde. Ihren Nutzen pflegt man dabei zu übersehen, indem man sie bloß auf das Angenehme gerichtet glaubt und keine unmittelbare günstige Wirkung auf das Amt aus ihr hervortrit. Was ich hier andeuten will über den Nutzen literarischer Bestrebungen auch für den Beamten, das scheint mir namentlich in Bezug auf die Steuerbeamten beachtenswerth zu sein und zwar in zweierlei Betracht: erstens in Bezug auf die Person an sich und zweitens in Bezug auf ihr Verhältniß zum Publikum. Es ist bei aller pflichtgemäßen Parteinahme nicht zu leugnen, daß ein sehr großer Theil des Steuerbeamtenpersonals, namentlich

in den untern Stellungen, an einem Mangel fester Grund=
sätze, ehrenhafter Gesinnung, veredelnder Geistes= und Cha=
rakterbildung laborirt, dessen bösen Wirkungen, so weit sie
das nackte fiskalische Interesse und den Dienstmechanismus
treffen, durb die schärfste, schonungsloseste Kontrole entge=
gengearbeitet wird — eine Kontrole, die zwar die Wirkun=
gen zu verhüten sucht, aber die Ursachen nicht zu heben ver=
mag, die zwar als unaufhörlich angewandtes Palliativ wirk=
sam ist und, wie die Peitsche das Pferd zum Laufen, so den
Beamten zur Thätigkeit und Treue für den Augenblick an=
treibt, aber keine intensive moralische Wirkung, keinen Selbst=
trieb zur Erfüllung seiner Obliegenheiten in ihm zurücklassen
kann. Letztern dürfte sie sogar in nicht ganz unabhängigen
und selbstständigen Charakteren zerstören, sofern sie das
Ehrgefühl nicht respektirt, welches Den, der es besitzt und es
geehrt sieht, sicherer kontrolirt und antreibt, als alle Furcht
und alle Strafen vermögen. Sobald die Kontrole dermaßen
verstärkt und ausgedehnt wird, daß nur auf ihre Rechnung
alle Pflichterfüllung der Kontrolirten gesetzt werden kann,
daß mithin die Führung und Wirksamkeit des Selbstthätigen
wie des Gezwungenen nur eine gemeinsame, demüthigende Ur=
sache zu haben scheint, lernt das Ehrgefühl sich für überflüssig
ansehen, es verzweifelt an sich selbst, es sucht kein Vertrauen
mehr zu rechtfertigen, weil ihm keines geschenkt wird, und
löf't sich in jene kluge, spekulirende Folgsamkeit auf, deren
Verdienst dienstliche Ostentation, deren Zweck die Befriedi=
gung des persönlichen Interesse ist. Daß Ehrenhaftigkeit
und diejenige Gewissenhaftigkeit, welche nicht bloß den Vor=
gesetzten, sondern auch sich selbst genug zu thun strebt,
nicht die starke Seite so mancher Steuerbeamten bilden,
dürfte zum Theil in dem Umstand, daß früher die Auswahl

ter anzustellenden Subjekte beschränkter und mehr auf die
Klasse ungebildeter Unterofficiere hingewiesen war, zum
Theil auch in den nothwendigen, auf die Moral nicht günstig
wirkenden Uebeln zu suchen sein, welche die amtliche Thätig=
keit selbst mit sich bringt. Zu diesen nothwendigen Uebeln
rechne ich z. B. das Ausspioniren von Gesetzwidrigkeiten, die
unbedingte Pflicht der Denunziation und die Belohnung
durch Denunziantenantheile, das zur Gewohnheit, zur an=
dern Natur werdende Mißtrauen gegen das Publikum re. re.
Außerdem mischen sich auch manche nicht nothwendige, aber
nur zu oft geduldete Uebel ein, z. B. das stets genährte
Mißtrauen der Beamten unter sich, von denen Einer den
Andern opfert, so daß alle Treu' und aller Glaube unter
ihnen ausgerottet wird; alle die unedlen Mittel, sich bei den
Vorgesetzten zu insinuiren, durch Anträgereien, Verdächti=
gungen, Kriechereien, Schweifwedeleien u. s. w. die Schwie=
rigkeit des Avancements zu heben und schuhputzerartig sich,
ich mögte sagen, durch die Schuhbürste, die eben so gut zum
Schwarzmachen wie zum Säubern dient, den Weg zu einer
höhern Stelle zu bahnen. Gegen alle solche Unwürdigkeiten
und moralische Schäden gibt es keine bessere Bürgschaft, als
ein für das Schöne der Literatur empfängliches Gemüth und
einen durch Kultivirung der ästhetischen Seite des Lebens ge=
bildeten Charakter, der gelernt hat, gegen seine Entwürdi=
gung zu wachen. Ich sage damit natürlich nicht, daß man,
um ein tüchtiger und ehrenhafter Steuerbeamter zu sein,
nothwendig Aesthetik studirt, den Homer und Virgil aus=
wendig gelernt, den Shakespeare und Göthe inne haben
müsse re. re. Allein der Geschmack an geistigen Dingen
scheint mir doch eher zu fördern als zu erdrücken nöthig, und
wo sich an einem Beamten ein geistiges Streben, eine auch

den höhern Gebieten des Geistes zugewendete Natur kund
gibt, da sollte man sie meiner Ansicht nach, so lang sie nicht
erwiesen die Erfüllung der Amtspflicht beeinträchtigt und die
derselben bestimmten Kräfte absorbirt, nicht bloß dulden,
sondern eben als einen Vorzug betrachten, der vermöge seiner
Wirkung auf Charakter und Gesinnung (vom Geist ganz
abgesehen) und als Gegenhalter gegen schlimmere Richtungen
grade der Amtspflicht zu gut kommt   Eine solche Zugabe
dürfte aber dem Beamten nicht bloß in Bezug auf seine
Person und seine Amtswirksamkeit an sich, sondern auch in
Bezug auf seine Stellung zum Publikum zu Statten kom=
men.   Selbst meine geringfügige literarische Thätigkeit, ob=
schon sie sich in meinen ungünstigen Verhältnissen zu einigen,
den Philistern anstößigen Lokalschreibereien verleiten ließ,
hat mir gezeigt, daß sie ein wirksames Mittel war, nicht bloß
mich, sondern auch meine Stellung im Auge des Publikums
zu heben und mir manche Demüthigung zu ersparen bei
Leuten, die den Menschen gern nach seinem Titel taxiren und
behandeln.   Zugleich bildet es von der dem Publikum feind=
lich zugewandten und von demselben in der Regel feindlich
betrachteten Stellung des Steuerbeamten einen versöhnenden
Uebergang, wenn sich an ihm auch Sinn und Anlage für
andere Dinge kundgibt, als für einseitige Betreibung Dessen,
was Sicherung und Erhöhung der Steuern zum Zweck hat.
Selbst ein Protokoll erscheint nicht so gehässig, wenn der
Verfasser desselben auch Gedichte und andere Dinge schreibt,
die allgemein interessiren und gleichsam eine humane oder
ästhetische Folie unterlegen.   Ueberdieß gewährt es dem
Steuerbeamten eine ausgleichende Satisfaktion, wenn er den
Beamten anderer Verwaltungen, z. B. den Juristen, welche
auf die Steuerverwaltung als in eine niedrigere Ordnung

gehörig mit Achselzucken herabzuziehen pflegen, auf dem Gebiete des Geistes etwas zu bieten vermag" ꝛc.

Glaubt man, derartige Vorstellungen hätten auf die ver-
härteten und versteinerten bürcaukratischen Seelen oder Köpfe
den mindesten Eindruck gemacht? Höchstens lachte man
darüber, nannte man mich einen Phantasten und machte dem
unruhigen Steueraufseher, der platterdings seinen Verstand
nicht los werden konnte, eine üble Note mehr auf die Rechnung.

In meiner dienstlichen Stellung machte ich unterdessen
doch einen bedeutenden Fortschritt. Ich erhielt nämlich auf
meine Eingaben, worin ich u. A. daran erinnerte, daß die
Kampagnejahre doppelt zählen und ich in meinem Bezirk die
Kampagnejahre des Steuerbeamten durchgemacht, meine
„definitive Bestallung" schon vor Ablauf der festgesetzten
zwei Jahre. In dieser „Bestallung" (von „Stall" her-
rührend?) heißt es u. A.: „Zugleich wird ihm der Rang
und jede den Steueraufsehern zukommende Gerechtsame hiermit beigelegt". Welche Ehre, welches Glück! Mein Gehalt blieb übrigens auf der ansehnlichen Höhe von 240 Thlrn.
stehen und in meinen Dienstverrichtungen trat keine Erleichterung ein. Um meine Gesundheit nicht zu ruiniren, schaffte
ich mir daher ein Reitpferd auf eigene Kosten an. Jetzt
ging es an ein „Dienstverrichten", als ob die wilde Jagd
durch das bergische Land gezogen wäre. Aber obschon ich
mein Pferd beinah zu Schanden ritt, konnte ich dennoch nicht
Alles so leisten, wie die nun einmal für alle Fälle festge-
stellte Instruktion es verlangte. Bei manchen Branntwein-
brennern hatte ich durch meine häufigen Besuche, denen sie,
weil sie nicht daran gewöhnt waren, eine persönliche Malice
zuschrieben, und durch energisches Auftreten, welches ihr Be-

nehmen mitunter erfoderte, mich ziemlich verhaßt gemacht,
obschon mich die bessern um so mehr respektirten. Bald
wollte man mich durchprügeln, bald schimpfte man mich
aus *), bald sollte ich in einem einsamen Thal oder Wald er=
schossen werden, bald vergiftete man aus Bosheit meinen
treuen Begleiter, meinen Hund, der den glorreichen Namen
Menzel trug, bald verleumdete man mich ꝛc. — Alles Fol=
gen meiner dienstlichen Gewissenhaftigkeit, die aber den
Herren, welche mir in Köln auf dem grünen Tische mit der
Feder nachritten, nicht genügte. Nicht, was ich in der

---

*) In meinen Papieren finde ich eine amüsante Probe des Branntwein=
brennerstolz. Gegen einen Brenner, einen früheren Schulmeister, der drei
Stunden von meinem Stationsort entfernt in einem abgelegenen Winkel
wohnte und den ich im Verdacht hatte, daß er seine Abgeschiedenheit zu Kon=
traventionen benutzte, hatte ich einst wegen unerlaubten Gebrauchs seiner
Geräthe ein Protokoll gemacht, denn es blieb mir in meiner Stellung nur
übrig, entweder der übernommenen Verpflichtung gemäß streng auf die Be=
folgung der Gesetze zu halten, oder mir durch eine eigenmächtige Nachsicht
bedenkliche Blößen zu geben. Als ich das nächste Mal zu dem gewesenen
Schulmeister in's Haus kam, hielt er folgende Standrede an mich: „Ich habe
mich stets mit den Beamten gut vertragen; Sie sind der Erste, der mir ein
Protokoll macht. Ja, ja, Sie sind äußerst gewissenhaft. Sie werden mich
aber nicht hier aus meinem Orte wegholen. Sie suchen hier etwas. Als
Sie das erste Mal hierher kamen, hab' ich gleich gesehen, daß Sie in mein
Haus nicht passen. Sie sind zu groß. Sie verfluchter Schweinepelz, solche
Niederträchtigkeiten sind mir in meinem Leben nicht vorgekommen, so ein ver=
dammter Apostel ist mir noch nie erschienen." Da ich mir nie eine Inhumani=
tät gegen die Brenner erlaubte, duldete ich auch keine Beschimpfungen. Ich
mußte daher den Schulmeister vor Gericht bringen, wo er wegen Mangels
an Zeugen noch glücklich mit den Kosten davon kam. Später, als er sich
überzeugt hatte, daß ich nur meine Pflicht that, war er voll von Respekt und
Gefälligkeit. Kam ich im Dunkeln zu ihm, so begleitete er mich mit der
Laterne bis auf die Landstraße und so oft ich mein Pferd an seine Thüre
festband, bat er mich, ein wenig auszuruhen und „mein Pferdchen so lang in
den Stall zu werfen."

Wirklichkeit that und ausrichtete, nur was Schwarz auf Weiß
das Tagebuch ihnen vorlog, stellte die Herren zufrieden.
Als ich mich denn endlich überzeugte, daß ich weder zu Pferd
noch zu Fuß der unerbittlichen Instruktion genug thun konnte
und nur das Schwarz auf Weiß die Entscheidung lieferte,
gab ich mich ebenfalls an's Lügen. Ich kam auf einfache
Weise schon durch mein Pferd dazu. Mit Hülfe desselben
(ich habe schon in einzelnen Fällen vor lauter Langeweile
3 Stunden in ¾ Stunden zurückgelegt) erreichte ich manche
Brennerei weit schneller, als zu Fuß, und ich ließ das Thier
laufen, wo ich konnte, weil es mir natürlich in der Seele zu=
wider sein mußte, öde, langweilige, hundert und tausend
Mal begangene Wege im Krebsschritte zurückzulegen. Durch
diese schnelle Bereisung meines Bezirkes kam ich aber mit
meinem Tagebuch in Kollision. Das Tagebuch mußte seine
zehn Dienststunden haben und ich machte mein Tagewerk in
der Regel in fünf bis sechs Stunden ab, konnte aber dann
doch nicht des bloßen Tagebuchs wegen eine neue Reise an=
treten. Um die Differenz auszugleichen, mußte ich also bei
meinen Eintragungen eine spätere Stunde angeben, als die=
jenige war, in welcher ich die Brennereien revidirte. Ritt
ich z. B. um 7 Uhr ab und erreichte eine 3 Stunden ent=
legene Brennerei um 8½ Uhr, so hieß es in der Eintragung:
um 10 Uhr die Brennerei revidirt. Natürlich mußte dabei
mitunter auch der Zustand des Betriebs anders angegeben
werden, als er augenblicklich gefunden war, und so zog ein
Falsum das andre nach sich und gewöhnte die eine Lüge an
die andre. Das ist „Staatsdienst“, das ist Beamtenleben
mit „höherer Qualifikation!“

Die Lüge diente mir übrigens nur zu Aushülfe, nicht zum
Ersatz der Dienstleistungen. Ich that immer noch was ich

konnte, um mir selbst genug zu thun. Wenn ich an diese Zeiten zurückdenke, so läuft mir noch jetzt die Galle über. Ich bin auf den unwegsamen Bergen meines Bezirks mehrere Male in der augenscheinlichsten Gefahr gewesen, mit meinem Pferde den Hals zu brechen oder im Schnee zu versinken; ich opferte meine Gesundheit und mein Geld; ich langweilte mich bis zum Ekel; ich wandte mit Widerstreben meiner innersten Natur Kniffe und Lügen an; ich kämpfte Jahre lang mit den kleinlichsten Erbärmlichkeiten und Quälereien — und das Alles wofür? Verkennung und büreaukratische Flegeleien waren mein Lohn! Und wie kam ich zu meiner unverantwortlichen Ausdauer in so empörenden Verhält= nissen? Durch die Thorheit, welche mir einredete, daß ich die betretene Laufbahn nicht wieder verlassen dürfe und die übernommenen Pflichten zu erfüllen in der übrigen Welt keine Gelegenheit mehr finden werde! Gewissenhaftigkeit ist eine schöne Sache, aber vielleicht nur in Teutschland kann sie den Menschen zum Dummkopf machen. Ein Hauptfehler der teutschen Natur besteht darin, daß sie Dummheit häufig nicht von Gewissenhaftigkeit zu unterscheiden weiß. Hätte ich nicht an diesem Fehler laborirt, so würde ich mich ohne Weiteres für die zugedachten Ehren bedankt und meine Kräfte anderwärts versucht haben, statt Geld und Zeit in gutmüthi= gem Vertrauen den Launen einer unmenschlichen Büreaukratie zu opfern.

Die dienstlichen Lügen führen mich auf die Mittel, sie zu entdecken. Dieß Geschäft bildet in der Steuerverwaltung, die vom Beginn ab Alles an Mißtrauen und Lügen ge= wöhnt, eine Hauptfunktion und Auszeichnung der „Vorge= setzten". Selbst „mit allen Hunden gehetzt", machen sie von sich Schlußfolgerungen auf die Handlungsweise ihrer

Untergebenen und suchen sie ihre Auszeichnung in der Entdeckung und Bestrafung von Sünden, in welchen sie selbst vielleicht die größte Virtuosität besessen haben. Dieses Lauern und Fahnden der „Vorgesetzten" auf die Untergebenen führt in einen wahren Pful von moralischem Schmutz und von Niederträchtigkeit. Der Dirigent des Hauptamts, zu welchem mein Bezirk gehörte, war ein wahrer Meister in der Kunst, die Untergebenen in Untersuchungen zu bringen. Ein ekelhafterer Judas, als dieser Mensch (er soll früher ein gouvernementaler Spion gewesen sein), ist mir im amtlichen Leben nicht vorgekommen. Er war die Freundlichkeit selbst, drückte Jedem die Hand, küßte sogar seine Untergebenen und hinterher fing und denunzirte er sie. Er reis'te mitunter von Elberfeld nach Westphalen, um auf diesem Umweg unerwartet die entferntesten Orte unseres Bezirkes überfallen und sich aus den Betriebsnachweisungen der Brennereien überzeugen zu können, ob ich und mein Kollege ihren Dienst vernachläßigt hätten. Einst überfiel er plötzlich einen Barriereempfänger, welcher an diesen Besuch gar nicht gedacht hatte, und ließ sich sofort die ledernen Ballen vorzeigen, auf welchen die Schwärze zum Stempeln der Chausseezettel abgerieben wurde. „Woher wußten Sie", fragte er den erstaunten Empfänger, „daß ich heute hierher kommen werde?" Er schloß dieß nämlich daraus, daß die Ballen zufällig mit frischer Schwärze bestrichen waren, ein Geschäft, auf dessen Verrichtung der hohe Vorgesetzte mit unnachsichtiger Strenge zu halten pflegte. Derselbe hohe Vorgesetzte kam auf die Vermuthung, daß in unsern Tagebüchern mitunter eine fingirte Nachweisung über Chausseecontrole (Revision der Barrierezettel und Frachtbriefe zu den Waarenladungen) unterlaufen könne. Um uns ein solches Hülfsmittel zur künstlichen Vermehrung der Dienststunden abzuschneiden, erließ er eine Verfügung, daß wir im Tagebuch nicht nur die auf der Chaussee angetroffenen Fuhrleute, sondern auch die Nummersteine angeben sollten, in deren Nähe wir die Fuhrleute angehalten hatten. Es fehlte nur, daß er noch ein Portrait der Fuhrleute und eine Zeichnung der umliegenden Landschaft verlangte. Und mit solchem in's Gesicht geworfenen Mißtrauen, mit solchen Fußtritten, die man dem Ehrgefühl der Beamten gibt, glauben die büreaukratischen Herren dem Staat einen unersetzlichen Dienst zu leisten! Solches Herumtrampeln auf den Seelen der Untergebenen bahnt den Herren den Weg zur Gunst der höheren Büreaukraten, die wieder auf ihnen herumtrampeln. Erst schafft man Stellungen, in denen ein ehrlicher Mann nicht ausharren kann, und dann sucht man seine Auszeichnung darin, die Fehlenden zu fangen und unglücklich zu machen. Wie bei den Kannibalen die Zahl der Zähne und sklalpirten Zöpfe von erlegten Feinden, so besteht bei den Büreaukraten die Auszeichnung in der Zahl der gemarterten Seelen von hülflosen Untergebenen.

Ueber besagten Judas hatte ich persönlich mich nicht zu beklagen. Er hatte mich wunderbarer Weise in Affektion genommen und berichtete, wo er es wagen durfte, zu meinen Gunsten. Ein Mal hielt er sich sogar acht Tage lang in meinem öden Bezirk auf, um mich zu studiren und mein Treiben zu beobachten. Die Frucht dieses Studiums war eine günstige Meinung über meine Person, was ich, wenn es sich hier nicht um bloß amtliche Dinge handelte, als ein schlechtes Zeugniß für mich ansehen müßte. Seine günstige Meinung schien aber höher hinauf nicht Wurzel fassen zu

wollen. Der Herr Provinzialsteuerdirektor und seine De=
partementsräthe, welche, um Stoff für ihre Reiseberichte zu
haben, nach jedem Haar griffen, das sie einem Beamten aus=
fallen sahen, wußten immer noch einen Grund zum Tadel
oder zur Abweisung meiner Gesuche herauszufinden. Fan=
den sie keinen dienstlichen, so bot sich ein außerordentlicher
dar, denn des außerdienstlichen Lebens des Beamten bemäch=
tigt sich die bevormundende Kontrole nicht minder, als des
dienstlichen. Dabei kam ihnen ein Mensch trefflich zu
Statten, der mich an einen kurzen Rückblick auf mein außer=
dienstliches Verhältniß zum Publikum erinnert.

Mein „Stationsort" war ein Städtchen von etwa 1000
Einwohnern; die Kleinstädterei und Philisterhaftigkeit hatte
also dort, wie sich von selbst versteht, ihr Wort mitzusprechen.
Es befanden sich zwar auch mehrere sehr achtungswerthe und
gebildete Familien in dem Städtchen, mit welchen ich und
die Meinigen freundschaftlichen Umgang pflogen; aber dieser
Umgang sicherte mich nicht, da mir der Bürgermeister als
Haupt der Philister gegenüber stand, in der That der uner=
müdlichste amtliche Hetzhund und die niedrigste Denunzian=
tenseele, welche mir jemals vor Augen gekommen ist. Er
war in der ganzen Gegend eben so gefürchtet wie verachtet,
weil er Allem, was ihm feindlich entgegentrat, Etwas „an=
zuhängen" wußte; sogar die Honoratioren des Orts fürch=
teten ihn und fanden erst nach langer Zeit den Muth, auf
seine Absetzung anzutragen. Er stand in beständiger Korre=
spondenz bald mit der Regierung, bald mit dem Oberpräsi=
denten, bald mit dem Ministerium, kurz er trug den Schmutz
seiner unermüdlichen Spürereien in die höchsten wie die nied=
rigsten Winkel des Staatsgebäudes hinein. Die Feindschaft
dieses Menschen zog ich mir zunächst durch einen komischen

Vorfall zu. Das Städtchen unterhielt einen Nachtwächter, der bei Nacht auf einem ellenlangen Horn ein solches Gebrüll erhob, daß ich in den ersten Wochen oder Monaten, so lang mein Trommelfell sich nicht an die schreckliche Musik gewöhnt hatte, nicht eine einzige Nacht ruhig schlafen konnte. Und doch bedurfte ich der Ruhe, um mich von meinen ermüden=den Märschen erholen zu können. Als einst nach Mitter=nacht der Nachtwächter vor meiner Wohnung, wo er einen Stationspunkt hatte, seine Lunge auf eine ungewöhnliche Weise anstrengte, sprang ich im Aerger aus dem Bette und feuerte einen blinden Pistolenschuß zum Fenster hinaus, um den Ruhestörer zu erschrecken und ihn durch die angedeutete Möglichkeit eines scharfen Schusses von künftigem Lärm=machen abzuhalten. Am andern Morgen, als kaum der Tag angebrochen war, begann schon die Untersuchung. Während jeder Unbefangene über den Spaß lachte, behan=delte ihn der Bürgermeistereiverwalter als ein Kriminalver=brechen. Er gab sich das Ansehen, als glaube er an einen Mordversuch, verhörte die ganze Nachbarschaft, schrieb einen dicken Aktenstoß voll, dem ein spezieller Situationsplan bei=gefügt war, und sandte ihn dem Oberprokurator in Köln ein, um mich in allem Ernst vor die Assisen zu bringen. Zu dieser Malice war der Mann gebracht worden, als ich einige Zeit vorher einen humoristischen Aufsatz über den Nacht=wächterlärm, unter der Aufschrift „Nachtgedanken", in das Lokalblatt hatte einrücken lassen und eine fulminante Ent=gegnung des Bürgermeistereiverwalters, der sich gelegentlich auch auf die Schriftstellerei warf, vom Zensor (dem geist=reichen Landrath von Ernsthausen, mit dem ich auf dem freundschaftlichsten Fuße stand) zurückgewiesen wurde. Nun war es um mich geschehen. Ich hatte jetzt den schriftstellern=

den Ortsvorstand, den Nachtwächter und das ganze Philister=
korps gegen mich). Die Angelegenheit wurde so ernst betrie=
ben, daß der Bürgermeistereiverwalter sogar eine Stimmliste
bei der Bürgerschaft umhergehen ließ, um zu konstatiren, daß
die öffentliche Meinung für die Beibehaltung des Nacht=
wächterhorns sei, auf dessen Abschaffung der naseweise
Steueraufseher angetragen hatte. Die Entscheidung fiel
gegen mich aus, das Ochsenthum und Ochsengebrüll siegte,
wie gewöhnlich, mit bedeutender Majorität und das Horn
wurde beibehalten, was dessen Träger von nun an mit ver=
stärktem Tone meinen gemarterten Ohren bemerklich machte.

Den Antrag auf eine Kriminaluntersuchung wies der
Oberprokurator natürlich zurück, obschon als Beweis meiner
mörderischen Absicht sogar eine von mir herrührende „Grab=
schrift auf einen Nachtwächter“ den Untersuchungsakten bei=
gefügt war*). Jetzt aber brachte mein Gegner die Sache
bei meinen Vorgesetzten zur Sprache und bei denen fand er,
wie sich von selbst versteht, Gehör, d. h. man bereicherte mit
dem lächerlichen Handel meine Personalakten. Das merkte
sich der schreibseelige Bürgermeistereiverwalter und von nun
an machte er es sich zum Geschäft, Alles, was von dem Pro=
vinzialsteuerdirektor günstig d. h. ungünstig aufgenommen
werden konnte, in meine Personalakten zu bringen. Bald hatte
ich einen „hohen“ Beamten herausgefodert (einen Wegebau=
inspektor nämlich, von dem ich, als eine untergeordnete Krea=
tur, ohne Veranlassung auf die übermüthigste und empfind=

---

*) Diese verbrecherische Grabschrift lautete:

Macht euch gefaßt, sündhafte Menschen ihr,

Es ist vorbei mit eurem Thun hienieden:

Der Schreck des jüngsten Tags ist vor der Thür’,

Der Hauptposauner ist schon hinbeschieden.

lichste Weise war beleidigt worden, den ich aber als Land=
wehrofficier den besten Vorwand hatte zu züchtigen), bald
hatte ich durch ein angestiftetes Duell (wobei ein Schlaukopf
gehänselt und mit papiernen Kugeln geschossen wurde) zwei
Menschenleben in Gefahr gebracht, bald hatte ich ein Mäd=
chen geküßt, das ich so wenig kannte wie Andere, bald
sollte ich „mit dem vornehmsten Fräulein des Orts sponsiren"
(so nannten die Philister die gesellige Unterhaltung), bald
hatte ich Karten gespielt, bald ein Gedicht gegen die Pietisten
drucken lassen, bald einen groben Wirth über den Tisch ge=
worfen, bald mir beim Bürgermeistereiverwalter das Grüßen
verbeten, „weil ich nicht in den Verdacht gerathen wolle, als
stehe ich mit einem solchen Menschen in freundlicher Be=
ziehung", bald hatte ich einen Witz über den heiligen Geist
gemacht — kurz Alles und Jedes, was ich that und nicht
that, nährte den Groll des Bürgermeisters und wurde dann
in meinen Personalakten abgelagert. Ich konnte kaum aus=
spucken, so stand der Bürgermeistereiverwalter schon mit
einem Bogen Papier bei der Hand, um diesen amtlichen
Spucknapf meinen hohen Vorgesetzten zur „Kenntnißnahme"
und Untersuchung „angebogen zu überreichen." Und meine
edlen Vorgesetzten, statt solche gemeine Anträgereien über
solche Lächerlichkeiten zurückzuweisen, nahmen sie stets mit
Begierde auf, ließen jedes Mal eine lange, lange Unter=
suchung veranstalten und richteten eben so lange, feierliche
Ermahnungen an den unruhigen Steueraufseher, der sein
amtliches Ansehen so wenig zu wahren wußte, daß alle acht=
bare Leute ihn respektirten und alle Lumpen ihn haßten.
Kam auch weiter nichts bei solchen Untersuchungen heraus,
so erhielt man dadurch wenigstens Stoff, bei „vorkommenden
Gelegenheiten" auf frühere Dinge zurückzugreifen und die

Bewilligung von Gesuchen wie bei einem Schuljungen an die lächerliche Bedingung einer vorherigen Besserung zu knüpfen. Ein Hauptkunstgriff der büreaukratischen Praxis besteht nämlich darin, möglichst viel Ungünstiges in den Personalakten anzuhäufen und bei jedem Anlaß mit hartnäckigster Gedächtnißtreue immer wieder auf die papiernen Zeugnisse zurückzukommen, so daß der Beamte, er mag sonst sein oder werden wie er wolle, mit Hülfe seiner Personalakten beständig gekränkt, gedemüthigt und in seinen Aussichten beschränkt werden kann, wenn er keine persona grata ist. Die Personalakten sind das Arsenal der büreaukratischen Gewalt gegen die Untergebenen und sie haben, wie ich einst in einer Vorstellung an den Provinzialsteuerdirektor bemerkte, die Aehnlichkeit mit den Zylinderuhren, daß die dünnsten für die besten gelten. Die meinigen waren durch die Anträgereien des Bürgermeistereiverwalters, die jedesmaligen Untersuchungsverhandlungen und meine zahlreichen Vorstellungen so angeschwollen, daß, wenn ich nach dem Maßstab ihrer Dicke meine Aussichten maß, ich auf alle Zukunft verzichten könnte. Schickte ich aber ein günstiges Attest ein, um die Wirkung der ewigen Anschwärzungen zu paralysiren, so sandte man es mir zurück, es paßte nicht in das Arsenal.

Man könnte glauben, ich sei hier in meinem Interesse parteiisch oder ich täusche mich über die Anstößigkeit meines Benehmens vor amtlichen Augen. Um den Gegenbeweis zu liefern, schreibe ich die Zeugnisse ab, die ich mir von dem Bürgermeister zu Kleve, wo ich als Supernumerar ein Kommissorium verwaltet, und von dem Landrath zu Gummersbach, wo ich so viele Beamtenleiden zu erbulden hatte, nachträglich geben ließ, um sie dem Urtheil meiner Vorgesetzten gegenüberzustellen. Das erste Zeugniß lautet: „Ich

kenne den ꝛc. Heinzen seit vielen Jahren, von seiner Jugend
an, und zwar, was seine Bildung und vielfachen Kenntnisse
anbelangt, nur von einer rühmlichen Seite; sein Charakter
verrieth stets Festigkeit und Offenheit; was sein Benehmen
betrifft, so hat er sich seit Jahren als ein gesetzter, gesitteter
und gebildeter Mann betragen." (Ein andres Attest desselben Bürgermeisters erklärt, „daß das Verhalten des Herrn
Heinzen in Kleve in jeder Beziehung anständig, sittlich und
ruhig war. Er hat sich bei einem offenen aber gutmüthigen
Charakter als ein Mann von vielseitiger Bildung gezeigt".)
Das landräthliche Zeugniß, von einem der gebildetsten, geist-
reichsten und rechtschaffensten Beamten ausgestellt, die ich
kennen gelernt habe, spricht sich also aus: „Herr K. Heinzen ist in den Jahren 1836 bis 1839 zu Gummersbach als
Steueraufseher in Funktion gewesen und hat sich während
dieser Zeit durch seine Führung die Achtung seiner Mitbürger erworben. Indem ich dieß Zeugniß der Wahrheit gemäß ertheile, wünsche ich, daß Herr Heinzen, welcher den
Staatsdienst verlassen hat, um eine andere Laufbahn zu betreten, eine seinen ausgezeichneten Talenten und Fähigkeiten
entsprechende Stellung finden möge." Da ich einmal am
Abschreiben von amtlichen Zeugnissen bin, schließe ich auch
noch dasjenige der Direktion der Rheinischen Eisenbahnge-
sellschaft an, bei welcher ich nach meinem Austritt aus dem
Steuerdienst eine Anstellung als Direktionssekretair fand.
Es heißt in demselben u. A.: „Wir sind dem Herrn Heinzen das Zeugniß schuldig, daß er sich durch seine allgemeine
wissenschaftliche Bildung sowohl, wie durch praktische Ge-
schäftskenntniß und Gewandtheit unsre besondre Zufriedenheit erworben hat. Da Herr H. außerdem sowohl in als
außer dem Dienst sich stets durch ein anständiges und sitt-

liches Verhalten ausgezeichnet hat, so erkennen wir es als eine angenehme Pflicht, ihn hiermit in allen Beziehungen bestens zu empfehlen." Eine nicht minder günstige Beurtheilung fand ich bei der Direktion der Aachener Feuerversicherungsgesellschaft. Diese Zeugnisse ließ ich mir bloß zu dem Zweck geben, um in Berlin zu zeigen, wie ein Mensch von der Büreaukratie herabgesetzt und maltraitirt werden kann, der anderwärts überall auch amtlich die beste Beurtheilung findet. Lag also die Schuld an dem Menschen oder an der Büreaukratie? Wäre ich ein amtlicher Wischlappen, wäre ich eine Schmeichler- oder Sklavenseele gewesen, die Büreaukratie hätte mich ganz anders behandelt. Ich gebe zu, daß ich in Gummersbach mich nicht so viel genirt habe, wie man es von einem so niedrig gestellten Beamten, der nach gewöhnlichen Begriffen auch auf Philister ängstlichere Rücksichten nehmen soll, zu verlangen pflegt; aber schon die verzweifelte Lage, in welcher man mich systematisch zu Grunde richten oder verkommen lassen zu wollen schien, foderte die Schnellkraft meines Geistes heraus, mitunter einen Sprung zu thun, um die Misere des Lebens wieder unter sich zu bringen. Ueberdieß waren die Verstöße, die man mir vorwarf, so geringfügig, daß eben eine büreaukratische Kleinigkeitskrämerei dazu gehörte, um nur Notiz davon zu nehmen. Ich hebe diesen Punkt besonders heraus, weil er später sogar durch „Se. Majestät" bei einer Gelegenheit zur Sprache kommt, wo es sich um die Frage handelt, ob ein unterdrückter Beamter in Preußen Gerechtigkeit finden könne, oder nicht.

Nachdem ich in der geschilderten Lage drei Jahre ausgehalten hatte, fand sich eine Gelegenheit, mich in derselben Eigenschaft nach Elberfeld zu versetzen. Die Versetzung war zugleich mit einer Gehaltserhöhung von jährlich — 10 Thlrn. verbunden. Eine solche Erhöhung hat zur Folge, daß dem Versetzten nur die Hälfte der Reisekosten erstattet wird. Man gab mir also für das Jahr 10 Thlr. mehr und ließ mich dafür das Dreifache an Reisegeld ausgeben. Mit solchen Kleinigkeiten erholt sich die büreaufratische Gewalt auch finanziell an Kleinen, während sie den Großen das Geld haufenweise zuwirft. Hat ein Provinzialsteuerdirek= tor Geld nöthig, so macht er eine sogenannte Dienstreise, liquidirt die Kosten für vier Extrapostpferde, reis't aber mit dem Dampfschiff, und wenn er nach einigen Tagen zurück= kehrt, so läßt er sich ein Paar hundert Thaler für die erlittene Erholung auszahlen. Wie mit den Reisegeldern, verhält es sich auch mit andern Zuschüssen. Ein Provinzialsteuerdirek= tor erhält außer seiner hohen Gage jährlich eine Gratifikation von ein Paar tausend Thalern; ein Steueraufseher erhält vielleicht 10—20 Thlr., und doch kann es sich treffen, daß ein Steueraufseher sich mehr angestrengt und mehr wirkliches Verdienst hat, als ein Provinzialsteuerdirektor. Die Gegen= sätze zwischen Proletariern und Kapitalisten wiederholen sich im amtlichen Leben auf weit empörendere Weise, als im bür= gerlichen.

Die Versetzung nach Elberfeld erlös'te mich zwar aus meinem Sibirien, sie schob aber die Erfüllung meiner sonsti= gen Wünsche wieder in eine um so längere Zukunft hinaus. Auch erregte sie mir finanzielle Bedenklichkeiten, da das kleine Vermögen, womit ich den Staat so lang unterstützt hatte, auf die Neige zu gehen begann und das kostspielige Leben in Elberfeld größere Zuschüsse erfoderte. Ich suchte daher unge= säumt eine neue Versetzung nach und zwar eine Versetzung in die Büreaux des Provinzialsteuerdirektors. Einige Stel=

len aus meinem Gesuch, womit ich es auf ein So oder So wollte ankommen lassen, mögen Zeugniß von den Stimmungen und der Lage geben, in welche man mich gebracht hatte:

„Steueraufseher! Ja, ich bin jetzt über drei Jahre Steueraufseher, ich habe ihm sechs Jahre und drei Monate meiner besten Zeit, ich habe ihm meine Laune, ich habe ihm mein Vermögen geopfert und ich bin noch immer Steueraufseher. Seit drei Jahren bin ich auf den Beinen, seit drei Jahren habe ich mich bestrebt, auf das Papier zu kommen, aber ich bin noch immer Steueraufseher und noch immer lebe ich von meinen Beinen. Ahasverus, warum bist du nicht Steueraufseher geworden? Selbst die Verfügung, welche mir meine hiesigen Dienstverrichtungen anweis't, hat wieder nur meine vielerprobten und vielermübeten Beine im Auge, denn sie sagt, „weil ich noch rüstig (d. h. nicht invalide) sei, solle ich vorzugsweise den äußern Bezirk kontroliren.“ Bin ich denn von oben bis unten nichts als Bein? Muß ich denn durchaus am unrechten Orte zeigen, daß ich auch einen Kopf habe? Ich kenne so Viele, deren Beine schlecht sind, deren Beine aber doch noch besser sind als ihr Kopf und deren Kopf noch besser ist als ihr Charakter. Und sie sind mir weit, weit vorgekommen, sie fahren gleichsam im Dampfwagen, während ich noch immer im Lastkarren keuche. Soll ich exemplifiziren? Nein, so wenig wie denunziren. Aber ist es d'rum weniger wahr? Und ist es d'rum weniger wahr, daß Jenen der Wurm in der Wurzel steckt, während mir nichts vorgehalten werden kann, als daß es bei mir in der Krone etwas unruhig gewesen, daß darin der Sturm der Phantasie gerauscht und daß oben darüber und unten darunter die Raben der Verläumdung gekrächzt und die Eulen der Anträgerei geschrieen haben? Wenn ich mich doch nur über Alles aussprechen könnte! Aber es fehlt mir, wie sehr ich auch gepreßt werde, die erfoderliche Preßfreiheit und ich fürchte, daß ohnehin aus der poetischen Ader meines Schreib= fingers zu viel Blut in das amtliche Dintefaß geflossen ist. Kann ich dafür? Ich bin so lang und so tief in die Form des Steueraufsehers gepreßt worden, daß die Form endlich gesprungen und der Mensch aus den Ritzen herausgequetscht ist. Aus dem Prokrustesbette beginnen die Planken heraus= zufallen."

„Doch, ich bin in Gefahr, zu viel zu sagen. Ich unbe= deutende, ungenannte Person habe noch nichts aufzuweisen, worauf ich mich berufen könnte. Der Staat ist eine Bank, welcher jeder Staatsbürger das Recht hat sein geistiges und moralisches Kapital in's Geschäft zu geben, um seinen Theil an der Dividende zu beziehen. Wo aber ist mein Kapital? Wenn die Bank meine Wechsel nicht acceptiren will, bis ich alle meine baaren Fonds eingezogen und aufgewiesen habe, kann ich mich beschweren? Mit Nichten. Aber wiederum die Frage: woher rührt der Kredit so vieler Andern, gegen die ich ein Kapitalist bin? Warum beziehen sie 50 p. C., während ich mich mit 1 p. C. begnügen muß? Verstehen sie die Kunst, reich zu scheinen, während ich das Verdienst hatte, arm zu scheinen? Ist es ein Vergehen, daß ich nicht zu den dienstlichen Plusmachern gehöre, die das innere minus durch das äußere plus zu ersetzen verstehen? Und warum wird mir, wenn ich mein baares Geld einzahlen will, die Kasse verschlossen, während Andere mit jedem Pfennig, den sie freilich mit einem prunkenden Lieferzettel einreichen, zuge= lassen werden? Wenn Latein in meine Bittschrift paßte, würde ich den Juvenal zitiren u. s. w."

„Ich würde längst aus dem Dienſt der Steuerverwaltung ausgeſchieden ſein, wenn es bloß meine Perſon wäre, für deren Exiſtenz ich zu ſorgen habe u. ſ. w."

„Seit 14 Tagen habe ich wegen der Krankheit des auf dem Hauptamt beſchäftigt geweſenen Steueraufſehers J. das Glück gehabt, an deſſen Stelle ſchriftliche Arbeiten verrichten zu können. Ich habe Linien gezogen, Regiſter aufaddirt, ich habe abgeſchrieben für drei Mann. Das waren unerquickliche Arbeiten, aber ich habe ſie mit wahrer Wonne verrichtet, mit wahrem Heißhunger habe ich die Konzepte zuſammengeſucht, die ich abzuſchreiben hatte, denn es waren doch ſchriftliche Arbeiten, ich konnte doch die verwünſchten ſtarken Beine ruhen laſſen und die Feder in Bewegung ſetzen u. ſ. w."

„Mit meiner Beſchäftigung als Steueraufſeher kann ich mich unmöglich mehr befreunden, eben ſo wenig, wie ich länger leben kann an einem Ort, in welchem ich, wie ſonnenklar am Tage liegt, auch beim ſparſamſten Leben mindeſtens eben ſo viel aus eigenen Mitteln zuſetzen muß, wie ich vom Staat beziehe. Es ſcheint mir eine ſehr unbillige Zumuthung zu ſein, daß ein Staatsbeamter ſich arm machen müſſe, um ſeine Stellung zu behaupten, und daß er im Leben Bankerott mache, um im Amt den Kredit nicht zu verlieren."

Auf dieſe Vorſtellung, die nach ſubalternen Begriffen etwas Unerhörtes war, erhielt ich folgenden Beſcheid: „Auf die Eingabe vom 3. d. M. erwiedere ich Ihnen, daß eine Gelegenheit nicht vorhanden iſt, Sie auf dem Provinzial-ſteuerdirektorat zu beſchäftigen, und überhaupt von einer Beförderung, reſp. Uebertragung eines andren Amtes, erſt dann die Rede ſein kann, wenn Sie längere Zeit hindurch nicht allein in dienſtlicher ſondern auch in außerdienſtlicher

Beziehung sich die völlige Zufriedenheit des Herrn Haupt=
amtsdirigenten erworben haben. Ich weise denselben heute
an, nach Ablauf dreier Monate pflichtmäßig über Ihre Lei=
stungen zu berichten und wird es von den Aeußerungen des=
selben abhangen, ob und wie weit Ihren Wünschen willfahrt
werden kann. Uebrigens haben Sie fernerhin alle derarti=
gen Eingaben, den Bestimmungen der Dienstinstruktion
gemäß, Ihren unmittelbaren Vorgesetzten, welche mir solche
vorlegen werden, zu übergeben, und dieselben nicht mit Re=
bensarten, Vergleichungen und Schilderungen anzufüllen,
die zur Sache nicht gehören und sonst unpassend erscheinen.“

Man sieht, ich hatte wieder die Schranken des Kanzleistyls
und der Kanzleigesinnung durchbrochen; so viel hatte mein
Styl aber wenigstens bewirkt, daß ich nach drei Monaten
wieder eine Erlösung hoffen durfte. Sie erfolgte wirklich,
denn — die „Aeußerung des Herrn Hauptamtsdirigenten“,
der mich nun unmittelber unter Augen hatte, war günstig
ausgefallen. Ich wurde, noch immer als Steueraufseher
und mit 250 Thlrn. Gehalt, an das Hauptsteueramt für
„ausländische Gegenstände“ (Zollabfertigungen) zu Köln ver=
setzt. Dort beschäftigte man mich mit Revision der Waaren,
Kontrolirung der Zuckersiedereien und nebenbei mit Abschrei=
ben. Dieses Abschreiben führte nach langer Ruhe wieder
eine Kollision herbei. Der Vorsteher der Kanzlei nämlich,
ein Assistent, der keinen sonderlichen Geschmack an meinem
Wesen zu finden schien, muthete mir, um mich zu chikaniren,
außer dem Abschreiben auch das Kouvertiren der
Briefe und das Adressenschreiben zu. Der Mann
gehörte zu jenen amtlichen Muckern, welche die Hand, wo=
mit sie einen Gegner kneifen wollen, geschickt mit einem Ak=
tenstück zu bedecken wissen, so daß der Gekniffene, wenn er

sich beschwert, in Kollision mit den Akten und dem Amte kommen muß. Ich kam dem Kneifen zuvor, indem ich mich weigerte, eine Arbeit zu verrichten, die ich bis dahin nur von Amtsdienern hatte ausführen sehen. Der Mucker beschwerte sich darauf beim Oberinspektor und dieser, obgleich der gescheidteste Steuerbeamte, den ich in der ganzen Provinz kennen gelernt habe, beging die bureaukratische Schwachheit, in meiner Weigerung eine gefährliche „Selbstüberhebung" oder Insubordination zu erblicken und mich durch einen besondern, schriftlichen Befehl zur Anfertigung des streitigen Kouverts anzuweisen! Ich ersuchte ihn, er möge „das Schiff meiner Subordination, das ich schon durch so manche Klippen glücklich hindurchgesteuert, nicht in die Gefahr bringen, an einem bloßen Briefkouvert scheitern zu müssen", aber der gute Oberinspektor glaubte die Gefahr, welche dem Staat drohte, nicht verantworten zu können und bestand auf seinem Befehl. Ich dagegen bestand auf meiner Weigerung, mich durch so kleinliche Chikanen vor einem amtlichen Mucker demüthigen zu lassen. Jetzt wurde die Sache erst recht wichtig. Man trug sie dem Provinzialsteuerdirektor vor. Große Verlegenheit! Daß ich mich zu solchen Lumpereien nicht zwingen ließ, sah man voraus, auch war der Brief mit dem streitigen Kouvert wahrscheinlich nicht mehr vorhanden; einen Insubordinationsprozeß einzuleiten, dessen schien man sich denn doch zu schämen. Man fand also den Ausweg, ich solle dem Oberinspektor eine Genugthuungserklärung schreiben, worin ich meine Weigerung als eine amtliche Sünde anerkenne. Ich stellte die Erklärung so bedingt und verfänglich, daß man nicht damit zufrieden war; da ich mich aber zu nichts Weiterem bringen ließ, mußte man sich beruhigen, nachdem der Provinzialsteuerdi-

rektor eine zwei Seiten lange Ermahnung über die Wichtig=
keit der Sache und die Gefahren eines „falschen Ehrgefühls"
an mich erlassen hatte. Der Streit hatte übrigens die gute
Folge, daß man mich kurze Zeit nachher, wahrscheinlich um
dem beleidigten Oberinspektor den widerspännstigen Unterge=
benen aus den Augen zu rücken, in die Bureaux der Provin=
zialsteuerdirektion versetzte.

Mein so lang und vergebens gehegter Wunsch war also
endlich erfüllt, erfüllt durch ein Briefkouvert. Ich sollte
also endlich in die Hallen des Heiligthums eintreten, zu dem
meine andächtigen Blicke so oft hinaufgeschaut hatten. End=
lich hoffte ich die Gelegenheit zu finden, welche entscheiden
sollte, ob ich mehr leisten könne, als meinen Namen in die
Betriebsnachweisungen der Brennereien schreiben und den
Fuhrleuten auf der Landstraße die Chausseezettel abfodern.
Aber ich hatte mich abermals getäuscht. Als ich bei meiner
Introduktion dem Hohenpriester des Heiligthums, dem Pro=
vinzialsteuerdirektor Helmentag, meine Aufwartung machte,
überraschte mich der Mann mit folgender Botschaft: „Sie
werden in der Rechnungskontrole beschäftigt wer=
den; ich will sehen, ob Sie im Stande sind, Ihren „poetischen
Geist„ unter Zahlen zu erdrücken." Ich erwiderte ihm,
„wenn es darauf ankomme, zu zeigen, daß ich den „poetischen
Geist" einer meiner Natur nicht zusagenden Beschäftigung
zu lieb verleugnen könne, so habe ich von dieser Fähig=
keit schon hinlängliche Proben abgelegt; was das „er=
drücken" betreffe, so stehe ich nicht für das Gelingen des
Versuchs ein, denn der „Geist" eines Menschen sei der
Mensch selbst und ich besitze keine besondre Fähigkeit, mich
erdrücken zu lassen. Genug, ich nahm meinen Platz in ei=
nem Bureau der Rechnungskontrole ein und zwar mit allem

nur möglichen guten Willen, meiner Natur zum Trotz zu
thun, was sich irgend thun ließ. Ich hatte erwartet, daß
man mich einem Departementsrath als Gehülfen beigeben,
daß man mir Berichte, Prozesse und dergleichen zu bearbeiten, kurz daß man mir Gelegenheit zur Uebung meiner Feder geben werde. Und nun warf man mich in ein Meer, in
eine wahre Sahara von Zahlen! Zahlen waren mir von
jeher ein Greuel, ich hatte keine pythagoräische Faser in mir,
Rechnen hieß für mich Verzweifeln und die Regel de Tri
war das höchste Kunststück, wozu mich aller Schulzwang jemals hat befähigen können. Jetzt aber sollte ich plötzlich
das Rechnen zu meinem ausschließlichen Geschäft machen.
Ich mußte addiren, subtrahiren, multipliziren, dividiren, ich
mußte Zahlen abschreiben und zusammenstellen, verwirren
und entwirren, daß es mir dreherig im Kopf wurde. In
der That fühlte ich mitunter meinen Verstand, wenn auch
noch nicht verscheiden, doch wenigstens still stehen, und ich
hatte längere Pausen nöthig, um ihn wieder in Gang zu
bringen. Zahlen sind nach meiner Ueberzeugung ein Mittel, einen Menschen, der nicht durchaus für sie geschaffen ist,
in's Narrenhaus zu bringen. Wollte man mich in's Narrenhaus bringen? Ich will keinen ungerechten Verdacht aussprechen, aber auffallend ist es immer, wenn einem Menschen,
der sich als „gerecht in vielen Sätteln“ zeigt, immer grade
diejenige Beschäftigung angewiesen wird, zu welcher er am
Wenigsten gemacht, die ihm in der Seele zuwider ist.

Meine einzige Beschäftigung neben dem „Zahlenfressen“
bestand im Kollationiren. Ein Theil der Korrespondenz des
„Direktorats“ ging vor der Absendung durch meine Hände,
damit ich die Abschriften mit den Konzepten vergliche und die
Fehler korrigirte. Diese Beschäftigung war mir als Ab-

wechselung eine wahre Wonne. Ich war schon so hart ge=
wöhnt, daß ich mich glücklich geschätzt hätte, wenn ich den
ganzen Tag hätte kollationiren können. Auch hatte diese
Beschäftigung noch das besondere Interesse für mich, daß ich
über den Umfang der ganzen Wirksamkeit der Direktion so
wie über die Leistungen der einzelnen Beamten, der Regie=
rungsräthe u. s. w., einen Ueberblick erhielt. Namentlich
hatte ich Gelegenheit, mich zu überzeugen, mit wie geringen
Mitteln man einen so hohen Posten, wie den eines Provin=
zialsteuerdirektors, auszufüllen im Stande ist.

Die Hauptthätigkeit des Herrn Direktors bestand darin,
die eingehende Korrespondenz durchzusehen, diejenigen Stücke,
welche einen Bericht erfoderten, zum Zeichen der außerordent=
lichen Thätigkeit des Chefs mit einem eigenhändigen „br. m.
s. c. r. an das Hauptsteueramt zu N. zum Bericht" zu ver=
sehen, die übrigen Stücke den einzelnen Departementsräthen
zur Bearbeitung zuzuschreiben, in diese Bearbeitungen später
eine Menge überflüssiger Kommata hineinzukorrigiren, à la
Heine z. B. Inspektion in Inspekzion umzuändern, dann
mitunter eine kostspielige und einträgliche Reise in die
Provinz zu machen 2c. 2c. Der Herr Direktor war ein
Mensch etwa dritter Ordnung, von Verstand eben unbedeu=
tend und dabei von Gesinnung schlecht genug, um als Bü=
reaukrat eine schnelle Karriere zu machen: er war ein Kleinig=
keitskrämer und amtlicher Narr erster Klasse, aber auf seinem
Posten galt er „höhern Orts" für ausgezeichnet, weil er die
Kunst der dienstlichen Plusmacherei und die Pfiffe der
Geltendmachung verstand, mit schlafloser Strenge auf äußere
Pünktlichkeit des Geschäftsganges hielt und sich im eigent=
lichen Sinn des Worts mit fremden Federn zu schmücken
wußte. Die Arbeiten seiner Räthe gingen sämmtlich unter

seinem Namen und mit seinen Komma's nach Berlin, so daß man dort nicht unterscheiden konnte, was von ihm, was von Andern herrührte. Außerdem ließ er das büreaukratische Getriebe mit Hülfe seiner mehr als tausend Beamten durch die schonungsloseste Hetzerei in Bewegung halten. Ob die Beamten glücklich oder unglücklich wurden, hungerten oder nicht, zu Grunde gingen oder nicht, das rührte ihn wenig, wenn nur seine büreaukratische Maschinerie hübsch im Gange blieb und auf diese Weise in Berlin dem Ehrgeiz des kleinen Direktors diente*). Denn der Mann war durch seine schnelle Karriere im höchsten Grade eitel geworden und schien sich noch für höhere Dinge bestimmt zu halten. Seine wahre Natur legte er namentlich durch die Wahl Derer an den Tag, welchen er sein Vertrauen und seine Gunst schenkte. Ordinaire Naturen und mittelmäßige Köpfe, aber in den Pfiffen des amtlichen Lebens routinirt, durch ihre Begabung dem Verstand des Chefs nicht gefährlich, aber vermöge ihrer Bereitwilligkeit zu allem Möglichen brauchbare Werkzeuge seines büreaukratischen Despotismus — solche Menschen waren es, welchen dieser kleine büreaukratische Napoleon,

---

*) Die Auszeichnung eines Provinzialsteuerdirektors besteht namentlich in Dreierlei. Er muß es verstehen,

1, mit jedem Jahr eine höhere Steuersumme aus seiner Provinz herauszupressen, wobei natürlich das kommerzielle Interesse dem fiskalischen untergeordnet wird;

2, dieß Resultat mit möglichst wenig Mitteln zu erlangen, also die Beamten rücksichtlos zu opfern und dabei in finanzieller Beziehung möglichst zu beschneiden;

3, recht hohe Aktenberge aufzuschichten und die Federn seiner Untergebenen in ununterbrochener Thätigkeit zu erhalten. Die Höhe des Verdienstes hängt nicht wenig von der Höhe der Korrespondenznummern ab, welche am Ende des Jahres das Korrespondenzjournal nachweis't. Was diese Menschen zusammenschmieren, das ist schrecklich und unglaublich!

wofür er gern gegolten hätte, seine Gnade angedeihen ließ.

Noch fällt mir ein Zug ein, welcher einen Begriff von den Verdiensten solcher Herrn geben kann. Er hatte vor dem Hause des Regierungspräsidenten große, eiserne Laternenträger stehen sehen und war nun der Meinung, der Provinzialsteuerdirektor dürfe keine geringere Zierde vor seiner Wohnung haben. Um in den Besitz derselben zu kommen, stellte er dem Ministerium vor, daß die Bäume, welche ein gegenüberwohnender Holzhändler häufig in seinen Holzhof fahren ließ, beim Einbiegen in diesen Hof mit ihren Schwänzen die Wände des „Direktorats" verletzten; zum Schutz vor diesen Sturmböcken sei ein geeignetes Mittel die Aufstellung eiserner Kandelaber ꝛc. Dieser wichtigen Angelegenheit, auf welche das Ministerium der bedeutenden Kosten wegen nicht sogleich eingehen wollte, widmete der Herr Direktor, welcher sonst so wenig von sich ausgehen ließ, mehrere lange eigenhändige Berichte, bis er wirklich seinen Zweck erreichte. Als man die geschmacklosen Leuchter, zu deren Placirung gar kein Raum vorhanden war, kaum aufgestellt hatte, fuhr ein Bauer einen derselben mit seinem Karren in die Straßenrinne. Das Stück hatte, so viel ich mich erinnere, gegen 200 Thlr. gekostet. Ungefähr um dieselbe Zeit kam die Wittwe eines armen Steuereinnehmers, welche durch die mehrmonatliche Krankheit ihres Mannes und ihrer vier Kinder beinah an den Bettelstab gebracht war, mit einem Gesuch um eine Unterstützung ein. Der humane Herr Direktor ließ ihr in seiner ängstlichen Sorge für das „Interesse fisci" 10 Thlr. auszahlen. Ein solcher Direktor erhält 3000 Thlr. Gehalt, vielleicht eben so viel für Reisekosten und dergleichen und eben so viel als Gratifikation.

Bei dieser Gelegenheit darf ich eine andere charakteristische Probe von der humanen Gesinnung dieses Provinzialsteuerdirektors und geheimen Oberfinanzraths nicht mit Stillschweigen übergehen. Einer der Sekretaire der Rechnungskontrole war seit einiger Zeit kränklich; er legte aber unterdessen seine fünfzehn Dienstjahre zurück, so daß er, wenn er durch die Krankheit dienstunfähig wurde, pensionirt werden mußte. Als sein vorgesetzter Rechnungsrath über seine Kränklichkeit mit dem Provinzialsteuerdirektor sprach, war dieser sehr ungehalten darüber, daß die Anzeige nicht vor Ablauf der fünfzehn Dienstjahre erfolgt sei, „man hätte dann den Erkrankten ohne Pension entlassen können!"

Nach einigen Monaten wurde ich von dem „Zahlenfressen" erlös't. Sei es, daß man es für bedenklich zu halten begann, einen Menschen meiner Art längere Zeit in die Geheimnisse des hohen „Direktorats" einzuweihen, sei es, daß man wirklich beabsichtigte, mich allmälig vom Steueraufseher in eine höhere Stelle einrücken zu lassen, genug, ich wurde an das kölnische Hauptsteueramt „für inländische Gegenstände" (Mahl- und Schlachtsteuer, Branntweinsteuer ꝛc.) versetzt, um dort, aber ohne Gehaltszulage, die Stelle eines abgegangenen Assistenten zu versehen. Die Stelle war, was die Beschäftigung betrifft, die angenehmste, welche ich bis dahin bekleidet hatte. Man übertrug mir die Bearbeitung eines großen Theils der Korrespondenz; Berichte, Prozeßverhandlungen, kurz allerlei schriftliche Arbeiten, welchen Andre ihrer Natur und Fähigkeit gemäß die mechanischen vorzogen, wurden meine Lieblingsbeschäftigung. Ich arbeitete nicht bloß für meinen besondern Posten, ich arbeitete auch für den Hauptamtsdirigenten (einen windigen Parvenü und Flachkopf, aber Liebling des Provinzialsteuerdirektors), sowie für die andern höhern Beamten des Hauptamtes; kurz ich leistete mehr, als irgend ein Anderer je auf meinem Posten geleistet hatte. Man erkannte dieß auch an und bemerkte mir bei mehreren Gelegenheiten, daß man einen so raschen und rüstigen Aufräumer in schriftlichen Arbeiten noch nicht gesehen habe. Man wird glauben, ich sei nun auf dem besten Wege gewesen. Weit gefehlt!

Einen ersten Anlaß zur Unzufriedenheit gab ich durch folgendes Verbrechen. Ich hatte das Feld des amtlichen Glücks mit der Zeit so weit überblicken gelernt, daß ich allen Beamten-Ehrgeiz von mir abstreifte und zum Ziel meiner Wünsche nur eine bescheidene Stelle machte, welche mir neben möglichster Selbstständigkeit zugleich einige Ruhe und Zeit zu literarischen Beschäftigungen darzubieten vermögte. Als eine solche Stelle betrachtete ich die eines Steuereinnehmers in einem Landstädtchen. Die Steuereinnehmer, auf einen bestimmten Kreis von Beschäftigungen beschränkt und Büreau und Wohnung in ihrem Hause vereinigend, sind unter allen Steuerbeamten die selbstständigsten und am Wenigsten den Plackereien und Chikanen ihrer Vorgesetzten ausgesetzt; halten sie ihr Büreau und ihre Kasse in Ordnung, wozu nur Pünktlichkeit und einiger Fleiß gehört, so kann ihnen kein Mensch etwas anhaben, während die Funktionen der übrigen Beamten stets eine Handhabe zur Quälerei und Verfolgung darbieten. Steuereinnehmer in einem Rheinstädtchen mit 4—600 Thlrn. Gehalt zu werden, das war damals in amtlicher Hinsicht mein einziger und höchster Wunsch geworden. Ich hatte schon früher um einen solchen Posten petitionirt, er wurde mir aber vom Provinzialsteuerdirektor unter nichtigen Vorwänden abgeschlagen. Auf dem Hauptsteueramt „für inländische Gegenstände“ wiederholte ich mein Gesuch, weil sich eben eine passende Vakanz in einem Städtchen an der Mosel darbot. Statt der Gewährung erfolgte ein zorniger Befehl an den Hauptamtsdirigenten, mich zu Protokoll darüber zu vernehmen, „von wem und auf welche Art ich erfahren habe, daß die Stelle in N. vakant sei"? Die büreaukratische Gemeinheit und Impertinenz dieser Antwort empörte mich, zumal da man darin die Absicht aussprach, mich zum Verräther an einem andern Beamten zu machen, durch den ich jenes wichtige Geheimniß zunächst erfahren hatte. Ich erklärte daher u. A. Folgendes zu Protokoll: „Hätte ich über die fragliche Angelegenheit eine konfidentielle Mittheilung von einem Beamten erhalten, so würde ich hiervon entweder gar keinen Gebrauch gemacht haben, oder aber, wenn dieß einmal geschehen, mir lieber jede Strafe zuziehen, als meine Ehre mit feigem Verrath und dem Mißbrauch eines geschenkten Vertrauens besudeln, in meinen Augen ein Vergehen, das strafbarer wäre, als Mangel an Amtsverschwiegenheit über — eine vakante Einnehmerstelle! Uebrigens bin ich hier auch gar nicht in dem Falle, einen Beamten der verletzten Amtsverschwiegenheit verdächtigen zu können, da ꝛc. die Vakanz der betreffenden Stelle ein öffentliches Geheimniß ist." Meine Erklärung schloß mit folgender chikaneusen Erdichtung: „Was mir über die Vakanz in N. Gewißheit gegeben, ist eine Benachrichtigung meines Schwagers, der vor Kurzem in einem Gasthof zu Koblenz einem Diskurs von Steuerbeamten über jene Stelle zugehört hat. Wie er mir sagt, solle der Posten einen raschen und rüstigen Arbeiter erfodern und diese Mittheilung hat mir am Meisten Hoffnung gegeben, daß ich als Bewerber nicht unwillkommen sein werde." Meine Antwort konnte natürlich auf den Herrn Geheimrath keinen angenehmen Eindruck machen, zumal da er nichts darauf erwidern durfte; aber warum setzte man sich in die Lage, sich von einem Steueraufseher sagen zu lassen, was man sich selbst hätte sagen müssen? Doch die Herren haben für Rücksichten der Ehre nicht das mindeste Gefühl und sind dabei an die sklavische Duldsamkeit ihrer Untergebenen so gewöhnt, daß sie auch auf die größte Flegelei und Gemeinheit nichts Andres erwarten, als Zeichen der Ehrfurcht und Ergebenheit

Die nachgesuchte Einnehmerstelle erhielt ich natürlich nicht und arbeitete daher auf meinem Assistentenposten rüstig fort. Derselbe nahm mich täglich 10 Stunden in Anspruch. Auf die Innehaltung dieser Büreaustunden wurde mit der kleinlichsten Genauigkeit gehalten, wie in einer Schule oder Fabrik. Auch dann, wenn alle Arbeit aufgeräumt und keine andre zu erwarten war, mußte das Ende der 10 Stunden gewissenhaft abgewartet werden, der Staat hätte sonst zu Grunde gehen können. Bei dieser Dummheit stand sich Niemand schlimmer, als ich. In der Regel war ich mit meinen Arbeiten in 6—7—8 Stunden fertig und mußte dann der Büreaueinrichtung zu lieb 2—3—4 Stunden die Wände ansehen. Fast jeden Nachmittag ging ich beim Hauptamtsdirigenten wie bei allen übrigen Beamten des Büreau's umher und fragte sie, ob sie mir nicht eine passende Arbeit überlassen könnten, weil ich nichts mehr zu thun habe. In den meisten Fällen war mir aber schon alles Vorhandene übertragen worden und ich mußte mich dann mit meinem vergeblichen Diensteifer auf die Lauer stellen, um den Ablauf der Büreaustunden abzuwarten.

Wie ärgerlich und langweilig eine solche Einrichtung war, wird sich Jeder vorstellen können, den keine büreaukratische Erziehung in ein Büreaumöbel verwandelt hat. Ich beklagte mich zwar gelegentlich privatim darüber, ertrug sie aber mit Geduld. Doch mit dieser Geduld reichte ich nicht aus; ich begann zu erkranken. So lange Zeit an eine ganz außerordentliche Bewegung gewöhnt, fühlte ich, nachdem ich mehrere Monate hindurch täglich 10 Stunden an den Büreaustuhl gefesselt worden war (auch auf der Direktion bestand diese Stundenaufsicht), meine Gesundheit leiden und wurde namentlich von Hämorrhoidalbeschwerden heimgesucht, ein Uebel, wovon ich bis dahin keine Ahnung gehabt hatte. Mein Arzt verordnete mir u. A. häufige Bewegung und eine Badekur. Ich reichte daher ein ärztliches Attest ein und suchte ein Paar Wochen Urlaub nach. (Ich bemerke dabei, daß ich während meiner ganzen Dienstzeit kaum auf einige Wochen beurlaubt gewesen war.) Man verweigerte mir den Urlaub, weil das ärztliche Attest keine „völlige Dienstunfähigkeit“ (man hätte sagen sollen: keine Todesgewißheit) bekunde. Ich ließ ein zweites Attest folgen, welches noch genauer meinen Zustand angab und auf der Nothwendigkeit eines Urlaubs zur Herstellung meiner Gesundheit durchaus bestand. Man blieb nicht bloß bei der Verweigerung des Urlaubs, sondern versetzte mich auch zur Strafe für meine Erkrankung wieder als Aufseher an das Hauptsteueramt für „ausländische Gegenstände“, wo man, „um mir körperliche Bewegung zu machen“, mich zum Postenstehen an den Stadtthoren (womit das Taschenvisitiren 2c. verbunden war) zu gebrauchen gedachte! Jetzt lief das Maß meiner Geduld, das schon seit so langen Jahren bis an den Rand gefüllt war, endlich über und ich forderte meinen Abschied. Doch ich muß zur Charakterisirung des amtlichen Lebens, welche der Hauptzweck dieser Darstellung ist, die Geschichte des gegen mich beobachteten humanen Verfahrens etwas ausführlicher

erzählen und schreibe zu diesem Zweck einen Theil der Beschwerde ab, die ich nach Erlangung meines Abschieds (Oktober 1840) dem Finanzministerium einreichte:

„Ich meldete mich am 22. Oktober schriftlich bei dem
Oberinspektor N. und zeigte an, daß ich mich bis zum ersten
November zum Wiederantritt des Dienstes stellen werde;
früher einzutreten erlaube mir die ärztliche Vorschrift und
zugleich die Verlegung meiner Wohnung nach einem entfernten Stadttheil nicht. Der Herr Oberinspektor erwiderte
mir, daß ich wegen der „vorgeschützten" Unpäßlichkeit
nicht so lang dispensirt werden könne und mich sofort zu
stellen, oder ein Attest über absolute Dienstunfähigkeit
(Todesgewißheit) einzusenden habe, widrigenfalls mein Ausbleiben vom Dienst im Wege des Disziplinarverfahrens verfolgt und geahndet werden würde." Zwei, meine Unpäßlichkeit ausführlich nachweisende Atteste hatte ich eingereicht
und man hatte sie durch keinen Kreisphysikus
widerlegen lassen; nun sollte ich auch noch ein drittes
einreichen. Und diese Aufforderung schließt mit Androhung
von Disziplinarverfahren, obschon mich nie eine Strafe ge-
troffen hatte. Dieß ist eben so wenig die Art, einen ehrliebenden Beamten zu behandeln, wie es die Schonung ausspricht, die man einem Erkrankten schuldig ist. Der Arzt
foderte, daß ich mehrere Wochen dispensirt werden solle; ich
begnügte mich zuletzt mit einer Woche und doch fand ich solche
Begegnung. Was mich aber am Empfindlichsten berühren
mußte und durch moralische Einwirkung mehr, als durch
physische, meine angegriffene Gesundheit völlig zu untergraben drohte, war die Aussicht, gleich meinen ungebildetsten
und zu keiner höheren Verrichtung fähigen Kollegen zum
Postendienst zc. herangezogen zu werden. Alle Anzeichen

ließen mich dieß erwarten und ich war um so mehr berechtigt,
diesen Anzeichen zu glauben, da bereits mehrere Monate vorher ein darauf hindeutender Befehl des Oberinspektors ergangen war. Damals entging ich dieser moralischen Degradation nur durch persönliche, dringende Vorstellung beim
Provinzialsteuerdirektor. Ich war 7½ Jahre Beamter, war
Officier, man nannte mich einen gebildeten Mann, bezeugte
mir Achtung und nun sollte ich mit gewesenen Unterofficieren,
deren Charakteristik in den Worten „Branntwein“ und
„Denunziantenantheil“ enthalten ist, im Angesicht der ganzen
Stadt Köln noch Posten stehen lernen! Und in diese Lage
wollte man mich jetzt zum zweiten Male bringen. Der
Pflicht des Familienhauptes hatten Ehre und Charakter des
Mannes keine weitere Konzession mehr zu machen — ich
dankte ab.“

Der Herr Finanzminister „überzeugte sich“ durch den
Bericht meiner Gegner „und durch meine Personalakten“,
daß ich — „keine Veranlassung habe, über die mir gewordene
Behandlung zu klagen, meine Vorgesetzten vielmehr mit aller,
dienstlich i r g e n d s t a t t h a f t e n R ü c k s i c h t u n d
S c h o n u n g gegen mich verfahren“ waren. „Insbeson-
dere, heißt es in dem Antwortschreiben weiter, beruht es auf
einem Verkennen Ihrer Stellung und des Organismus des
Dienstes, wenn Sie aus u n z e i t i g e r S e l b s t ü b e r -
s c h ä t z u n g (!) Anspruch darauf gemacht haben, von denjenigen Leistungen entbunden zu werden, welche Ihnen, in
Ihrer Eigenschaft als Aufseher, instruktionsmäßig ebenso
oblagen, als allen, in gleicher Kategorie stehenden Beamten.
Daß Ihnen bei Ihrer letzten Versetzung zu dem Hauptsteueramt f. a. G. zu Köln der erbetene Urlaub versagt
worden, kann, da allerdings die von Ihnen beigebrachten

Atteste eine g ä n z l i c h e *) Dienstunfähigkeit nicht bekunde=
ten, und eine weitere Bescheinigung hierüber mit Recht ge=
fodert worden ist, eben so wenig getadelt werden, als daß der
Hauptamtsdirigent Sie darauf aufmerksam machte, daß Ihr
Ausbleiben vom Dienst, ohne Beibringung einer solchen
Bescheinigung, eine Disziplinarrüge zur Folge haben müsse.
— Wenn hiernach Ihre Beschwerde, selbst materiell, für
unbegründet erachtet werden muß, so können, sowohl der
leidenschaftliche und höchst ungebührliche Ton, in welchem
solche vorgetragen worden, als die Ausfälle, welche Sie sich
gegen Ihre — f r ü h e r e n Vorgesetzten erlauben, nur ernst=
lich gemißbilligt und Ihnen empfohlen werden, sich dessen
ferner zu enthalten, wenn Sie nicht die E i n l e i t u n g
e i n e r g e r i c h t l i c h e n U n t e r s u c h u n g gewärtigen
wollen.“

Einen solchen Bescheid hatte ich in so fern verdient, als ich
noch immer nicht von dem thörichten Glauben kurirt war, es
lasse sich selbst auf Büreaukraten ein Eindruck machen und
bei der Büreaukratie Gerechtigkeit finden. Uebrigens be=
schloß ich, mich nicht eher zu beruhigen, als bis ich meine
Sache durch alle Instanzen hindurch verfolgt habe; den
weiteren Schritt sparte ich aber auf, bis ich ein anderes Un=
terkommen gefunden. Ich suchte daher und fand eine An=
stellung als Direktionssekretair bei der Rheinischen Eisen=
bahngesellschaft.

---

*) Man muß erst in den letzten Zügen liegen, eher erkennen diese Büreau=
henker nicht an, daß ein untergebener Mensch Anspruch auf Erhaltung seiner
Gesundheit habe. Man schlage einem Steueraufseher ein Auge aus, so darf
er sich nicht kuriren lassen, weil er mit dem andern noch sehen kann. Man
zerbreche ihm ein Bein, so kann er ja noch auf dem andern nach dem Büreau
hüpfen. Hat dagegen ein „hoher Vorgesetzter“ einmal eine üble Laune, so
reis’t er auf sechs Wochen in’s Bad.

Erst in dieser Stellung trug ich meine Angelegenheit dem König vor, denn es ist, wie ich in meiner Eingabe an denselben bemerkte, „nicht zu leugnen, daß in solchen Angelegenheiten die Bedürftigkeit des Bittstellers nicht selten von den Verwaltungen als ein persönlicher Fehler, oder als eine schwache Seite der verfochtenen Sache betrachtet und in Anschlag gebracht wird und man der Supplik weniger die Absicht unterlegt, eine Rechtsgewährung, als, eine Versorgung zu erlangen. Vor dieser Verwechselung wollte ich mich verwahren. Die Ueberzeugung, Unrecht erlitten zu haben, führt meine Feder, nicht der Hunger, und ich würde kein Gesuch an die Majestät richten, wenn ich dort nichts zu erlangen beabsichtigte, als das tägliche Brod."

Die Sprache meiner Vorstellung an die Majestät war schonungslos genug, namentlich stellte ich die Erniedrigung dar, welche man mir aus büreaukratischer Malice zugebracht hatte. „Man verurtheilte mich, und zwar auf keinen andern Grund, als weil ich zur Wiederherstellung meiner Gesundheit einer Ruhe von zwei Wochen bedurfte, zu der Erniedrigung, mit Offizianten in eine Klasse und auf einen Posten gestellt zu werden, deren höchste Bildungsstufe sich nicht selten in ihrer nothdürftig vollbrachten Namensunterschrift dokumentirt und deren Stand von den höhern Beamten selbst so tief gestellt wird, daß ich einen von ihnen kurze Zeit zuvor täglich bei einem Steuer-Rath hatte den Stall misten, die Pferde putzen und Kutscherdienste verrichten sehen. Die Steuerverwaltung macht bei jeder Gelegenheit die strengsten Ansprüche an das Ehrgefühl der Beamten und doch gibt es schwerlich im ganzen Staat eine Verwaltung, die so, wie sie, das Ehrgefühl zu verletzen oder zu vernichten weiß.

Mag die Provinzialsteuerverwaltung sich das Ansehen geben, als sei sie ohne Arg, rein im Interesse des Dienstes von dem Grundsatze ausgegangen, daß ich, ein Steueraufseher, auch als Steueraufseher nach dem Buchstaben der Instruktion habe behandelt werden müssen; mag sie bei mir die Rücksicht auf den Unterschied der Person nicht kennen wollen, welche sie doch, nach dem Beispiel so mancher Andern zu schließen, stillschweigend als Regel angenommen zu haben scheint und im Interesse des Dienstes annehmen muß: sie wird hier= durch das Urtheil keines Unparteiischen über ihr Verfahren ändern, sie wird keine andere Ueberzeugung hervorrufen können, als die, daß ihr mein Rang nur als Mittel hat dienen sollen, mich für die mir aufgebürdete, völlig e r l o = g e n e Sünde büßen zu lassen. Nein, so wahr Krumm nicht Grade und Grade nicht Krumm ist, nein, so wahr es bei un= parteischem Eindringen in diese Sache nicht auf die Form und die Verstecke, welche eine Vertheidigung à tout prix sich in dieser Form bilden könnte, sondern auf den Geist, auf die Absicht ankommt, welche aus dem Verfahren gegen den mit hundert Fesseln der Subordination gebundenen Unter= gebenen hervorleuchten: der vom Provinzialsteuerdirektor ge= gen mich verfügten moralischen Degradation lag keine andere Absicht zum Grunde, als die, mir für eine, von dem Steuer= rath N. mir gegen Wahrheit und Recht aufgebürdete Schuld, die man sich nicht die Mühe nehmen wollte zu untersuchen, in summarischer Verfahrensweise die härteste Züchtigung aufzulegen, die es, wie man sich aus früheren Vorgängen überzeugt hatte, für mich geben konnte. Und hier liegt die Ungerechtigkeit, eine schreiende büreaukratische Ungerechtigkeit auch dann, wenn sie mich aus der lange Jahre verfolgten Laufbahn zu meinem Glück endlich herausgesprengt hat."

Meiner Vorstellung waren eine Menge Dokumente, u. A. auch die oben abgedruckten Zeugnisse beigefügt und sie schloß mit dem Gesuch um Wiederanstellung in einer angemesseneren, nicht zur Steuerverwaltung gehörenden Stelle, welche mich in den Stand setze, „Staatsdiener" zu sein, statt „Verwaltungsdiener". Ich war damals noch in der Illusion befangen, in einem „Staat" wie Preußen könne ein Beamter auch Staatsdiener sein, während es dort keine andre Staatsdiener gibt, als die Opponenten.

Se. Majestät erkannten aus den „über meine Vorstellung einberichteten Umständen, daß ich im Dienst mit mehr als verdienter Schonung und Nachsicht behandelt worden sei", und wies daher „meine Beschwerde über das gegen mich beobachtete Verfahren als ganz unbegründet zurück"; übrigens wurde mir der Weg zur Wiederanstellung gnädigst geöffnet, indem ich mich an diejenige Provinzialbehörde wenden sollte, „in deren Ressort ich placirt zu werden wünschte". Es wurde mir also — gewiß ein seltner Fall — förmlich die Wahl gelassen, wo ich angestellt zu werden wünschte, was einen auffallenden Kontrast gegen das bisherige Verfahren bildete.

Durch die Aussicht auf Wiederanstellung in einer mir zusagenden Verwaltung ließ ich mir die Genugthuung für erlittenes Unrecht natürlich nicht abkaufen*). Ich erwiderte daher Se. Majestät Folgendes:

---

*) Die preußischen Staatsgrößen haben überhaupt keinen andern Gesichtspunkt zur Beurtheilung einer Opposition, als den „ökonomischen". Mit einer Anstellung glauben sie Jedem das Maul stopfen zu können, wenn sie es nicht durch Einschüchterung vermögen. Ungefähr um die nämliche Zeit, wo ich dem preußischen Beamtenthum für immer den Rücken kehrte, reichte ich — da ich vor dem 40. Jahre keine Entlassung verlangen konnte — bei dem Kölner Landwehrmajor ein Gesuch ein, „mich vom Officier zum Ge-

„Die Steuerbehörde ist von mir angeklagt und ihr Bericht hat über mich entschieden. Sie war sogar veranlaßt worden, mich über einen Passus in meiner Vorstellung zur Erklärung aufzufodern, worauf ich ihr erklären mußte, daß ich ihr nicht Rede stehen könne, weil sie mir als Partei gegenüberstehe. Mein Gegner war also Zeuge gegen mich und protokollirender Richter."

„Der Bericht der Steuerbehörde hat ergeben, daß man mir zu viel Nachsicht habe wiederfahren lassen. Ich habe mitunter gegen die Steuerbehörde eine freiere Sprache geführt, als sie von ihren Beamten gewöhnt ist; ich habe mich mitunter gegen eine Behandlung gesträubt, welche ich nicht zu verdienen glaubte; ich bekenne auch, in der Mißstimmung über meine dienstlichen Verhältnisse und über die traurigen Erfahrungen, die ich zu machen hatte, durch eine nicht zur Apathie verurtheilte Natur mitunter zu außerdienstlichen, unbedeutenden Extravaganzen verleitet worden zu sein, die indessen auf meine Ehre keinen Flecken werfen und die nicht einmal zur Sprache gekommen wären, wenn nicht schleichende,

---

meinen b e g r a b i r e n zu lassen, da mir die preußischen Epauletten drückend geworden und ich es mit meiner Ehre nicht mehr vereinigen könne, sie zu tragen". Der erschreckte Major ließ mich zu sich bescheiden und beschwor mich, mein Gesuch zurückzunehmen; es sei ein unerhörter Schritt, der die ganze Armee kompromittiren und alarmiren müsse. Als ich darauf bestand, versprach er mir, wenn ich ablassen wolle, seinen ganzen Einfluß aufzubieten, damit ich eine angemessene Anstellung erhalte ꝛc. Als ich ihm sagte, daß ich einen preußischen Ministerposten eben so zurückweisen würde wie die preußischen Epauletten, konnte er mich gar nicht mehr begreifen und fand endlich den Ausweg, mich für die ganze Friedenszeit von allem Dienst dispensiren zu lassen, so daß ich die Epauletten gar nicht mehr zu tragen brauchte. Als die „Preußische Büreaukratie" erschienen war, ließen mich dieses Buchs wegen die nämlichen Leute k a s s i r e n , die mir vorher die Degradation nicht hatten gewähren wollen.

verachtete Gegner meine Personalakten damit zu bereichern sich bemüht hätten. In Bezug auf diese Punkte nun mag die Steuerbehörde mir „Nachsicht" bewiesen haben; wie aber diese frühere Nachsicht sie hat berechtigen können, das spätere Verfahren, welches mich zum Austritt aus dem Dienst genöthigt hat, in die Waagschaale meiner Schuld zu werfen, dieß ist mir nicht erklärlich".

„Wegen einer ehrenrührigen oder einer andern Sache, wobei der moralische Werth des Menschen oder Beamten in Frage steht, habe ich nie die Nachsicht der Steuerbehörde in Anspruch zu nehmen gehabt. Diese Behörde hätte bedenken sollen, daß durch mich ihre Nachsicht nicht erschöpft worden ist, indem sie davon noch Vorrath für ganz andre Dinge produzirt hat, als die mir zur Last gelegten sind. Ich will nicht Denunziant sein, aber ich bin meiner Sache schuldig, zur Beleuchtung der Anklägerinn meine Behauptung mit Belegen zu versehen und begnüge mich mit einem einzigen Beispiel, dem in der Anlage referirten, welches zugleich einen weiteren Blick in gewisse Regionen des Staatsdienstes thun läßt".

„Ich bin verurtheilt wegen der angeblich unverdienten Nachsicht einer Behörde, welche dem gedachten Beispiel zufolge die Niederträchtigkeit unter Umständen nicht nur nicht bestraft, sondern indirekt protegirt; das Urtheil einer solchen Behörde hat hingereicht, einen Mann herabzusetzen, der trotz seinen eingestandenen Fehlern sich wenigstens das Recht bewahrt hat, ihre Protege's zu verachten; mich hat eine Behörde ungestraft unter die Füße treten dürfen, die Beamten begünstigt, welche unter einer dienstlichen Maske Ehre, Diensteid und Alles unter die Füße treten, was ehrliebenden und rechtschaffenen Menschen heilig ist. Unter diesen Umständen durchstreiche ich alle Hoffnungen, die ein thörichtes Selbstgefühl in mir erregt hatte, und ich fühle mich zu der Erklärung gedrungen, daß ich auf die mir gnädigst gewährte Aussicht zum Wiedereintritt in den Staatsdienst Verzicht leisten muß".

Diese Vorstellung wird zu denen gehört haben, welche man Sr. Majestät nicht zu lesen gibt. Ich hatte keine Antwort darauf erwartet, erhielt aber doch eine vom Finanzministerium, in welcher es zum Schluß hieß: „Wenn Sie sich in Zukunft wieder berufen fühlen sollten, Vorstellungen an die allerhöchste Person Sr. Majestät des Königs oder an die Behörden einzureichen, welche ähnliche unziemliche und beleidigende Ausfälle gegen die Steuerverwaltung enthalten, als Ihre Immediatvorstellung vom 24. Juni c., so haben Sie zu gewärtigen, daß dergleichen Vorstellungen Behufs Einleitung der fiskalischen Untersuchung wider Sie der G e - r i c h t s b e h ö r d e übergeben werden, worauf Sie hiermit besonders aufmerksam gemacht werden".

Dem Generalsteuerdirektor Kühne, welcher diese Drohungen unterzeichnet hatte, schickte ich darauf folgenden Brief zu:

„Ew. Hochwohlgeboren haben mir auf meine Immediatbeschwerde erwidert, daß dieselbe „ohne allerhöchste Bestimmung" an das Finanzministerium abgegeben worden sei, und mir zum Schluß bedeutet, daß, wenn ich ähnliche Vorstellungen über die Steuerverwaltung an den König oder an Behörden einzureichen mich berufen fühlen sollte, dieselben Behufs Einleitung der fiskalischen Untersuchung den Gerichtsbehörden würden übergeben werden. Was ich gesagt habe, war die Wahrheit, und die Wahrheit werde ich fortfahren zu sagen, so oft sich eine Gelegenheit dazu bietet, sei es vermittelst der Presse, sei es vermittelst Eingaben an die Staatsbehörden. Es wird mich dabei weder ein ungünstiger Bescheid, noch eine „fiskalische Untersuchung“ schrecken. Was also meine Person betrifft, so kann die Drohung, womit der erwähnte Bescheid schließt, von keiner nachtheiligen Wirkung für die freimüthige Wahrheitsliebe sein. Da eine derartige Drohung indeß gelegentlich andre Personen einschüchtern und das Recht der Staatsbürger, sich in Vorstellungen an den König einer freien Sprache über die Behörden zu bedienen, beeinträchtigen könnte, so sehe ich mich im allgemeinen Interesse veranlaßt, Ew. Hochwohlgeboren auf diejenigen Bestimmungen aufmerksam zu machen, welche derartige Bescheide v e r b i e t e n und welche Ew. Hochwohlgeboren u n b e k a n n t gewesen zu sein scheinen. Ich beschränke mich dabei auf folgende Zitate:

„In einer Bekanntmachung des Justizministeriums vom 26. August 1831 heißt es u. A.: „Es ist von Sr. Majestät bestimmt worden, daß in Fällen, wenn Sie Allerhöchstselbst die für anzüglich und verletzend zu achtenden Ausdrücke als strafbar nicht gerügt und zur Untersuchung verwiesen haben, ein fiskalisches Verfahren von Amtswegen nicht eingeleitet werden dürfe“.

„In einem Reskript desselben Ministeriums vom 14. Juli 1836 heißt es u. A.: Wenn des Königs Majestät solche Ausdrücke nicht für anzüglich und verletzend achten und deren Rüge nicht befohlen haben, so wird die Vermuthung begründet, daß Allerhöchstdieselben eine Untersuchung wider den Verfasser der Bittschrift nicht für erforderlich halten.“

Mit Bezugnahme auf die Kabinetsordre vom 26. August 1831 äußert der Justizminister Mühler bei einer andern

Gelegenheit, „daß Se. Majestät selbst und allein sich vor=
behalte, zu beurtheilen, ob eine in einer Immediatvorstel=
lung enthaltene Aeußerung beleidigend und zugleich straf=
bar ist.“

Aus diesen und andern hohen und höchsten Bestimmun=
gen geht auf das Unzweifelhafteste hervor, daß Ew. Hoch=
wohlgeboren so wenig, wie irgend eine andere Behörde, das
Recht haben, „ohne allerhöchste Bestimmung“ fiskalische
Untersuchungen wegen der Ausdrucksweise einer Immediat=
vorstellung anzudrohen.

Köln, den 21. Dezember 1842.“

Mit diesem Schreiben, welches ohne Antwort blieb, schließt
mein persönlicher Kampf mit der Büreaukratie. „In Er=
füllung meiner Amtspflichten die innere Selbstständigkeit
und Würde der freien Persönlichkeit nicht untergehen zu las=
sen“, dieß war, wie ich in meiner Vorstellung an die Maje=
stät bemerkte, mein unabläßiges Streben, aber wahrscheinlich
auch mein größter Fehler. Ein Beamter, namentlich ein
untergeordneter Beamter, darf in Preußen keine Persönlich=
keit mehr haben; er muß Alles ablegen und ausscheiden, was
die Uniformität der willenlosen Maschinerie stören könnte;
er muß aufhören, der und der Mensch mit den und den Ei=
genschaften zu sein, die er mit auf die Welt gebracht hat.
Fehlt ihm die Anlage, seine Menschennatur aufzugeben und
auf eine „freie Persönlichkeit“ zu verzichten, so ist sein Schick=
sal entschieden. Jeder freie Vorsprung oder Auswuchs an
seiner Individualität wird sofort von der büreaukratischen
Maschinerie erfaßt und sie ruht nicht, bis sie den Ungefügi=
gen ausgestoßen oder zermalmt hat. Besitzt er die Geschick=
lichkeit, ernstlichen Konflikten auszuweichen, welche ihn dem

Gesetz in die Hände liefern, so weiß man ihn auf andre Weise mürbe zu machen und aufzureiben. Mein Kampf mit der Bürcaukratie weis't keine eklatante Kollisionen, keine interessante Verwickelungen auf, aber ist er nicht dennoch charakteristisch für das ganze Treiben, stellt er nicht namentlich ein unabläßiges Ringen einer freien Persönlichkeit auf der einen und ein eben so unabläßiges Streben nach Aufreibung dieser Persönlichkeit auf der andern dar? Erst suchte man mich körperlich, dann geistig und endlich moralisch zu ruiniren. Und dieser Kampf war unvermeidlich auch da, wo kein ausdrücklich politisches Element sich hineinmischte. Von Illoyalität hatte ich damals noch keine besondre Proben abgelegt; ich war sogar, obgleich stets republikanisch disponirt, gleich den Andern noch zu unklar in politischen Dingen, um für meine Opposition ein allgemeines oder revolutionaires Ziel zu finden. Nichtsdestoweniger war ich für das System der preußischen Staatsmaschine von vorn herein ein unbrauchbares Element, weil ich vermöge meiner Persönlichkeit und Erziehung überall nach Grund und Recht fragte, wo es sich nach dem Wesen der ganzen Staatseinrichtung nur um Gehorsam und Müssen handelte. Hätte man mich dahin gebracht, diesen Fehler abzulegen, so war ich gleich so viel Tausenden ein verlorener Mensch, ein Lump und — „getreuer Unterthan!"

Der Kampf mit der Gewalt hat in einem Staat wie Preußen, auch wenn es sich nur um geringe Differenzen handelt, ein wahrhaft dramatisches Interesse, sobald es auf die Durchfechtung eines Rechts gegen den einmal ausgesprochenen Willen des von oben bis unten organisirten Unrechts ankommt. Der Kampf zieht den Kämpfenden immer weiter hinein, ein vergeblicher Versuch zieht den andern, ein Konflikt ben andern, eine Erbitterung die andre nach sich und zuletzt, wenn der Bruch vollständig geworden, findet sich die Gelegenheit, den widerspännstigen Antagonisten in einem der tausend „gesetzlichen" Netze zu fangen, oder ihn auf andere Weise unschädlich zu machen, zu erdrücken, zu ruiniren. Deshalb gibt es nichts Vergeblicheres in der Welt, als den Kampf eines E i n z e l n e n gegen die Macht der preußischen Bureaukratie. Er ist geschlagen, sobald er den Kampf beginnt, und seine Vertheidigung ist so erfolglos wie sein Angriff machtlos ist. Ein System, wie das der preußischen Büreaukratie, wird natürlich nur durch eine allgemeine Erhebung, durch eine gewaltsame Umgestaltung des ganzen Staatswesens erschüttert und gestürzt werden.

*　　*　　*

Jetzt, meine Freundinn, wissen Sie, warum ich königl. preußischer Steuerbeamter geworden, wie ich es gewesen bin und „wie mir dieses Joch gesessen hat". Jetzt wissen es auch meine Feinde, welche mich gelegentlich durch die Erinnerung an jene Stellung herabsetzen zu können glaubten, obschon in ihren Augen Burns und Cervantes nichts von ihrem Kredit dadurch verlieren, daß sie einst meine Zöllner-Kollegen waren. Ich wünschte bloß, mit diesen Feinden, namentlich mit unsern „großen Männern", die mich so gründlich verabscheuen weil ich ihnen das Maß genommen, die Probe veranstalten zu können, was aus ihnen werden würde, wenn sie meine amtliche Karriere durchzumachen und dann noch in einem zwanzigjährigen Exil meine Erfahrungen zu tragen hätten. Ich weiß ziemlich genau, was die menschliche Natur zu leisten vermag, und kenne noch genauer ben Stoff, aus dem die „großen Männer" gemacht sind, die so wohlfeilen Kaufs zu Götzen des Volkes werden. Wollt ihr sie prüfen, so verhetzt sie nicht in Lagen, in denen äußere Unabhängigkeit ihrem Charakter die Gelegenheit erspart, trotz Noth und Sorgen Grundsätze und Ueberzeugungen gegen Alle zu kehren, in deren Macht die Entscheidung der Frage über ihre Existenz oder ihren Untergang liegt; liefert ihnen auch nicht durch eitle Parteigunst und Popularität die Stütze, welche sie gegen Haß und Verfolgung von andren Seiten aufrecht erhält; laßt ihnen auch keine Hoffnung, daß ihr Ehrgeiz einst entschädigt werde für so genannte Opfer, die sie im Namen von Ideen und Prinzipien bringen; ja laßt ihnen nicht einmal die Satisfaktion, daß diese Ideen und Prinzipien einen Werth haben und eine Wahrheit seien, oder daß sie denselben je wirklich ergeben gewesen; stempelt sie sogar als erfolglose Spekulanten oder als hirnlose Narren, nachdem ihr sie zu erfolglosen Kämpfern oder „verkannten Märtyrern" gemacht, kurz thut Alles und Jedes, um sie hülflos und machtlos zu machen, ihnen alle Hoffnung auf Erfolg und Gerechtigkeit unter den Menschen zu rauben, sie physisch wie moralisch zu ruiniren und geistig gradezu aus der Existenz auszustreichen. Und wenn sie, bloß auf ihre eigene Kraft und ihr Bewußtsein gestellt, diese Probe min= destens ein Dutzend Jahre bestanden haben und dann unver= ändert die Nämlichen geblieben sind, ihre Ehre und ihren Charakter unversehrt behauptet, an ihren Ueberzeugungen unverzagt festgehalten und ihre Grundsätze stets rücksichtlos verfochten haben, an ihren Bestrebungen nicht irre geworden, in ihrem Wirken nicht erlahmt und auch nicht um ihren Humor gebracht sind, dann will ich ihnen wieder das Maß nehmen und ich stehe dafür ein, daß sie sich dann nicht werden zu beklagen haben, namentlich wegen meines Urtheils über ihre Zöllner-Karriere.

Doch ich weiß, was Sie sagen werden. Sind wir bloß dazu vorhanden, um unsere Dauerhaftigkeit zu bewähren und ein Examen auf unsre Unverwüstlichkeit zu machen, die endlich doch ihre Grenze finden muß? Können irgend welche Eigenschaften uns Befriedigung gewähren, wenn sie keine angemessene Verwendung finden? Ist es eine Genugthuung für den Baum, daß ihn der Sturm nicht entwurzeln konnte, wenn er ihm alle Blüthen abreißt oder alle Früchte raubt? Ist der stete Kampf und die ungeschwächte Kampffähigkeit ein Ersatz für Sieg und Trophäen? Kann es eine Lebens=aufgabe sein, bloß in ungünstigen Verhältnissen zu zeigen, was wir in günstigen hätten leisten können? Kann die nothgebrungene Verzichtleistung auf die Möglichkeiten, die uns zu den höchsten Zielen unseres Strebens bringen konn=ten, jemals Trost finden in dem Heroismus, womit wir unsre Kräfte an die bloße Ertragung von Hindernissen und die gemeinen Nothwendigkeiten der Alltäglichkeit verschwen=ten? Wie mancher Ungenannte entwickelt in dem bloßen Mühen um das tägliche Brod und eine ehrliche Existenz mehr geistige Kraft und sittliche Größe, als Andre bei der Gründung von Reichen und der Regierung von Staaten, wodurch sie sich ewigen Nachruhm erwerben! Wo liegt seine Genugthuung?

Sie verrathen, daß Sie ein Weib sind. Weiber können nichts schwerer begreifen, als die Unabhängigkeit von der „Welt" und ihren „Meinungen" und ihren „Auszeichnun=gen". Der Maßstab für den Werth Dessen, was wir sind, was wir streben und was wir erreichen, muß in uns selbst liegen, nicht in der Meinung der Welt. Auch ist es thöricht mit dem Glück zu hadern. Der Zufall, das ist wahr, kann uns auf einen Berggipfel und er kann uns in eine Schlucht versetzen; er kann uns unsre Umgebung und Lage anweisen, aber nicht unser sittliches und geistiges Wollen bestimmen. Trotz allen Einwirkungen des Zufalls herrscht im Streben der Menschen, wie überall bei der Wirkung bestimmter Kräfte, eine gewisse mathematische Regel für den Erfolg. Wenn uns ein ganzes Leben vergönnt war, ohne daß uns physische Fesseln die Glieder banden, so ist der Platz, den wir erringen, zuletzt doch immer derjenige, der unsern Eigenschaften und Wünschen in der uns zugänglichen Arena entsprach, und was wir darin am Ende nicht erreicht, das haben wir entweder nicht gekonnt oder nicht gewollt. Ist Der aber nicht ein Thor aller Thoren, der sich über sich selbst beklagt? Lerne dich selbst kennen, sagt der alte Philosoph. Er hätte hinzufügen sollen: und lerne dich mit dir selbst begnügen.